Maria W. Peter studierte Sprachen, Literaturwissenschaft, Alte Geschichte und Klassische Archäologie an der Universität des Saarlandes und der Université de Metz. Als Fulbright-Stipendiatin besuchte sie die renommierte »School of Journalism« in Columbia/Missouri. Heute unterrichtet sie Englisch, Französisch, Latein und Kreatives Schreiben an einem Gymnasium und ist als freie Autorin tätig.

Besuchen Sie die Autorin auf ihrer Homepage www.mariawpeter.de.

Weitere Titel der Autorin:

92 269 Fortunas Rache
92 305 Die Legion des Raben

Maria W. Peter

# DER SCHATZ SALOMOS

Historischer Roman

BASTEI LÜBBE TASCHENBUCH

BASTEI LÜBBE TASCHENBUCH
Band 16365

1. Auflage: April 2010

Bastei Lübbe Taschenbuch in der Bastei Lübbe GmbH & Co. KG

Originalausgabe


Titelbild: © getty-images/Sir Lawrence Alma-Tadema
Umschlaggestaltung: Gisela Kullowatz
Autorenfoto: © privat
Satz: Textverarbeitung Garbe, Köln
Gesetzt aus der Stempel Garamond
Druck und Verarbeitung: CPI – Ebner & Spiegel, Ulm
Printed in Germany
ISBN 978-3-404-16365-6

*Für Caterina Iacono-Ziebert*
*zur Erinnerung an die*
*gemeinsame Studienzeit in Metz,*

*für meine Cousine Christine Demange*
*und die langen französischen Sommer unserer Kindheit*

*und für meine Großmutter,*
*die mir die alten Geschichten erzählt hat.*

Wozu nicht treibst du der Sterblichen Herzen,
verfluchte Gier nach Gold!

Vergil, *Aeneis*

# KAPITEL I

Kann man so etwas je vergessen?

Vergessen, wie es sich anfühlt, von groben Händen gepackt, mit rauen Stricken gebunden und vor den Herrn geschleppt zu werden? Starr vor Angst, welche Strafe diesmal zu erwarten ist.

Den Schmerz, wenn dein Arm auf den Rücken gedreht wird und sich fleischige Finger auf deinen Mund pressen, um zu verhindern, dass du schreist, während sie dich die Treppe hinabstoßen und in einen dunklen, stinkenden Verschlag werfen, wo die Ratten auf dich warten?

Vielleicht. *Irgendwann.*

Doch niemals werde ich den Tag vergessen, als ich, noch vor dem Morgengrauen aus dem Schlaf gerissen, an Händen und Füßen angekettet, mit der Peitsche hinaus auf den Hof getrieben und in einen Wagen gestoßen wurde, der mich fortschaffen sollte. Fort von allem was ich kannte und mir vertraut war. Ohne zu wissen, wie mir geschah.

Weggerissen und verkauft. Den Fluss hinab. Ins Ungewisse.

»Ist alles in Ordnung mit dir?« Eine leise Stimme riss mich ins Hier und Jetzt zurück. Besorgt blickten mich ein Paar heller Augen an. »Du bist seit einer Weile so still.«

Meine Erinnerungen verdrängend, zwang ich mich zu einem Lächeln. »Es ist nichts, Herrin. Wahrscheinlich nur die Hitze … Doch kann es jetzt nicht mehr lange dauern, bis wir da sind.«

Seit einigen Tagen befand ich mich mit dem Zug des römischen Statthalters – des Legatus Augusti pro Praetore – auf dem Weg von Treveris nach Divodurum, wo dieser Gericht zu halten gedachte, um dessen Tochter Marcella als persönliche Zofe und Schreiberin zur Hand zu gehen.

Fast ohne Unterbrechung waren wir auf den staubbedeckten, in der Sonnenglut flimmernden Straßen unterwegs. Immer wieder waren wir auf Gruppen von Flüchtlingen getroffen, die, ein paar Habseligkeiten mit sich schleppend, ihre Landgüter und abgelegenen Gehöfte vor dem Ansturm germanischer Barbaren verlassen hatten und nun Schutz in den umliegenden Städten und befestigten Siedlungen suchten. Mit hoffnungsvollen Augen hatten sie dem Tross des Statthalters hinterhergeblickt, als hegten sie die Erwartung, der mächtigste Mann der Provinz könne sie vor einem schrecklichen Schicksal bewahren.

Von den Hängen des Schiefergebirges um Treveris waren wir weiter flussaufwärts gezogen, wo das Land flacher, die Ebenen breiter wurden. Zwischen den Auen und Wäldern erblickten wir gelegentlich verbrannte Gehöfte und verlassene Häuser, wie eine stumme Warnung, nicht so töricht zu sein, die Gefahr von jenseits des Rheines und Limes zu unterschätzen.

Endlich waren die Dächer von Divodurum vor uns aufgetaucht. Die Erleichterung war bei dem gesamten Tross, der den Statthalter auf seinem Weg begleitete, zu spüren gewesen.

In mir jedoch erweckte der Anblick bedrückende Gefühle, als würden die mir so vertrauten Gebäude den Schmerz der Vergangenheit wiederauferstehen lassen. Denn dies war die Stadt, aus der ich vor einigen Monaten gefesselt hinausgeschleift worden war. Und nun kehrte ich wieder dorthin zurück, offiziell, um die Tochter des Statthalters zu begleiten, in Wahrheit jedoch, um nach Spuren meiner Herkunft zu forschen.

Das ungute Gefühl steigerte sich zur Angst, als der Wagen rumpelnd über eine Brücke fuhr.

Wäre es nicht besser, die Vergangenheit ruhen zu lassen? Irgendetwas sagte mir, dass ich in dieser Stadt so manches erfahren könnte, was mir nicht gefallen würde. Oder waren es nur die quälenden Erinnerungen, die dieses seltsame Ziehen hinter meinen Schläfen verursachten?

Ein Schatten fiel auf mein Gesicht, als der Wagen durch das Stadttor rollte.

Bekannte Gerüche schlugen mir entgegen – Gerüche meiner Kindheit! Gemächlich folgten wir der breiten Hauptstraße, bis wir auf dem Forum angekommen waren, wo sonst keine Wagen passieren durften. Angeregt ließ ich meinen Blick umherschweifen, wo sich um diese Tageszeit Hunderte von Menschen drängten, gafften, lamentierten oder ihren Geschäften nachgingen.

Wie bekannt mir das alles noch war!

In den neun Monaten meiner Abwesenheit schien sich die Stadt kaum verändert zu haben.

Neun Monate, in denen ich mich anfangs mehr schlecht als recht im Statthalterpalast zu Treveris eingelebt hatte. Eine ereignisreiche Zeit, die mich beinahe das Leben gekostet hätte, in der es mir jedoch gelungen war, von einer Latrinenreinigerin zur Vertrauten Marcellas, der Tochter des Statthalters, aufzusteigen. Daher saß ich nun als deren Begleiterin in dem vornehmen Reisewagen, konnte mir den Schmutz der Straßen vom Leib halten und durch das große Fenster den Menschenauflauf betrachten, der sich bei der Ankunft des obersten Herrn der Provinz auf den Straßen und Plätzen gebildet hatte. Nur mühsam und mit Hilfe der mit Rutenbündel bewaffneten Liktoren war überhaupt ein Durchkommen möglich.

Von draußen drangen die vertrauten Worte des mediomatrischen Keltisch an meine Ohren. Sie klangen weich und ein wenig schleppend im Vergleich zu dem viel härter gesprochenen Treverisch, das ich in den letzten Monaten neben dem allgegenwärtigen Latein oder Griechisch der Reichen und Gebildeten zu hören bekommen hatte.

Ungewollt stiegen heimatliche Gefühle in mir auf. Hier war ich aufgewachsen, inmitten dieser Mauern hatte ich die wohl ersten siebzehn Jahre meines Lebens verbracht, seit mich ein geschäftstüchtiger Sklavenhändler als Säugling an einen vornehmen mediomatrischen Beamten verkauft hatte. Zuvor soll mich irgendeine gute Seele oder ein gerissener Pfennigfuchser, der ein lukratives Geschäft erkannte, wenn er es sah, soll mich zuvor irgendwo bei Treveris aus dem Straßengraben gezogen haben, in den mich meine Mutter, wer immer sie auch sein mochte, zum Sterben ausgesetzt hatte.

Der Lärm der Menschenmenge draußen schwoll zu einem Dröhnen an. Unter vereinzelte Jubelrufe mischte sich ein anderer, hässlicherer Ton. Irritiert lehnte ich mich aus dem Fenster und blickte nach vorne, an die Spitze des Zuges. Unmittelbar hinter den voranschreitenden Liktoren ritt der Statthalter auf einem prächtigen Schimmel, und das erhabene Purpur seines Umhangs leuchtete im hellen Licht des Junimorgens.

Doch die Menschen ringsum waren alles andere als festlich gestimmt. Vereinzelt hob jemand die Hand, um zu winken, doch waren es meist Kinder und Halbwüchsige am Straßenrand.

Die Erwachsenen schien das ganze Treiben eher zu beunruhigen. Hier und da sah ich in apathische, sogar feindselige Gesichter. Die Menschen waren nicht zusammengekommen, um die Ankunft des Statthalters zu feiern; sie waren einfach da, und es waren viel zu viele. Über dem ganzen Forum lag eine Stimmung, die jeden Augenblick in Aufruhr umschlagen konnte.

Ruckartig hielt der Reisewagen an und ließ mich nach vorne kippen. Noch bevor ich mich wieder aufrappeln und vergewissern konnte, dass der Herrin Marcella nichts geschehen war, drangen aufgeregte Schreie an mein Ohr.

Alarmiert sprang ich auf und beugte mich aus dem Fenster, konnte wegen des Menschenauflaufs aber nichts erkennen. Als es nach längerer Zeit noch immer nicht weiterging, wandte ich mich an Marcella.

»Soll ich nachsehen, was da los ist, Herrin?« Die Ungeduld, endlich die Stadt zu betreten, in der ich aufgewachsen war, ließ mein Herz schneller schlagen.

»Ich bitte dich darum!«, erwiderte sie mit einem wissenden Lächeln. Sie kannte meine Neugierde.

Im nächsten Augenblick hatte ich auch schon die Tür des Wagens aufgestoßen und stand draußen im Gewühl.

Der Junitag war schwülwarm, und es war abzusehen, dass es mit steigender Sonne noch heißer werden würde.

»Halt! Bleib stehen!« Eine empörte Stimme drang an mein Ohr. »Haltet sie auf! Fangt die Diebin!«

Sofort spannten sich meine Muskeln fluchtbereit, mein Pulsschlag verstärkte sich – bis mir schließlich bewusst wurde, dass nicht ich gemeint sein konnte.

Mein Blick ging in die Richtung, aus der die Stimme gekommen war, und ich sah eine Halbwüchsige, die wieselflink über den Marktplatz huschte und jede sich bietende Lücke ausnutzte, um einem fülligen, kurzatmig keuchenden Kerl, der ihr aus Leibeskräften hinterherschrie, zu entkommen. Sie hielt etwas unter den Arm geklemmt, das auf die Entfernung nicht richtig zu erkennen war.

Schnell schlug sie zwei weitere Haken, dann war sie in der Menge verschwunden.

Schnaufend blieb der Händler stehen. Sein feistes Gesicht hatte mittlerweile eine dunkelrote Farbe angenommen, seine Brust hob sich mit ungesunden Pfeiftönen auf und ab. »Du dreckiges Ding! Eines Tages krieg ich dich, und dann kannst du …«

Erst jetzt schien er zu bemerken, dass er mit seiner Verfolgungsjagd den gesamten Zug des Statthalters aufgehalten hatte und die Liktoren nicht die Diebin, sondern ihn mit unwirschem Gesicht betrachteten.

Hastig wischte er sich den Schweiß aus seinem granatapfelroten Gesicht, verneigte sich ungelenk, behindert durch seine Leibesfülle, und bemühte sich, den peinlichen Vorfall zu überspielen. Aufgeregt fuchtelte er mit den Armen in der Luft, während er den Liktoren einen Wortschwall entgegenstieß. Von meiner Position auf der anderen Seite der Straße aus verstand ich nicht viel, doch etwas wie »Lumpengesindel«, »Überfall« und »zur Rechenschaft ziehen« konnte ich beinahe von seinem Lippen ablesen. Wollte er etwa die Männer des Statthalters davon überzeugen, ausgerechnet der oberste Herr der Provinz müsse in der Stadt für Ordnung sorgen? Als würde sich der Legatus mit kleinen Diebereien abgeben. Dafür gab es schließlich die städtischen Beamten.

»Ich glaube nicht, was ich hier sehe!«

Eine melodische Stimme riss mich aus meiner Betrachtung. Unter dem vagen Eindruck, diese zu kennen, wandte ich mich um. Unwillkürlich machte ich einen halben Schritt zurück, als ich in das fein geschnittene Gesicht eines jungen Mannes von etwa Mitte zwanzig blickte. Glänzendes schwarzes Haar. Gerade kurz genug geschnitten, um dem römischen Gefühl für Anstand und Schicklichkeit zu entsprechen, fiel es in Wellen um das bronzefarbene Gesicht. Ein Paar Augen, so dunkel, dass sie mich an die Farbe von gerösteten Kastanien erinnerten, sahen mich belustigt an. Doch es war der kurze, gepflegte Bart, der mich dazu zwang, zweimal hinzuschauen, um zu erkennen, wer vor mir stand.

»Salomo!« Einem Reflex folgend strich ich mir eine Haarsträhne aus dem Gesicht und zupfte meine Tunika glatt, die von der langen Reise in dem heißen Wagen sicherlich längst zerknittert war. Erst jetzt besann ich mich wieder meiner Position und fügte hinzu: »Herr.«

»Dann habe ich mich also nicht getäuscht.« In den dunklen Augen leuchtete etwas wie wohlwollender Spott auf. »Warst du, als wir uns das letzte Mal begegnet sind, nicht ungefähr so hoch?« Er bückte sich und maß mit der Handfläche einige Handbreit vom Boden ab. »Und hast ein Riesengezeter veranstaltet, weil eure Köchin dich gerade dabei erwischt hatte, wie du ein Stück Kuchen aus der Küche gestohlen hast?«

»Es war kein Kuchen, Herr!« Ohne es verhindern zu können, stieg mir bei der Erinnerung daran flammende Hitze ins Gesicht. »Und das war auch nicht das letzte Mal, dass ich dich gesehen habe …«

Dann unterbrach ich mich und versuchte, meine Gedanken zu ordnen, damit ich nicht noch mehr sinnloses Zeug von mir gab.

»Ach nein? Dann vielleicht ein Honigplätzchen oder einen Haferkeks?«

Es war eine Komödie von Plautus gewesen, die ich mir heimlich aus der Bibliothek meines damaligen Herrn ausgeborgt hatte. Doch das sagte ich nicht, obgleich mir das Kribbeln in meinem Gesicht deutlich machte, dass ich bis zu den Haarwurzeln errötet war.

Die Welt rings um uns schien zum Stillstand gekommen zu sein. Selbst das allgegenwärtige Murren der Menge war in den Hintergrund getreten. »Du bist wieder in der Stadt, Herr?«, sagte ich schließlich, weil mir nichts Besseres einfiel.

»Ja.« Ein warmes Lächeln glitt über seine Züge. »Seit Ende Novmber. In den letzten Jahren bin ich viel gereist. Nun habe ich hier in Divodurum einen Laden eröffnet, um Juwelen und Schmuck zu verkaufen.«

Unwillkürlich tastete meine Hand nach dem silbernen Amulett in Form einer Mondsichel, das ich unter dem Stoff des Gewandes verborgen auf meiner Haut trug. Es war der einzige Schmuck den ich je besessen hatte, das Einzige auf der Welt, das mir gehörte – und sogar das war, streng genommen, Eigentum meines Herrn, so wie ich selbst und alles, was ich auf dem Leib trug.

»Es scheint dir gut zu gehen«, meinte ich und ließ meinen Blick über das sorgfältig geschnittene Gewand aus teurem dunkelblauem Stoff schweifen.

Ich kannte Salomo seit meiner Kindheit. Er war nur wenige Jahre älter als ich und der Sohn des jüdischen Arztes Isaac, der die Familie meines früheren Herrn behandelte. Häufig hatte er seinen Vater bei den Krankenbesuchen begleitet. Zumindest bis es an der Zeit für ihn war, sich seine eigene Existenz aufzubauen. Seither hatte ich ihn einige Jahre nicht mehr gesehen, doch offensichtlich war er nicht in die Fußstapfen seines Vaters getreten.

*Ein Schmuckhändler.*

In diesem Augenblick brach hinter mir lautes Geschrei los, und ich sah, dass die Liktoren wohl ihre Geduld mit dem geschwätzigen Dicken verloren hatten und ihn mit Schlägen ihrer Rutenbündel von der Straße trieben. Als ich mich wieder Salomo zuwandte, musterte dieser mich forschend. »Du scheinst es auch zu etwas gebracht zu haben.« Überrascht kniff er die Augen zusammen. »Seit wann gehörst du dem Statthalter?«

Noch immer hatte ich mich nicht daran gewöhnt, aufgrund meiner taubenblauen Tunika schon von Weitem als dem Hause des mächtigsten Mannes der Provinz zugehörig erkannt zu werden – offenbar selbst in Divodurum. »Das ist eine lange Geschichte. Ich ...«

Aus den Augenwinkeln heraus bemerkte ich, dass sich der Zug wieder in Bewegung gesetzt hatte und ich mich beeilen sollte, um zurück in Marcellas Wagen zu gelangen und nicht im Gewühl der Stadt verloren zu gehen.

»Bitte verzeih, Herr, ich muss weiter. Wahrscheinlich vermisst mich die Herrin schon.«

Ohne Salomo die Gelegenheit zu geben, etwas zu erwidern, wandte ich mich um und eilte zurück zum Tross, der sich glücklicherweise noch immer in gemächlichem Schritttempo durch die überfüllten Straßen schob.

Mit einer gemurmelten Entschuldigung gegenüber den Wachleuten öffnete ich die Tür und kletterte ins Innere. Als ich noch einmal aus dem Fenster zurückblickte, um nach Salomo Ausschau zu halten, war er irgendwo in der Menschenmenge verschwunden.

»Nun, was gab es?«

Einen Moment lang blickte ich Marcella verständnislos an. War mir meine Verwirrung über das Wiedersehen mit einem alten Bekannten so deutlich anzusehen? Dann erinnerte ich mich, dass ich die Ursache des Lärms hatte in Erfahrung bringen sollen, und beeilte mich, ihr von dem aufgebrachten Mann und der Diebin zu berichten.

»Und wie hat die Wache meines Vaters auf die Störung reagiert?«

Entschlossen schob ich alle persönlichen Gedanken beiseite und besann mich auf meine Pflicht. »Sie haben sich zurückgehalten, Herrin. Die Stimmung hier in der Stadt ist … nicht gut«, endete ich lahm.

»Das habe ich auch schon bemerkt«, sagte Marcella nachdenklich.

Während der Wagen langsam seinen Weg fortsetzte, fragte ich mich ein weiteres Mal, was mich an diesem Ort noch alles erwarten würde.

Der Empfang vor dem Amtssitz des Statthalters gestaltete sich wesentlich respektvoller als der in der Stadt. Am Hauptportal standen alle Hausdiener bereit, dazu einige persönliche Wachleute und Benefiziarier, zum Dienst in der Stadt abkommandierte Legionäre, von denen ich nicht sagen konnte, ob sie unserem Reisezug vorausgeschickt worden waren oder einen dauerhaften Posten in Divodurum innehatten.

Ein angespanntes Raunen war zu vernehmen, als sich der Tross näherte. Mit einer schwungvollen Bewegung glitt der Statthalter vom Pferd. Sein purpurner Umhang blitzte in der Morgensonne auf.

Die Schritte seiner weichen Stiefel waren auf dem gepflasterten Steinboden kaum vernehmbar. Aufrecht und gerade blieb er einen Augenblick stehen, um seine Untergebenen zu inspizieren oder um diesen Gelegenheit zu geben, ihn, den Herrn über Leben und Tod in der Provinz, in Augenschein zu nehmen.

Wie auf ein Zeichen hin kamen die Liktoren herbei und umgaben ihn spalierartig. Schließlich trat der Vilicus des Hauses vor und verneigte sich ehrerbietig, um seinen Herrn willkommen zu heißen. Doch aufgrund der allgegenwärtigen Unruhe war ich nicht in der Lage, auch nur ein einziges seiner Worte zu verstehen.

Der Statthalter lächelte, ergriff den Arm seines Verwalters mit beiden Händen und schritt dann auf das Hauptportal der Residenz zu.

Ein lauter Schrei zerriss das angespannte Gemurmel. Ein Körper drängte sich durch die Menschenmenge, stieß einen der vollkommen überraschten Liktoren beiseite und warf sich dem Legatus zu Füßen.

»Ich bitte dich um Gnade, Herr!« Es klang wie ein Aufschrei, verzweifelt, gepresst, kaum verständlich.

Erst jetzt sah ich, dass es sich bei der auf der Erde zusammengekauerten Person um eine Frau handelte, deren leicht ergrautes offenes Haar ihren Kopf und den fast bis zur Erde geneigten Oberkörper wie ein Schleier bedeckte. Sie war barfuß, ihr schäbiges Gewand war an mehreren Stellen notdürftig geflickt. Am ganzen Körper zitternd, streckte sie in der Geste des Bittstellers ihre Hände aus, um den Fuß des Statthalters zu umklammern.

Dieser schien noch immer zu überrascht zu sein, um angemessen zu reagieren. Doch jetzt kam endlich Leben in einen der Liktoren. Er bückte sich und riss die flehende Frau mit einem groben Ruck vom Statthalter weg auf die Füße.

»Du musst mich anhören, Herr!« Die Stimme überschlug sich. »Hab Erbarmen mit meinem Mann! Er ist unschuldig! Er hat nie etwas Böses getan!«

Nun schienen sich auch die anderen Liktoren ihrer Pflicht zu entsinnen. Ein weiterer kam hinzu und packte die Frau, die sich verzweifelt wand und sich dem Legatus erneut vor die Füße zu werfen versuchte. »Gnade, Herr … Ich bitte dich. Gnade …«

Ihre Stimme war nur noch ein Flüstern, Tränen liefen über ihr schmutziges Gesicht. Wie eine leblose Puppe hing sie in den Armen der Wächter, als der Statthalter mit zusammengekniffenen Augen auf sie zutrat.

»Wer ist diese Frau?«, fragte er schließlich mit befehlsgewohnter Stimme, der nicht anzuhören war, ob er über die ungebührliche Unterbrechung seines Empfangs verärgert war.

Hastig trat einer seiner Männer vor. »Verzeih, Herr, diese Frau … wir wussten nicht, was sie vorhatte. Wir glaubten, sie gehöre zu denen, die gekommen sind, dich zu begrüßen. Wir hätten nicht gedacht …« Er unterbrach sich und schien sich wieder an die eigentliche Frage zu erinnern, die ihm gestellt worden war, trat vor und hob das Gesicht der Frau an, die, noch immer im Griff der beiden Wachen, aussah, als würde sie sofort zu Boden sinken, wenn einer von beiden sie losließe. »Keine Ahnung, wer das ist.« Fragend blickte er zum Statthalter auf. »Sollen wir sie festnehmen und verhören lassen?«

Der Legatus schüttelte den Kopf. »Schafft sie fort!«

Dann sah ich nur noch, wie die Wachleute die verzweifelte Frau wegzerrten.

»Du wirst es bereuen …«, hörte ich eine kehlige Stimme und vermutete, dass sie aus dem Munde der Frau kam. »Ein Fluch liegt über dir und deinem Haus! In dieser Stadt bist du in Gefahr, auch wenn du es nicht sehen willst …«

Die Worte verklangen, als die Wächter mit der Fremden in der Menge verschwanden, und eine betretene Stille blieb zurück.

Unbeeindruckt blickte der Statthalter wieder auf und setzte seinen Weg ins Haus fort, als wäre nichts geschehen.

Langsam, wenn auch ein wenig verhaltener als zuvor setzten wieder vereinzelte Jubelrufe ein, während ich vorsichtig aus dem Wagen kletterte, um Marcella hinauszuhelfen.

Das war also meine Rückkehr nach Divodurum, in meine alte Heimat, falls man es so bezeichnen konnte. Das beklemmende Gefühl der Vorahnung wurde stärker und legte sich wie ein schweres Gewicht auf meine Brust, als ich der Herrin die Stufen zum Eingangsportal hinauf folgte.

Die feierliche Stimmung war zerplatzt wie ein Holzscheit im Feuer, obgleich das gesamte Zeremoniell der Begrüßung in strenger Würde durchgeführt wurde.

Ich konnte nicht sagen, ob sich der Statthalter von einem Zwischenfall wie diesem in irgendeiner Weise beeinträchtigen ließ oder ob er das Gerede von Flüchen lediglich für den Versuch einer verzweifelten Frau hielt, ihren Mann zu retten. Weder seiner Haltung noch seiner Miene war auch nur das Geringste anzumerken, als er im Haus Mantel und Paraderüstung ablegte, sich Gesicht und Hände über einer Bronzeschale wusch, die ihm ein Sklave reichte, und dann mit ruhiger Stimme dem Hausverwalter Anweisungen für die kommenden Tage gab.

Stumm stand ich in der Ecke, das Bündel mit Marcellas privaten Besitztümern an mich gepresst, während meine Augen auf den Statthalter geheftet blieben, bis er mit seinem Sekretär in einer Türöffnung verschwand.

Im allgemeinen Gewimmel der Bediensteten schenkte mir niemand Beachtung. Erst als Marcella ihren blassgelben Mantel löste und von den Schultern gleiten ließ, kam ich wieder zur Besinnung, nahm schnell das Kleidungsstück entgegen und folgte ihr durch hohe, leuchtend bemalte Flure. Eine korpulente Magd, deren strohblonde Haare in festen Flechten um ein rundliches Gesicht gesteckt waren, eilte unter aufgeregtem Geschnatter vor ihr her, um der jungen Herrin den Weg zu ihrem Gemach zu weisen.

Mit einer schwerfälligen Verbeugung öffnete sie die Tür, und wir traten ein.

Helles Licht fiel durch das geöffnete Fenster und ließ einen großzügig geschnittenen Raum erkennen, in dessen Wandbemalung rote und grüne Farbtöne dominierten und dessen Fußboden mit roten und dunklen Marmorplatten ausgelegt war. Ein Bett mit Metallverzierungen auf gedrechselten Beinen, mehrere Truhen, zwei Korbsessel und zwei dreifüßige Tischchen mit runder Platte vervollständigten die Ausstattung.

Auf einem der Tische stand eine Silberkaraffe, dazu ein dünnwandiger Becher aus grünem Glas. Auf dem zweiten befand sich eine Waschschüssel aus Bronze mit dem dazugehörigen Krug, sodass die Herrin sich gleich nach ihrer Ankunft frisch machen konnte.

Mit freundlichen Worten entließ Marcella die Magd und blickte sich um.

Wir waren allein. Endlich zu Hause.

*Zu Hause?*

Ein Frösteln überkam mich. Nie hätte ich gedacht, die Stadt, in der ich aufgewachsen war, in einer solch bedrohlichen Lage wiederzusehen. Auch gleich bei unserer Ankunft zu erfahren, dass über dem Haus, zu dem ich gehörte, ein Fluch lastete, war nicht gerade dazu angetan, sich hier besonders willkommen zu fühlen.

Dabei glaubte ich im Grunde nicht an Flüche. Das waren Hirngespinste, ein Aberglaube für einfache Gemüter. Aber dennoch …

»Du kannst die Sachen jetzt ablegen.« Marcellas Worte rissen mich aus meinen Überlegungen in die Wirklichkeit zurück.

Ich fühlte das warme Licht des Vormittags auf meiner Haut, die kühle Brise, die durch das offene Fenster hereinwehte und die stickige Wärme linderte.

»Natürlich, Herrin.« Ungeschickt stellte ich das Bündel ab, das ich noch immer in Händen hielt, faltete den Mantel sorgfältig zusammen und legte ihn über die Lehne eines der Korbsessel.

»Sicher angekommen, Gott sei gepriesen.« Marcella lächelte. »Schlaf wäre nun genau das Richtige, aber leider …«

Nichts in ihrem Verhalten deutete daraufhin, dass sie verängstigt war, verstört von dem Fluch oder den laut ausgestoßenen Drohungen.

»Leider bleibt dafür keine Zeit.« Aufseufzend schüttelte sie das schwarze Haar und strich eine glänzende Strähne aus dem Gesicht.

Ich rührte mich nicht.

»Was hast du?« Marcella hielt in ihrer Bewegung inne und sah mich an.«

Verlegen wich ich ihrem Blick aus und begann die Kisten, die irgendein dienstbarer Geist in ihrem Zimmer deponiert hatte, auszupacken und die Kleidungsstücke aufzuschütteln.

»He!« Vorsichtig berührte Marcella meine Schulter, sodass ich mich mit zu Boden gerichtetem Blick herumdrehte. »Mach dir nicht so viele Gedanken, Invita.«

Verwirrt hob ich die Augen.

»Wer kann schon durch all seine Sorge etwas ändern?« Mit einer eleganten Bewegung beugte sie sich hinunter, um sich die Schuhe zu lösen, sodass ich ihr hastig zu Hilfe eilte. »Und die Macht der Menschen ist weit begrenzter, als sie glauben.«

Unwillkürlich dachte ich an Ketten, Peitschen, Sklavenaufseher und an die Macht, die diesen dadurch gegeben war. Doch ich schwieg und stellte Marcellas leichte Reisestiefel aus hellem Ziegenleder in eine Ecke.

»Aber dieser Fluch, Herrin …«, begann ich schließlich.

»Verwünschungen und Flüche sind Ausdruck ohnmächtiger Verzweiflung«, sagte sie leise. »Nichts weiter als der aus Hoffnungslosigkeit geborene Hass, der letztlich denjenigen, von dem er ausgeht, tötet, von innen heraus auffrisst. Ich werde für diese arme Frau beten. Und vielleicht kann man ihr irgendwie helfen.« Marcella begann sich die Nadeln einzeln aus dem schwarzen Haar zu ziehen, das langsam, Strähne für

Strähne über ihre Schultern glitt. »Jeder Tag hat seine eigene Sorge, und die heutige heißt Aelius Misenus.«

Ein beinahe spöttisches Lächeln huschte über ihr Gesicht, und ich erinnerte mich daran, diesen Namen schon einmal gehört zu haben.

»Ein Sevir Augustalis der Stadt. Er hat die Bitte geäußert, meinen Vater persönlich zum Gastmahl des Duumvirs zu begleiten. Und als Stellvertreter des Kaisers hat mein Vater kaum eine Möglichkeit, die Einladung eines Kaiserpriesters auszuschlagen. Und natürlich ist dabei meine Anwesenheit erwünscht.«

Ich nickte knapp. »Sicher.«

»Und Dinge, die man nicht ändern kann ...«

»... muss man eben geschehen lassen«, vollendete ich philosophisch. »Heißt das, du möchtest ein Bad nehmen, Herrin?«

»Sehr gerne. Bitte begleite mich doch. Es war eine lange Fahrt.«

Skeptisch blickte ich an mir hinunter. Mein taubenblaues, bis zum Boden reichendes Gewand war staubbedeckt und zerknittert, und nicht nur die Herrin konnte ein Bad gebrauchen.

Zumindest der Schmutz der Reise würde sich dadurch abwaschen lassen. Wie sich das mit dem Fluch einer verzweifelten Frau verhielt, würden die nächsten Tage zeigen.

## KAPITEL II

Ich hatte vergessen, wie schwül es in Divodurum sein konnte.

Obgleich die Stadt nur wenige Tagesreisen südlich von Treveris lag, war es dort gleich um einiges wärmer, und schon jetzt, zu Beginn des Sommers, erschien mir die Hitze beinahe unerträglich.

Die meist aus Sandstein errichteten Gebäude der Stadt leuchteten golden oder weiß verputzt in der Sonne und bildeten einen starken Kontrast zu dem flammenden Rot der Fensterumrandungen und Häusersockel. Abschüssige Straßen speicherten die Sonnenstrahlen und warfen deren Hitze zurück. Nur die kühle Luft nahe der gewundenen Flussarme, welche die gesamte Stadt durchzogen, schaffte ein wenig Linderung.

In ihrem nachtblauen Gewand und mit den aufgesteckten Haaren, von denen sich vereinzelte schwarze Strähnen lose um ihr helles Gesicht kringelten, sah Marcella aus wie die fleischgewordene Göttin der Nacht – Luna, Selene oder wie auch immer man sie nennen mochte –, die vom Himmel zu den Sterblichen herabgestiegen war.

Dieser Gedanke löste ein starkes Gefühl der Trauer in mir aus und verleitete mich dazu, für einen unbesonnenen Augenblick in die Vergangenheit zu schweifen.

Kurz nachdem ich nach Treveris verschenkt worden war, hatte ich die Bekanntschaft einer Frau gemacht, die sich Selena nannte. Damals hatte ich geglaubt, in ihr meine unbekannte Mutter gefunden zu haben, die mich als Säugling ausgesetzt hatte. Auch wenn viele Hinweise meine Vermutung zu bestätigen schienen, dass es sich bei Selena wirklich um meine

Mutter handelte, hatte sie mich in der Stunde der Not doch erneut meinem Schicksal überlassen.

Von ihr stammte das Silberamulett in Form einer Mondsichel, das sie mir bei unserer letzten, unerwarteten Begegnung geschenkt hatte. Ich war mir selbst nicht im Klaren, warum ich es seitdem immer trug. Vielleicht, um mich an die Hoffnung zu erinnern, die sie in mir geweckt hatte, und als Zeichen des nie versiegenden Wunsches, endlich zu wissen, was es mit meiner Herkunft auf sich hatte.

Ein wenig fahrig wischte ich mir mit dem Handrücken die Schweißperlen weg, die sich auf meiner Stirn gebildet hatten. Vielleicht würde ich ja heute Abend Gelegenheit finden, mich ein wenig umzuhören und so etwas in Erfahrung zu bringen – über mich selbst, die Stadt und den Fluch, der mir nicht aus dem Kopf ging.

Dabei konnte die gängige Praxis, die Sklaven, die zur Begleitung der Gäste gekommen waren, in der Gesindeküche zu bewirten, von Nutzen sein. Niemand wusste über Klatsch und verborgene Geschehnisse besser Bescheid als diese, da sie überall in der Stadt zu tun hatten und ihre Herrschaft auf Schritt und Tritt begleiteten.

Doch war mir klar, dass es nach so langer Zeit ziemlich schwierig sein würde, jemanden zu finden, der wirklich noch etwas über meine Herkunft sagen konnte.

Mit einem flauen Gefühl im Magen nahm ich wahr, wie unser Wagen langsamer wurde und schließlich vor einem Haus zu stehen kam, dessen weiß getünchte Wände und dunkelrot umrandete Fenster in warmes Abendlicht getaucht waren.

Kurz tauschte ich einen Blick mit Marcella. Ich wusste, dass sie derartige Gastmähler verabscheute. Wie um sie zu trösten, reichte ich ihr die Hand und half ihr beim Aussteigen, während rasch ein Sklave herbeigeeilt kam, der die eisenbeschlagene Tür des Wagens offen hielt.

Tief atmete ich die noch warme Abendluft ein. Wir befanden uns im südöstlichen Teil der Stadt, unweit der Saal, wo einige reiche Beamte und Würdenträger ihre prächtigen Häuser hatten. Im Westen färbte sich die Sonne langsam rötlich, doch es war Sommer, und es würde noch eine Weile dauern, ehe sie sich zum Horizont senkte.

Wie eine Königin schritt Marcella neben ihrem Vater durch das große Hauptportal. Die mit Purpur und Gold besetzte Toga des Statthalters bauschte sich leicht bei jeder Bewegung, während die Menschen, Beamte wie Sklaven, ehrfurchtsvoll beiseitetraten und einen Gang bildeten, durch den er passieren konnte.

Am Rande nahm ich wahr, dass ein Zeremonienmeister vortrat, den Legatus und seine Tochter mit Rosen bekränzte und ihnen eine Schüssel zum Händewaschen reichte.

Dann näherte sich mir schon die Vilica des Hauses, um mich in die Gesindeküche zu führen.

Einen Moment lang zögerte ich, suchte den Blick meiner Herrin, die zu einer Liege geführt wurde. Das prächtige, in hellen Beige- und Naturtönen gehaltene Mosaik zeigte in geometrisch angeordneten Feldern Gladiatoren in voller Ausrüstung, deren Waffen und schweißbedeckte Körper detailgetreu wiedergegeben waren.

Nur ungern ließ ich Marcella allein in die Höhle des Löwen gehen. Machtkämpfe und Eitelkeiten war sie nicht gewohnt, und ich war besorgt, wie sie diesen Abend überstehen sollte. Denn es war abzusehen, dass die meisten der Gäste die Anwesenheit des höchsten Beamten der Provinz schamlos für ihr gesellschaftliches Vorankommen ausnutzen und auch seiner Tochter keinen Augenblick Frieden gönnen würden.

Marcellas Augen gaben mir ein Zeichen. *Geh nur, ich komme zurecht.*

Mit einem immer noch unguten Gefühl im Bauch, folgte ich dann der Vilica durch den mit einer gewölbten Kuppeldecke ausstaffierten Flur hinab zur Gesindeküche.

Der Geruch von Rosen und teuren Duftölen lag schwer in der schwülen Luft. Erschöpft von der Reise gingen meine

Gedanken zu Flavus, von dem ich zum ersten Mal seit langer Zeit getrennt war, und plötzlich überkam mich eine solche Traurigkeit, dass ich nur mit Mühe die Tränen zurückhalten konnte, um nicht hier, in meiner alten Heimatstadt, inmitten der marmorgeschmückten Villa eines reichen Emporkömmlings, loszuschluchzen.

Solange ich denken konnte, war ich allein gewesen. Bereits als Säugling zur Sklaverei bestimmt, war ich in die Abhängigkeit der Familie des Cornelius Felix, eines mediomatrischen Beamten, gekommen. Dieser hatte sich wohl eher erhofft, mich zu einer willigen und gehorsamen Magd für den eigenen Haushalt heranziehen zu können. Aber diese Hoffnung war schon sehr früh an meinem Trotz und meiner Eigenwilligkeit gescheitert. Ihre offensichtliche Enttäuschung darüber vergalt mir die Herrschaft mit Schlägen und Bestrafungen.

Als ich alt genug war, um eine verantwortliche Aufgabe zu erhalten, hatte man mich zunächst damit betraut, den ungezogenen Sohn des Hauses zu den Unterrichtsstunden zu begleiten. Und später dann, der verwöhnten Tochter beim Ankleiden zur Hand zu gehen, wofür ich allerdings nur wenig Geschick an den Tag legte.

So waren die Jahre vergangen, und ich kann nicht behaupten, dass sich eine wie auch immer geartete Zuneigung zwischen der Familie und mir entwickelt hätte. Schließlich entschloss sich mein Herr dazu, mich an den Statthalter zu verschenken, weshalb ich dann im Spätherbst des vergangenen Jahres aus allem, was ich bis dahin kannte, herausgerissen wurde, um eine der vielen Küchensklaven des Legatus in dessen Stadthaus zu Treveris zu werden.

Den Unwägbarkeiten der Göttin Fortuna war es zu verdanken, dass sich dort jedoch mein Schicksal wendete. Ich kam in den Dienst seiner Tochter Marcella, die wohl die erste Herrin war, welche mich wie ein Mensch behandelte und nicht wie ein willenloses Werkzeug – und das, obgleich sie Anhängerin jenes verbotenen Kultes der Christen war, die vom Kaiser selbst zu den Staatsfeinden gerechnet wurden und denen man nachsagte, in der Verborgenheit seltsame Rituale zu zelebrieren.

Neben der gehobenen Stellung als Dienerin der jungen Herrin wurde ich nach einigen Verwicklungen auch noch dem alemannischen Sklaven Flavus als Partnerin zugewiesen, der es nach anfänglichem Misstrauen schaffte, all das zu erringen, von dem ich bis zu jenem Zeitpunkt noch nicht einmal wusste, dass ich es besaß: mein Vertrauen und meine Liebe. Obgleich ich mich zu Beginn vehement gegen diese erzwungene Beziehung gewehrt hatte, erschien es mir jetzt unmöglich, auch nur ein paar Tage ohne seine Gesellschaft zu verbringen.

Von den Nächten ganz zu schweigen.

Zu meinem Leidwesen hatte Flavus in Treveris zurückbleiben müssen, um im Stadthaus des Legatus seiner Arbeit nachzugehen, da die Abwesenheit des Hausherrn dazu genutzt wurde, um das Hypocaustum, die Fußbodenheizung, für die Flavus zuständig war, einer gründlichen Wartung zu unterziehen.

Marcella war meine Niedergeschlagenheit wegen der Trennung nicht verborgen geblieben, und sie hatte mir versprochen, sich dafür einzusetzen, dass Flavus nachkommen dürfe, sobald die Arbeiten abgeschlossen seien.

Aber bis dahin …

Vielleicht konnte ich das ungewohnte Gefühl der Einsamkeit vertreiben, wenn ich in der Gesindeküche durch gutes Essen, Wein und den neuesten Tratsch auf andere Gedanken gebracht würde.

Vorsichtig glitt mein Blick über die Anwesenden, um zu sehen, ob ich irgendeinen kannte. Wenn ich allerdings jemanden aus dem Hause der Cornelier zu Gesicht bekommen hätte, ich wäre zu einer Marmorstatue erstarrt. Doch dann sagte ich mir, dass die Familie und das Gesinde mittlerweile längst in Rom weilen mussten, wie Cornelius Felix es seinerzeit geplant hatte. Denn das war mit ein Grund gewesen, mich an den Statthalter zu verschenken, weil jedes zusätzliche hungrige Maul die Kosten für den Umzug in die Höhe getrieben hätte.

Ohne Flavus an meiner Seite fühlte ich mich inmitten des Menschengedränges verloren. Ich musste mich dazu zwingen, einen freien Platz an einem der Tische zu suchen und mir einen Becher mit Wasser gemischten Weins einzuschenken. Lustlos nippte ich daran, doch er schmeckte gut und half mir allmählich dabei, die düsteren Gedanken zu vertreiben, die wie dunkle Fledermäuse über meinem Kopf hingen.

Danach fühlte ich mich in der Lage, mich genauer umzusehen. Mehrere schwere Holztische standen im Raum, gedeckt mit einer Auswahl köstlich aussehender Speisen, die schon in mundgerechte Stücke zerteilt waren.

An jedem der Tische saßen mindestens sechs oder sieben Personen, die ihrer Kleidung nach zu urteilen alle Sklaven der eingeladenen Gäste waren. Zwar entdeckte ich kein bekanntes Gesicht, doch auf dem Platz mir gegenüber saß eine zierliche Gestalt, die sofort meine Aufmerksamkeit fesselte.

Es war ein Mädchen von geradezu nymphenhafter Schönheit, das vielleicht fünfzehn Jahre alt sein mochte, im höchsten Fall ebenso alt wie ich. Goldblonde Locken umflossen ein helles, herzförmiges Gesicht mit zarten Wangenknochen. Große, unschuldig blaue Augen mit langen Wimpern und anmutig geschwungene Lippen ließen die Schöne zugleich mädchenhaft und sinnlich wirken. Obgleich ihr Körper zerbrechlich wirkte, zeigte er vielversprechende Rundungen an den richtigen Stellen auf. Den sorgfältig gepflegten Händen war anzusehen, dass sie keiner harten Arbeit nachzugehen brauchte.

Verstohlen gingen die Blicke der meisten Anwesenden immer wieder zu ihr hin – die der Männer mit unterdrücktem Verlangen, die der Frauen mit nur schwer verhohlenem Neid. Das Objekt der Bewunderung schien davon jedoch nichts zu bemerken und bediente sich reichlich an der Schüssel mit in Würfel geschnittenem Schafskäse. Allerdings kam es mir vor, als würde sie öfter zu mir herübersehen, wobei sich jedes Mal der Blick ihrer Augen verdunkelte und sie in ihrer Bewegung innehielt.

Nachdem sie schließlich ihr Mahl beendet hatte, tupfte sie sich ihren Mund mit einem Tuch ab und schaute mich unverwandt an.

Von so viel Aufmerksamkeit unangenehm berührt, steckte ich meine Nase ein wenig tiefer in den Becher und versuchte so zu tun, als bemerkte ich sie gar nicht.

Über den Rand des Gefäßes hinweg bemerkte ich jedoch, wie sie sich zu mir vorbeugte, und ihre Hand berührte flüchtig meinen Unterarm.

»Du bist aus dem Hause des Statthalters?« Ihr rauer, leicht fremdländischer Akzent deutete darauf hin, dass sie nicht aus Divodurum stammte.

Unbehaglich zupfte ich an meiner blassblauen Tunika. »Hm …« Anscheinend war es mir nicht vergönnt, ungestört meinen trüben Gedanken nachzuhängen. Denn mit meiner Kleidung stach ich auch hier aus der Menge heraus, als hätte ich ein Schild umhängen: *Eigentum des Legatus.*

Ohne dem Mädchen einen weiteren Blick zu gönnen, schob ich mir eine überbackene Eierhälfte in den Mund und fragte mich, ob in diesem Hause das Essen für das Gesinde immer so üppig ausfiel oder ob dies nur dem besonderen Anlass zu verdanken war.

Die blonde Schönheit schien von meiner Zurückweisung zunächst einmal hinreichend verschreckt worden zu sein und Abstand davon zu nehmen, das Gespräch weiter zu vertiefen. Doch plötzlich hielt sie erneut in ihrer Bewegung inne, blickte sich kurz um, als wolle sie sichergehen, dass keiner der Anwesenden zu ihr herüberschaute, und beugte sich wieder zu mir hin.

»Ich muss dem Statthalter etwas mitteilen«, flüsterte sie hastig und so leise, dass ich sie kaum verstand.

»Du willst *was?*«, entfuhr es mir mit wesentlich größerer Lautstärke, sodass die Schöne erschrocken zusammenzuckte und zwei der Anwesenden abrupt ihr Gespräch unterbrachen und den Kopf in unsere Richtung wandten.

»Nicht so laut, bitte!«, wisperte sie ängstlich, nachdem sie sicher war, dass keiner mehr zuhörte. »Ich muss unbedingt den Statthalter sprechen.«

Noch immer wollte ich meinen Ohren nicht trauen. Litt das blauäugige Mäuschen vielleicht unter Größenwahn? Wie konnte sie sich zu der Idee versteigen, dass der mächtigste Mann der Provinz ausgerechnet mit ihr sprechen würde? Ein Mann, der in dieser vom Krieg gebeutelten Zeit unter enormem Druck stand: Intrigen erschütterten das Imperium, die Barbaren überrannten den Limes – da hatte er wahrhaftig andere Sorgen. Es sei denn … Nein! Sie war doch wohl nicht eine der Frauen, die es darauf abgesehen hatten, bei jeder sich bietenden Gelegenheit ein Schäferstündchen mit einflussreichen Männern zu verbringen? So etwas konnte sie sich vielleicht vom Publikumsliebling der Gladiatoren oder Wagenlenker erhoffen. Unter Umständen würde sich auch noch ein städtischer Decurio auf ihre Reize einlassen, denn schlecht sah sie ja wahrhaftig nicht aus mit ihrem Schmollmund und den großen blauen Augen. Aber der Statthalter …

»Vergiss es, Mädchen«, sagte ich nur und biss ein Stück von einem Brötchen ab. »Der Legatus hat kein Interesse an einer wie …«

»Ich muss ihn warnen, er ist in Gefahr!«

Um ein Haar wäre mir der Bissen im Halse stecken geblieben, und ich bekam einen Hustenanfall, der erneut die Blicke aller Anwesenden auf uns zog.

Nachdem ich mich gefangen hatte und die anderen ihre Gespräche wieder aufnahmen, fragte ich leise: »Was hast du gesagt?«

»Der Statthalter ist in Gefahr!« Ihr zartes Gesicht nahm eine rosa Färbung an.

»In welcher Gefahr?«, gab ich schließlich ebenfalls flüsternd zurück, unsicher, ob ich diese Kassandrarufe ernst nehmen oder als schlechten Scherz abtun sollte.

»Das muss ich ihm persönlich sagen.« Fast flehentlich hatte sie meinen Arm ergriffen. »Wenn du deinem Herrn einen Dienst erweisen willst, dann hilf mir, zu ihm zu gelangen. Bitte!«

Immer noch wie vor den Kopf gestoßen, blickte ich sie an. Tausend Gedanken wirbelten mir durch den Kopf, und ich wusste nicht, was ich sagen sollte. War das Ganze nur der Versuch einer verhätschelten Sklavin, sich wichtig zu machen und so die Aufmerksamkeit des obersten Herrn der Provinz zu erlangen? Dann wäre ich schön dumm, ein solches Vorhaben zu unterstützen und mir Ärger einzuhandeln. Andererseits, wenn es stimmte, was sie sagte, und der Statthalter tatsächlich in Gefahr schwebte? War es dann nicht sogar meine Pflicht, ihn zu warnen?

Unschlüssig blickte ich sie an. Ihre großen Augen drückten ernsthafte Besorgnis, fast schon Panik aus. »Nun ja ...«, meinte ich schließlich zögernd. »Wenn du die Wahrheit sprichst, werde ich sehen, was ich machen kann.« Krampfhaft überlegte ich, wie ich das bewerkstelligen könnte, ohne selbst allzu dumm dazustehen, wenn sich die Warnungen lediglich als heiße Luft entpuppen sollten. »Vielleicht könnte ich mit seiner Tochter sprechen ... Aber du kannst mir wirklich nicht sagen, um was es geht?«

»Nein!« Die Sklavin war aufgestanden. »Zu seiner eigenen Sicherheit und zu deiner.« Hastig blickte sie sich um, ergriff unter der Tischplatte meine Hand und drückte mir etwas hinein. »Es bleibt keine Zeit mehr zu warten. Das hier ist für ihn.«

»Was ist ...?«

»Psst!«, unterbrach sie mich leise, aber scharf. »Versteck es unter deinem Gewand und stelle sicher, dass er es erhält!« Sie stand auf. Ihre großen Augen glitten hektisch durch den Raum. »Ich gehe jetzt besser, bevor ...«

Den Rest des Satzes konnte ich nicht mehr verstehen, denn noch bevor sie zu Ende gesprochen hatte, war sie herumgewirbelt und aus dem Raum geeilt.

Wie vom Donner gerührt saß ich da, meine linke Hand unter dem Tisch noch immer um den seltsamen Gegenstand geballt, mit der rechten den Rest des Brötchen haltend.

Missmutig legte ich es wieder auf meinen Teller zurück und schob ihn beiseite. Von einem Augenblick auf den anderen war mir der Appetit vergangen.

# KAPITEL III

Gewohnheitsgemäß erwachte ich kurz vor dem Morgengrauen.

Noch im Halbschlaf tastete meine Hand nach rechts, in Erwartung, Flavus' warmen Körper neben mir zu spüren, doch ich griff ins Leere, und mit dem jähen Gefühl der Enttäuschung kehrte ich vollständig in die Gegenwart zurück.

Ein wenig schlaftrunken rieb ich mir die Augen, setzte mich auf und drehte meinen Kopf dann zu dem kleinen, grün verglasten Fenster, hinter dem sich blass das erste Licht des anbrechenden Morgens zeigte.

Vorsichtig stand ich auf, schlich auf Zehenspitzen zum Fenster, öffnete es einen winzigen Spalt und blickte nach draußen in den Garten. Über den Fassaden der Villa zeichnete sich ein orangefarbener Lichtstreifen ab.

Mein Blick ging zu Marcella, die noch immer schlief. Ihr helles Gesicht wirkte entspannt, ihre schwarz glänzenden Haare breiteten sich wie ein kostbarer Schleier auf ihrem Kopfkissen aus.

Als ich sie vor einigen Monaten, bei meiner Ankunft im Hause des Statthalters, kennengelernt hatte, schien sie von einer seltsamen Krankheit befallen zu sein, die sie dazu zwang, einen Großteil des Tages das Bett zu hüten. Erst seit sie sich ihrem Vater gegenüber zu ihrem seltsamen neuen Glauben bekannte, war eine unübersehbare Veränderung mit ihr vorgegangen.

Mehr als einmal hatte sie mich vor der Willkür und Peitsche des Sklavenaufsehers Celsus bewahrt und schließlich in ihren persönlichen Dienst aufgenommen. Obgleich ich mir nicht erklären konnte, weshalb, überkam mich in diesem Moment das Gefühl der Dankbarkeit gegenüber meiner Herrin mit einer solchen Heftigkeit, dass ich mir wünschte, es gäbe irgendetwas, womit ich ihr diese Güte vergelten könnte.

Es gab nicht viel, was ich in meiner Position Marcella bieten konnte, aber ich wusste, dass ihr materielle Güter nicht wichtig waren. Und vielleicht wäre da doch etwas …

Lautlos schlüpfte ich in mein Gewand, band den Gürtel um meine Taille und zog rasch die Sandalen an, bevor ich auf leisen Sohlen den Raum verließ, nicht ohne einen letzten Blick auf meine schlafende Herrin zu werfen.

Der Duft von frisch gebackenem Brot, Getreidebrei und gewürztem Käse strömte schon durch die Flure, als ich mich der Küche näherte. Vorsichtig steckte ich den Kopf hinein und sah eine weißhaarige Köchin über die Feuerstelle gebeugt stehen und missmutig in einem Topf rühren. So früh ließ sich keiner der anderen Haussklaven in der Küche blicken.

Unbemerkt eilte ich weiter zum Hauptportal, das zur Straße hinausführte.

Zwei schläfrige Wachposten standen davor und ließen mich mit einem Gähnen passieren, als ich ihnen sagte, ich sei für die Herrin unterwegs. Wenn diese auch nichts davon wusste, so war es doch nicht wirklich gelogen.

Wieder überkam mich das seltsame Gefühl der Vertrautheit, als ich durch die morgendlichen Straßen der Stadt ging, die langsam zu neuem Leben erwachte. Händler öffneten laut polternd ihre Läden, aus den Bäckereien duftete es verführerisch, dazu erklang von überall der weiche Tonfall des mediomatrischen Dialektes.

Mein Ziel lag im Norden der Stadt, ein wenig abseits des Forums, in der Nähe der riesigen Jupitersäule, die fast bis zum Himmel ragte und auf deren Spitze der berittene Göttervater gerade einen aufständigen Barbaren zu Tode trampelte.

Ich beschleunigte meine Schritte, den Isistempel hinter mir lassend, entlang der Thermen, schob mich über das Forum, vorbei an der Basilica und Kurie, in der an Werktagen die Beamten und Ratsherren, die sogenannten Decurionen, tagten. Schließlich überquerte ich den Decumanus und bog dann in eine kleine Seitengasse ein, wo einfache Häuser mit schlicht verputzten Fronten die Straße säumten. Vor einem unscheinbaren Bäckerladen, neben dessen hölzerner Tür in schon verwitterten roten Buchstaben der Name des Besitzers auf die ehemals weißgetünchte Fassade gepinselt war, blieb ich stehen. Hier gab es die besten Brote und Backwaren der ganzen Stadt.

In den vergangenen Monaten hatte sich hier kaum etwas verändert. Noch immer sah man um diese Zeit die gleichen müden Gesichter der wenigen Kunden, meist einfache Handwerker und Sklaven. Nur dass ich nicht mehr dazugehörte, zu dieser Stadt mit ihren Hügeln, den in leuchtenden Farben bemalten Statuen, ihren Tempeln und Theatern und den Brücken, die sich über die gegabelten Flussarme von Mosel und Saal erhoben, welche die Stadt wie ein Netz durchzogen.

Die teils neugierigen, teils misstrauischen Blicke ignorierend, trat ich ein. Auch hierzulande schien man auf den ersten Blick zu erkennen, dass ich aus dem Hause des Statthalters kam, und machte mir bereitwillig Platz. Und ich konnte nicht verhindern, dass der Gedanke ein ungutes Gefühl in mir wachrief, das sich nicht abschütteln ließ.

Wahrscheinlich fragten sich die Umstehenden gerade, wieso eine Sklavin des Legatus ausgerechnet hier Brötchen einkaufte. Denn obwohl ich schon früher des Öfteren hier gewesen war, erkannte mich niemand. Hatte ich mich so verändert, oder war es nur meine blassblaue Tunika, die sie davon abhielt, mir ins Gesicht zu blicken?

Rasch kramte ich die wenigen Messingasse hervor, die ich besaß.

Mit einem bedauernden Blick auf das, was eigentlich als

Grundstock meines Freikaufs gedacht war, zählte ich einige davon ab und verlangte drei Honigbrötchen, ließ zwei davon einpacken und mir das dritte mitgeben. Noch bevor ich den Bäckerladen verließ, vergrub ich meine Zähne, in das knusprig-weiche, nach Butter und Honig duftende Gebäck und hätte bei dem vertrauten Geschmack beinahe geweint.

Ja, der Weg hatte sich gelohnt!

Der Duft des Brötchens mischte sich mit dem Gefühl der Vorfreude, während ich durch die heller werdenden Gassen zurück zur Statthalterresidenz eilte.

Allmählich belebte sich die Stadt, immer mehr Läden wurden geöffnet; in ein, zwei Stunden würde kein Durchkommen mehr sein. Divodurum war überfüllt; bereits jetzt war es deutlich zu spüren. Viele der Anwohner hatten offenbar Verwandte oder Bekannte aus der Provinz bei sich aufgenommen. Aus den mehrgeschossigen Mietshäusern drangen Kindergeplärr und die zornigen Stimmen Erwachsener, und mehr als einmal musste ich dem Strahl eines Nachttopfes ausweichen, der auf das Pflaster ausgeleert wurde.

Selbst in den Häuserecken und Tornischen sah man hier und da Gestalten sich regen, Flüchtlinge, die kein Geld für einen Schlafplatz in einer der Herbergen und keine Angehörige in der Stadt hatten und die dort mit Sack und Pack kampierten. Einige Bettler hatten schon Stellung an den Häuserecken bezogen und blickten die Passanten flehend oder taxierend an.

Angesichts der sich füllenden Straßen wählte ich einen Umweg und verdrückte mich in eine Seitengasse, während ich versuchte, mich daran zu erinnern, wie ich als Kind hier entlanggelaufen war, neugierig, wieselflink, jedoch immer mit der Angst vor der Strafe, die mich erwarten würden, sollte einer der Herrschaft mein unerlaubtes Verschwinden bemerken. Und doch hatte ich es nicht lassen können, mich immer wieder nach draußen zu schleichen, das geschäftige Treiben auszukosten und mit großen hungrigen Augen vor dem Laden eines Librarius stehen zu bleiben. Auch wenn ich mich nie getraute einzutreten, geschweige denn eine der wertvollen Schriftrollen anzusehen, die dort von Kopisten vervielfältigt und etikettiert wurden, bevor sie einen Platz in den Verkaufsräumen fanden.

Denn schon damals war mein Hunger nach dem geschriebenen Wort so groß, dass ich, sobald ich des Lesens mächtig war, nie lange dem Drang widerstehen konnte, mir hin und wieder eine Schriftrolle aus der Bibliothek meines Herrn auszuborgen. Eine Tatsache, die anfangs noch nicht einmal aufgefallen war, da niemand in der Familie sich zur schönen Literatur oder gar zur Philosophie hingezogen fühlte.

Selbst Primus, der Sohn des Hauses, auf dem die gesamte Hoffnung der Familie ruhte, war nur mit größter Strenge und unermüdlichem Zureden seiner Mutter Fulvia dazu zu bewegen gewesen, regelmäßig seine Unterrichtsstunden zu besuchen. Ich erinnerte mich genau an das ständige Gezeter, die Unaufmerksamkeit des jungen Herrn und die herben Worte des Grammaticus. Denn mir war die undankbare Aufgabe zugefallen, ihn zu dem verhassten Unterricht begleiten, seine Unterlagen tragen und dann stundenlang stumm in der Ecke stehen und warten zu müssen, bis die Lektion vorbei war.

Das einzig Gute an dieser bisweilen unerträglichen Situation lag darin, dass ich auf diese Art in den Bannkreis der Philosophie und Literatur hineingezogen und der Hunger nach Wissen in mir geweckt wurde. Allerdings bedeutete das für jemanden in meiner Position nicht unbedingt etwas Gutes. Und als sie durch Zufall dahinterkamen, dass ich mich aus ihrer kostspieligen Schriftensammlung bediente, waren sie alles andere als erfreut darüber. Meine unerlaubten Ausleihen aus der Cornelischen Bibliothek hatten mir mehr Prügel und einsame Nächte im dunklen Keller des Hauses beschert als alle meine anderen Vergehen zusammen. Mochte die Familie des Cornelius Felix auch noch so wenig von höherer Bildung beleckt sein, sie verstand es, Dinge zu wahren, die ihr gehörten. Und so knauserig die Cornelier anderen gegenüber mit Geld waren, so großzügig waren sie im Gebrauch von Rute und Peitsche.

Ein plötzliches Stolpern riss mich aus den unangenehmen Gedanken. Gerade noch gelang es mir, mich im letzten Moment abzufangen, ehe ich mitsamt meiner kostbaren Brötchen auf das dreckige Pflaster stürzte. Verwundert blickte ich zu Boden, um festzustellen, woran sich mein Fuß gestoßen hatte.

Am Rande der Gasse lag ein seltsam zusammengesunkenes Etwas. Es war mit einer dunklen Decke verhüllt und so dicht an eine Häuserwand geschoben, dass ich es beim Vorbeigehen nicht gleich gesehen hatte.

*Seltsam.* Zwar war es üblich, dass Bewohner der angrenzenden Häuser hin und wieder ihren Müll aus dem Fenster oder auf die Straße kippten, doch konnte ich mir nicht denken, was das für Abfälle sein sollten, die jemand in einem derart mächtigen Haufen vor der Haustür stapelte und dazu noch unter einer wollenen Decke verbarg.

Mit misstrauisch gerunzelter Stirn bückte ich mich zu dem Bündel hinunter.

Goldene Strähnen quollen unter dem dicken Stoff hervor. Erschrocken wich ich einen Schritt zurück.

Welche arme heimatlose Seele – ein Flüchtling vielleicht – hatte hier wohl die Nacht verbracht? Erstaunlich war nur, dass die Person durch meinen Zusammenstoß nicht aufgewacht war oder sich zumindest bewegt hatte. Noch immer lag sie genauso reglos da wie zuvor.

Ich stutzte und beugte mich mit zusammengekniffenen Augen erneut über das Bündel. Eine zierliche, selbst unter der Decke noch zerbrechlich wirkende Figur, ein nackter, schmaler Fuß ragte hervor.

Ich wusste, ich sollte spätestens jetzt nach Hause gehen. Den kleinen eigenmächtigen Ausflug würde man mir sicher verzeihen. Wenn ich mich jedoch in fremde Angelegenheiten einmischte und meine Zeit mit Lumpengesindel und Bettlern auf der Straße vergeudete, dann würde ich mir größeren Ärger einhandeln.

Und trotzdem, ich konnte nicht einfach vorbeigehen und jemanden am Straßenrand liegen lassen, der vielleicht Hilfe benötigte. Noch immer rührte sie sich nicht, auch musste ihr Atem sehr schwach sein, denn durch den Stoff der Decke hindurch war keine Bewegung zu erkennen.

Hatte sich die Herrin Marcella nicht äußerst großmütig gegenüber den Benachteiligten der Gesellschaft gezeigt, ja, geradezu besorgt am Schicksal der schwächer Gestellten? Dieser Gedanke gab den Ausschlag. Beherzt trat ich auf die Schlafende zu, während ich überlegte, ob ihr vielleicht ein Stück der süßen Brötchen helfen konnte, wieder zu Kräften zu kommen.

»Geht es dir nicht gut?«, fragte ich leise, einen unruhigen Blick um mich werfend, um zu sehen, ob mich einer der Passanten bei meinem Tun beobachtete.

Keine Antwort.

»Kann ich etwas für dich tun?« Ein wenig forscher tippte ich die Gestalt dort an, wo ich unter dem Stoff die Schulter vermutete.

Wieder keine Reaktion.

»He, so sag doch etwas!« Diesmal rüttelte ich ein wenig heftiger. Der Körper fühlte sich unnatürlich starr an. Starr und kalt.

Noch einmal kurz über die Schulter schauend, packte ich die Frau an der rechten Seite und drehte sie vorsichtig herum. Ihr steifer Körper schien sich zu widersetzen, doch dann rollte sie auf den Rücken, die Decke glitt ihr vom Gesicht, und wie vom Blitz getroffen fuhr ich auf und taumelte zurück.

Es war das Mädchen von gestern Abend!

Blut rauschte mir in den Ohren, mein Herz hatte einen kurzen Moment zu schlagen aufgehört und begann dann wie ein Trommelwirbel zu pochen.

Wie von einem Zauber gebannt stand ich da und blickte bewegungslos auf das Gesicht hinab, dessen Lockenpracht mir am Tag zuvor Bewunderung und Neid abgerungen hatte.

Noch immer war das Gesicht milchig weiß, doch hatte sich ein unnatürlicher fahler Ton unter die Reinheit der Blässe gemischt. Ihre blauen Augen waren geschlossen, ihre Züge wie festgefroren, nicht einmal eine Wimper zuckte.

In der vergangenen Nacht hatte sie vor Sinnlichkeit gesprüht, und nun lag sie reglos zu meinen Füßen.

Auf der rechten Seite des gespenstisch weißen Gesichts zog sich vom Ohr bis hinab zum Hals ein dunkler Streifen. Es kostete mich einiges an Überwindung, um mich nach vorn zu beugen und diesen näher zu betrachten. Etwa einen Finger breit und bräunlich, wirkte er wie ein Fremdkörper auf den ebenmäßigen Zügen.

*Blut!*

Ein breites Rinnsal aus getrocknetem Blut.

Bevor ich wusste, was ich tat, war ich neben dem Mädchen auf die Knie gegangen und strich ihm vorsichtig die Haare aus dem Gesicht, um zu sehen, woher das Blut kam.

Ein schwerer Duft schlug mir entgegen, der sich in den Falten der Decke verfangen hatte, ein schwüler Geruch wie von Weihrauch mit einem Hauch von Rosen.

Dann sah ich es.

Einen Schrei unterdrückend fuhr ich zurück. An der rechten Schläfe, beinahe vollständig von der Lockenpracht verborgen, klaffte eine tiefe, schwarz verkrustete Wunde. Von ihr hinab verlief das getrocknete Rinnsal, dessen letzter Ausläufer auf dem Gesicht zu erkennen war.

Galle stieg mir in die Kehle. Ein Zittern hatte sich meines Körpers bemächtigt, und einen Augenblick lang musste ich die Augen schließen, um nicht das Bewusstsein zu verlieren.

Langsam, ganz langsam drang die Erkenntnis zu mir durch: das blasse Gesicht, die Starre des Körpers, die Wunde am Kopf. In meiner Verzweiflung fiel mir nichts anderes ein, als mit den Fingerspitzen nach der Schlagader am marmorweißen Hals des Mädchens zu tasten. Doch das Ergebnis war wie erwartet.

Sie war tot. *Ermordet!*

In mir breitete sich gleichzeitig Hitze und Kälte aus. Plötzlich wurde mir bewusst, wie es aussehen musste, ich über ein totes Mädchen gebeugt. Womöglich dachte man ...

Ohne zu überlegen, hatte ich mich gebückt und die wollene Decke wieder über die Gestalt geworfen. Glücklicherweise war die Seitengasse, in der ich mich befand, wenig belebt. Verstohlen blickte ich zu den kleinen Fenstern der Häuser empor, um zu sehen, ob mich von dort vielleicht jemand beobachtet hatte. Doch sie waren alle geschlossen, und das milchige Grün der Scheiben darin schimmerte so trübe, dass man ohnehin nur Umrisse erkannt hätte, selbst wenn jemand versuchen sollte, hindurchzuschauen.

Noch immer zitternd kämpfte ich darum, einen klaren Gedanken zu fassen. Mein gehetzter Blick fiel auf die Brötchen in meiner Hand, die mittlerweile schon zerdrückt und unansehnlich geworden waren. Doch sie erinnerten mich daran, weshalb ich überhaupt hier war.

Marcella! Die Herrin! Sicher wartete sie schon, wunderte sich, wo ich abgeblieben war, und nun das ...

Meine Augen fielen wieder auf die dunkle Decke, unter der ich die Tote wusste. Sollte, ja konnte ich sie so einfach hier zurücklassen? Am Straßenrand zusammengekrümmt, als Fraß für die Ratten? So wie man mich einst zurückgelassen hatte, als Kind ...?

Es fiel mir schwer, in meiner Angst einen klaren Gedanken zu fassen. Doch hier zu bleiben und bei der Leiche entdeckt zu werden würde weder mir noch dem armen Mädchen helfen.

Mir blieb keine Wahl, ich musste zurück zu Marcella. Vielleicht konnte ich mich ihr anvertrauen und ihr sagen, was ich entdeckt hatte. Ja, ihr konnte ich als einzigem Menschen wirklich vertrauen.

Wie unter einem Zwang setzte ich mich in Bewegung. Trotz meiner Angst versuchte ich, ruhig auszuschreiten, um kein unnötiges Aufsehen zu erregen, und so erreichte ich atemlos wieder die Residenz des Statthalters, wo die Wachen mich wortlos passieren ließen. Erst in der großen Eingangshalle blieb ich stehen, um mit hämmerndem Herzen nach Atem zu ringen.

»Invita, wo bist du gewesen?« Hohl und laut klang die Stimme der Vilica, der Vorsteherin der Hausdiener in der hohen Halle.

Erschrocken fuhr ich zusammen, wandte mich in die Richtung, aus der die Stimme gekommen war, und sah, wie sich die weißhaarige Frau in schnellen Schritten auf mich zubewegte.

»Die Herrin wollte heute Morgen baden, und du warst verschwunden; sie hat einen Gast und ....«

Um Fassung bemüht, murmelte ich irgendetwas von einer Besorgung, die ich zu machen hatte, vermied es aber, ihr dabei in die Augen zu sehen.

»Dann spute dich und bring den Damen frischen Wein. Marcella ist mit ihrem Besuch im Empfangsraum.«

Ich unterdrückte das Zittern in meiner Stimme: »Ein Gast? So früh schon?«, fragte ich, während ich neben der Vilica in die Küche eilte und dort einen frischen Krug mit verdünntem Wein in Empfang nahm. »Wer ist es denn?«

»Die Tochter irgendeines bedeutenden Beamten der Stadt. Ihr Vater hat gerade eine Audienz beim Statthalter.« Ungeduldig schob sie mich aus der Tür. »Aber das braucht dich nicht zu kümmern. Also nun schnell, und pass auf, dass du nichts verschüttest.«

Ich hielt es für klüger, dem Befehl nachzukommen, eilte zum Empfangsraum, zupfte noch einmal meine Tunika mit der linken Hand zurecht, während ich in der rechten vorsichtig den schweren Weinkrug balancierte. Dann zwang ich mich, für einen Augenblick das Bild des blutbesudelten Mädchens aus meinem Gedächtnis zu verbannen, und klopfte.

Marcellas Stimme hieß mich eintreten.

Schnell öffnete ich einen Flügel der Tür und betrat den Raum.

Lächelnd sah mich die Herrin an. Über mein Verschwinden schien sie nicht böse zu sein.

Der Gast saß ihr gegenüber, sodass ich zunächst nur den auffällig grünen Stoff seines Gewandes und gesteckten künstlich blassgelben Haare sehen konnte, die mit wuchtigen rosa Perlen durchsetzt waren.

Mich zu einem Lächeln zwingend, trat ich näher, hob den Weinkrug an, unsicher, ob ich ihn einfach auf dem Tisch abstellen oder gleich den Wein in die Becher einfüllen sollte.

In diesem Moment drehte sich Marcellas Gast zu mir um, blickte mich an – und erstarrte.

Zunächst glaubte ich nicht, was ich sah. Dann erfror auch ich in meiner Bewegung und konnte mich im letzten Moment noch zurückhalten, um nicht vor Entsetzen den Krug auf den kostbaren Mosaikboden zerschellen zu lassen oder dessen Inhalt auf ihr giftgrünes Gewand zu verschütten.

Nur einen Schritt von mir entfernt, am Tisch meiner Herrin, saß mit vor Überraschung geweiteten Augen und unwillig verzogenem Mund Cornelia Felix, die Tochter meines früheren Herrn, die ich bis vor wenigen Augenblicken noch mit ihrer gesamten Familie in weiter Ferne, jenseits der Alpen, im ewigen Rom geglaubt hatte.

# KAPITEL IV

Einige Herzschläge lang geschah gar nichts.

Niemand rührte sich oder schien auch nur zu atmen.

Es war so, als hätte der Fluss der Zeit mit einem Mal innegehalten und ich selbst wäre als Einzige herausgetreten und beobachtete von seinem Ufer aus die eingefrorene Gegenwart.

Cornelia Felix hatte mich sofort erkannt, ebenso wie ich sie. Kein Wunder, war es doch noch im vergangenen Jahr meine Aufgabe gewesen, ihr bei den alltäglichen Verrichtungen zur Hand zu gehen und in ihren Gemächern oder nach dem Bad hinter ihr herzuräumen.

Genauso wenig wie ihr herrschsüchtiges Gesicht würde ich je das Gefühl ihrer Handfläche auf meiner Wange oder das Aufklatschen ihrer Weidenrute auf meiner Haut vergessen, dicht gefolgt von einem heftigen Schmerz, der ebenso wie mein ohnmächtiger Zorn immer erst einen Atemzug später explodierte.

»Guten Morgen, Invita.« Es war Marcellas Stimme, die den Stillstand der Zeit beendete und verhinderte, dass mir letztlich doch noch die Weinkaraffe aus der Hand glitt. »Die edle Cornelia Felix hat mir die Ehre ihres Besuches erwiesen.«

Noch immer überschlugen sich meine Gedanken, mein Körper wollte sich nicht aus der Erstarrung lösen. Wieso konnte sie hier sein? Sollte sie nicht mit dem Rest ihrer unerträglichen Familie in Rom weilen?

Auch Cornelia schien erst jetzt wieder zum Leben zu erwachen. Rote Flecken breiteten sich auf ihrem Gesicht aus, ihre zu auffällig schwarz gefärbten Wimpern flackerten, und sie schien Schwierigkeiten zu haben, ihre Haltung zurückzugewinnen.

Hastig griff sie nach ihrem Becher aus blauem Glas und leerte ihn mit großen nervösen Schlucken.

»Nun …«, meinte sie schließlich, stellte mit einer fahrigen Handbewegung den Becher ab und schien nicht zu wissen, was sie sagen sollte.

Wie angewachsen stand ich da, einige Schritte von ihr entfernt, den Krug an meinen Körper gepresst, und starrte ihr direkt in die Augen, statt den Blick zu senken oder ihr meine Ehrerbietung zu bekunden.

Oh, wie ich sie hasste! Da saß sie nun im Haus des Statthalters und schüttete seinen Wein in sich hinein, buhlte um die Gunst seiner Tochter. Cornelia, die es nicht wert war, mit jemandem wie Marcella auch nur dieselbe Luft zu atmen. Dieses verwöhnte Luder, das …

»Hast du meinen Gast schon begrüßt?« Marcellas sanfte Worte rissen mich aus meiner Verbitterung.

Unwillig blickte ich zu ihr hin, sah ihre arglosen Augen, die mit solchem Wohlwollen erst über mich und dann über Cornelia glitten, dass Übelkeit in mir aufstieg und ich mich fragte, was Marcella empfinden würde, wenn sie diese Frau wirklich kennen würde, ihre Überheblichkeit, ihre Habgier und ihren Stolz …

»Cornelia Felix ist gekommen, mich persönlich zu den Geburtstagsfeierlichkeiten ihres Vaters einzuladen.«

Meinen Widerwillen herunterschluckend, verbeugte ich mich. »Sei gegrüßt, Domina Cornelia«, murmelte ich, den Blick senkend, wandte mich dann ab, um mich in die Nähe der Tür zu begeben und dort zu warten, bis man meine Dienste in Anspruch nehmen würde.

Meine Hand ballte sich zur Faust. *Cornelia Felix …*

»Woher …«, begann diese. »Was macht …? Ich meine, wieso …?« Flüchtig glitt ihr Blick zu mir, dann wieder zurück zu

Marcella, die in ihrem Korbsessel ruhte, die zierlichen Füße auf einen Hocker gestützt.

»Meine persönliche Schreiberin, Invita.« Marcellas Augen lächelten mir über den Rand des Glasbechers hinweg zu, dann nahm sie einen Schluck und drehte das Gefäß vorsichtig in ihren zierlichen Fingern. »In der Vergangenheit hat sie sich als sehr fähig gezeigt und begleitet mich deshalb auf eigenen Wunsch nach Divodurum, denn sie ist hier aufgewachsen.«

»In der Tat, ja.« Mit einem leisen Klirren stellte Cornelia ihren Becher ab.

Ob Marcella wusste, dass ich früher in Cornelias Diensten stand und ein Geschenk deren Vaters an den Statthalter, also ihren Vater, war?

Mit einer gewissen Genugtuung bemerkte ich, dass meine Anwesenheit Cornelia die gute Stimmung verhagelt hatte.

»Ich denke«, sie räusperte sich unbehaglich, »ich sollte nun gehen. Sicher erwartet mich mein Vater schon.«

»Wie du möchtest.« Ohne den Versuch zu machen, ihren Gast zu weiterem Bleiben aufzufordern, erhob sich Marcella von ihrem Platz und schob den Stuhl zurück.

Sich zu einem Lächeln zwingend, stand Cornelia ebenfalls auf. »Nun denn ...« Unsicher sah sie zu Marcella hinüber. »... bedanke ich mich für deine Gastfreundschaft und den Wein.«

»Es war mir ...« Marcella zögerte, »eine Abwechslung.«

»Ich wünsche dir einen schönen Tag.« Mit einem letzten giftigen Blick auf mich wandte sich Cornelia ab und ging zur Tür.

Marcella machte keinerlei Anstalten, sie zu begleiten.

An einem leisen Knall war zu hören, dass Cornelia den Raum verlassen und die Tür hinter sich zugeschlagen hatte.

Ich blieb mit Marcella allein zurück.

Mein Herz klopfte bis zum Hals, Blut rauschte mir in den Ohren. Das Bild der toten Sklavin hatte sich in mein inneres Auge eingebrannt, und nun, da die betäubende Wirkung des Schocks über das unverhoffte Wiedersehen mit meiner verhassten früheren Herrin von mir abzufallen begann, spürte ich, wie mein Körper zitterte.

»Beim Allmächtigen, Invita, was hast du?« Marcellas Augen waren vor Besorgnis geweitet, und als ich zu schwanken drohte, fasste sie mich am Arm, nahm mir die Karaffe ab und hieß mich in dem Sessel Platz zu nehmen, in dem zuvor Cornelia Felix gesessen hatte. Der Gegensatz ihres Verhaltens zu dem Cornelias, die Sklaven gegenüber nur Verachtung zeigte, hätte größer nicht sein können. »Was ist mit dir?«

Das Hämmern in meinem Körper nahm zu, mein Mund war trocken wie Staub, und ich war nicht in der Lage, etwas zu antworten.

Geduldig, doch mit dem Ausdruck der Bestürzung im Gesicht blickte mich Marcella noch immer an, füllte schließlich ihren eigenen Becher mit Wein und reichte ihn mir.

Mit zitternden Händen griff ich danach und trank gierig wie eine Verdurstende.

»Herrin, ich ...«, begann ich, nachdem meine Zunge mir wieder gehorchte. »Da draußen, in der Stadt ...« Tränen stiegen in mir auf. »Nahe dem Forum, in einer Seitengasse ...«

»Was ist denn geschehen?«

»Das ganze Blut ... ihr Gesicht ...« Wieder versagte mir die Stimme. »Dabei war sie noch so jung und so schön!«

»Von wem redest du?« Wie zum Zeichen, dass ich alle Zeit der Welt hatte, um ihr zu berichten, hatte sich Marcella ihren Stuhl herangezogen und neben mir Platz genommen. Fest und beruhigend umgriffen ihre zarten Hände meinen Arm, und ich spürte, wie ich unter dem Trost ihrer Berührung wieder zu Sinnen kam.

»Herrin, ich war heute Morgen in der Stadt. Bevor du aufgestanden warst. Ich wollte dir eine Spezialität der Region mitbringen ...« *Wo hatte ich die Brötchen nur hingelegt?* »Auf dem Weg zurück habe ich einen Umweg genommen, durch eine Seitengasse. Dort ...« Wieder schluckte ich, kämpfte mit den Tränen. »Am Straßenrand fand ich, unter einer Decke versteckt … o ihr Götter, sie war tot!«

»Wer?« Marcellas Stimme war nicht anzumerken, ob sie mich ernst nahm oder für übergeschnappt hielt.

Meine Gedanken drehten sich fieberhaft. »Ein Mädchen, das ebenfalls auf dem Gastmahl war!« Auf ihren fragenden Gesichtsausdruck verbesserte ich mich: »Ich meine, eine Sklavin, die ich gestern Abend in der Gesindeküche kennengelernt habe. Ich weiß nicht, wem sie gehörte. Wir haben nur kurz miteinander gesprochen. Und nun liegt sie da in der Straße, tot und voller Blut!«

Zitternd vergrub ich das Gesicht in meinen Händen, während ich versuchte, das grausige Bild zu verdrängen.

»Bist du sicher, dass du dich nicht getäuscht hast?«

Ohne aufzusehen schüttelte ich den Kopf. »Ganz sicher, Herrin.« Wer dieses elfengleiche Wesen einmal gesehen hatte, würde es überall auf der Welt wiedererkennen. Selbst blutüberströmt im Straßengraben.

Langsam erhob Marcella sich von ihrem Platz.

Mit tränenverschmierten Augen blickte ich zu ihr auf. »Wo willst du hin, Herrin?«

»Ich werde einen Boten meines Vaters davon in Kenntnis setzen. Er wird sich an einen der hiesigen Aedile wenden, damit dieser sich der …«, sie zögerte, »der Sache an nimmt.«

Uns beiden war bewusst, dass diese Angelegenheit so unbedeutend war, dass sie höchstens in den Bereich der örtlichen Ordnungskräfte fiel und weder die Wichtigkeit noch die Dringlichkeit besaß, um den Statthalter, als den Vertreter des Kaisers, damit zu behelligen. Galten Sklaven doch nicht als Menschen, sondern als Gegenstände und ihr Verlust im besten Falle als Sachbeschädigung. Trozdem mochte es niemand der anwohnenden Bürger, wenn in der eigenen Straße die Leiche eines Sklaven vor sich hin rottete. Denn, obgleich Sklaven unfrei waren, besaßen sie doch etwas wie eine Seele, und auch vor den Totengeistern der Unfreien musste man auf der Hut sein.

Wie um ihr Versprechen wahr zu machen, ging Marcella zur Tür. »Ich werde mich persönlich darum kümmern«, versprach sie. »Mein Vater hat derzeit ...«, sie zögerte, »andere Sorgen.«

Ich wusste nicht genau, was sie damit meinte, doch war es mir im Moment gleichgültig, und ich zu benommen, um danach zu fragen.

Die Flügel schlossen sich hinter ihr, und mit zitternden Händen nahm ich einen weiteren tiefen Schluck Wein, dessen Wärme jedoch nicht das Zittern aus meinem Körper vertreiben konnte.

## KAPITEL V

Die Zeit zerrann zäh wie Sirup.

Regungslos saß ich auf dem Stuhl, immer noch den Becher mit den Fingern umkrampfend.

Kurze Zeit nachdem sie den Boten losgeschickt hatte, war Marcella zurückgekommen, und leistete mir seitdem stumm Gesellschaft, als ahnte sie, dass jedes Mal, wenn ich die Augen schloss, das blasse, blutüberströmte Gesicht der Toten vor mir auftauchte.

Wahrscheinlich hätte ihr Vater sie gescholten, wenn er gesehen hätte, dass sie ihrer Sklavin erlaubte, mit ihr zusammen am selben Tisch zu sitzen, ohne dass diese sich nützlich machte oder ihr zur Hand zu ging.

Es kümmerte mich nicht.

Irgendwann klopfte es an der Tür, leise und zögerlich. Doch das Geräusch ließ mich zusammenzucken wie unter einem Schlag.

Marcellas gefasste Stimme hieß den Wartenden eintreten, und als sich ein Flügel öffnete, kam einer der Haussklaven herein, ein rothaariger Junge, den ich nicht kannte. Leise trat er auf sie zu und teilte ihr mit, dass ein Bote des Aedils gekommen sei mit Informationen den Tod des Mädchens betreffend.

Marcella bedankte sich mit einem freundlichen Nicken und gab mir ein Zeichen, ihr zu folgen.

Der Bote, ein Mann Mitte zwanzig, der in eine schlichte, an Ärmeln und Saum mit grüner Borte verzierte Tunika gekleidet war, stand wartend in der Halle. Marcella führte ihn in die kleine Bibliothek, die um diese Tageszeit im Schatten lag, und schloss sofort die Tür.

»Es ist, wie du berichtet hast, Herrin«, begann der Bote nach einer kurzen Begrüßung. »Das Mädchen lag noch an dem beschriebenen Ort, und es ist tot.«

Flüchtig suchte mich Marcellas Blick, und ich erschauerte leicht.

»Wie ist sie gestorben?«, fragte sie leise.

»Jemand muss ihr einen schweren Gegenstand über den Kopf geschlagen haben. Doch das allein hat nicht zum Tode geführt.« Er unterbrach sich kurz. »Außerdem waren an mehreren Stellen ihres Körpers Einstiche eines Messers zu sehen, sieben, um genau zu sein. Sie wurde übel zugerichtet.«

Ich sah, dass Marcella bei dieser Beschreibung kurz die Augen schloss und alle Farbe aus ihrem Gesicht wich. Sie presste die Lippen aufeinander, sodass diese nur noch eine blasse, schmale Linie bildeten. Doch dann hatte sie sich wieder in der Gewalt.

»Wem hat sie gehört?« Ihre Stimme klang ein wenig heiser, aber beherrscht.

»Einem Sevir Augustalis der Stadt, Aelius Misenus. Er wurde von ihrem Tod in Kenntnis gesetzt und besteht darauf, dass der Schuldige ausfindig gemacht werden und für den Schaden aufkommen muss.« Der Bote räusperte sich. »Er sagte, das Mädchen sei eine besonders teure Investition gewesen.«

Ohnmächtige Empörung stieg in mir auf, dass jemand seine Sklavin, deren Liebesdienste er zweifelsohne genossen hatte, so gefühllos auf ihren Verkaufswert degradieren konnte. Und dazu noch ein Priester! Aelius Misenus, der Mann, der sich dem Statthalter aufgedrängt hatte, um ihn zum Gastmahl des Duumvirs zu begleiten. So wie Cornelia Felix heute Morgen ungebeten bei Marcella vorstellig geworden war. Die Familien verkehrten miteinander; Misenus war in den letzten Jahren des Öfteren bei den Corneliern zu Gast gewesen. Alles ein und dasselbe Pack!

»Hatte das Mädchen hier irgendwelche Verwandten?«, fragte Marcella.

Der Bote schüttelte den Kopf. »Nicht dass ich wüsste. Der edle Misenus sagt, er habe sie erst kürzlich erworben und sie stamme irgendwo aus dem Barbaricum.«

Daher also der fremdländische Akzent.

Ein beklemmendes Schweigen entstand.

»Doch da ist noch etwas.« Ein wenig unbehaglich glitt der Blick des Mannes durch den großen Raum, während er es offensichtlich vermied, Marcella bei seinen Worten direkt anzusehen.

»Ja?«

»Als man die Tote untersuchte, fand man etwas um ihren Hals gebunden.«

»Um ihren Hals?«

»Ja.« Wieder räusperte er sich. »Ein kleines Bleitäfelchen an einer ledernen Schnur.«

Es war mir gar nicht aufgefallen. Aber bei dem Schock hatte ich auf so etwas auch nicht geachtet.

»Ein Amulett?«

Das wäre nichts Ungewöhnliches. Viele Leute trugen persönliche Glücksbringer, um den bösen Blick abzuwenden oder sich des Schutzes der Götter zu vergewissern.

»Nicht direkt.« Das Thema war ihm sichtlich unangenehm, und seine Stimme wurde leiser, sodass es beinahe nur noch ein Flüstern war. »Ein … äh …« Der Rest des Satzes war unverständlich.

»Ein was?« Obgleich Marcella ihm direkt gegenüberstand, schien sie ihn ebenso wenig verstanden zu haben.

Der Bote wand sich unbehaglich. »Ein Verfluchungstäfelchen. Schwarze Magie. Hexerei.« Kaum hatte er die Worte ausgesprochen, schien er es plötzlich sehr eilig zu haben. »Wenn du mich nun entschuldigen würdest, Herrin. Der Aedil erwartet meinen Bericht.«

Ohne die Antwort abzuwarten, empfahl sich der Bote mit einer knappen Verbeugung und verließ fast fluchtartig den Raum.

Die Flügel der Tür schlossen sich hinter ihm, Marcella und ich blieben allein zurück und sahen einander entgeistert an.

»Ein Verfluchungstäfelchen?«

Stirnrunzelnd stellte der Statthalter seinen Becher ab und blickte seine Tochter an.

»Ja, Vater. Zumindest ist es das, was der Bote berichtet hat.«

Der Statthalter schwieg. Eine senkrechte Falte hatte sich zwischen seinen Augenbrauen eingegraben, und sein Blick war ernst.

»Also Zauberei ...« Seine Worte klangen, als spreche er mehr zu sich selbst. »Wird nicht gerade einem Mann der Prozess gemacht, der versucht haben soll, durch Verwünschungen das Leben des Kaisers zu gefährden?«

Kurz warf der Schreiber warf einen Blick in die Akten. »Ja, Herr, Paullus Idiomarus. Er ist der Mann jener Frau, die dich bei deiner Ankunft um Gnade angefleht hat.«

Ein knappes Nicken des Statthalters. »Ich entsinne mich. Wie lautet die Anklage genau?«

Erneut überflogen die Augen des Sekretärs die Aufzeichnungen auf den Wachstäfelchen. »Idiomarus soll versucht haben, durch magische Rituale den Kaiser zu verfluchen und seinen Tod herbeizuführen. Weiter heißt es, dass er die Macht der persischen Streitkräfte durch das Herbeirufen von Dämonen gestärkt und dadurch die Gefangennahme des Kaisers herbeigeführt habe.«

Das war eine schwere Beschuldigung. Obgleich ich selbst nur wenig auf all das Gerede von Geistern und Dämonen gab, war mir bewusst, dass magische Rituale, Schadenszauber und Verwünschungen beliebte Mittel waren, sich an unliebsamen Mitmenschen zu rächen oder sie gar aus dem Weg zu räumen. Menschen, die Kenntnisse oder Kräfte besitzen sollten, derartige Verwünschungen durchzuführen, wurden gleichermaßen beneidet wie gefürchtet und ließen sich solche Dienste mit teurem Geld bezahlen.

Wer auch immer von der Verschleppung Kaisers Valerians profitierte, war sicher kein einfacher Handwerker aus Divodurum oder welchem Beruf dieser Idiomarus auch immer nachgehen mochte.

Im gesamten Römischen Reich waren schwarzmagische Praktiken unter Androhung harter Strafen verboten, besonders wenn sie gegen hochstehende Persönlichkeiten und Inhaber wichtiger Staatsämter gerichtet waren. So tolerant sich die römische Politik auch gegenüber den meisten religiösen Riten gab und auch den eigenen Bürgern viele Freiheiten bei der Wahl ihrer persönlichen Gottheiten und deren Verehrung ließ – solange sie dem offiziellen Staatskult, insbesondere der göttlichen Verehrung des Kaisers, nachkamen –, so streng zeigte man sich gegenüber magischen Ritualen, die ihrer Meinung nach Staat und Gesellschaft schädigten. Dazu gehörten zum einen Druidenpriester, die schon vor Jahrhunderten, unmittelbar nach der Eroberung Galliens durch Caesar, verboten worden waren, weil sie Menschenopfer darbrachten und die Macht besaßen, die Bevölkerung gegen die Römerherrschaft aufzuwiegeln. Aber auch die Christen wurden streng beobachtet, und die Juden galten zumindest als suspekt. Gerade der von den sassanidischen Persern versklavte Kaiser Valerian hatte eine neue Welle der Christenverfolgung ins Leben gerufen.

Selbst im privaten Bereich war jede Form von Verwünschung und schwarzer Magie verdächtig. Zwar konnte man derartige Dienste beinahe an jeder Straßenecke kaufen. Wer damit jedoch einer einflussreichen Person zu schaden versuchte, wurde unbarmherzig bestraft. Besonders Sklaven, die ihren Herrn verfluchten, hatten mit keinerlei Gnade zu rechnen. Und überall schüzte man sich mit Amuletten und Zaubersprüchen vor Verwünschungen und dem bösen Blick.

Doch dieser Fall war etwas Besonderes. Das Mädchen war erstochen worden. Nichts deutete darauf hin, dass es aufgrund magischer Kräfte oder dämonischer Einflüsse zu Tode gekommen war, und dennoch schien es irgendjemand für notwendig erachtet zu haben, die Tote mit einem Fluch zu belegen.

Ob dies vor oder nach ihrer Ermordung geschehen war, blieb im Dunkeln. Wirklich, sehr mysteriös das Ganze.

»Du kannst gehen!« Die Stimme des Statthalters, der gerade seinen Sekretär entließ, riss mich aus meinen Überlegungen.

Marcella hatte gar nichts gesagt, saß nur mit gerunzelter Stirn da. Siedend heiß überkam mich der Gedanke, dass ja auch die Christen, zu denen sie sich zählte, wegen schwarzer Magie in Verruf standen. Hoffentlich kam niemand darauf, da eine Verbindung zu ziehen.

Doch die Gedanken des Statthalters schienen in eine andere Richtung zu gehen. »War es nicht Aelius Misenus, der diesen Idiomarus wegen magischer Praktiken dem Aedilen überstellt hat?«

»Ich weiß es nicht, Vater. Darüber solltest du einen der Aedile befragen. Oder denkst du, dass die Frau dieses Idiomarus die Sklavin getötet hat, um Misenus zu schaden und sich für die Verhaftung ihres Ehemanns zu rächen?«

»Das wäre nicht auszuschließen.« Nachdenklich nickte der Statthalter. »Doch wozu dann dieser Fluch? Vielleicht kannst du mir ja Genaueres darüber sagen, Tochter.« Sein Blick verdüsterte sich, und seine Stimme klang bitter, beinahe zornig, so wie ich es bei ihm, der zwar streng war, jedoch stets besonnen und gerecht, noch nie beobachtet hatte. »Soweit ich weiß, pflegst du ja gewisse Bindungen zu …«, er räusperte sich, »derartigen Kräften.«

Jetzt war es heraus.

Flammende Röte schoss Marcella ins Gesicht.

»Ich denke nicht, Vater, dass mein Glaube mit so etwas in Zusammenhang steht.« Ihre Stimme klang ruhig, doch ich spürte, wie sehr sie sich beherrschen musste. »Gleichgültig, was man dir auch zugetragen haben mag. Meine Glaubensbrüder töten niemanden und bringen auch keine Menschenopfer dar. Falsch ist auch«, fuhr sie erregter, als ich sie je gesehen hatte, fort, »dass wir den Kaiser verfluchen oder irgendeinen anderen Schaden auf die Völker des Imperiums herabbeschwören. Ganz im Gegenteil, jeden Tag beten wir um Frieden und darum, dass das Blutvergießen ein Ende finden möge. Auch wenn es dir schwerfällt, es zu glauben, Vater, es ist die Wahrheit. Du weißt, ich habe dich noch nie belogen.«

Ohne dem Statthalter die Gelegenheit zu geben, etwas zu erwidern, stand Marcella auf und wandte sich um. Ihre Hände zitterten, als sie die Tür öffnete und ich ihr mit einer kurzen Verbeugung hastig folgte.

Es wäre nicht das erste Mal, dass ein Herr seine Wut über seine missratenen Sprösslinge an deren Sklaven oder Zofen ausgelassen hätte. Und für meinen Geschmack gab es auch so schon genügend Ärger.

# KAPITEL VI

*Gütige Minerva!* Wieso das jetzt?

Ich stolperte zum Fenster, riss den Vorhang beiseite und stieß es auf, um gierig die kühle Abendluft einzuatmen.

Das Bild der toten Sklavin ließ sich nicht abschütteln.

Lag vielleicht wirklich ein Fluch auf mir? War es das? Hatte mich die Mutter, als sie mich damals den Ratten im Straßengraben vorwarf, mit einem Bann belegt, dass ich, gleichgültig wohin ich ging, nicht nur mir selbst, sondern anderen, die mit mir in Berührung kamen, Unglück brachte?

Nur mühsam gelang es mir, mich auf meine Arbeit zu konzentrieren und Marcella beim Auskleiden zu helfen, ihr Bett aufzuschlagen und sorgfältig die Kissen aufzuschütteln.

»Kann ich noch etwas für dich tun, Herrin?«, fragte ich schließlich, als sie sich hingelegt und die leichte Leinendecke über sich ausgebreitet hatte.

Ich selbst trug nur eine dünne Nachttunika, und trotzdem war mir, ungeachtet der Kühle des Abends, heiß.

»Nein, Invita, ich benötige nichts mehr. Leg dich schlafen.«

Der Gedanke daran, im Traum die schrecklichen Bilder des toten Mädchens, sein blutüberströmtes Gesicht vor mir aufsteigen zu sehen, machte mir Angst. Ich kannte die Furien zur Genüge; sie ließen einen nicht so schnell los, und auch in der Nacht würden sie mich heimsuchen und mir vorwerfen, dass ich das Verbrechen vielleicht hätte verhindern können, wenn ich nicht so nachlässig gewesen wäre – oder so feige.

Dazu noch dieses Fluchtäfelchen ... Selbst wenn ich Verwünschungen bisher als Aberglauben abgetan hatte, war ich mir jetzt nicht mehr so sicher. Daher wagte ich es nicht, mir auszudenken, wer noch alles mit einem Todesfluch belegt war. Womöglich nicht nur das Mädchen, sondern auch alle, die ihm nahestanden, alle die mit ihr zu tun hatten. Und ich war ganz sicherlich einer der letzten Menschen gewesen, mit denen sie vor ihrem Tod noch gesprochen, und die Erste, die ihre Leiche entdeckt hatte. Ihre papyrene Botschaft lag unter meinem Kopfkissen ... *bei allen Göttern!*

»Gibt es noch etwas, das du mir sagen möchtest?« Marcellas sanfte Stimme riss mich aus meinen Gedanken.

Hastig schüttelte ich den Kopf, als mir bewusst wurde, dass ich noch immer regungslos vor ihrem Bett stand. »Nein, Herrin! Es ... es ist nichts.«

Das war eine Lüge, und ich schämte mich deswegen. Doch brachte ich es nicht fertig, ihr die Sache mit der Warnung der Sklavin zu erzählen, nicht bevor ich den Mut aufgebracht hatte, den Papyrus zu lesen.

»Du denkst an das tote Mädchen?«

Zögernd nickte ich.

Marcella schwieg eine Weile. »Vielleicht gibt es ja etwas, was dich auf andere Gedanken bringen könnte ...«

Nachdenklich nickte ich. Zwar konnte ich mir nichts vorstellen, was die blutigen Bilder verscheuchen konnte, doch dann schoss mir eine Idee durch den Kopf.

»Das ist ein großzügiger Vorschlag, Herrin«, begann ich, »wenn du mir erlauben würdest, die Bibliothek zu benutzen, um mir das ein oder andere Werk darin anzuschauen ... Natürlich nur, wenn ich mit meiner Arbeit fertig bin«, beeilte ich mich hinzuzufügen.

Ein Lächeln huschte über Marcellas Gesicht.

»Sicher, ich habe nichts dagegen. Doch für heute ist es zu spät. Wir sollten uns schlafen legen ... und beten.«

»Gute Nacht, Domina.« Ohne ein weiteres Wort zu verlieren, wandte ich mich um und zog die Vorhänge wieder vor die Fenster. Dann erst schlüpfte ich aus meinen Sandalen, verkroch mich unter die Decke, schloss die Augen und wartete auf den Schlaf.

Doch der wollte sich nicht einstellen. Unruhig drehte ich mich auf den Rücken und starrte in die Dunkelheit, die vom matten Licht einer Öllampe, welche neben Marcellas Bett auf einem niedrigen Tisch stand, nur unzureichend erhellt wurde.

Marcellas Rat folgend, versuchte ich zu beten, doch es gelang mir nicht. Allein der Versuch dazu trieb mir erneut die Bilder des schrecklichen Ereignisses ins Gedächtnis zurück, mit der quälenden Frage, ob ich nicht einen Teil der Verantwortung trug. Könnte das Mädchen vielleicht noch am Leben sein, wenn ich ihre Warnung am Abend zuvor ernst genommen hätte? Wäre es meine Pflicht gewesen, den Statthalter sofort zu informieren? Aber woher hätte ich wissen sollen, dass ein Leben auf dem Spiel stand?

Außerdem war es in jener Nacht sehr spät geworden. Bis in die frühen Morgenstunden hatte ich darauf warten müssen, dass der Statthalter und seine Tochter das Gastmahl verließen. Völlig erschöpft war ich dann auf meine Matratze gefallen. Die ganze Zeit über hatte ich den Papyrusstreifen der Sklavin in der Hand behalten und ihn schließlich unter meinem Kopfkissen verschwinden lassen. Zwar hatte ich noch nicht den Mut gefunden, ihn zu lesen, doch seither schien er mir in einer unverständlichen Sprache etwas zuzuflüstern, sobald ich versuchte, die Augen zu schließen.

Irgendwann hielt ich es nicht mehr aus. Leise richtete ich mich auf und schob die Decke zur Seite. Mit nackten Füßen schlich ich über den kühlen Steinboden zu Marcellas Bett, nahm vorsichtig das flackernde Öllicht von dem kleinen Beistelltisch und ging zurück zu meiner Matratze.

Mit zitternden Fingern schlug ich das Kopfkissen zurück und tastete im schwachen Dämmerlicht über den Stoff der Matratze, bis ich das Gesuchte schließlich fand.

Langsam stellte ich das Öllicht neben mir auf dem Boden ab und ließ meine Fingerspitzen über den zusammengerollten Papyrus gleiten.

Ein Kribbeln fuhr durch meine Hand, warm, eindringlich und befremdlich. Ich spürte, wie sich die feinen Haare an meinem Unterarm aufstellten.

Einen Moment lang zögerte ich, drehte das kleine, blassgelbe Schriftstück in den Händen, ohne es zu öffnen. Um was auch immer es sich hier handelte, eine junge Frau war zu Tode gekommen, und es bedurfte nicht allzu großer Fantasie, um sich auszurechnen, dass dieses Ereignis mit dieser Schrift in einem wie auch immer gearteten Zusammenhang stand. Und eine innere Stimme warnte mich, dass ich mich womöglich in Gefahr begab, ein ähnliches Schicksal zu erleiden. Dennoch wusste ich, dass dies hier der einzige Schlüssel zu dem Geheimnis war, das diesen Mord einhüllte wie Nebel.

*Gib das dem Statthalter, denn sein Leben ist in Gefahr …*, hatte das Mädchen gesagt.

Bevor ich es mir anders überlegen konnte, riss ich das dünne Band ab, das den winzigen Streifen umschlossen hielt. Beinahe selbstständig rollte er sich zwischen meinen Fingern auf, während ich mit der freien Hand erneut nach der Öllampe griff und sie näher zu mir schob, um in der Dunkelheit besser sehen zu können.

Mit hämmerndem Herzen kniff ich die Augen zusammen. Das schwache Licht flackerte, und es fiel mir schwer, überhaupt etwas zu erkennen.

Es war kein Brief, wie ich es erwartet hatte, kein Schreiben mit einer Warnung oder wichtigen Informationen. Der Papyrus enthielt keinen zusammenhängenden Text. Stattdessen war nur ein Wirrwarr seltsamer Symbole zu erkennen. Kryptische Zeichen, die auf den ersten Blick völlig unsystematisch angeordnet waren, mit merkwürdig kantigen Formen. Obwohl mir einige davon vertraut vorkamen, konnte ich sie nicht entziffern. In ihrer Mitte prunkte ein mit kräftigen, blutroten

Strichen gezeichneter Stern, der im Halbdunkel des Raumes auf seltsame Weise zu leuchten schien.

Mit einem unterdrückten Schrei warf ich den Papyrus weg, starrte ihm hinterher, wie er auf dem Marmorboden auftraf, sich wieder zusammenrollte und dann ein Stück weiter liegen blieb.

Ein Fluch, eine Verwünschung! Das Zittern, das sich in meinem Körper ausgebreitet hatte, hielt mich gefangen wie eine Schicht gefrorenes Eis.

Wieder fielen mir die Worte der Frau ein, der Fluch, unter dem der ganze Haushalt des Statthalters liegen sollte.

Und nun das hier ...

Ich hätte den Zettel nicht annehmen, auf das Gerede des Sklavenmädchens erst gar nicht eingehen sollen. Immer schon war ich zu neugierig und leichtsinnig gewesen, und jedes einzelne Mal hatte ich dafür bezahlen müssen.

Aber es half nichts. Mit weichen Knien rappelte ich mich auf, nahm den verhängnisvollen Papyrusstreifen vom Boden und ging damit zum Fenster. Die Scharniere quietschten leise, als ich es öffnete.

In Gedanken sprach ich ein kurzes Gebet an den Unbekannten Gott. Dann warf ich den Zettel hinaus in den nächtlichen Garten.

Mochten die Vögel ihn auffressen oder die Raben ihn zerfetzen. Hier drin würde er auf keinen Fall mehr Schaden anrichten!

Die Tunika flatterte mir um die Beine, als ich das Fenster wieder zumachte und zurück zu meiner Matte ging, wo ich mich zusammenrollte und mit den Armen meine Knie umschloss.

Durch meine Angst hindurch drang die Sehnsucht.

Sehnsucht nach Flavus, meinem Gefährten aus den germanischen Wäldern. Und ich fragte mich, ob er – mit all seiner Körperkraft und kriegerischen Erfahrung – es mit einem Feind aufnehmen konnte, der hier in dieser überfüllten Stadt in der Dunkelheit lauerte und sich allem Anschein nach der Hilfe von Mächten bediente, die nicht von dieser Welt waren.

Der Morgen ist bekanntlich klüger als der Abend.

Sobald am nächsten Tag die ersten Sonnenstrahlen von einem wolkenlosen Himmel fielen und sich ihren Weg durch die Fenster bahnten, erschienen mir die Ängste der vergangenen Nacht reichlich übertrieben.

Während ich von meinem Lager aufsprang, meine morgendlichen Arbeiten verrichtete und Marcella beim Baden und Ankleiden behilflich war, schalt ich mich selbst eine Närrin, dass ich aus Angst vor einem beschriebenen Blatt Papyrus meinen einzigen konkreten Anhalt, der zur Aufklärung des Falles beitragen könnte, so leichtsinnig aus dem Fenster geworfen hatte.

Unruhe machte sich in mir breit. So sehr ich mir in der vergangenen Nacht noch gewünscht hatte, das seltsame Schriftstück schnellstmöglich aus meinem Bannkreis zu entfernen, so brennend betete ich nun darum, dass es noch nicht zu spät sei und kein Gärtner oder sonstiger Bedienstete es gefunden und fortgeräumt habe.

Kaum hatte Marcella ihr Schlafzimmer verlassen, um ihren Vater aufzusuchen, eilte ich nach draußen in den Garten. Die Morgensonne ließ schon erkennen, dass es ein heißer Tag werden würde. Bereits jetzt lag drückend die erste Hitze über dem sorgfältig angelegten Rasen, auf dem in regelmäßigen Abständen geometrisch geschnittene Büsche angeordnet waren.

Rasch blickte ich nach allen Seiten, um mich zu vergewissern, dass kein Gärtner mich beobachtete, dann bückte ich mich und kroch auf allen vieren unter Marcellas Fenster, in der Hoffnung, das seltsame Schriftstück zu finden.

Der Boden war noch feucht von Tau, und während sich meine Hände langsam vorantasteten, fand ich das Gesuchte schließlich, verborgen unter dem Blattwerk eines Busches, wo es gestern Nacht hingerollt sein musste.

Unschlüssig drehte ich den Papyrus zwischen meinen Fingern. Eine seltsame Hitze schien von ihm auszugehen. Doch war ich beinahe sicher, dass dieses Gefühl lediglich meiner Einbildung entsprang.

Nun, da ich das seltsame Stück wieder in Händen hielt, wusste ich nicht, was ich damit anfangen sollte. Wem könnte ich es zeigen?

Einen Moment lang gingen meine Gedanken zu Selena. Sie war mit der Welt der Geister und Schatten vertraut, mit Verwünschungen und Tränken.

Sicher hätte sie mir einiges mehr darüber sagen können, vielleicht wüsste sie sogar, woher diese seltsamen Schriftzeichen stammten. Doch Selena war weit weg, und allein der Gedanke an sie legte sich wie ein dunkler Schatten auf mein Gemüt.

Es musste eine andere Möglichkeit geben. Irgendjemand in dieser Stadt musste sich doch mit solchen Dingen, geheimen Schriften und Wissen auskennen. Am besten jemand, den ich gefahrlos danach fragen konnte, ohne selbst dabei in Verdacht zu geraten.

*Isaac.* Wie eine plötzliche Eingebung kam mir der alte Medicus in den Sinn.

Sicher war es die kurze Begegnung mit seinem Sohn Salomo am Tag unserer Ankunft, die mich jetzt an den jüdischen Arzt denken ließ, der immer in das Haus meines früheren Herrn Cornelius Felix gerufen wurde, wenn dort jemandem etwas fehlte.

Isaac war ein Gelehrter, und nach allem, was ich wusste, war er auch bewandert in fremden Sprachen und Schriften. Außerdem gehörte er zu den wenigen in dieser Stadt, die mich immer menschlich und zuvorkommend behandelt hatten. Ich war sicher, ihn fragen zu können, ohne mich selbst in Gefahr zu begeben.

Getrieben von dem Wunsch, das beunruhigende Schriftstück so schnell wie möglich aus dem Hause zu schaffen, stand ich auf und eilte aus dem Garten durch die hohen Flure des Hauses zur Eingangstür.

Da Marcella einen offiziellen Termin mit ihrem Vater wahrzunehmen hatte, bei dem meine Anwesenheit nicht erwünscht war, blieb mir Zeit, meinen eigenen Angelegenheiten nachzugehen.

Kurz wechselte ich einige Worte mit dem Ianitor, dem Türwächter, der mich inzwischen als Begleiterin der jungen Herrin kannte und ohne Weiteres passieren ließ.

Die Papyrusrolle sorgsam unter meinem Gewand verbergend, machte ich mich durch die langsam erwachende Stadt auf den Weg zum Juden Isaac.

# KAPITEL VII

Beinahe von selbst trugen mich meine Füße durch die engen vertrauten Gassen hin zum Haus des Medicus. Zwar war ich als Kind nur selten dort gewesen, da Isaac meist zu uns, das heißt ins Haus meines Herrn, gekommen war. Ich kannte es aber, da ich das ein oder andere Mal dorthin geschickt worden war, um ein Heilmittel für ein erkranktes Familienmitglied der Cornelier abzuholen

Dennoch hatte ich den Eindruck, weitaus tiefer in die Vergangenheit zurückzukehren als lediglich in die Zeit vor nicht einmal einem Jahr, als ich aus der Stadt hinausgeschafft und nach Treveris verbannt worden war.

Mein Herz schlug lauter, je näher ich Isaacs Haus kam, das ich schon von weitem erkannte. Von außen ein schlichtes einstöckiges Gebäude, wirkte es mit den weißverputzten Wänden und den kleinen Glasfenstern, die nicht verrieten, was in seinem Innern verborgen sein mochte, unscheinbar und bescheiden.

Hier, im Hause seines Vaters, hatte also Salomo seinen Laden eröffnet. Und nun stand ich davor, zögernd, ob ich wirklich hineingehen sollte. Unsicher darüber, wie ich meine Anwesenheit erklären sollte; denn dass es nicht in meiner Absicht lag, Schmuck zu kaufen, verstand sich von selbst.

Schließlich fasste ich mir ein Herz und trat ein.

Kühle empfing mich, weiß gekalkte Wände, kleine Tische mit den Auslagen schöner Schmuckstücke, obgleich ich sicher war, dass die wirklich wertvollen Exemplare an einem sicheren Ort verwahrt und nur für besonders zahlungskräftige Kunden hervorgeholt wurden.

»… fünf Aurei? Das meinst du doch nicht ernst!« Eine empörte Stimme polterte durch den Raum und riss mich aus den Betrachtungen.

»Du kannst es glauben, Herr: Es ist so viel wert. Feinste Handarbeit aus Äthiopien, hochwertige Steine und dann der Transport in die belgische Provinz …«

»Aber fünf Aurei!« Der Kunde schien sich noch immer nicht gefangen zu haben. »Halsabschneiderei! Im ganzen Imperium kann kein Armband so wertvoll sein, dass es eine solche Summe kosten würde!«

»Da irrst du dich, Herr!« Es war die Stimme Salomos, die noch immer ruhig klang, ruhig und geduldig wie die eines Mannes, der wusste, wovon er sprach, und sich bemühte, Verständnis für die Unwissenheit seines Gegenübers aufzubringen.

Erst jetzt nahm ich bewusst wahr, was sich vor meinen Augen abspielte.

An einem Tresen aus hellem Holz, über den eine schwere, tiefrote Decke gebreitet war, auf der einige mit Juwelen besetzte Armbänder lagen, erkannte ich Salomo.

Ihm gegenüber stand der Mann, der sich so lautstark über den hohen Preis geäußert hatte. Er hatte schwarze, kurz geschnittene Haare, trug eine helle Toga, und an seinem Finger steckte ein goldener Ring, in dem ein seltsames, einer Feder ähnelndes Zeichen eingraviert war.

Ich erkannte ihn sofort.

Es war kein anderer als Aelius Misenus, der Sevir Augustalis, der am Tag unserer Ankunft den Statthalter zum Gastmahl des Duumvirs begleitet hatte. Der Herr des ermordeten Sklavenmädchens, derentwegen ich hierhergekommen war und dessen Gesicht mir nicht aus dem Sinn ging. Konnte das alles Zufall sein, oder steckte vielleicht eine höhere Fügung dahinter?

»Jetzt erzähl mir nichts über Kosten! Einen Mann wie mich kann man nicht so leicht übers Ohr hauen. Ihr Juden treibt doch immer die Preise hoch, das weiß doch jeder …!«

»Wenn du das so siehst, Herr, kann ich dir mit einem Armband leider nicht dienen. Zu dem Preis, den du bietest, kann ich dir höchstens einige kleinere Ringe zeigen, doch bezweifle ich, dass diese dem Zweck, von dem du sprachst, angemessen sind.«

Ich konnte sehen, wie das Gesicht des Priesters dunkelrot anlief. Er öffnete den Mund, um etwas zu sagen, klappte ihn jedoch wieder zu und wandte sich ruckartig um.

Beinahe wäre er über mich gestolpert, als er den Bausch seiner Toga zurechtzerrte und zur Tür stürmte. Aber er würdigte mich keines Blickes, was vielleicht auch gut war. Wobei ein Sklavenmädchen wie ich so tief unter ihm stand, dass er mich vermutlich ohnehin nicht erkannt hätte.

»Diese Unverschämtheit wirst du mir bezahlen, Salomo Ben Isaac!«, hörte ich ihn noch zischen. Dann war er aus dem Laden verschwunden, und die Tür fiel krachend ins Schloss.

Wie versteinert stand ich da. Mein Blick ging von der Tür zurück zu Salomo, der unbewegt, aber mit einem eher bedauernden als verletzten Gesichtsausdruck dastand, dann jedoch mit einem resignierten Achselzucken begann, die Schmuckstücke auf dem Tisch in Tücher einzuschlagen.

Sein Blick fiel auf mich, und ich hatte den Eindruck, dass er meine Anwesenheit erst jetzt bemerkte.

Ein Lächeln überstrahlte seine dunklen Züge. »Oh, Invita, du bist es!« Er packte die Ausstellungsstücke in eine kleine Holzkiste, die er wieder in ein Regal schob. »Was verschafft mir die Ehre deines Besuchs? Ist jemand im Hause des Statthalters erkrankt, oder verspürst du Sehnsucht nach dem Golde?«

Leicht errötend nickte ich zurück, da ich jedoch keine Antwort auf seine Frage wusste, meinte ich nur: »Was hast du Aelius Misenus getan, dass er dermaßen erzürnt war?«

Salomo seufzte. »Er ist einer von der Sorte, die glaubt, ihnen stünde das Recht zu, auf jede Art den Preis einer Ware zu drücken.« Sorgfältig verstaute er einen kleinen Lederbeutel unter dem Warentisch. »Dabei müsste gerade er am besten wissen, dass alles seinen Preis hat und schlechte Geschäfte einen sehr leicht in den Ruin treiben können – oder in den Tod.«

Ich wusste nicht, was er damit sagen wollte, hielt es aber für ratsamer, nicht weiter nachzufragen. Stattdessen begann ich mir einige der ausgestellten Schmuckstücke anzusehen. Mein Blick blieb an einem fein gearbeiteten Goldring hängen, der mit einem geschliffenen Rubin gefasst war, in dessen Oberfläche ein hauchfeines Tiefrelief in Form eines geflügelten Pferdes oder einer Sphinx eingraviert war.

Der Atem stockte mir beim Anblick so viel kostbarer Schönheit, und ich musste mich zwingen, nicht die Hand danach auszustrecken, um den Ring zu berühren. In meinem ganzen Leben würde mir nie ein derart wertvolles Schmuckstück gehören. Bei diesem Gedanken wurde es mir so weh ums Herz, dass ich in diesem Moment alle klugen Sprüche von Seneca vergaß, der nicht müde wurde, darauf hinzuweisen, dass Wohlstand die Wurzel allen Lasters sei, Habgier und Unzufriedenheit nur dazu führten, sich unglücklich zu fühlen.

Ein leises Rascheln riss mich aus meinem Selbstmitleid. Ich wandte mich um und sah, dass sich der Vorhang im hinteren Teil des Ladens bewegte und zur Seite geschoben wurde.

Eine dunkel gekleidete Gestalt trat auf mich zu. Weiße Haare, ein faltiges Gesicht, wache, wissende Augen. Ein Paar Hände streckten sich mir entgegen, umfingen mich kühl, fest und vertraut.

*Isaac der Medicus.*

Beinahe hätte ich ihn nicht erkannt obgleich es unmöglich so lange her sein konnte, seit ich ihn das letzte Mal gesehen hatte. Damals, in einem anderen Leben, im Hause des Cornelius Felix. Bevor ich nach Treveris gebracht wurde, zum Statthalter.

Er war alt geworden, sein Haar und Bart fast weiß. Doch die dunklen Augen hinter den tief verschatteten Lidern blickten genauso freundlich und ein wenig traurig wie in meiner Erinnerung.

Leise murmelte er einige Worte in seiner Sprache, die ich nicht verstand, dann suchte er meinen Blick und wechselte in die vertraute Sprache des Mediomatrischen. »Ich habe dich lange nicht mehr gesehen.« Seine Stimme klang rau und heiser. »Du siehst gesund aus, blühender. Geht es dir gut?«

Verlegen, als sei ich noch immer das kleine Mädchen, senkte ich den Blick, während seine Augen mich genau beobachteten, mit dem Blick eines Arztes oder eines Vaters.

»Ja, ich sehe, es geht dir gut. Du bist zur Frau geworden.« Er lächelte wissend.

Ich spürte, wie ich bei diesen Worten errötete, und entzog ihm meine Hand. Der Gedanke an Flavus ließ mein Herz schneller schlagen, und mir wurde schmerzhaft bewusst, wie sehr ich ihn vermisste. Wenn er jetzt hier sein könnte …

»Doch du hast etwas auf dem Herzen. Sprich, mein Kind, was ist es?«

Wie lange war es her, dass ich diese fürsorgliche Stimme gehört hatte, den Klang der liebevollen, etwas schleppenden Worte, gleich ob er zu mir oder zur Herrin Cornelia Felix sprach; denn der jüdische Medicus, wie ich ihn kannte, behandelte alle Kranken im Hause mit derselben Sorgfalt, ungeachtet ihres sozialen Standes.

Ich wusste nicht, wie ich beginnen sollte. Ich war hierhergekommen, um zu erfahren, ob er die seltsamen Schriftzeichen auf der Papyrusrolle für mich entziffern könnte, aber wie viel von der Sache durfte ich verraten?

Sein fragender Blick brachte mich dazu, einfach anzufangen.

»Es geht um die Sklavin aus dem Hause des Sevirs Augustalis Misenus, die vor zwei Tagen getötet wurde. Die Sache will mir nicht aus dem Kopf …« Da er mich noch immer unverwandt ansah, fuhr ich rasch fort: »Ich war es, die sie gefunden hat. Es war …« Ich unterbrach mich, da die grausigen Begebenheiten mich wieder zu übermannen drohten.

Sanft und tröstlich legte sich mir eine Hand auf die Schulter. Wärme schien von ihr auszugehen, und ich spürte, wie meine innere Anspannung etwas nachließ.

»Ja, ich weiß davon«, meinte er schließlich leise. »Man hat mich rufen lassen, um nach ihr zu sehen. Doch es war zu spät.«

Ein Schatten hatte sich auf seinem Gesicht ausgebreitet.

»Und?«, fragte ich zaghaft, obgleich ich glaubte, die Antwort schon zu kennen.

»Ihr Herr hat geschäumt vor Wut über den finanziellen Verlust und erklärt, wie teuer sie gewesen sei und dass er den Schuldigen zur Rechenschaft ziehen werde. Er müsse ihm den Wert voll und ganz ersetzen …«

»Hat er irgendetwas darüber gesagt, wer der Täter sein könnte?«

Isaac schüttelte den Kopf. »Nein, Misenus hat nicht die geringste Vermutung. Seiner Aussage nach war das Mädchen keine Herumtreiberin. Bisher gibt es wohl keinen ersichtlichen Grund, weshalb sie getötet wurde.«

»Weiß er, weshalb sie in dieser Nacht auf der Straße war?«

Nachdenklich hob Isaac die Schultern. »Offensichtlich hatte er sich kurzfristig entschlossen, die Nacht bei einem Freund zu verbringen, und ist mit ihm zusammen vom Gastmahl aufgebrochen. Deswegen hat er das Mädchen allein nach Hause geschickt.«

»Dann ist sie also unterwegs getötet worden. Ein Überfall?«

Isaac schüttelte den Kopf. »Wer kann das schon so genau sagen? Es wäre auch möglich, dass sie woanders getötet und später an die Stelle gebracht wurde, wo du sie gefunden hast.«

»Aber wieso sollte jemand so etwas tun? Sie lag fast mitten in der Stadt; dort musste doch früher oder später jemand über sie stolpern.«

»Vielleicht war das ja gerade die Absicht.«

»Dass sie gefunden werden *sollte?*« Unbehagen breitete sich in mir aus. »Welche Absicht könnte denn dahinterstecken?«

Diesmal blieb Isaac mir eine Antwort schuldig, und eine leichte Spannung breitete sich in meinem Körper aus, als ich an die Warnung des toten Mädchens dachte und die seltsame Botschaft, die ich verborgen unter meinem Gewand trug. Unbehaglich räusperte ich mich: »Wenn der Schuldige es wirklich beabsichtigt hat, dass das tote Mädchen möglichst schnell gefunden wird, wollte er damit vielleicht eine Botschaft übermitteln.«

Salomo, der zwischenzeitlich hinzugekommen war, zog bei meinen Worten fragend die Augenbrauen hoch.

»Wäre es vielleicht möglich …«, verlegen suchte ich nach den richtigen Worten, »dass es sich um etwas wie eine Warnung handeln könnte?« Ich dachte dabei an das Fluchtäfelchen, das man bei ihr gefunden hatte. Wozu jemanden verfluchen, der schon tot war?

»Eine Warnung?« Salomo runzelte die Stirn. »Eine Warnung an wen?«

Diese Frage wollte ich im Moment lieber nicht beantworten. Wenn der Statthalter tatsächlich in Gefahr war und ich zu lange gezögert hatte, ihn davon in Kenntnis zu setzen …

»Hat Aelius Misenus irgendwelche Feinde?«

Ich sah, wie sich Salomo und sein Vater vielsagend anblickten.

»Lassen wir es uns einmal so ausdrücken«, meinte Salomo schließlich. »Es gab wohl kaum jemanden in der Stadt, der den Sevir Augustalis besonders ins Herz geschlossen hat.«

Eigentlich wollte ich fragen, warum, doch hatte ich etwas Dringlicheres auf der Seele, der Grund, weshalb ich gekommen war. Zögernd zog ich die Papyrusrolle aus meinem Ausschnitt. »Das hier«, begann ich, während ich mit schweißfeuchten Fingern, die Rolle öffnete, »hat mir die junge Sklavin zugesteckt. Während des Gastmahls, nur wenige Stunden, bevor sie ermordet wurde.«

Diese Eröffnung hatte genau den Effekt, den ich erwartet hatte. Beinahe ungläubig sahen mich beide an.

Niemand sprach ein Wort.

»Du hast mit dem Mädchen gesprochen?« brach Isaac nach einer Weile das Schweigen, und ich konnte seiner Stimme entnehmen, welche Ungeheuerlichkeit ich gerade geäußert hatte.

»Ja. Und sie sagte, das Leben des Statthalters sei in Gefahr.« Ich war nicht sicher, ob es klug war, dieses Geheimnis so offen ausgesprochen zu haben, doch nun war es zu spät, um umzukehren. »Sie bat mich – nein, sie bedrängte mich geradezu, ihm das hier auszuhändigen.« Mit einem unglücklichen Achselzucken reichte ich dem Medicus die Schriftrolle. »Ich kann die Zeichen jedoch nicht lesen. Und da dachte ich, dass du vielleicht …« Den Rest des Satzes ließ ich unausgesprochen.

Automatisch griff Isaac nach dem Papyrus, doch ruhte sein Blick noch immer fragend auf mir. »Hast du schon mit dem Statthalter geredet. Ihm diese Nachricht oder was immer es ist gezeigt?«

Ich glaubte, vor Scham und Schuld in der Erde versinken zu müssen, als ich den Kopf schüttelte. »Ich hielt es für einen üblen Scherz, den Versuch, sich wichtig zu machen. Ich konnte doch nicht ahnen …«

Stumm nickte Isaac, dann entrollte er die Schriftrolle und betrachtete die Zeichen eine Weile. Seine Augen verdunkelten sich. »Wieso glaubst du, dass ich dir dabei helfen könnte?«, fragte er nach einer Weile.

»Du bist weit gereist, kennst viele Sprachen. Und da waren diese seltsamen Zeichen.« Vage wies ich auf den Papyrus in seiner Hand.

Bedauernd schüttelte der alte Medicus den Kopf, doch Salomo nahm seinem Vater die Schrift aus der Hand und studierte sie aufmerksam. »Ich habe diese Schriftzeichen schon einmal gesehen. Leider ist es keine der Sprachen, die ich verstehe. Doch bin ich fast sicher, dass ähnliche Symbole auf Schmuckstücken eingraviert waren, die mir vor einiger Zeit zum Kauf angeboten worden sind. Ich glaube, der Händler kam irgendwo aus dem Norden, dem Barbaricum, jenseits der Grenzen des Imperiums, und verkaufte hauptsächlich Bernstein.«

*Etwas Germanisches?*

Verwirrt blinzelte ich. Bisher war mir nicht einmal bewusst gewesen, dass diese Stämme überhaupt eine Schrift kannten.

Ich verspürte einen feinen Stich, als mir einfiel, wen ich danach hätte fragen können, wenn er nicht so weit entfernt wäre.

»Danke, Herr«, meinte ich schließlich und nahm den Papyrus wieder an mich, doch spürte ich, dass sich erneut eine verdächtige Röte in meinem Gesicht ausgebreitet hatte.

Nun war es wohl an der Zeit, mich zu verabschieden, doch Isaac lächelte mich an. »Auch wenn wir dir in dieser Sache nicht weiterhelfen konnten, hoffe ich, dass du noch eine Weile bleiben kannst. Ich werde Martha bitten, dir einen Minztee mit Honig zu machen. Du hast viel erlebt, und es wird dir helfen, die Anspannung zu vertreiben.«

Zwar hätte ich gerne mehr erfahren, besonders was er über Misenus wusste, doch war im Augenblick nicht der richtige Zeitpunkt, wenn ich Isaacs Miene richtig deutete. Ein kurzer Blick auf Salomo zeigte mir, dass auch er durchaus noch etwas zu der Sache hätte sagen können, doch schien er sich seinem Vater nicht widersetzen zu wollen, nickte mir noch einmal zu und widmete sich schließlich wieder seinen Schätzen.

Mir blieb nichts anderes übrig, als Isaac in den hinteren Teil des Hauses zu folgen und mich von einem köstlich süßen Getränk verzaubern zu lassen, für das ich in meiner entbehrungsreichen Kindheit sicher meinen linken kleinen Finger gegeben hätte.

Während ich eintrat, um die Gastfreundschaft des alten Arztes anzunehmen, wusste ich, dass ich an diesem Tag nicht den Mut haben würde, Isaac oder Salomo weiter zu befragen.

# KAPITEL VIII

Gott achtet das Ansehen der Menschen nicht.‹« Marcella blickte von ihrer Schriftrolle auf und riss mich durch die unerwarteten Worte aus meinen Überlegungen.

»Was hast du gesagt, Herrin?«, fragte ich, während ich versuchte, ins Hier und Jetzt zurückzukehren, da meine Gedanken noch immer mit der toten Sklavin und ihrem Besitzer, dem Augustuspriester Misenus, beschäftigt waren.

»Gott achtet das *Ansehen* der Menschen nicht«, wiederholte Marcella. »Was meinst du dazu?« Ihr Gesichtsausdruck verriet mir, dass sie ernsthaft an meiner Meinung interessiert war.

Ich räusperte mich und spürte, wie ich rot wurde. »Nun ja«, meinte ich vorsichtig. »Mir fehlt, zugegeben, die ausreichende Lebenserfahrung, um diese Frage letztgültig zu beantworten, doch sagte meines Wissens schon Seneca, dass jeder selbst für sein Leben verantwortlich ist, ganz gleich woher er stammt.« Vorsichtig suchte ich den Blick ihrer Augen, um zu sehen, ob sie mit meiner Antwort wohl zufrieden war. »Von daher nehme ich an, dass dem wohl so sein muss«, schloss ich. Obgleich ich in meinem Leben bisher eher die gegenteilige Erfahrung gemacht hatte. Immer wurden die härter bestraft, die in der schlechteren Position waren, während diejenigen, die Macht und Ansehen besaßen, glimpflich davonkamen. Und bei dem Gott der Christen sollte es anders sein?

Mit einem nachdenklichen Nicken nahm Marcella meine Worte zur Kenntnis und beugte sich wieder über ihren Text. Ich wusste nicht, wie sie den Mut aufbrachte, die verbotenen Schriften dieser Christensekte so offen hier zur Schau zu stellen. Der Statthalter hätte das Recht gehabt, sie wegen eines solchen Vergehens hinrichten zu lassen, und mehr als einmal war es vorgekommen, dass ein Vater das Leben seiner Nachkommen nicht schonte, wenn diese sich gegen Recht und Gesetz vergangen hatten.

Doch war Marcella das einzig lebende Kind des Statthalters, und dass er sie liebte, hatte ich schon öfter bemerkt. Seit Jahren verwitwet, schien er im Stillen zu hoffen, seine fehlgeleitete Tochter käme doch wieder zu Verstand, wenn er nur genügend Geduld aufbrächte. So hatte er bisher noch nichts dagegen unternommen, dass sie sich zu dieser unerlaubten Religion bekannte, obwohl er sorgsam darüber wachte, wohin sie sich begab und welchen Besuch sie empfing. Außer mir wusste niemand, dass in Treveris eine seiner Küchensklavinnen, die ebenfalls Christin war, den Kontakt zur dortigen Gemeinde hielt und Marcella mit dem versorgte, was ihr durch die strenge Bewachung im Hause meist verwehrt blieb.

Andererseits schien Marcella, seit sie sich vor ihrem Vater zu dem neuen Glauben bekannt hatte, eine so unerschütterliche Kraft auszustrahlen, dass sich selbst der Wille des Statthalters ihr hin und wieder beugen musste.

Das Klopfen an der Tür riss uns aus unseren Betrachtungen.

Erschrocken fuhr ich zusammen, und mein Blick fiel auf die verräterische Schriftrolle, die Marcella noch immer in Händen hielt. Doch sie hob nur den Kopf, rollte den Bogen vorsichtig zusammen, verschnürte ihn mit einem Band und legte ihn zurück in die Truhe. Alles ganz ohne Hast. Erst dann straffte sie ihre Gestalt und blickte zur Tür. »Bitte?«

Der rechte Flügel öffnete sich, und der rotschöpfige Sklave, den ich inzwischen als Antigonos kannte, steckte den Kopf herein.

»Es ist Besuch da, für die Herrin Marcella!«

»Besuch?« Fragend zog sich Marcellas marmorweiße Stirn in Falten. »Führe ihn bitte in das kleine Triclinium und lasse etwas gewürzten Wein bringen. Und sag, ich werde gleich da sein.«

Mit einer stummen Verbeugung signalisierte Antigonos, dass er verstanden hatte, und schloss dann wieder lautlos die Tür hinter sich.

Marcella seufzte schicksalsergeben. Da sie in Divodurum niemanden näher kannte, konnte der ungenannte Besucher eigentlich nur die Absicht verfolgen, über sie Zugang zum Statthalter zu suchen. Auch ich hätte lieber noch mehr Zeit in der Abgeschiedenheit ihres Gemachs verbracht und mich mit ihr über Wahrheit und Philosophie ausgetauscht, statt wieder allein meinen quälenden Gedanken ausgeliefert zu sein.

Als wüsste sie, was in mir vorging, sah mich die Herrin an. »Bitte, begleite mich, Invita. Du kannst dich um den Wein kümmern. Wer auch immer mir seinen Besuch abstatten möchte, ich fürchte, es wird kein großes Vergnügen sein.«

Mit diesen Worten strich sie sich ihre schlichte cremefarbende Tunika glatt und tastete mit den Fingerspitzen über die zu einer einfachen Frisur aufgesteckten Haare. Sie war makellos wie immer.

Dann verließ sie den Raum, und erleichtert folgte ich ihr.

Antigonos hatte sich offensichtlich sehr beeilt. Als Marcella das kleine, lichtdurchflutete Speisezimmer mit der hohen Kassettendecke, der in kräftigen Rot- und Grüntönen gehaltenen Wandbemalung und dem schlichten geometrischen Fußbodenmosaik betrat, standen schon ein Krug und vier schwere Silberbecher auf dem zierlichen Tisch, daneben eine Schale mit Gebäck, dessen Duft mir das Wasser im Mund zusammenlaufen ließ.

Sogleich wurde auf der gegenüberliegenden Seite die Tür geöffnet und eine Person hereingeführt, deren Anwesenheit mir von einem Augenblick zum andern die gute Stimmung verdarb und meine Hände zur Faust ballen ließ.

*Cornelia Felix.*

»Meine *liebe* Marcella!« Wie ein aufgeblasener Pfau stolzierte sie herein.

Die bei unserer letzten Begegnung schon künstlich aufgehellten Haare waren von falschen Blondsträhnen durchsetzt, mit Nadeln aufgesteckt und einem goldenen Netz zusammengehalten. Das korallenrote Gewand, das sie trug, musste ein Vermögen gekostet haben, ließ ihren fahlen Teint jedoch ungünstig zur Geltung kommen. Trotz seiner guten Verarbeitung und dem auf den ersten Blick als teuer zu erkennenden Stoff, wirkte es wie passend zum Charakter der Trägerin: schrill und aufdringlich.

Hinter ihr betraten zwei weitere Personen den Raum, und der Anblick der ersten steigerte meine Wut zur Panik. Es war ein junger Mann von Anfang zwanzig. Dunkelblonde, kurz geschnittene Haare, ein Gewand aus dicht gewebtem hellen Stoff, darüber eine helle Wolltoga, die ihn als Römer aus gutem Hause auswies. Sein Gesicht zeigte eine unschöne Nase, eng stehende, kleine Augen und einen herrischen Zug um den Mund. Eingehakt in seinen linken Arm, begleitete ihn eine junge Frau, die in ein eisblaues silbrig schimmerndes Gewand gehüllt war. Beim Eintreten ließ er sofort den Arm seiner Dame los und trat sich verbeugend auf Marcella zu.

*Primus!* Bei allen Göttern! Nie im Leben würde ich dieses Gesicht vergessen. Primus Cornelius Felix, der Sohn meines früheren Herrn! Jahrelang hatte ich dessen endlosen Unterrichtsstunden beiwohnen und gelegentlich gar die ihm zugedachten Prügel einstecken müssen. Der einzige Mensch, den ich vielleicht noch mehr verabscheute als die aufgedonnerte Cornelia. Denn er war nicht nur ebenso eingebildet wie seine Schwester, sondern zudem grausam und heimtückisch, wie ich allzu oft am eigenen Leibe erfahren hatte.

Unwillkürlich krampften sich meine Hände in den Stoff meiner Tunika. Was, um alles in der Welt, wollte dieser Mensch hier, im Speisezimmer der Herrin Marcella? Ohnmächtiger Zorn mischte sich in mein anfängliches Erschrecken. Schlimm genug, dass seine unerträgliche Schwester sich hier breitzumachen versuchte. Was hatte er jetzt auch noch hier zu suchen?

Meine Wut unterdrückend, presste ich die Kiefer zusammen. Weshalb befand sich das ganze Pack nicht, wie geplant, in Rom, sondern noch immer in Divodurum?

Marcella in ihrer unaufdringlichen Eleganz stach angenehm von diesen beiden Wichtigtuern ab und verbreitete eine Aura von Ruhe, die mir half, mich zu beherrschen und der hochmütigen Bande nicht doch noch den Inhalt des Weinkrugs in ihre selbstgerechten Gesichter zu kippen.

Einen Moment lang ruhte der Blick der Herrin stumm auf den Gästen, dann schien sie innerlich zu seufzen, wies ihnen einen Platz auf den Sesseln an und setzte sich dazu. Mit einer kaum merklichen Geste bedeutete sie mir, allen von dem Wein einzuschenken.

Primus erkannte mich sofort. Das aufgesetzte Lächeln, das er noch kurz zuvor zur Schau gestellt hatte, verschwand, und seine kleinen Augen verdunkelten sich.

Um Fassung bemüht, hielt ich seinem Blick stand, ohne jedoch einen Atemzug zu tun. Erst als sich schwarze Schatten am Rande meines Gesichtsfelds ausbreiteten, erinnerte ich mich wieder an die Notwendigkeit, meine Lungen mit Luft zu füllen und den vornehmen Gästen meinen Respekt zu zollen.

Ich verneigte mich leicht, nickte kurz seiner schweigsamen Begleiterin zu und wandte mich dann ab, um mich nach dem schweren Silberkrug zu bücken, der ringsum mit kostbaren Reliefs verziert war, welche eine fröhliche Jagdgesellschaft darstellten.

Meine Hände zitterten ein wenig, als ich den mit Honig, Lorbeer und Anis gewürzten Wein in die Becher goss,

Marcella und der blonden Unbekannten die ihren reichte, die von Cornelia und Primus jedoch lediglich vor diese auf den Tisch stellte und es ihrer Initiative überließ, sich zu bedienen.

Der giftige Blick aus Cornelias Augen hätte mir noch im letzten Jahr das Blut gefrieren lassen, denn es wären sicherlich Rutenschläge gefolgt. Jetzt aber tat ich, als hätte ich ihn nicht bemerkt, deckte den Krug mit einem Tuch ab und zog mich dann mit einer knappen Verbeugung in eine Ecke des Raumes zurück, wo ich mein Bestes tat, mit der Wand zu verschmelzen, und meinen Gedanken erlaubte, in die Vergangenheit zu schweifen.

Als ich vor etwa neun Monaten von meinem früheren Herrn an den Statthalter verschenkt wurde, sollte diese Geste dafür sorgen, dass der oberste Beamte und Richter der Provinz die kleinen Gaunereien von Cornelius Felix' einzigem Sohn Primus – worin diese auch immer bestanden – mit einer gewissen Milde behandeln und nicht allzu viel Aufhebens darum machen sollte. So kam es dann auch, dass Primus unbehelligt weiter schmarotzen konnte, ich jedoch an Armen und Beinen gefesselt eine unbequeme Reise entlang der Mosel nach Treveris antreten musste, um dort zusammen mit einem kostbaren Silberservice an den Haushalt des dort residierenden Statthalters übergeben zu werden.

Damals war die Rede davon gewesen, dass die ganze Familie der Cornelier nach Rom umzusiedeln gedachte, wo ich sie seither auch gewähnt hatte. Und nun tauchten sie wieder auf, wie Gestalten aus einem bösen Traum, und suchten mich heim.

Geradezu gierig, wohl aus Zorn über mein ungebührliches Benehmen, goss Cornelia den teuren Wein in sich hinein und stellte den halbleeren Becher dann mit einem leichten Knall auf der Tischplatte ab. »Hast du auch von dieser schrecklichen Sache gehört, *teuerste* Marcella?«, nahm sie in ihrer schrillen Tonlage das Wort auf.

»Von welcher Sache sprichst du?«, gab Marcella ruhig zurück, offensichtlich bemüht, selbst einer Schnepfe wie Cornelia gegenüber ein gewisses Maß an Höflichkeit nicht zu versagen.

»Von der toten Sklavin auf der Straße. Das Ding soll schrecklich zugerichtet gewesen sein! Die Kleider zerrissen, über und über mit Blut besudelt, das Gesicht zerkratzt ...«

Übelkeit stieg bei der Erinnerung in mir auf wie bittere Galle. Ich spürte, wie eine Faust meinen Magen herumdrehte und meine Beine weich wurden.

Schweigen breitete sich im Raum aus. Schließlich antwortete Marcella: »Ich habe davon gehört.«

»Aber das geschieht Misenus recht. Was muss er auch immer prahlen mit seinem Reichtum?« Auch wenn Cornelia fremd in diesem Hause war, schienen sie keinerlei Hemmungen zu belasten. »Es war doch zu erwarten, dass es eines Tages so weit kommen musste. Neid ist eine gefährliche Waffe.«

Offensichtlich wusste sie, wovon sie sprach.

»Ich habe gehört«, meinte Marcella, und ihr Blick ging bei diesen Worten kaum merklich zu mir, »dass das Mädchen sehr hübsch gewesen sein soll, eine richtige Schönheit.«

Abfällig zog Cornelia die Nase kraus. »Mag sein, aber wen kümmert's schon. Der gute Misenus ist reich genug, um einen solch unbedeutenden Verlust zu verkraften.«

Wieder spürte ich, wie sich mein Magen zusammenzog und sich meine Hand unwillkürlich zur Faust ballte. Der einzige Verlust, der Cornelia kümmerte, war – wie nicht anders zu erwarten – der finanzielle.

Marcella zeigte keine Reaktion. »Das mag er so sehen, aber ...« Sie zögerte kurz. »Ist er tatsächlich so wohlhabend, wie man sagt?«

Cornelia ließ ein abfälliges Schnauben hören. »Steinreich. Zwar ist er als Sklave geboren, doch konnte er nach seiner Freilassung einen guten Posten in der Verwaltung des capitolinischen Tempels ergattern. Und so ganz nebenbei bemerkt:

Es war mein Vater, der ihm diesen vermittelt hat.« Sie hielt einen Augenblick inne und runzelte nachdenklich die Stirn. »Weshalb eigentlich, das ist mir bis heute nicht klar! Wie dem auch sei, bevor Aelius Misenus dann zum Sevir Augustalis aufstieg, hatte er noch einen beträchtlichen Teil des Vermögens seines früheren Herrn geerbt. Obgleich niemand so recht weiß, weshalb ausgerechnet er von seinem Patron so großzügig bedacht worden ist.«

Also der Nutznießer eines reichen und wohlwollenden Herrn! Es war keine Seltenheit, dass ein Freigelassener es zu beträchtlichem Reichtum und Ansehen brachte. Obgleich einem ehemaligen Sklaven der Weg in den *Cursus Honorum*, die offizielle Ämterlaufbahn, versagt blieb, standen ihm doch andere bedeutende Posten offen. Zuweilen erlangte er dadurch gar mehr Einfluss als so mancher alteingesessene Adelige. Und das Amt, das Misenus als Priester des vergöttlichten Kaisers innehatte, war eine besondere Ehre. Mochten die Kaiser auch derzeit schneller wechseln, als die Steinmetze in der Lage waren, ihr Profil in den Marmor zu meißeln, so hatte der Kaiserkult im gesamten Imperium dennoch eine zentrale Bedeutung.

Gerade in den gallischen Provinzen war von Beginn an dieser staatliche Kult sehr gefördert worden. Ein kluger Schachzug, denn durch die Entmachtung der Druiden hatte deren zentrales Heiligtum in Lugdunum rasch an Bedeutung verloren. An die Stelle der Druidenpriester waren die Flamines und Seviri des Kaiserkults getreten, übernahmen manche von deren alten Sitten und kamen nun ebenfalls einmal im Jahr aus allen Winkeln Galliens nach Lugdunum. Dort machten sie dem Kaiser am eigens zu Ehren seines Genius errichteten Heiligtum ihre Aufwartung und brachten ihre Opfer dar.

»Hat Aelius Misenus irgendeinen Verdacht geäußert, wer für den Tod der Sklavin verantwortlich sein könnte?« Marcellas Worte brachten mich wieder in das Hier und Jetzt zurück.

Cornelia hob die Schultern und nippte an ihrem beinahe leeren Weinglas. »Nicht dass ich wüsste. Es ist schließlich Sache der Aedile, herauszufinden, wer für den Schaden verantwortlich ist.«

Wenn Marcella diese Worte bedrückten, so ließ sie es sich nicht anmerken, und wieder bewunderte ich ihre ausgeglichene Ruhe und innere Stärke, die mir so vollständig fehlte, trotz meiner Hochachtung für die alte Lehre der Stoa, die eine vollkommene Gemütsruhe in jeder Situation des Lebens propagierte. »Weiß er wenigstens, was das Mädchen in der Nacht auf der Straße zu suchen hatte? Erlaubt er seinen Sklaven, sich ...«

Aus Cornelias Richtung ließ sich ein verächtliches Lachen vernehmen. »Auf gar keinen Fall! Der ehrwürdige Misenus ist für seine Strenge und Zucht bekannt. Ganz sicher hat sich das Ding ohne seine Erlaubnis dort aufgehalten.«

Ihr Blick richtete sich auf mich, und ich musste mich beherrschen, darunter nicht zusammenzuzucken oder die Augen niederzuschlagen. Ich erinnerte mich, dass Isaac davon gesprochen hatte, Misenus habe seine Sklavin allein nach Hause geschickt, weil er selbst die Nacht anderswo zu verbringen gedachte.

»Doch manche Sklaven«, fuhr Cornelia erbarmungslos fort, »kümmern sich nicht darum, was ihnen gesagt wird. Hoffnungslose Herumtreiber, die immer wieder durch die Stadt streunen und den guten Namen ihres Herrn in den Dreck ziehen. Undankbares Gesindel!« Das ging eindeutig an meine Adresse. »Doch bisweilen lässt die Strafe nicht lange auf sich warten. Vielleicht dient es den anderen ja als Warnung ... Mich jedenfalls hat dieser Vorfall nicht sonderlich erschüttert oder auch nur ernsthaft überrascht.«

Selbstzufrieden lehnte sich Cornelia zurück, während Marcella zunächst schwieg und nicht erkennen ließ, was sie von ihr und ihren Worten dachte.

Doch schließlich fragte sie: »Hatte sie Verwandte im Hause des Sevirs? Irgendjemanden, der sich um die Bestattung kümmern wird?«

»Woher soll ich das wissen!«, schnappte Cornelia beinahe empört. »Es wird sich schon jemand finden …«

»Wein«, sagte Primus, in meine Richtung gewandt, und schnippte mit den Fingern. Großspurig hatte er seinen Arm um die Lehne geschlungen und räkelte sich so bequem in dem Sessel, dass es den Einschein erweckte, ihm gehöre dieses Haus.

Meine Haut brannte wie Feuer, als ich seinen Blick auf mir ruhen spürte, während ich zu den Gästen trat, um ihm und seiner Begleiterin, die ich bisher noch nicht genauer in Augenschein genommen hatte, die Becher neu zu füllen.

Ich zitterte, als ich ihm seinen schließlich darreichte. Seine Finger streiften dabei meine Hand, und wie unter einem Schlag zuckte ich zusammen. Dennoch gelang es mir, nichts von dem kostbaren Inhalt zu verschütten. Die ganze Zeit über wich ich seinem Blick aus, der so intensiv war, dass ich ihm seine unausgesprochene Frage beinahe von der Stirn ablesen konnte.

*Was macht dieses Biest denn hier?*

Unter Aufwendung all meiner Willenskraft verbeugte ich mich kurz und zog mich dann wieder in meine Ecke des Raumes zurück, wo ich einige Atemzüge lang um Beherrschung rang, und mir dann endlich erlaubte, Primus' Begleiterin einer Musterung zu unterziehen.

Sie war schmal, beinahe zerbrechlich, aber hoch gewachsen. Ihr blasses Gesicht hatte sie offensichtlich noch durch eine feine Schicht Bleiweißpuder zusätzlich aufgehellt. Nur sehr dezent waren Wangen und Lippen mit einem leichten Rosa betont, was ihr ein mädchenhaftes Aussehen verlieh. Wimpern und Brauen hingegen schienen überhaupt nicht mit Schminke in Berührung gekommen zu sein. Ihre blassblonden, silbrig schimmernden Haare hatte sie zu einer kunstvoll geflochtenen Frisur aufgesteckt; vereinzelte Löckchen umrahmten ihr schmales Gesicht.

Sie hielt sich so gerade, dass sie fast wie eine Statue wirkte. Jedoch hatte sie die Augen niedergeschlagen und machte einen so bedrückten Eindruck, dass sofort Mitleid in mir aufkeimte, denn sicher war es ein unerträgliches Schicksal, ständig Primus' Nähe zu ertragen.

Aber wer war sie?

Angestrengt durchforstete ich meine Erinnerung. Hatte ich sie zuvor schon einmal im Hause des Cornelius zu Gesicht bekommen?

Nein, ich konnte mich nicht daran erinnern. Die Frauen, mit denen sich Primus sonst immer umgeben hatte, waren kaum von edlem Geblüt und noch seltener von gutem Ruf: Tänzerinnen, Schauspielerinnen und andere Damen, mit denen sich ein Herr aus angesehenem Hause normalerweise eher im Verborgenen abzugeben pflegte.

Nicht jedoch Primus.

Den Wunsch seines Vaters, sich endlich eine standesgemäße Braut zu suchen, um durch eine vorteilhafte Heirat den Einfluss der Familie zu sichern, hatte er, zumindest in der Zeit, als ich noch im Hause lebte, beharrlich ignoriert. Entweder hatte er zwischenzeitlich seine Meinung geändert, oder sein Vater, der alte Cornelius, hatte ein ernstes Wort mit dem missratenen Sprössling gewechselt; denn die elfengleiche Begleiterin an seiner Seite stammte ganz zweifelsohne aus vornehmer Familie.

So wie es aussah, schien er es endlich doch zu einer standesgemäßen Braut gebracht zu haben.

»Wir alle sind deinem Vater zu großem Dank verpflichtet«, ergriff Primus das Wort, »dass er die gefährliche Lage so hervorragend im Griff hat.«

»Mein Vater tut alles, was in seiner Macht steht«, entgegnete Marcella, »aber er ist auch auf Hilfe angewiesen.« Für den Bruchteil eines Atemzuges ging ihr Blick zu mir herüber. »Jetzt bleibt zu hoffen und zu beten, dass eure Stadt vor Schlimmerem bewahrt bleibt.«

»Was heißt hier *beten?*« Beinahe aggressiv stellte Primus seinen Becher ab, sodass ein wenig Wein überschwappte. »Es muss gehandelt werden! Dass unsere Stadt bisher von Überfällen verschont geblieben ist, liegt nicht zuletzt auch an ihrer Lage, fernab der Grenzen zu den Barbaren. Aber wer weiß, wann es diesen Wilden einfällt, auch uns anzugreifen. Schlimm genug, dass sich diese Flüchtlinge hier überall herumtreiben. Diebisches Gesindel! Auf der Straße ist man sich ja seines Lebens nicht mehr sicher. Heute müssen wir nur den Verlust einer Sklavin verschmerzen, morgen beweinen wir vielleicht schon unsere Frauen und Schwestern.« Mit einer beinahe dramatischen Geste wies er erst auf Cornelia und dann auf seine blasse Begleiterin. »Ich aber sage: Wir dürfen nicht weiterhin einfach zusehen.«

Es war offensichtlich, dass mein ehemaliger Herr keine Kosten für einen erfahrenen Rhetoriklehrer gescheut hatte; das Schmierentheater beherrschte sein Sohn schon recht gut.

»Mein Vater sagt immer, was hilft es schon, sich gegen die einfallenden Barbaren zur Wehr zu setzen, wenn die wirkliche Gefahr *innerhalb* der Stadt lauert?« Von seinen eigenen Worten berauscht, nahm er einen tiefen Zug aus dem Becher.

»Was meint er damit?« Marcellas ruhige Augen musterten ihn aufmerksam.

»Nun …« Primus stellte den Wein wieder ab. »Wie schon gesagt, wären da zunächst die Flüchtlinge zu nennen, die ohne Hab und Gut hier in die Stadt kommen, Krankheiten einschleppen und sich an anderer Leute Eigentum vergehen!«

»Du willst diesen armen Menschen doch sicher nicht zum Vorwurf machen, dass sie Not leiden?« Noch immer klangen Marcellas Worte ruhig, doch um eine kleine Nuance schärfer.

Primus schluckte, nahm ihren Einwand jedoch nicht weiter zur Kenntnis. »Und dann natürlich diese Christen …«

Unwillkürlich zuckte ich zusammen, während meine Augen zu Marcella huschten. Der Hauch einer Röte hatte sich auf ihrem Gesicht ausgebreitet, ihre Lider zitterten einen Moment, dann hatte sie sich wieder gefangen.

»Und was sollen die Christen mit der ganzen Sache zu tun haben?«, fragte sie, noch immer höflich, doch etwas gepresst.

»Ja siehst du das denn nicht?« Primus erweckte den Eindruck, dass er am liebsten mit der Faust auf den Tisch geschlagen hätte, um seine Worte zu bekräftigen. »Zu verstockt, um unseren Göttern und dem Kaiser die Ehre zu erweisen! Kein Wunder, dass die Barbaren vor den Toren stehen. Man müsste sie alle ausmerzen, dieses Ungeziefer.«

Marcellas Lippen waren weiß geworden, so fest presste sie diese zusammen.

»Dann diese seltsamen Rituale, die sie ausführen. Ekelerregend, geradezu widerlich! Es würde mich nicht erstaunen, wenn diese Christen bei all den Verbrechen, die sich zwischen unseren Mauern abspielen, ihre Hand im Spiel hätten.« Er warf einen Beifall heischenden Blick auf seine Begleiterin, die die ganze Zeit über stumm auf dem Sessel neben ihm gesessen hatte, und nur hin und wieder vorsichtig an ihrem Becher nippte. Doch nur seine Schwester nickte bestätigend, als er fortfuhr: »Kinder, die plötzlich verschwinden, Frauen, die verstümmelt aufgefunden werden. Mit Sicherheit alles Opfer dieser blutigen Rituale …« Er hatte sich richtiggehend in Rage geredet, griff atemlos nach seinem Becher und verschluckte sich beinahe an dessen Inhalt.

Marcella erwiderte nichts.

»Und dann, nicht zu vergessen, die Juden!«

Nun war es an mir, zusammenzufahren. Marcella schien es zu bemerken, denn ihr fragender Blick suchte meine Augen und wandte sich dann wieder Primus zu.

»Wo siehst du da einen Zusammenhang?« Nur ein sehr aufmerksamer Beobachter konnte das leise Zittern aus ihrer Stimme heraushören.

»Das liegt doch auf der Hand.« Primus‘ helle Augenbrauen hatten sich zu einem grimmigen Bogen zusammengezogen. »Wer, wenn nicht die Juden, hat seit Jahrhunderten unseren Staat unterwandert? Sie verweigern sich unserer Lebensweise, häufen große Reichtümer an, und dann ...« Er machte eine gewichtige Pause. »Wenn man glaubt, sich ihrer entledigt zu haben, tauchen sie bald darauf an einem anderen Ort wieder auf, noch reicher als zuvor. Wie die Hydra, die gierig ihre stinkenden Köpfe nach allem ausstreckt.«

Das war eine niederträchtige Behauptung, doch passte sie genau zu Primus. Schweigend ruhte Marcellas Blick auf ihm, doch unbeirrt redete er weiter:

»Oder hast du noch nicht die Geschichte von diesem Schmuckhändler gehört?«

Die erste Bewegung von Primus' Begleiterin, das abrupte Heben des Kopfes, veranlasste mich, in ihre Richtung zu sehen.

Ihre bisher unbewegte Miene war einem fast schmerzhaften Ausdruck gewichen und ihr blasses Gesicht von einer leichten Röte überzogen.

Was hatte das zu bedeuten? Sollte sie Salomo kennen? Das wäre nicht verwunderlich. Den Laden eines Schmuckhändlers konnte sie durchaus oft besucht haben. Aber diese Reaktion?

Meine Aufmerksamkeit wurde von Marcella abgelenkt, die statt einer Antwort ihre blütenweißen Handgelenke ein wenig aus ihrem Gewand schob und sie zu Primus hindrehte. »Ich trage keinen Schmuck, wie du siehst.«

»Das solltest du aber.« Mit einem anzüglichen Lächeln blickte er ihr in die Augen. »Es würde deine Schönheit noch betonen.«

»Danke.« Unbeeindruckt verschränkte sie ihre feingliedrigen Hände wieder vor der Brust. »Nun, was ist mit diesem Händler?«

»Er heißt Salomo Ben Isaac und rühmt sich vornehmer Abkunft. Dabei ist sein Vater ein einfacher Medicus, der hin und wieder nach unserm Gesinde geschaut hat, wenn es krank war«, warf Cornelia ein, als ärgere sie sich darüber, dass ihr Bruder alleine das Wort führte.

*Ja, wenn es krank war oder ihr es halb tot geprügelt habt*, dachte ich grimmig und musste mich zwingen, den Worten stumm zu folgen.

»Vor einigen Jahren hat dieser Salomo die Stadt in Richtung der östlichen Grenzen des Imperiums verlassen. Nahe dem Reich der Perser ... Wie es hieß, um dort seine Geschäfte auszubauen. Sicher hatte er jedoch irgendetwas zu verbergen.« Nachlässig schob sich Primus ein Stück Gebäck in den Mund, sprach aber ungerührt weiter. »Vor einigen Monaten kam er zurück. Einen Wagen im Schlepptau, bis zum Brechen voll beladen. Eröffnete einen Laden im Haus seines Vaters und handelt seither mit Juwelen und Schmuck. Mit sehr erlesenen Schmuckstücken, muss man hinzufügen, die auch dir gut zu Gesicht stünden, wenn ich mir diese Bemerkung erlauben darf.« Wieder dieses dümmliche Grinsen auf seinem Gesicht.

Ein rascher Blick auf Primus' Braut, um zu sehen, ob sie sich durch dessen Verhalten beleidigt fühlte, zeigte mir, dass sie mit ihren Gedanken weit weg sein musste, denn ihr Blick war in die Ferne gerichtet.

Auch diesmal reagierte Marcella nicht auf sein plumpes Kompliment, und ein wenig pikiert lehnte er sich zurück. »Nun stolziert dieser Jude durch die Stadt und prahlt überall mit seinem Reichtum. Eine Gefahr für unsere Frauen, wenn du mich fragst.«

Also daher wehte der Wind! Waren es also Neid und Eifersucht, die Primus' Hass nährten?

»Was wirfst du ihm eigentlich konkret vor?« Marcella bemühte sich weiterhin, höflich zu bleiben.

Bei dieser Frage kehrte Primus' Selbstsicherheit wieder zurück. Verschwörerisch beugte er sich vor. »Er besitzt fremdes Eigentum, das ihm nicht zusteht.«

»Bitte?« Marcella zog die fein geschwungenen Augenbrauen zusammen, als hätte sie Probleme, das Gehörte zu glauben. »Was meinst du damit?«

»Nun, die Sache ist doch offensichtlich. Arm wie ein Handwerker verlässt er die Stadt, mit nichts in der Tasche als ein paar Schriftrollen. Und kaum wieder zurück, lagert mehr Gold in seinem Haus als im Tempel des vergöttlichten Augustus. Dabei ist es Juden nach römischem Gesetz verboten, reines Gold zu schmieden und mit reinem Gold zu handeln. Da ist doch etwas faul.«

Ein Anflug mitleidigen Spotts zeichnete sich kurz in Marcellas Gesicht ab. »Und wie soll er deiner Meinung nach an dieses viele Gold gekommen sein?«

Ruckartig zuckte Primus' Hand nach seinem Becher, doch dann hielt er auf halbem Weg inne, während seine Augen mit einem beinahe ungläubigen Ausdruck auf Marcella gerichtet waren.

»Es fällt mir schwer zu glauben, dass du nie etwas davon gehört haben solltest.« Er machte eine Kunstpause, bevor er in fast ehrfurchtsvollem Tonfall sagte: »Ich spreche von dem Schatz Salomos.«

Marcella zuckte zusammen. Doch sofort hatte sie sich wieder in der Gewalt und blickte Primus in die Augen.

»Dem Tempelschatz von Jerusalem?«

Ein Ausdruck von Überraschung oder Anerkennung zeichnete sich auf Primus' Zügen ab. »Ich sehe, du weißt, wovon ich rede.«

Nun war es an mir, erstaunt zu sein. Doch ich musste schweigen und beschränkte mich darauf, zwischen niedergeschlagenen Wimpern die Szenerie weiter zu beobachten.

»Sicher kannst du mir sagen«, nahm Marcella nach einer Weile das Gespräch wieder auf, und ihrer Stimme war nicht anzumerken, ob sie die Sache ernst nahm oder nicht, »wie der Händler deiner Meinung nach in den Besitz dieses Schatzes – oder doch zumindest eines Teils davon – gekommen sein soll.«

Primus' Gesichtsausdruck nach zu urteilen, schien er sich über diesen Aspekt noch keine großen Gedanken gemacht zu haben.

»Aber das ist doch offensichtlich«, meinte er schließlich mit einer Handbewegung, die wohl signalisieren sollte, wie abwegig diese Frage war, und beugte sich erneut zu ihr hin, als ginge es darum, ein Ereignis von großer Tragweite mitzuteilen. »Als vor einigen Generationen die Truppen des göttlichen Titus Vespasianus den Aufstand in Judäa niederschlugen und die Unruhestifter in Gefangenschaft führten, hatte er nicht nur die Rebellen besiegt, sondern gleichzeitig, um jede weitere Erhebung im Keim zu ersticken, die Schätze des Landes als Kriegsbeute nach Rom bringen lassen.«

Marcella nickte. »Davon habe ich gehört.«

»Nun, bis heute ist es ein Geheimnis, was genau von den Schätzen des Tempels nach Rom gebracht wurde. Unter den überlebenden Juden war das Geschrei natürlich groß, hieß es doch, dass sich unter den Gegenständen von unermesslichem Wert, die vom Jordan an den Tiber gebracht worden waren, auch, sagen wir, Objekte von … kultischer Bedeutung befanden.«

Ohne etwas darauf zu erwidern, zog Marcella die Augenbrauen hoch.

»Kaum hatten sich die ersten Wogen geglättet, versuchten einige der Überlebenden, Männer mit Macht und Einfluss im jüdischen Volk, Teile dieser Kultstücke, sofern sie nicht für den Bau des Flavischen Amphitheaters eingeschmolzen worden waren, wieder aufzukaufen.«

»Das erscheint mir nachvollziehbar.«

»Ja, aber es heißt, dass manche der Stücke des Tempelschatzes erst gar nicht in Rom eingetroffen seien.« Wieder machte Primus eine Pause, um den Eindruck seiner Worte wirken zu lassen. »Nach so langer Zeit weiß ja keiner mehr genau, was sich einst im Tempel zu Jerusalem befunden hat.«

Marcella erwiderte nichts, obgleich sie allem Anschein nach verstand, wovon da die Rede war.

Ich spürte, wie mein Herz stärker zu schlagen begann, als in mir ein seltsamer Verdacht aufkeimte: Ob Marcella vielleicht durch diese Sekte der Christen mehr über die Sache wusste? Sollten diese wissen, wo der Schatz abgeblieben war? Ihn womöglich selbst an sich genommen haben?

*Nein!* Kaum merklich schüttelte ich den Kopf. Auch wenn die Christen Feinde des Staates waren, Marcella würde weder Hand an etwas legen, das ihr nicht gehörte, noch irgendeinen unrechtmäßigen Besitz dulden.

Als das Schweigen zu lange dauerte, räusperte sich Primus. Unsicher ging sein Blick von Marcella zu seiner Begleiterin und wieder zurück.

»Ich denke«, meinte er schließlich, »wir haben deine Gastfreundschaft lange genug in Anspruch genommen.« Ein wenig widerwillig hielt er seiner Verlobten die Hand hin, welche diese mit ihren feingliedrigen Fingern ergriff. »Hab Dank für die Zeit, die du dir genommen hast. Meine Familie und ich sind dir sehr verbunden.«

Marcella begnügte sich mit einem unverbindlichen Nicken, stand aber weder auf, noch begleitete sie die Gäste zur Tür, während sich Cornelia, Primus und seine Braut erhoben, und ein wenig irritiert den Weg nach draußen suchten.

Schließlich gab ich mir einen Ruck und lief zur Tür, öffnete und hielt sie offen, bis alle den Raum verlassen hatten.

Trotz meiner gesenkten Augen spürte ich beim Vorbeigehen Primus' Blick über mich hinweggleiten, und es war, als ob mich die Klinge eines glühenden Dolches streifte.

Den Atem einziehend, wich ich einen Schritt zurück. Dann war der Spuk vorbei. Erleichtert schloss ich die Tür, mit dem stummen Gebet, nie wieder einen der Cornelier sehen zu müssen.

Meine Bitte sollte nicht erhört werden.

# KAPITEL IX

Ein Aufatmen ging durch den Raum, als ich endlich wieder mit Marcella allein war.

Erst jetzt wurde mir bewusst, wie angespannt ich in der Anwesenheit der Cornelier gewesen war, geradeso als hätte sich nichts geändert, als wäre ich noch immer *ihr* Eigentum.

Mit zur Faust geballten Händen ging ich zurück zur Herrin, die mit sinnendem Blick in ihrem Sessel saß und ihre Fingerspitzen am oberen Rand ihres Silberbechers entlangkreisen ließ.

Nach einer Weile räusperte ich mich. »Kann ich dir noch etwas bringen, Domina?«

Statt einer Antwort blickte sie mich nachdenklich an. »Du bist doch hier in der Stadt aufgewachsen?«

Ich nickte stumm.

»Wie gut kennst du die Familie der Cornelier?«

Diese Frage hatte ich die ganze Zeit befürchtet. »Herrin, ich …« Heiser, beinahe flüsternd brachte ich die Worte hervor. »Cornelius Felix war mein früherer Herr.«

Marcella nickte. »Das hatte ich beinahe schon vermutet.«

Ich brauchte nicht zu fragen, weshalb.

»Da du diese Familie ja kennst, recht gut, wie ich annehmen möchte, sag mir, was hältst du von ihrer Meinung? Glaubst du, ihre Anschuldigungen könnten der Wahrheit entsprechen?«

»Unhaltbare Behauptungen und dreiste Lügen!«, platzte ich, ohne nachzudenken, heraus. Im gleichen Moment erschrak ich über meine Unbesonnenheit.

Marcella schien meine Reaktion jedoch fast erwartet zu haben, und ich wusste, dass sie Lügen verachtete.

»Dann glaubst du also auch nicht, dass die Beschuldigungen gegenüber diesem Händler Salomo der Wahrheit entsprechen?«

»Ganz sicher nicht«, brachte ich gepresst hervor. »Salomo hat sich immer ehrlich verhalten, und sein Vater war Medicus im Hause des Cornelius Felix. Wann immer einer der Kinder oder Sklaven ernsthaft krank war, hat er ihn rufen lassen. Und ich kann mich nicht daran erinnern, dass sich Isaac seinen Patienten gegenüber jemals anders als zuvorkommend und liebevoll gezeigt hätte.« *Ganz im Gegenteil zum Herrn des Hauses*, fügte ich stumm hinzu.

Marcella nickte wissend, als könne sie meine unausgesprochenen Gedanken lesen. Vielleicht besaß sie auch einfach nur genügend Menschenkenntnis und hatte sich nach den letzten Begegnungen mit den Corneliern selbst das richtige Bild gemacht.

»Hat dein früherer Herr, Cornelius Felix, irgendwelche Gründe, Isaac zu misstrauen? Ist zwischen den beiden vielleicht etwas vorgefallen?«

Ich schüttelte den Kopf. »Davon ist mir nichts bekannt.«

Marcella beugte sich näher und fragte schließlich: »Nach alledem, was du über Cornelius Felix weißt, würdest du ihm zutrauen, mit einer Lüge den guten Ruf eines unschuldigen Mannes zu gefährden?«

Ich zögerte. War es klug, so offen meine Meinung zu sagen? Doch Marcellas Blick, in dem nur aufrichtiges Interesse zu lesen war, gab den Ausschlag: »Cornelius Felix würde ich so etwas ohne Weiteres zutrauen. Für Geld würde er alles tun. Oder für Macht.«

Auch mich hatte er nur verschenkt, um damit den Statthalter günstig zu stimmen.

»Ich verstehe«, sagte Marcella, und der Ausdruck von Mitleid, der einige Augenblicke lang auf ihrem Gesicht zu lesen stand, ließ mich beinahe beschämt den Kopf sinken.

»Herrin«, begann ich nach einem kurzen Schweigen, »darf ich dir eine Frage stellen?«

»Natürlich.« Wie um ihre Worte zu unterstreichen, schob sie mir einen Stuhl zu, doch kostete es mich immer noch Überwindung, in ihrer Anwesenheit zu sitzen. Nie wäre Cornelia Felix auf einen solchen Gedanken gekommen.

»Wie hat Primus das vorhin gemeint, mit dem Schatz Salomos?«

»Der Schatz Salomos ...« Langsam ließ Marcella diese Worte über ihre Zunge gleiten. »Salomo war ein König. Ein jüdischer König, der berühmt war wegen seiner Weisheit und der Gott einen Tempel gebaut hat. Den ersten Tempel, den die Juden je hatten. Mit Zedernholz verkleidet, war er von diesem Zeitpunkt an das Herzstück des jüdischen Volkes, seiner Stämme und seines Glaubens.«

»War er denn reich?«

»So sagt man. Reich an allem, was die Erde hergeben konnte. Reich an Gold, reich an Armeen und Dienern, ja sogar an Frauen.«

»An Frauen?« Interessiert horchte ich auf.

Ein feines Lächeln glitt über Marcellas Gesicht. »Sehr reich an Frauen. Es heißt, er habe siebenhundert Frauen und dreihundert Nebenfrauen sein Eigen genannt.«

»*Tausend* Frauen?« Ungläubig starrte ich Marcella an. Es erschien mir unvorstellbar, dass so etwas möglich war, und noch unvorstellbarer war es mir, dass Marcella das so gelassen aussprechen konnte. Besonders, da es in ihrem Leben nicht einmal einen einzigen Mann gab und sie keinerlei Anstalten machte, an diesem Zustand etwas ändern zu wollen.

Ich entschloss mich, das Gespräch lieber in ein anderes Fahrwasser zu bringen. »Und dieser Schatz? Was sollen Isaac und sein Sohn hier in Divodurum mit dem Schatz eines toten Königs aus grauer Vorzeit zu schaffen haben?«

Skeptisch zog Marcella ihre ebenmäßige Nase kraus. »Nach all dem, was ich gehört oder gelesen habe, hat König Salomo von der Königin von Saba einen sagenumwobenen Goldschatz erhalten, der später Teil des Tempelschatzes wurde. Niemand weiß, was nach der Zerstörung des Tempels von Jerusalem damit geschehen ist. Es heißt, ein Teil des Goldes konnte vor den Eroberern in Sicherheit gebracht werden. So etwas lässt natürlich Raum für vielerlei Spekulationen.«

Wieder fiel mir auf, dass das Gerede von Gold und Reichtum keinen großen Eindruck auf Marcella zu machen schien.

»Und glaubst du, Herrin, dass Teile dieses Schatzes tatsächlich ihren Weg bis hierher nach Divodurum hätten finden können?«

»Zumindest Primus Cornelius scheint es zu glauben.«

Unwillig schüttelte ich den Kopf. Die ganzen Zusammenhänge erschienen mir ziemlich weit hergeholt. Doch wenn wirklich etwas Wahres daran war und Salomo etwas damit zu tun hatte, tat ich vielleicht besser daran, mich genau zu informieren.

»Vielleicht hat Primus diese Geschichte nur erfunden, um einen Grund zu haben, der Familie Isaacs zu schaden«, entfuhr es mir.

Marcella nickte. »Dieser Gedanke ist mir auch in den Sinn gekommen.«

»Du hältst es also, so wie du diesen Isaac und dessen Sohn einschätzt, nicht für möglich, dass in Primus' Beschuldigung ein Funken Wahrheit stecken könnte?«

Ich schüttelte den Kopf. »Dass Salomo auf dunklen Wegen Zugang zu einem verloren geglaubten Goldvorrat gefunden hat, der von Rechts wegen dem römischen Staat zustehen würde?« Gerne hätte ich gesagt, dass die Frage von Recht und Unrecht häufig im Auge des Betrachters liegt, doch dieser Punkt stand nicht zur Debatte, obgleich ich mir sicher war, dass Marcella mir darin zustimmen würde. »Niemals würde Salomo oder sein Vater etwas Unrechtes tun. Dessen bin ich mir ganz sicher. Schon gar nicht, wenn es bloß um Gold geht.«

»Und wenn es um mehr ginge als nur darum …«

Aus einem Impuls heraus hatte ich den Mund geöffnet, um etwas zu sagen. Doch dann kam mir die Fülle und Schönheit des in Gold gefassten Schmucks ins Gedächtnis, die ich in Salomos Laden auf kostbaren Tüchern liegen gesehen hatte.

Wie war er zu einem derartigen Reichtum gekommen?

Ein Schauder überlief mich, und ich hatte den Eindruck, dass ich die ominöse Herkunft des Goldes gar nicht so genau erfahren wollte.

# KAPITEL X

Du verlangst *was* von mir?« Ungläubigkeit, wenn nicht gar Entsetzen, schwang in Marcellas Stimme mit, während ihr Blick den ihres Vaters suchte, der auf einer Kline im großen statthalterlichen Speisezimmer ruhte.

»Dass du die dir zukommende Rolle gewissenhaft erfüllst, nichts weiter.«

Ich sah, wie Marcella die Lippen zusammenpresste und ihr ebenmäßiges Gesicht von einem Hauch Blässe überzogen wurde. »Aber dort wird Blut vergossen, zum Vergnügen des Pöbels, zur Unterhaltung des Publikums. Wie kannst du mich zwingen, so etwas …«

»Zur Sicherung der Herrschaft, um es klar zu formulieren. Du weißt, dass es meist verurteilte Verbrecher und Freiwillige sind, die in der Arena kämpfen. Was bei allen Göttern sollte dich daran hindern, dich damit abzufinden? Und zudem«, langsam beugte sich der Statthalter näher zu seiner Tochter, »vertrete ich hier den Kaiser, die oberste Macht des Staates. Es ist meine Pflicht, die Spiele zu eröffnen. Und deine Pflicht als Tochter ist es, mich dabei zu begleiten.« Nur leicht hatte er die Stimme erhoben. Sein Tonfall klang geduldig, aber doch eindringlich, als versuchte er, dadurch die Wichtigkeit seines Anliegens zu unterstreichen.

Ein drückendes Schweigen entstand. Marcellas Brust hob und senkte sich unter ihrem schlichten blauen Gewand, das ihr – frei von jeglichem Schmuck und Zierrat – bis zu den Fußspitzen reichte, wie es die Schicklichkeit verlangte.

»Vater«, begann sie schließlich, »du weißt, dass mein Glaube …«

»Dein Glaube«, schnitt ihr der Statthalter das Wort ab, »ist etwas, von dem ich nichts wissen darf. Denn wenn ich etwas davon wüsste, wäre ich verpflichtet, so zu verfahren, wie das Gesetz des Kaisers es vorschreibt ...«

Unwillkürlich zuckte ich zusammen. Es war das Eingeständnis eines Vaters, die Zusicherung, seiner Tochter gegenüber Nachsicht zu üben, in der Hoffnung, dass diese früher oder später doch noch zur Besinnung kommen und von ihrem falschen Weg ablassen würde. Irgendwann, wenn er nur genügend Geduld aufbrächte.

Und doch hatte der letzte Satz eine mehr oder weniger verhüllte Drohung enthalten.

»Bisher habe ich dich gewähren lassen«, fuhr der Statthalter fort, »Dann kann ich wohl von dir erwarten, dass du mich nun in der Öffentlichkeit nicht dermaßen bloßstellen willst?«

Ein schier endloses Schweigen entstand.

»Wie soll ich dem Volk von Divodurum in der Stunde der Gefahr vermitteln, ich sei in der Lage, für es die Verantwortung zu tragen, wenn noch nicht einmal meine eigene Familie hinter mir steht?«, nahm er schließlich das Wort wieder auf. »Oder achtest du mich so wenig?«

Beinahe körperlich spürte ich den Kampf, den Marcella mit sich ausfocht. Eine tiefe Röte lief über ihr sonst so blasses Gesicht, ihre Lippen zitterten leicht, doch schließlich senkte sie den Kopf.

»Wenn du wirklich glaubst, dass es für die Sicherheit der Bevölkerung notwendig ist ...« Sie unterbrach sich und blickte ihren Vater fest an. »Ich achte dich sehr, Vater und werde mich deinem Willen beugen.«

Ein zufriedenes Lächeln legte sich auf die Züge des Statthalters, doch ich sah, dass Marcellas Hände zu Fäusten geballt waren.

Eine Geste, die ich noch nie zuvor bei ihr gesehen hatte.

Der Lärm war ohrenbetäubend. Aufgewirbelter Staub drang in Nase, Mund und Ohren, während sich die Sonne immer höher schob und den gleißend weißen Sand der Arena überflutete.

Stumm und blass saß Marcella auf einem weichen Sessel neben ihrem Vater. Nicht wie die Tochter des höchsten Beamten der Provinz, sondern als sei sie selbst eines der Opfer, eine der Verurteilten, die sehr bald zur Belustigung der Zuschauer den Boden der Arena mit ihrem Blut tränken würde.

Angespannt hielt sie die Arme vor dem Körper verschränkt, knetete die bleichen Finger, und dem Flackern ihrer Augenlider konnte ich entnehmen, wie schwer es ihr fiel, die äußere Fassade zu wahren.

Wie eine in Stein gehauene Statue wirkte der Statthalter im Licht des späten Morgens. Die Lippen zu einer schmalen Linie gepresst, umfasste seine zur Faust geballte Hand den Knauf seines kurulischen Stuhls.

Auf beiden Seiten wurde er von je zwei Ordonnanzen flankiert, hochrangigen Offizieren, die zum Dienst im statthalterlichen Stab von den Legionen abgeordert worden waren. Daneben standen vier Liktoren, die zur Demonstration der kaiserlichen Macht ihre Rutenbündel geschultert hatten.

Von der Tribüne aus wirkten die Gesichter der Zuschauer wie eine verschwommene, wimmelnde Masse. Ein Raunen lag über der Menge wie ein unablässiges fernes Donnergrollen. Die Anspannung war mit Händen zu greifen und schien sich fast körperlich auf die Anwesenden zu übertragen.

Mit gesenktem Blick stand ich, als stumme Beobachterin, unmittelbar hinter Marcellas Sessel und wünschte mich zurück in die Statthalterresidenz.

Divodurum. Die Stadt hier tat mir nicht gut. Die Sommerhitze. Der Fluch, der über dem Haus lag. Das Gefühl, wie in einem Kessel eingeschlossen zu sein, weckte in mir heftige Fluchtinstinkte.

Aus gutem Grund hatte der Statthalter für die Spiele das größere der beiden Theater gewählt, welches außerhalb der Stadt lag. Zum einen fasste es mehr Zuschauer, zum anderen konnte der Statthalter auf diese Art Zuversicht und Furchtlosigkeit demonstrieren, als wolle er sagen, es sei nicht notwendig, sich in Divodurum zu verschanzen, den Schutz der befestigten Stadt zu suchen. Auch hier draußen vor den Toren habe der römische Magistrat die Lage unter Kontrolle.

Ein kurzes Nicken, ein stummes Signal, dann erhob sich der Statthalter von seinem Sessel, beugte sich über die Balustrade und wartete, bis sich das Gemurmel in den Reihen gelegt hatte.

Mit seiner ruhigen und durchdringenden Stimme ergriff er das Wort, grüßte die Menge und richtete seinen Dank an Jupiter, Juno und Minerva, an den vergöttlichten Caesar und all die anderen Gottheiten aus, die ihre schützende Hand über der Stadt gehalten hatten.

Dann erschien Aelius Misenus, der Augustuspriester. Das Haupt von einer Toga bedeckt, trat er vor die Menge, sprach die rituellen Formeln, um den Genius des göttlichen Kaisers zu ehren, und verbrannte dann einige Körner Weihrauch in einem Kohlebecken, dessen aufsteigende Rauchfäden in der Morgenbrise zerfaserten.

Die Spannung der Menge hatte ihren Höhepunkt erreicht. Nur vereinzelte Rufe durchbrachen die Stille, die sich über die Ränge gelegt hatte. Schließlich gab der Statthalter mit der Hand ein Signal, die Tore wurden geöffnet, und die Ringkämpfer traten in die Arena. Hochgewachsen, die sehnigen Muskeln mit Öl eingerieben, das im Licht der Sonne glänzte und die Wölbungen der Körper noch besser zur Geltung kommen ließ.

Unwillkürlich ließ mich der Anblick an Flavus denken. Beinahe körperlich spürte ich die Berührung seiner Hände auf meiner Haut, und tief in meinem Inneren fühlte ich nur eine tiefe Leere.

Verstohlen blickte ich zu Marcella hinüber, die noch immer hoch aufgerichtet mit blassem Gesicht und fahlen Wangen dasaß. Ihre Augen waren niedergeschlagen, als würde sie beten oder darum kämpfen, nichts von dem, was da unten geschah, sehen zu müssen.

Dabei waren es unblutige Kämpfe. Vorerst. Um diese frühe Stunde, zum Beginn der Spiele, standen lediglich Ringkämpfer und Schaufechter auf dem Programm, die mit Fäusten oder stumpfen Waffen einen guten Kampf, jedoch sehr wenig Blut darboten. Im Laufe des Vormittags würde sich das ändern, und ich fragte mich, wie Marcella diesen Anblick ertragen sollte.

Unbehaglich schlang ich die Finger zusammen und schloss ebenfalls die Augen.

Von der Arena drang der Lärm des Kampfes an mein Ohr. Die fantastische Akustik des Gebäudes trug die Stimmen und die Wucht der Schläge hinauf bis in die obersten Ränge.

Das Publikum jubelte, wenn auch verhalten. Zurufe und vereinzelte Pfiffe waren zu hören.

Für die meisten war es ein nettes Schauspiel, nicht mehr. Ein Vorgeschmack, der den Appetit anregte auf den wirklichen Höhepunkt zu späterer Stunde. Die Gladiatorenkämpfe, die Hinrichtungen …

Krampfhaft zog sich mein Magen zusammen. In meinem Mund sammelte sich bitterer Speichel.

Ein Schatten fiel auf mein Gesicht. Der Hauch eines schwülen Parfums, das mich irgendwie an den Weihrauch der Opferhandlungen erinnerte, streifte mich. Blinzelnd öffnete ich die Augen.

Matt glänzende Seide, in der Farbe des Himmels, eine schlanke Gestalt, die geschmeidig an mir vorbeihuschte, dann hinter dem Statthalter stehen blieb und ihm die Hand auf die Schulter legte.

»Sei gegrüßt.«

Durch halb geöffnete Lider sah ich, wie dieser unter der Berührung zusammenzuckte, sich aus seiner Haltung löste, sich umdrehte und aufstand.

»Claudia Severina.« Etwas, das ich nicht deuten konnte, schwang in seiner Stimme mit. War es Überraschung oder Unbehagen? Es dauerte einige Atemzüge lang, bis er seine Miene unter Kontrolle hatte und wieder die strenge Maske von Macht und Würde zeigte. »Sei gegrüßt.«

Mit der rechten Hand, an der ein schwerer Siegelring steckte, wies er auf den Sitz, den eine seiner Ordonanzen sofort geräumt hatte.

»Erweise mir die Ehre und nimm Platz.«

»Gerne.«

Mit einer eleganten Bewegung ließ sich die mir Unbekannte vor mir auf den weich gepolsterten Sessel gleiten, was mir Gelegenheit gab, sie genauer zu betrachten.

»Wer ist das?«, entfuhr es mir leise, bevor ich mich selbst zurückhalten konnte.

Der Name, den der Statthalter genannt hatte, sagte mir zunächst nichts, auch wenn ich ihn vage mit den vornehmen Familien Divodurums in Verbindung brachte.

Leicht schüttelte Marcella den Kopf. »Ich glaube sie war auch auf dem Gastmahl des Duumvirs. Doch kenne ich sie nicht.«

»Dein Vater offensichtlich schon …« Ich unterbrach mich, als mir bewusst wurde, wie vermessen meine Bemerkung war, doch ging die Herrin mit keiner Silbe darauf ein.

»Die Witwe des früheren Duumvirs Belenus Victorinus.« Einen Moment lang wusste ich nicht, woher die Stimme kam, aber als ich den Kopf drehte, sah ich, dass sich einer der Liktoren verstohlen zu uns herabgebeugt hatte. In Feiertagslaune blinzelte er fast verschwörerisch zu uns herab. »Seit ihr Mann tot ist, führt sie ein großzügiges Gesellschaftsleben und pflegt wichtige Kontakte.«

Ein gutmütiges Grinsen überzog sein Gesicht.

»Schon die Familie ihres Vaters, des alten Claudius Severinus, hatte großen Einfluss in der Stadt. Man sagt, in Divodurum wurde ohne ihre Zustimmung kaum ein Stein auf den anderen gesetzt.« Er machte eine bedeutungsvolle Pause. »Und natürlich hat sie eine besondere Vorliebe zur Nähe der Macht ...«

Der Rest des Satzes ging in einem leisen Husten unter, gefolgt von einem Erröten der schlecht rasierten Wangen. Es war ihm wohl bewusst geworden, dass er gerade seine Befugnisse überschritten hatte.

Eine reiche Witwe also. Eine Frau mit mehr Freiheiten als die meisten anderen. Denn gewöhnlich stand in der römischen Gesellschaft dem männlichen Familienoberhaupt die alleinige Macht über Wohl und Wehe der Sippe zu. Manche Frauen, die dieser Fessel entfliehen konnten oder nur einem entfernten männlichen Vormund unterstanden, wie beispielsweise Witwen, gebärdeten sich dann oft eigenwillig und herrisch.

So geruhte auch Claudia Severina erst nach einer Weile, sich umzuwenden, um auch die übrigen Anwesenden von Rang und Namen mit ihrem Gruß zu ehren.

Ich sah ein perfekt geweißtes und geschminktes Gesicht mit stark ausgeprägten Wangen, langen dunklen Wimpern und tiefbraunen Augen, in denen eine rötliche Wärme schimmerte, die der Farbe von ungeschliffenem Bernstein glich.

Die Haare, die in sorgfältig ondulierten Flechten um ihren Kopf geschlungen lagen, waren von einem ebenmäßigen Goldton und schimmerten im Schein der Morgensonne.

Ihre dunklen Augenbrauen, deren Bögen mit schwarzem Khol umrandet waren, zogen sich langsam in die Höhe, als ihr Blick mit einem unergründlichen Ausdruck an Marcella hängen blieb.

»Eine wunderschöne Tochter hast du, wenn ich das sagen darf.« Mit einem anerkennenden Nicken glitt ihr Blick über Marcellas schlanke Gestalt, während diese die Augen senkte.

»Und diese Haare. Schwarz, wie das Gefieder eines Raben ... Sie erinnert sehr an ihre verstorbene Mutter?«

Der Statthalter räusperte sich, und sein Blick folgte dem Claudias. »In der Tat.«

»Der Stolz deines Hauses«, fügte diese hinzu, doch der Legatus unterließ es, auf diese Bemerkung einzugehen.

Es schien mir, als würde die Luft vor Spannung knistern, aber trotz meiner Neugier bemühte ich mich, ein allzu offensichtliches Starren zu vermeiden.

Beinahe unmerklich berührte Claudia die Fingerspitzen des Statthalters und schien etwas in seine Hand gleiten zu lassen.

Unbewegt blieb dessen Blick auf das Geschehen in der Arena gerichtet, wo die letzten Kämpfer ihren unblutigen Auftritt hatten.

Reflexartig flogen meine Augen zu Marcella, um zu sehen, ob sie diese beiläufige Geste ebenfalls bemerkt hatte. Doch wenn dem so war, ließ sie es sich nicht anmerken. Nach wie vor wirkte sie abweisend, in sich gekehrt, als versuche sie das Geschehen um sich herum gar nicht an sich herankommen zu lassen. Dabei stand der blutige Teil der Spiele noch bevor.

Unter lautem Beifall verbeugten sich die Kämpfer. Schweiß rann über ihre Körper, mischte sich mit dem Schmutz und Öl und sickerte in dunklen, glitzernden Tropfen auf den Sand, den sie mit ihren bloßen Füßenaufgewirbelt hatten.

Verstohlen blickte ich wieder zu Claudia Severina. Mittlerweile erinnerte ich mich an ihren Vater, den alten Severinus. Mein früherer Herr, Cornelius Felix, hatte öfter mit ihm zu tun gehabt, als er das Haus der Familie renovieren ließ. Es mussten viele Jahre her sein; ich war noch ein Kind gewesen. Auch an seine Tochter Claudia hatte ich eine wenn auch sehr verschwommene Erinnerung. Allerdings hatte sie sich seit damals sehr verändert.

Das Anschwellen der Stimmen riss mich zurück in die Wirklichkeit. Auch ohne über die Balustrade nach unten zu blicken, wusste ich, dass nun die Hinrichtungen beginnen würden.

Übelkeit stieg wie eine plötzliche Woge in mir auf, und trotz der Junisonne fröstelte mich. Am liebsten wäre ich weggerannt, um nicht zu sehen, was jetzt folgen musste. Denn außer dem Mitleid mit den todgeweihten Verurteilten in der Arena belastete es mich, zu wissen, wie Marcella leiden musste und dass ich ihr diesen Schmerz nicht abnehmen konnte.

Gegen meinen Willen wurde mein Blick nach unten geleitet. Sklaven waren gerade damit fertig geworden, mit einer Harke den Sand der Kampfbahn zu glätten. Weitere brachten große Pfähle, die sie tief in den weichen Untergrund rammten.

Alles verschwamm mir vor den Augen, während Galle in mir aufstieg und ich Angst hatte, mich vor die Füße des Statthalters übergeben zu müssen.

Das durchdringende Quietschen der Gittertore übertönte den Hintergrundlärm der Zuschauer auf den Rängen. Die Verurteilten wurden hereingeführt.

Ich unterdrückte einen Aufschrei, als ich sah, dass sich neben einigen Männern, allesamt zerlumpte, von der Verzweiflung und der Kerkerhaft ausgemergelte Gestalten, auch zwei junge Frauen und ein vielleicht zehnjähriger Junge befanden.

Mit Stöcken und Peitschen wurden sie in die Mitte der Arena getrieben. Dann packten die Wächter die beiden Frauen, stießen sie nach vorne, rissen ihnen die Arme nach oben und begannen sie an den Pfählen festzubinden.

Blankes Entsetzen explodierte in mir. Ich glaubte, die Berührung und den Schmerz der einschneidenden Stricke am eigenen Körper zu spüren.

Ein Rascheln neben mir riss mich aus meiner Betrachtung. Aus den Augenwinkeln sah ich einen Schatten. Marcellas Gewand streifte mich, als sie an mir vorbeiglitt. Dem Ausgang zu …

Ich sprang auf und folgte ihr, so schnell ich konnte.

Meine Panik wuchs. Ich musste sie zurückhalten! Wie konnte sie ihren Vater dermaßen brüskieren? Vor seinen Gästen, in aller Öffentlichkeit? Die Spiele auf ihrem ersten Höhepunkt zu verlassen! Wie würde der Statthalter darauf reagieren? Würde er seine angedeuteten Drohungen in die Tat umsetzen?

Verzweifelt versuchte ich, sie zurückzuhalten, doch ständig kam mir jemand in die Quere, sodass ich kaum weiterkam. Ich würde es nicht mehr schaffen, sie rechtzeitig zu erreichen, bevor sie den Zuschauerraum endgültig verlassen hätte.

Doch am Ende der Tribüne, kurz vor den Ausgang, blieb Marcella plötzlich stehen. Ein Bote blockierte den Weg. Das Gesicht gerötet, die Schultern zusammengesunken, presste er seine bebenden Hände an seine Schenkel und wechselte dann keuchend, aber lautstark ein paar Worte mit dem wachhabenden Benefiziarier. »Lasst mich durch, ich muss zum Statthalter! Ein schreckliches Unglück! Draußen in der Stadt!«

Marcella stand wie erstarrt da und schien ihr Vorhaben, das Amphitheater verlassen zu wollen, vergessen zu haben.

Der Soldat warf einen Blick in Richtung Statthalter, dann wieder auf den aufgelösten Boten. Schließlich ließ er den Mann passieren, mit zweifelndem Gesichtsausdruck, als sähe er sich schon selbst bei den Löwen in der Arena.

Mit geröteten Wangen stand der Bote vor dem Statthalter und schien eine Weile nach Worten zu ringen, ehe er in der Lage war, seine Nachricht vorzubringen. Wie ein Blitz traf mich plötzlich die Erkenntnis. Ich kannte diesen Mann. Martinus war sein Name; er war einer meiner früheren Mitsklaven.

»Etwas … etwas Furchtbares ist geschehen, Statthalter, im Hause meines Herrn Cornelius Felix. Ich bin beauftragt, dich unverzüglich davon in Kenntnis zu setzen, damit du …« Er räusperte sich und wand sich unbehaglich. »Die Verlobte des jungen Herrn, Iunia Curmilla. Sie ist … heute Morgen …« Er flüsterte beinahe, als er den Satz zu Ende brachte: »Sie ist tot aufgefunden worden. Ermordet.«

Ich sah, wie der Statthalter die Augenbrauen zusammenzog.

»Wo?«, fragte Marcella, die unbemerkt wieder näher getreten war.

»Unweit ihres Hauses, Herrin«, antwortete der Bote. Er wirkte erleichtert darüber, die Angelegenheit mit ihr besprechen zu können, statt mit dem gestrengen Legatus. »Sie wohnt in einer Villa am Rande der Stadt, nahe der Mosel. Dort wurde sie auch gefunden, in Rufweite des Hauses.«

Ein Schauder überlief meinen Rücken. Der blutüberströmte Leichnam der toten Sklavin stand mir vor Augen, und nun schon wieder ein Mord!

»Lebte sie dort allein?«, erkundigte sich Marcella.

»Nein, Herrin. Das Haus gehört ihrer Familie. Ihr Vater ist Quintus Curmillus, ein Decurio der Stadt.« Unter Marcellas sachlichen Fragen entspannte sich der Mann ein wenig.

»Warum schickt der edle Cornelius in dieser Angelegenheit nach mir?«, schaltete sich der Statthalter ein. Sein Tonfall verriet keine Regung.

Sogleich schien Martinus erneut zu schrumpfen. »Verzeih, Herr, doch Cornelius Felix dachte, du könntest … dich um die Angelegenheit vielleicht persönlich kümmern.«

Ein eisiges Schweigen entstand, nur unterbrochen von einzelnen Zurufen ungeduldiger Zuschauer, die zu Tausenden in höchster Anspannung darauf warteten, endlich Blut fließen zu sehen.

Ungläubig hatte ich die Worte des Boten mit angehört. Eine Unverfrorenheit! Selbst für einen Mann mit dem Gemüt eines Cornelius Felix. Das ging entschieden zu weit. Wegen einer privaten Familientragödie gleich den Statthalter zu bemühen …

Noch immer waren dessen Augenbrauen zusammengezogen, und einen Moment lang fragte ich mich, ob das Silbergeschirr und meine Person, welche dem Legatus als Geschenke aus dem Hause des Cornelius Felix zugesandt worden waren, dazu ausreichten, sich dadurch der Familie verpflichtet zu fühlen.

»Die Tote war also die Tochter eines städtischen Decurios?«, fragte er nach.

»Ja, Herr. Gewiss hast du den edlen Quintus Curmillus schon kennengelernt, auf dem Gastmahl des ...«

»Gewiss.«

Dem Boten war das Unbehagen deutlich anzumerken. Wahrscheinlich hatte Cornelius Felix ihm mit der Peitsche gedroht, sollte er es wagen, unverrichteter Dinge nach Hause zu kommen. Und nun stand er hilflos vor dem Statthalter, den er bei wichtigen Amtsgeschäften gestört hatte, und wusste nicht, wie er sich verhalten sollte. »Welche Antwort darf ich meinem Herrn überbringen, Dominus?«, wagte er endlich zu fragen.

Seine Augen waren ängstlich zu Boden gerichtet. Der Legatus blickte ihn finster an, während Marcella stumm der peinlichen Szene zuschaute.

»Sag deinem Herrn, ich werde morgen einen Sekretär zu ihm schicken. Er kann sich mit der Sache befassen und mir Bericht erstatten.«

Ein Aufbrüllen der Menge. Irgendetwas war in der Arena geschehen. Auch wenn die Hinrichtungen noch nicht begonnen haben konnten, da man noch das Zeichen des Statthalters erwartete. Vielleicht hatte man die wilden Tiere in ihren Käfigen zur Schau gestellt. Ich wagte weder hinzusehen noch hinzuhören. Innerhalb der nächsten Stunde würde alle Verurteilten der Tod ereilen; sie hatten nicht die geringste Chance.

»Vater?« Marcellas Stimme drang leise durch das auf- und abschwellende Getöse.

Der Statthalter wandte sich zu ihr um.

»Vater, ich könnte doch zum Hause des Cornelius gehen.« Marcellas Worte klangen ruhig, doch in ihren Augen war ein eindringlicher Glanz, der Ausdruck eines innigen Wunsches.

Natürlich, das wäre eine unverhoffte Chance für sie, diesen schrecklichen Ort verlassen zu können.

»Um was zu tun?« Heiser stieß der Statthalter die kurze Antwort hervor.

»Ich denke, du schuldest es der Familie, die ein so furchtbares Unglück getroffen hat, ihnen deine Anteilnahme auszusprechen. Und jeder wird verstehen, dass deine Pflichten hier«, vage wies sie mit der Hand auf die umstehenden Menschen seines Gefolges und die Ränge der Arena dahinter, »es dir im Moment nicht erlauben, dich persönlich dieser Sache anzunehmen. Ich würde die diese Pflicht gern abnehmen und stellvertretend für dich, zum Hause des Cornelius gehen.«

Mit zusammengekniffenen Augen blickte der Statthalter erst seine Tochter an, dann den Boten, der noch immer stumm auf seine Entscheidung wartete. Es galt, klug zu handeln, dazustehen wie ein Mann, der die Lage im Griff hatte, und sich keine Blöße zu geben. Der Vertreter des Kaisers, der immer und überall seine Pflichten erfüllte.

»Also gut.« Es klang beinahe wie ein Aufseufzen. »Geh du statt meiner ins Haus des Cornelius Felix und versichere ihn meiner Anteilnahme. Ich werde mich um die Sache kümmern, wenn … wenn das hier vorbei ist.«

Dann wandte er sich ab, ohne dem Boten einen weiteren Blick zu gönnen.

Alsdann hob er die Hand und gab unter dem vielstimmigen Jubel der Menge das Zeichen zum Beginn der Hinrichtungen.

Die ganze Zeit über hatten die Augen von Claudia Severina mit einer gewissen Neugierde auf dem Statthalter geruht. Und nun, als er sich ihr wieder zuwandte, war ein Ausdruck von tiefer Befriedigung darin zu lesen.

Wohl darüber, dass sie trotz dieses schrecklichen Verbrechens eines Mordes in höchsten Kreisen weiterhin die Aufmerksamkeit des mächtigsten Mannes der Provinz genoss.

Ich sah, dass Marcella fluchtartig dem Ausgang zustrebte, was niemandem aufzufallen schien, da alle Blicke zur Arena gerichtet waren, und folgte ihr umgehend.

# KAPITEL XI

Oh, meine *liebe* Marcella, ist das nicht schrecklich?« Mit einem Mitleid heischenden Schluchzen ließ sich Cornelia Felix einen neuen Becher Wein eingeschenken, während sie mit einem zierlichen Tüchlein Tränen aus den schwarz umrandeten Augen tupfte. »Dieser grässliche Mord an einem so unschuldigen Geschöpf!« Wieder schluchzte sie leise auf, wobei es ihr sogar irgendwie gelang, eine Träne über ihr mit Bleiweißpuder und rotem Ocker geschminktes Gesicht rollen zu lassen. »Mein armer Bruder ist untröstlich. Er grämt sich zu Tode und weigert sich, sein Zimmer zu verlassen und mit jemandem zu reden.«

Wahrscheinlich ersäufte der gute Primus dort seine Enttäuschung über die entgangene Mitgift mit einem teuren Falerner. Ich würde jede Wette eingehen, dass er zwar sein Schlafzimmer nicht verließ, um mit jemandem zu reden, jedoch sicher das eine oder andere schön gewachsene Sklavenmädchen zu sich heraufschicken ließ, um sich mit ihr über diesen so unerwarteten Verlust hinwegzutrösten.

»Was haben wir denn nur getan? Dass uns ein solches Unglück treffen musste? Ausgerechnet uns?« Ein neuerliches Schluchzen ließ die Bahnen kostbarer nachtblauer Seide, in die sich Cornelia gehüllt hatte, erzittern.

Eine Woge von Mitleid, allerdings mit Marcella, die in unermesslicher Geduld dieses Schmierentheater über sich ergehen lassen musste, überkam mich.

*Cornelia und Trauer! Dass ich nicht lache!* Der einzige Mensch auf der Welt, der sie wirklich interessierte, war sie selbst. Darüber hinaus reichte ihr Egoismus gerade noch so weit, sich um das Gedeihen der Familie zu kümmern, war diese doch die Quelle ihres Wohlstands und ihrer gesellschaftlichen Position. Doch dass sie über den tragischen Tod der Verlobten ihres missratenen Bruders vor Kummer aufgelöst sein sollte, erschien mir wenig glaubhaft. Besonders, da diese mit ihrer betörenden Eleganz und Schönheit Cornelia weit in den Schatten gestellt hatte, was der verwöhnten Patriziertochter unmöglich gefallen haben konnte.

Es sei denn, sie hätte sich irgendwelche persönlichen Vorteile von der Ehe ihres Bruders mit einer reichen Erbin versprochen. Doch was könnte das gewesen sein?

Nachdenklich ließ ich meinen Blick über das kostbar ausgestattete Speisezimmer des verhassten cornelischen Hauses gleiten.

Jeder Winkel des Raumes war mir bekannt, das schwarzgrundige Mosaik mit den sternförmigen Ornamenten in Rot und Weißtönen, die protzigen Wandbemalungen, deren tiefrote Felder mit Darstellungen von Weinranken gesäumt waren. Und obgleich ich nun unter dem Schutz der Statthaltertochter stand, glaubte ich beinahe körperlich zu spüren, wie alles in diesem Haus, jeder Gegenstand, jedes Mosaiksteinchen, Erinnerungen vieler Jahre der Kälte und Erniedrigung in mir wachriefen, derer ich mich, besonders in Cornelias Gegenwart, kaum erwehren konnte.

Mit einem lauten Krachen flog die Tür auf, und Cornelius Felix schob seinen fülligen, in eine bortengeschmückte Toga gehüllten Körper herein.

Allein aus der Erinnerung heraus wurden meine Hände kalt, und beinahe hastig schlug ich die Augen nieder. Mein ehemaliger Herr, mein einstiger Gebieter über Leben und Tod.

Sein Blick streifte mich wie ein Stück Unrat. Verständlich, war er doch froh gewesen, mich los zu sein. Mich, die ständig Widerspenstige, Schriftrollen Stehlende, die Last am Bein. Und nun kehrte ich ausgerechnet im Augenblick seiner persönlichen Niederlage zurück.

»Die Tochter des Statthalters. Wie schön.« Mit selbstbewussten Schritten näherte er sich dem Tisch, an dem Marcella und Cornelia saßen. »Es ist mir eine Ehre und eine Freude, dass dein Vater meinem Ersuchen nachgekommen ist. Er wird sich doch selbst um die Ermittlungen kümmern … oder?«

Mit einer herrischen Geste winkte er einen Sklaven herbei, um sich einen weiteren Sessel bringen zu lassen, sank darauf nieder und streckte die Hand nach einem Becher aus.

»Du wirst verstehen, dass ich die Sache in die Hand nehmen musste. Der alte Quintus Curmillus ist durch das abscheuliche Verbrechen an seiner Tochter Iunia so getroffen, dass er nicht dazu in der Lage ist. Außerdem habe ich die besseren Verbindungen.« Er machte eine kurze Pause. »Ich weiß, dein Vater ist bei den Spielen, doch sicher wird er danach gleich herkommen.«

*Welche Anmaßung!* Meine Empörung mischte sich mit Wut. Was glaubte dieser Cornelius, wer er sei? Die Provinz wurde von Barbaren überrannt, die Stadt war in höchster Alarmbereitschaft. Und er tat so, als hätte der Statthalter nichts anderes zu tun, als sich persönlich um die Familienangelegenheiten eines stätischen Questors zu kümmern.

»Mein Vater tut alles, was er kann.« Höflich neigte Marcella den Kopf. »Er hat mich gesandt, um der Familie mein Beileid auszusprechen für die große Trauer, die …«

»Große Trauer?«, unterbrach sie Cornelius. »Für Trauer ist keine Zeit. Der Täter muss dingfest gemacht und vor Gericht geschleppt werden. Es kann nicht sein, dass eine Frau aus gutem Hause in dieser Stadt ihres Lebens nicht mehr sicher ist.«

*Mein* Leben war in diesem Haus nie sicher gewesen. Sicher war nur, dass mich immer wieder die Wucht seines Jähzorns getroffen hatte. Aber ich war ja auch keine Frau aus gutem Hause, sondern nur sprechendes Werkzeug …

»Dieser Mord«, fuhr er etwas gemäßigter fort, »die ganze Geschichte ist heikel. Unsere Familie, du musst wissen …«

Er räusperte sich, und in zorniger Ungeduld ging sein Blick zu mir. »Es wäre mir lieber, eine solche Angelegenheit unter uns zu besprechen. Wegen der Diskretion, du verstehst? Aber sicher wirst du doch deinem Vater, dem Legatus, Bericht erstatten?«

»Natürlich.«

»Dein …«, er räusperte sich, »dein Mädchen kann ja zur Küche gehen. Dort etwas essen und trinken, während wir …«

Stumm sah Marcella mich an und nickte leicht. *Lass uns bitte allein*, sagte ihr Blick. Und dieser Blick war die einzige Quelle der Wärme in diesem Haus.

Schon brachte mich Martinus, der uns von der Arena aus begleitet und die ganze Zeit über unauffällig gewartet hatte, zur Tür öffnete diese, schob mich nach draußen.

»Danke, ich kenne den Weg.« Unwirsch schüttelte ich ihn ab. Es war schon schlimm genug, wieder in diesem Haus zu sein. Da musste man mich nicht auch noch herumschubsen.

Gleichgültig zuckte er mit den Achseln und blieb zurück, während ich weiter zur Küche ging.

Auf meinem Weg durch die unangenehm vertrauten Gänge, fragte ich mich, warum Cornelius Felix mich wohl bei der Unterredung mit Marcella nicht dabei haben wollte. Normalerweise wäre es unter seiner Würde gewesen, von einer Sklavin wie mir überhaupt Notiz zu nehmen. Fürchtete er, ich könnte aus dem, was er Marcella auftischte, aufgrund meiner intimen Kenntnisse des Hauses und der Familie vielleicht Schlüsse ziehen, die ihm ungelegen kämen, und Marcella über das eine oder andere aufklären, den Ruf der Cornelier betreffend? Vermutlich passte es ihm gar nicht, dass ich jetzt hier auftauchte. Oder bildete ich mir das nur ein, weil ich mich selbst zu wichtig nahm?

Einen Vorteil hatte es jedenfalls: Ich konnte mich im Haus ein wenig umtun und ein paar Nachforschungen in eigener Sache anstellen.

Vor der grob gezimmerten Küchentür blieb ich stehen. Der Geruch von frischem Brot, gebratenem Fett, Zwiebeln, Speck und Kümmel schlug mir entgegen. Ohne anzuklopfen, öffnete ich vorsichtig die Tür, doch mein Herz hämmerte. Wen würde ich im Hause wohl antreffen?

An einem schweren Bottich stand eine alte Frau. Sie war so klein und zierlich, dass man sie fast für ein Kind hätte halten können, wäre nicht ihr Haar schneeweiß und ihr Gesicht von Falten durchfurcht gewesen.

Bei meinem Eintreten fuhr sie herum. Ein wenig schreckhaft wie das Gesinde meist in diesem Haus. Schließlich konnte man nie wissen, was man von Seiten der Herrschaft wieder zu erwarten hatte. Sie blinzelte in der rauchigen Luft, dann weiteten sich ihre Augen ungläubig.

Ein Tonkrug fiel ihr aus der Hand und zerschellte mit einem lauten Knall auf dem Boden.

»Invita?«

Mein Puls beschleunigte sich, als ich die Tür ganz öffnete und hereintrat. »Ja, Prisca, ich bin's.« Sacht ergriff ich ihre welken Hände und presste sie kurz an mich. »Wie geht es dir?«

Tränen quollen aus den runzligen Augen der Alten, und ehe ich wusste, wie mir geschah, hatte sie mich an sich gepresst. Um ihre Umarmung zu erwidern, musste ich mich hinunterbeugen. Ich hatte vergessen, wie gut es tat, von ihr in den Arm genommen zu werden, ihre Hand tröstend auf den Schultern zu spüren.

»Ich dachte, ich seh dich nie wieder.« Unter dem lauten Schniefen waren ihre Worte kaum verständlich. »Als er dich damals wegschaffen ließ, da ...« Der Rest des Satzes ging in Schluchzen unter. Ich spürte ihren Griff fester werden, die Tropfen ihrer Tränen auf meiner Tunika, und mein Herz begann schneller zu schlagen.

Also gab es doch jemanden, der sich um mich gesorgt, meine Anwesenheit vermisst hatte. Hier in diesem grässlichen Haus.

Eine Weile rührte ich mich nicht, ließ ihre Zärtlichkeit stumm und verlegen über mich ergehen. Dann atmete Prisca energisch auf und schob mich eine Armlänge von sich weg, um mich aus ihren wachen Augen genau zu betrachten.

»Du siehst gesund aus«, meinte sie schließlich, während sie sich mit dem Handrücken die Tränen aus dem Gesicht wischte. »Geht es dir gut? Behandelt man dich anständig, dort beim … beim Statthalter, ja?«

»Ach, weißt du …« Mit einer kurzen Bewegung befreite ich mich aus ihrem Griff und ließ mich auf einen wackeligen Schemel fallen, während ich an Celsus dachte, den Sklavenaufseher im statthalterlichen Hause, und seine Peitsche, die ich anfangs mehr als einmal zu schmecken bekommen hatte, aber auch an Marcella – und natürlich Flavus. Und bei diesem letzten Gedanken errötete ich unwillkürlich. »Ich glaube, dort ist es wie überall auch. Aber ich hatte Glück und bin jetzt im Dienste der jungen Herrin Marcella, der Tochter des Statthalters. Und ja, sie ist gut zu mir. Wirklich. Sie behandelt mich …«, ich zögerte, »sehr gütig.« Beruhigend drückte ich ihre Hand.

»Also war es kein Schaden für dich, dass man dich von hier fortgebracht hat«, sagte sie leise. »Icovellauna sei gepriesen.«

Unwillkürlich stiegen die Erlebnisse der vergangenen Monate, die Gefahren und Ängste, die ich durchlebt hatte, in mir auf. Aber auch die Erfahrung von Freundschaft und Treue. Und natürlich die Hoffnung, dass meine Herkunft vielleicht doch nicht so vollständig im Dunkeln lag, wie ich es bisher immer geglaubt hatte.

*Selena*, schoss es mir durch den Kopf, und ein leiser Stich bohrte sich in mein Herz, während ich unwillkürlich nach dem Silberamulett unter meinem Gewand griff. »Ja, wahrscheinlich war es sogar das Beste, was mir geschehen konnte.«

Neugierig glitt mein Blick durch den rußigen Raum, den schweren Tisch, die gemauerte Feuerstelle, die mit gestapeltem

Tongeschirr bestückten Regale. An die Küche hier hatte ich meist nur gute Erinnerungen, doch der Rest des Hauses …

Es war ein Segen, von hier weggekommen zu sein.

Als hätte sie meine Gedanken gelesen, nickte Prisca. »Zuweilen kann sogar ein Unglück zu etwas Gutem führen. Ich habe jeden Abend für dich gebetet.«

Aus langer Lebenserfahrung wusste sie natürlich, was es für Sklaven bedeutete, aus dem Haus, in dem man aufgewachsen war, weggerissen zu werden. Noch dazu in eine andere Stadt, in eine völlig fremde Umgebung. Auf der Reise nach Treveris war ich vor Schrecken und Angst wie betäubt gewesen, doch auch das hatte ich überstanden.

»Sicher hast du Hunger.« Ohne eine Antwort abzuwarten, nahm Prisca einen Teller, legte ein Stück Brot, einen Brocken Käse und eine Handvoll Oliven drauf und schob ihn mir zu. »Du bist noch immer so dünn.«

Dem konnte ich nicht widersprechen, und so biss ich mit Genuss in das Brot, dessen Geschmack nach Korn und Kümmel angenehme Erinnerungen in mir weckte und das ungute Gefühl, das mich quälte, seit ich dieses Haus betreten hatte, ein wenig linderte.

»Was ist eigentlich hier los?«, fragte ich schließlich zwischen zwei Bissen. *Warum sind die Cornelier nicht in Rom?*, wäre die korrekte Formulierung gewesen, ich hielt mich aus Scheu jedoch zurück.

Von einem Augenblick zum anderen legte sich ein Schatten über Priscas Gesicht, und ihr Lächeln verschwand. »Die Pläne des Herrn sind durchkreuzt worden, frag mich jedoch nicht, weshalb«, erklärte sie, als hätte sie meine unausgesprochenen Gedanken gelesen. Geschäftig begann sie mit einem Handfeger und einer Schaufel die Scherben des zu Boden gefallenen Kruges zusammenzukehren. »Die ganze Zeit hieß es, der Haushalt hier solle aufgelöst und alles für den Umzug nach Rom vorbereitet werden, und dann …« Mit der Bürste in ihrer Hand vollführte sie eine heftige Bewegung. »Dann war plötzlich alles anders. Die Kisten wurden wieder ausgepackt und das Wort Rom nicht mehr erwähnt, weshalb auch immer.«

Nachdenklich nagte ich auf der Brotrinde herum. Das war schon seltsam. Ob dies etwas mit den politischen Veränderungen im Imperium zu tun hatte? Waren diese den Plänen des Cornelius Felix zuwidergelaufen? Andererseits konnte es auch mit den zweifelhaften Geschäften seines Sohnes zusammenhängen, aber das hielt ich nicht für sehr wahrscheinlich. Schurken wie er waren gelenkig wie Katzen: Sie fielen fast immer auf die Füße. Oder – mein Herz schlug höher – war der Familie Cornelius gar das Geld ausgegangen? Gönnen würde ich es ihnen, aber das wäre zu schön, um wahr zu sein!

»Ich kann dir sagen, dass so manchem von uns ein Stein vom Herzen gefallen ist«, berichtete Prisca weiter.

»Das kann ich verstehen.« Wahrscheinlich hätte der gute Cornelius, nachdem er mich als Geschenk an den Statthalter entsorgt hatte, im Rahmen seines Umzugs noch andere Sklaven verkauft, um unnötigen Ballast loszuwerden. Und so, wie ich ihn kannte, die Alten wahrscheinlich zuerst.

Aus Rücksicht auf Prisca beschloss ich, dieses Thema nicht weiter zu verfolgen.

»Sag mir«, begann ich stattdessen, »wie kam Primus zu dieser Iunia Carmilla – oder vielleicht besser, seit wann waren sie verlobt? Ich kann mich nicht erinnern, sie je in diesem Hause gesehen zu haben.«

»Nein!« Energisch schüttelte sie den Kopf. »Das kannst du auch nicht. Er hat sie erst vor einigen Monaten, um die Zeit der Saturnalien, seinem Vater vorgestellt. Iunia war reich und kam aus gutem Hause, von daher war nichts an ihr auszusetzen.«

»Und wunderhübsch«, ergänzte ich betroffen.

»Wobei ihr das nicht wirklich zum Vorteil gereichte.« Prisca schüttete die Scherben in einen Abfalleimer und wandte sich wieder dem Bottich mit schmutzigem Geschirr zu.

»Wie meinst du das?« Verständnislos blinzelte ich.

»Nun ja, die Männer in Divodurum sind nicht blind.« Mit einem leichten Klacken stellte sie den letzten Teller auf den zu einem kleinen Turm angewachsenen Stapel und widmete sich dann den Bechern. »So mancher hier hatte wegen ihrer Schönheit ebenfalls ein Auge auf sie geworfen und beneidete den jungen Herrn um seine gute Wahl.«

Worüber dieser eitle Kerl sicherlich noch stolz war. Er liebte es nun mal, zu glänzen. Ich spuckte den Kern einer Olive in die Hand und legte sie auf den Rand des Tellers.

»Und Iunia, hat sie diese Blicke erwidert und Primus Hörner aufgesetzt?«

Trotz der Ernsthaftigkeit der Situation konnte ich nicht verhindern, dass mich bei dieser Vorstellung eine Woge von Schadenfreude überkam. Doch dann erinnerte ich mich daran, wie still und zurückhaltend Iunia gewesen war, als sie mit Primus und Cornelia in der Statthalterresidenz erschienen war, und konnte mir ein solches Verhalten von ihr nicht wirklich vorstellen.

»Nein, das hätte sie sich nie getraut.« Unter Priscas geübten Händen reihte sich kopfüber ein gespülter Becher neben den nächsten. »Doch erzählte man sich, dass sie zarte Gefühle mit einem anderen Mann verbanden und sie höchst ungern die Verlobung mit Primus eingegangen ist.«

Überrascht horchte ich auf. »Mit einem anderen Mann? Mit wem?«

Einen Augenblick lang erwiderte sie nur stumm meinen Blick. Dann machte sie zwei Schritte auf mich zu und beugte sich näher zu mir, als befürchtete sie, die Wände hier im Hause könnten Ohren haben. »Mit Salomo Ben Isaac, dem jüdischen Händler.«

Fassungslos starrte ich sie an.

# KAPITEL XII

»Sag das noch einmal«, brachte ich schließlich hervor.

Von meiner Reaktion überrascht, runzelte sie die Stirn. »Salomo, der Sohn des jüdischen Medicus Isaac«, wiederholte sie. »Du erinnerst dich doch sicher noch an die beiden?«

Ich nickte, während ich mich darum bemühte, meine Gedanken zu ordnen und das Gehörte zu verdauen.

»Ist das der Grund, weshalb Primus so schlecht auf Isaac zu sprechen ist? Weil Iunia Salomo liebte und nicht ihn?«

Ein harter Zug grub sich in Priscas Gesicht. »Zumindest was den jungen Herrn betrifft, ist das nicht von der Hand zu weisen. Doch das Zerwürfnis mit Isaac liegt schon länger zurück.«

Nachdenklich ließ ich die letzte Olive in meinen Mund rollen und schüttelte dann die Krümel von meinem Gewand. »Und was ist jetzt, wenn es … Krankheitsfälle unter den Sklaven gibt? Oder gibt es keine mehr?«

Ein trockenes Lachen entrang sich ihrer Kehle. »Bei der lockeren Hand des Herrn? Das glaubst du doch nicht wirklich. Nein, in den letzten Monaten hat sich ein anderer Medicus um das kranke Gesinde gekümmert. Irgendein Quacksalber, der seine Bude in der Nähe des Theaters hat.«

Also hatte sich nichts geändert, was das Verhältnis von Herrschaft und Sklaven betraf. Doch diesmal war ich Gast innerhalb dieser Wände, und es stand mir frei zu gehen, zumindest sobald Marcella ihren Besuch beendet hatte. Niemand würde es wagen, Hand an mich zu legen, und mit grimmiger Genugtuung nahm ich ein weiteres Stück Brot und biss davon ab.

Allmählich schien sich Prisca wieder beruhigt zu haben, doch ihre Augen glitzerten noch immer feucht.

»Du siehst wirklich gut aus.« Priscas klugen Augen konnte ich nichts verbergen, »und diese leichte Röte auf deinen Wangen, das Glitzern in den Augen …« Sie lächelte vielsagend. »Du bist zu einer jungen Frau geworden.«

Ein verräterisches Kribbeln überzog meinen Körper. *Flavus*. Der Gedanke an ihn lag in meinem Blut, durchströmte mich mit jedem Herzschlag. Aber Treveris war weit …

»Ich freue mich für dich«, beendete Prisca meine sinnlichen Reminiszenzen. »Wenn ich daran denke, wie du aussahst, als du in dieses Haus kamst …«

Irritiert blickte ich sie an. »Wie meinst du das?«

»Ja damals, als du ein kleines Mädchen warst und der Dominus dich mitgebracht hat.«

»Ein kleines Mädchen?« Verständnislos runzelte ich die Stirn. »Wieso als Mädchen? Kam ich denn nicht als Säugling in dieses Haus?«

Erstaunen war in Priscas Augen zu lesen. »Nein, du warst drei, vielleicht auch vier Jahre alt, als man dich hierherbrachte. Weißt du das denn nicht mehr?«

Stumm schüttelte ich den Kopf, während ich ein Ziehen in meiner Brust spürte. »Bist du ganz sicher?«

Über meine Reaktion verwirrt, nickte Prisca erneut. »Natürlich. Du warst in einem schrecklichen Zustand. Unterernährt, misstrauisch und hast nach jedem gekratzt und geschlagen, der auch nur in deine Nähe kam. Nur mich hast du an dich herangelassen. So habe ich dir zu essen gegeben, dich gewaschen und musste dabei mit Entsetzen feststellen, dass du am ganzen Körper blaue Flecken hattest. Es war furchtbar anzusehen.«

Vage und verschwommen, wie durch dichten Nebel, stieg eine Erinnerung in mir auf. Hände, die mich packten, mir Stricke um die Handgelenke banden, ein großer dunkler Raum. Angst …

Einen Moment schloss ich die Augen, während ich mich zwang, ruhig zu bleiben. Schließlich war ich ja nach Divodurum zurückgekehrt, um mehr über meine Vergangenheit zu erfahren. Nur hatten mich die beiden schrecklichen Morde bisher daran gehindert, dieses Vorhaben auszuführen.

»Erzähl mir mehr!«, stieß ich hervor.

»Das ist schon eine seltsame Geschichte, wenn man darüber nachdenkt.« Mit einer geübten Handbewegung griff Prisca einen Becher, füllte ihn mit Posca und schob ihn mir zu. Mit zitternden Händen griff ich danach und nahm einen Schluck. Mein Mund war trocken geworden wie Sand.

»Damals muss der Herr schon seit einer Weile größere Probleme gehabt haben, welcher Art auch immer. Missmutig und gereizt drangsalierte er alle im Haus. Die Herrin zog sich in ihr Schlafzimmer zurück und weigerte sich, mit ihm zu sprechen. Die Kinder waren noch klein, Cornelia vielleicht drei, Primus hatte gerade mit der Schule begonnen, was ihm überhaupt nicht passte. Jedes Mal, wenn er zum Unterricht musste, schrie er wie am Spieß. Und alle Bediensteten schlichen auf Zehenspitzen umher, um keinen Anlass für einen der gefürchteten Wutausbrüche zu geben.«

Mit zusammengepressten Zähnen nickte ich. Ja, solche Tage kannte ich, wo jeder vor den Launen der Herrschaft zitterte, wo ein falsches Wort dazu führen konnte, dass man sich ohne Wasser und Nahrung im Ergastulum wiederfand.

»Schließlich begann der Herr abends regelmäßig das Haus zu verlassen«, nahm Prisca das Wort wieder auf. »Ich weiß nicht, wohin er dann ging. Spät in der Nacht kam er oft angetrunken zurück. Ich erinnere mich noch an seine schweren Schritte, seine ungehaltene Stimme, wenn er beim Türwächter vorbeikam und glaubte, dieser hätte geschlafen. Das Gezeter der Herrin, wenn ihr Gatte in diesem Zustand zu ihr ins Zimmer kam. Geschrei und böse Worte.«

Stumm hörte ich zu, während Prisca das Buch meines Lebens vor mir aufrollte und mir erste unerwartete Einblicke gewährte.

»Eines Nachts kam der Herr noch später zurück als sonst. Doch statt gleich nach oben zu gehen, kam er zu mir, in die Küche. Ich solle sofort aufstehen, er habe Arbeit für mich. Dann erst sah ich, was er bei sich hatte und zu mir rüberschubste. Ein kleines schmutziges Bündel auf zwei Beinen, in groben Stoff gewickelt, der vor Dreck starrte, und das mich aus großen dunklen Augen misstrauisch anblickte.«

»Das war ich?« Ein leiser Schauder durchrieselte mich. Ich versuchte mich zu erinnern, Bilder in mir heraufzubeschwören, wie um mir zu versichern, dass ihre Worte wahr waren. Doch da war nichts, nichts als die vage Reminiszenz an weiche Hände, eine warme Decke und die knisternde Wärme eines brennenden Feuers.

Prisca nickte. »Bis heute weiß ich nicht, woher er dich hatte. Ob er dich beim Spiel gewonnen oder unterwegs bei einem Sklavenhändler aufgelesen hatte, als Geschenk, um die Laune seiner Frau zu besänftigen. Auf jeden Fall bellte er mich an, ich solle mich darum kümmern, dass du halbwegs vorzeigbar aussähst, dir etwas zu essen und zum Anziehen geben und dich morgen früh gleich zur Herrin raufschicken. Dann stieß er die Küchentür zu und verschwand.«

*Feste Hände, die mich packten und nach draußen zerrten, raue Worte und eine Tür, die mit lautem Krachen ins Schloss fiel. Das Wissen, in der Fremde zu sein.*

Schattenhafte Erinnerungen aus den Trümmern meiner Vergangenheit.

»Und die Domina?« Meine Stimme war schwach.

Prisca zuckte die Achseln.

»Die war verärgert. Schimpfte ihren Mann einen Stümper – sich so etwas andrehen zu lassen. Dabei hat er auch ihr nie verraten, wo er dich wirklich herhatte. Die Herrin wusste nichts mit dir anzufangen und steckte dich schließlich hier zu mir in die Küche. Ich sollte eine ordentliche Magd aus dir machen.«

Langsam, als würde ich mich durch dichten Nebel tasten, nickte ich. Das war meine früheste Erinnerung. Wie ich hier auf dem Steinboden saß, in der Nähe des Feuers, zu Priscas Füßen und Erbsen pulte. Aber vorher …?

Krampfhaft versuchte ich mich zu entsinnen, doch die Vergangenheit blieb im Dunkeln.

Was ich allerdings noch wusste, war, dass Isaac, solange ich denken konnte, in unregelmäßigen Abständen ins Haus gekommen um nach den kranken Sklaven zu sehen.

»Aber der Herr muss doch eine Besitzurkunde haben. Irgendetwas, das den Kauf oder vielleicht auch den Gewinn bestätigte.« Irgendwo im Haus musste es doch einen Hinweis darauf geben, woher ich kam und wer mein vorheriger Besitzer war.

Langsam hob Prisca die Schultern und ließ sie gleich darauf wieder fallen. »Das mag durchaus sein, doch natürlich kann ich ihn danach nicht fragen. Die Geschäfte des Herrn sind schließlich nur seine Sache.«

Und wenn dieser entschied, seine Sklaven hatten keine Vergangenheit, dann war dem eben so. Bitter spuckte ich einen Krümel aus und starrte vor mich hin.

Es war mir nicht möglich, weiterzureden. Ich hatte das Gefühl, auf eine Tür gestoßen zu sein, die ich mein ganzes Leben lang gesucht hatte, und dahinter nur eine weitere verschlossene Kammer gefunden zu haben. Jetzt wusste ich nicht einmal mehr, ob ich wirklich als Säugling nach meiner Geburt ausgesetzt wurde oder als Vierjährige. Und ob die Sache mit meiner Mutter und der Aussetzung im Straßengraben überhaupt stimmte.

Mit einem lauten Krachen flog die Tür auf, schlug hart gegen die steinerne Wand, und wie unter einem Peitschenschlag fuhr ich herum.

»Da ist ja die kleine Ratte!«

Ranulfus stand in der Tür. Der Vilicus, der Hausverwalter, dessen Schikanen ebenfalls zu meinen frühesten Erinnerungen zählten. Beinahe gewohnheitsmäßig verkrampften sich meine Muskeln, alles in mir drängte danach, aufzuspringen. Doch blieb ich sitzen und erwiderte seinen kalten Blick.

»Es hat sich also nichts geändert. Du faulenzt noch immer herum.«

Zorn stieg in mir auf, und ich wischte mit dem Ärmel der Tunika über die Stirn, da ich es nicht hatte verhindern können, dass mir bei seinem Anblick der Schweiß ausgebrochen war. »Man hat mir befohlen, das Gespräch der Herrschaft nicht zu stören und mich hierher zurückzuziehen.« Langsam und weitaus gelassener, als mir zumute war, stand ich auf und trat zwei Schritte auf ihn zu. »Genau das habe ich getan. Ich denke nicht, dass du mir vorwerfen willst, einem Befehl gehorcht zu haben.«

Meine Stimme zitterte. Zorn färbte Ranulfus' graue Augen dunkel, und ich sah, wie seine rechte Hand kurz zuckte, als wollte er mir ins Gesicht schlagen. Doch dann besann er sich eines Besseren und drehte sich ruckartig um.

»Scher dich nach draußen, deine Herrin schickt nach dir.«

Auch jemand wie er konnte nicht an der Tatsache vorbeisehen, dass ich zum Haushalt des Statthalters gehörte und er besser daran tat, mich nicht anzufassen.

In die kurz aufkeimende Erleichterung mischte sich das dumpfe Bedauern, nicht alles erfahren zu haben, was Prisca wusste, und die Wut, dass mir Ranulfus gerade den Schlüssel zu meiner Vergangenheit aus der Hand gerissen hatte, bevor ich Gelegenheit hatte, ihn richtig zu packen und weiter in das Geheimnis meiner Herkunft vorzudringen.

Während ich eilig hinter ihm herstolperte, schwor ich mir, dass ich nicht zum letzten Mal dieses verfluchte Haus betreten hatte. Ob mit oder ohne Marcella …

Ohne dass der Vilicus es bemerkte, spuckte ich lautlos aus.

Im Wagen auf dem Weg zurück zum Statthalterpalast hingen Marcella und ich schweigend unseren Gedanken nach. Keiner von uns sprach ein Wort, und wie Schatten huschten die überfüllten Straßenzüge von Divodurum an uns vorbei, die noch immer in der Hitze schmorten – und stanken.

Irgendwann schaute die Herrin zu mir hin und riss mich aus meinen düsteren Überlegungen. »Ich habe von Cornelius Felix noch etwas höchst Interessantes erfahren. Als man Iunia Curmilla tot aufgefunden hatte, trug sie ebenfalls ein Verfluchungstäfelchen um den Hals.«

Überrascht blickte ich auf.

»Wie die ermordete Sklavin.«

»Aber das würde ja bedeuten …« Fassungslos suchte ich nach den richtigen Worten. »Dass die beiden Morde …«

»… vom gleichen Täter begangen worden sind«, beantwortete Marcella meinen Satz. »Ganz danach sieht es aus.«

Also war Iunia offenbar nicht das zufällige Opfer eines Räubers geworden oder eines einfachen Verbrechers, der sich in der überfüllten Stadt herumtrieb.

»Aber welche Verbindung könnte es zwischen der Sklavin des Kaiserpriesters und der Tochter einer vornehmen Familie geben?« Unwillkürlich musste ich an den Papyrusstreifen mit den seltsamen Zeichen denken, den die tote Sklavin mir zugesteckt hatte, und den Fluch der fremden Frau bei unserer Ankunft in der Stadt. Aber das alles ergab keinen Sinn.

»Ich weiß es nicht«, erwiderte Marcella auf meine Frage. Nachdenklich blickte sie nach draußen, als wäre die Antwort irgendwo dort in den schmutzigen Gassen zu finden. »Wozu sollte jemand zufällige Opfer, völlig Unbekannte also, verfluchen?«

Resigniert schüttelte ich den Kopf. In diesem Punkt hatte Marcella recht, aber dennoch …

»Da ist noch etwas«, fuhr diese nach einer kurzen Pause fort. »Am Gewand der toten Iunia wurden Spuren einer eingetrockneten Flüssigkeit gefunden, die man zunächst nicht bestimmen konnte.«

»Wurde sie vergewaltigt?« Ich konnte es nicht verhindern, dass sich bei diesem Gedanken mein Magen verkrampfte.

»Dafür gab es keine Anzeichen. Doch hat man die Substanz näher untersucht, und es könnte sich dabei um Tropfen eines Mittels aus Kalk, Asche und Talg gehandelt haben, wie es verwendet wird, um Haare künstlich aufzuhellen.«

»Ein Blondierungsmittel?« Ungläubig runzelte ich die Stirn. »Aber das ist doch absurd. Iunia hatte von Natur aus helle Haare, da bin ich mir ganz sicher. Sie war ein blasser Typ mit hellen Augen. Sie hatte es mit Sicherheit nicht nötig, sich solcher Mittel zu bedienen.«

Mit einem leichten Ruck hielt der Wagen vor der Statthalterresidenz.

»Wir können nur hoffen, dass es den Aedilen gelingt, diese Sache bald aufzuklären«, meinte Marcella beim Aussteigen. »Bevor es noch weitere Tote gibt.«

Ein leichter Schauder überfiel mich, als ich der Herrin beim Aussteigen behilflich war und ihr schließlich durch das große Portal der Residenz ihres Vaters folgte.

Die Gefahr war noch nicht vorbei.

Ich wusste nicht, ob ich wachte oder schlief.

Eine Lähmung hatte sich meiner Glieder bemächtigt, ich war unfähig, auch nur ein einziges davon zu bewegen.

Etwas Schweres schien auf meiner Brust zu liegen, das Atmen bereitete mir Mühe.

Um mich herum war ein dunkler Raum, ein seltsam rauchiger Geruch hing zwischen den Wänden. Trotz meiner Bewegungsunfähigkeit spürte ich, dass ich auf etwas Weiches gebettet war.

Ein seltsamer Singsang drang an mein Ohr. Erst entfernt und leise, sodass ich glaubte, die Anspannung narre meine

Sinne. Doch dann schwoll das Summen an, wurde laut und durchdringend.

Nur verstand ich die Worte nicht.

Eine fremde Sprache, rau, kehlig, in einem merkwürdig klagenden Tonfall.

Dann ergoss sich Licht über mir, als sei plötzlich die Sonne aufgegangen. Aber das konnte nicht sein, denn es war Nacht. Das Licht stammte aus einer anderen Quelle, die ich nicht erkennen konnte.

Schwerfällig blinzelte ich mit den Augen.

Dann entdeckte ich etwas, zunächst noch verschwommen, ungreifbar weit von mir. Ein Stern, ein glitzernder, heller Stern mit leuchtenden Zacken, der golden zu mir hinabstrahlte.

Der Anblick machte mir Angst und übte gleichzeitig einen beinahe hypnotischen Bann auf mich aus, sodass ich den Blick nicht von ihm wenden konnte. Seine Strahlen drangen mir ins Auge, bahnten sich einen Weg ins Gehirn und explodierten dort mit schmerzhafter Wucht.

Hände machten sich an mir zu schaffen, etwas wie Bänder wurde mir um Arme und Beine geschlungen, und dann spürte ich die Berührung von kaltem Metall auf meiner Haut.

Schmerzerfüllt zuckte ich zusammen, konnte mich jedoch nicht bewegen. In hilfloser Panik wollte ich um mich schlagen, doch ich war nicht dazu in der Lage …

Verzweifelt versuchte ich zu schreien, aber auch meine Stimme gehorchte mir nicht, und so erstickte mein Ruf in einem ertrinkenden Gurgeln.

Das kühle Metall glitt über meine Haut, stahl meinem Körper die Wärme, bahnte sich seinen Weg, und dann, als ich schon hoffte, das Schlimmste sei vorbei, gab es einen Ruck, und die Klinge des Messers senkte sich tief in mein Fleisch.

Schwärze explodierte um mich, und endlich konnte ich schreien.

»Verdammt, das glaub ich nicht!« Wütend verbiss ich mir einen noch deftigeren Fluch. »Es muss hier irgendwo sein!«

Schon seit einer halben Stunde stand ich vor den Regalen in der Bibliothek des Statthalters und wühlte, die Muskeln angespannt, die Zungenspitze zwischen die Zähne geklemmt, mit schweißfeuchten Fingern in den knisternden Schriftrollen. Bisher ohne Erfolg.

»Verdammt«, murmelte ich und strich mir eine Locke aus der Stirn, die sich aus der Frisur gelöst hat. »Wieso ist die Bibliothek des höchsten Beamten der Provinz in einem dermaßen desolaten Zustand?«

Ein Schauer überlief mich, als ohne Vorwarnung die Bilder der vergangenen Nacht wieder von mir Besitz ergreifen wollten. Die Lichter, die Stimmen, der Gesang und das Gefühl von kaltem Metall auf meiner Haut. Dazu der über allem leuchtende Stern, mit seinem goldenen, seltsam übernatürlichen Licht.

»Also doch, na bitte …«

Endlich hatte ich gefunden, was ich suchte, und zog mit klammen Fingern eine staubbedeckte Schriftrolle hervor. Auf dem herausragenden Merkzettel stand in griechischer Schrift der Name »Apollonios«.

Meine Hand zitterte, als ich die Kordel löste und im Stillen Marcella dafür dankte, dass sie mir uneingeschränkten Zugang zur Bibliothek gewährt hatte.

Mein Herz pochte bis zum Hals, als ich den Papyrus auseinanderrollte und zu lesen begann.

Ich fühlte mich wie von einem Schlag getroffen.

Da stand zu lesen von Talismanen, von Schutz- und Abwehrriten und von den Dämonen, die als Überbringer des Bösen alles Übel in der Welt bewirkten.

*Also doch.*

Die ganze Zeit über hatte ich es geahnt.

Die Gewissheit war schlimmer als die vage Furcht, die ich zuvor empfunden hatte. Denn solange ich die seltsamen

Traumbilder nur als Ausgeburten meiner eigenen Angst betrachten konnte, hatte ich noch Hoffnung, dass nichts dahintersteckte. Doch jetzt, nachdem ich das alles gelesen hatte, wusste ich, dass ich nicht dem Wahnsinn verfallen war, sondern dass sich tatsächlich mehr dahinter verbergen konnte.

Auch wenn ich bisher nicht viel auf das Gerede um Zauberei und Dämonen gegeben hatte, musste doch etwas dran sein, wenn sogar die alten Schriften davon berichteten.

Panik überfiel mich.

So genau hätte ich es lieber nicht gewusst. Erst dieser Fluch und nun auch noch die Verfolgung durch dämonische Traumbilder! Was konnte ich dagegen tun?

Niemandem auf der Welt konnte ich meine Befürchtungen mitteilen. Wer sollte schon in der Lage sein, meine verworrenen Ängste zu verstehen, oder überhaupt bereit sein, mir zuzuhören, ohne mich für verrückt zu erklären?

Marcella vielleicht ...? Zugegeben, sie war ein bisschen weltfremd, doch schien sie mit den Sphären des Geistes besser vertraut zu sein als ich, auch wenn sie bisweilen in Rätseln sprach.

Ich würde sie bei passender Gelegenheit auf die seltsamen Ereignisse ansprechen.

Hoffentlich war es dann nicht schon zu spät.

## KAPITEL XIII

Zur Beisetzung der Toten war alles anwesend, was in der Stadt Rang und Namen hatte.

Der Trauerzug schien kein Ende zu nehmen, als er sich, von Würdenträgern begleitet, von Gaffern bestaunt, durch die Straßen und Gassen von Divodurum in Richtung des südlichen Stadttors zu dem weit außerhalb liegenden Gräberfeld schob.

Dort standen wir nun, schweigend, betroffen. Nur das Wimmern der Klageweiber durchbrach die beängstigende Stille des warmen Junimorgens, während ein sanfter Wind die Gräser zwischen den hohen farbigen Grabmalen wie Wellen kräuselte. Am fast wolkenlosen Horizont waren die oberen Bogen des großen Amphitheaters zu sehen und erinnerten mich noch stärker an die Allgegenwart des Todes.

Man hatte eine kleine Grabstele errichten lassen, wie sie sich für ein junges Mädchen ziemte, das so früh aus dem Leben gerissen wurde. Zierlich und filigran, in hellen Farben bemalt, nach oben turmartig spitz zulaufend, war er einem Mausoleum nachempfunden, in dem eine graziöse Eule saß, welche die Beobachter aus großen, traurigen Augen ansah. Das Symbol der Weisheit und der Hoffnung auf ein besseres Dasein im Jenseits.

Oberhalb des Reliefs war in großen roten Buchstaben der Name der Toten zu lesen, die einen starken Kontrast zum übrigen Grabmal bildeten und an die Farbe von frischem Blut erinnerte.

Selbst im Tod war Iunia Curmilla noch eine vollendete Schönheit, wie sie sorgfältig hergerichtet auf dem Scheiterhaufen lag. Die Totenwäscher hatten ihr ein kostbares amethystfarbenes Seidengewand umgelegt und die hellen, in der Sonne schimmernden Haare so drapiert, dass nichts mehr von ihren Verletzungen zu sehen war. Von meiner Position aus, hinter Marcella und ihrem Vater, nur wenige Schritte von der Aufgebahrten entfernt, weckte es den Eindruck, als schliefe sie nur. Goldener Schmuck schimmerte an ihrem Hals und an ihren Handgelenken. Ihre Grabbeigaben bestanden, wie es einem jungen Mädchen aus gutem Hause zukam, aus Kamm und Bronzespiegel, Fläschchen aus Alabaster mit Duftölen und Blumenkränzen – kurz, allem, was sie brauchte, um auch im Jenseits schön zu sein.

Unwillkürlich musste ich an die andere Tote denken, das Sklavenmädchen, das ermordet in der Gosse gelegen hatte. Für sie würde es kein steinernes Grabmal geben, keinen Goldschmuck und keine feierliche Zeremonie. Für jemanden wie sie würde eine einfache Holzkiste oder ein Leichentuch genügen müssen. Ob es ihr deshalb im Jenseits schlechter gehen würde?

Auch die Philosophen geben keine genaue Antwort auf diese Frage. Nach Demokrit besteht der Mensch aus kleinen, unteilbaren Teilchen, die sich im Tode auflösen. Doch das ist kein wirklicher Trost. Und Seneca, den ich von allen Philosophen am meisten schätzte, war viel zu sehr mit dem rechten Leben im Diesseits beschäftigt, um sich Gedanken über das Jenseits zu machen. Mein Blick ging zu Marcella, die mit bekümmertem Gesicht neben mir stand. Ich fragte mich, ob die Christen an ein Leben nach dem Tode glaubten und welche Vorstellung sie davon hatten.

Schwaden von Weihrauch, der sich mit der schweren Sommerluft mischte, drangen mir in Mund und Nase, und es fiel mir schwer, ein Husten zu unterdrücken.

Der Vater der Verstorbenen, der Decurio Quintus Curmillus, stand mit unbewegtem Gesicht in der ersten Reihe der Trauernden, während die Mutter, in ein weißes Gewand gehüllt, von zwei Dienerinnen gestützt, kaum in der Lage zu sein schien, dem Geschehen beizuwohnen. Frauen mit Tränen in den Augen drückten Tücher auf das Gesicht, Männer standen mit starrem Gesichtsausdruck daneben. Vielleicht Brüder oder Verwandte.

Mit vom Weihrauch brennenden Augen ließ ich meinen Blick über die Anwesenden streifen, um zu sehen, wer mir darunter bekannt vorkam.

Natürlich war die gesamte Sippschaft des Cornelius Felix zugegen. Wie nicht anders zu erwarten, hatte sie die Ehrenplätze unweit der Eltern der Toten inne.

Fulvia, die Gattin des Cornelius, war in ein Gewand aus fein verarbeiteter Wolle gekleidet, welches, dem traurigen Anlass gemäß, so hell war, dass ihre enorme Körperfülle und der ausladende Busen noch unterstrichen wurden.

Direkt neben ihr stand Cornelius Felix selbst, in tiefdunkler Toga. Die kleinen Augen waren in gespielter Bestürzung zusammengezogen, sodass sich eine scharfe Falte zwischen seinen buschigen Augenbrauen bildete. Und dieser Gesichtsausdruck rief äußerst unangenehme Erinnerungen in mir wach.

Neben ihm hatte sich Cornelia platziert, die blond gefärbten Haare von einem durchscheinenden Tuch aus elfenbeinfarbener Seide verdeckt. Aus dem gleichen Stoff war auch ihr Gewand, das in üppigen Bahnen über ihrem Körper lag und an Taille und unterhalb des Busens durch weiche Gürtel aus weinroter Borte zusammengehalten wurde.

Vorsichtig beobachtete ich sie durch zusammengekniffene Lider und war erleichtert, dass sie sich nicht dazu herabließ, jemanden wie mich auch nur eines Blickes zu würdigen.

Den jedoch unbestreitbar nachhaltigsten Eindruck in der Gruppe hinterließ Primus Cornelius. In eine schmucklose schwarze Toga gehüllt, die auch sein Haupt bedeckte, stand er vor dem Sarkophag wie der Genius des göttlichen Augustus, der in sich gekehrt und schweigend seine Kräfte sammelt, um ein Strafgericht über frevlerische Sterbliche zu bringen. Seine Miene war finster, die Augen überschattet, sodass sein ganzes Wesen einen solchen Schmerz um seine verlorene Liebste zum Ausdruck brachte, dass selbst ich davon beeindruckt war, auch wenn ich keinen Zweifel daran hatte, dass die so zur Schau gestellte Trauer eher der Schule eines guten Rhetoriklehrers entsprang als einem aufrichtigen Gefühl.

Irgendwann trat Quintus Curmillus, der Vater der Ermordeten, vor die Anwesenden und sprach mit ergreifenden Worten über die Jugend und Schönheit der teuren Verstorbenen. Mit zitternder Stimme rühmte er ihre Tugend, Tüchtigkeit und Treue gegenüber der Familie. Zum Schluss verdammte er das abscheuliche Verbrechen, das dieses hoffnungsvolle Leben so grausam beendet hatte.

Die Mienen der Anwesenden waren bestürzt, doch in meinen Ohren klangen seine Worte hohl und einstudiert. Aber was sonst hätte ein Vater sagen können, dessen einzige Tochter einem Gewaltverbrechen zum Opfer gefallen war?

Als er geendet hatte, breitete sich ein betroffenes Schweigen aus, und eine Weile war nichts zu hören außer dem Zwitschern der Vögel und dem Rauschen des Windes in den Pappeln.

Dann erhob sich eine weitere Person, bahnte sich ihren Weg nach vorn und nahm neben dem Scheiterhaufen Aufstellung. Ein leises Gemurmel entstand.

Mein Blick war von den Umstehenden ein wenig behindert, und so dachte ich im ersten Augenblick, es handelte sich um Primus, der seiner Rolle als leidender Orpheus gerecht werden und die Gelegenheit nutzen wollte, seine Trauer zum Gegenstand einer ergreifenden Ansprache zu machen.

Doch als ich endlich einen unverstellten Blick hatte, straffte zu meiner Überraschung Cornelius Felix seine füllige Gestalt, strich seine voluminöse Toga glatt und ließ schließlich den Blick über die Köpfe der Versammelten gleiten.

»Bürger von Divodurum Mediomatricorum«, begann er nach einer weit ausladenden Geste, die ihm die Sicherheit gab, tatsächlich die volle Aufmerksamkeit aller zu genießen. »Inmitten der Mauern unserer geliebten Stadt ist ein furchtbares Verbrechen geschehen, wie es grausamer kaum vorstellbar ist.«

Er legte eine Pause ein, um seine Worte auf die Anwesenden wirken zu lassen.

Obgleich ich nicht wusste, auf was Cornelius mit seiner Rede hinauswollte, hatte ich eine böse Vorahnung und wartete mit Bangen, bis er endlich fortfuhr.

»Im Angesicht eines solchen Verbrechens, beim Anblick dieser unschuldigen Toten …« Mit einer dramatischen Handbewegung wies er auf den Scheiterhaufen, und vereinzeltes Aufschluchzen war aus den Reihen der Verwandten zu vernehmen. »In Augenblicken wie diesem wird mir bewusst, weshalb der Schatten des Anchises unserem Vorvater Aeneas diese Weisung gegeben hat: ›Gedenke, des Friedens Gesetze zu ordnen. Schone den, der sich fügt, doch brich den Trotz der Rebellen.‹«

Einen Augenblick lang schwieg er wieder, um allen Gelegenheit zu geben, das Gesagte zu überdenken.

»*Brich den Trotz der Rebellen* – das heißt: Tut alles, damit Friede herrscht, Friede und Sicherheit, ganz gleich mit welchen Mitteln. Zerschlagt die Abtrünnigen, entledigt euch der Verbrecher und Aufrührer, und nicht zuletzt …« Wieder unterbrach er sich, und die Anspannung war beinahe mit Händen zu greifen. »Und nicht zuletzt bedeutet es auch: Wehrt euch gegen alle, die versuchen, uns zu schaden, sei es von innen oder von außen. Und wer ist für uns heute damit gemeint? Doch wohl jene, die sich schon seit Jahrhunderten gegen die Errungenschaften unserer Kultur zur Wehr setzten, sich nicht anpassen können, stets ihre eigenen, undurchsichtigen Wege gehen und durch ihre absonderliche Lebensweise das Wohl unseres Reiches gefährden! Sie breiten sich aus wie Ratten, die alles annagen, beschmutzen und aussaugen, was unsere Vorväter seit Generationen aufgebaut haben!«

Ein Schauder überlief meinen Körper, als mir dämmerte, auf was er hinauswollte.

»Es sind die Gleichen, die sich jetzt, da unser geliebter Kaiser in Gefangenschaft der sassanidischen Perser ist und Gefahren an allen Grenzen unseres Reiches lauern, mit unseren persischen Feinden verbünden! Eine Gefahr für die Sicherheit unserer Familien und unserer Welt! Und was ist ihr Ziel?« Er machte eine Pause, um Atem zu holen, und sein feistes Gesicht wurde von einer flammenden Röte überzogen. »Ihr Ziel ist einzig und allein, sich selbst zu bereichern und die umliegenden Völker mit ihrer Lebensweise und ihren Ritualen zu verseuchen. Ihr wisst, von wem ich rede. Von den Juden!«

Ein Raunen wurde hörbar, aber unbeirrt fuhr Cornelius fort.

»Nicht nur, dass sie in unseren Städten Reichtümer horten, von denen keiner weiß, woher sie stammen. Aber dass sie jetzt auch schon innerhalb unserer Städte unsere Frauen und Töchter hinschlachten, hat das Maß vollgemacht. Über dem Grab dieses unschuldigen Mädchens, dieses wehrlosen Opfers fordere ich: Wir müssen uns endlich gegen die Machenschaften der Juden zur Wehr setzen!«

Ein leiser Aufschrei fuhr durch die Menge.

Ich hatte das Gefühl, als fiele ich ins Bodenlose, und für einen Moment schien die Umgebung um mich zu verschwimmen.

Cornelius Felix' zusammengekniffene Augen glitten über die Umstehenden, und ich bemerkte, wie ein befriedigtes Lächeln über seine Züge glitt, als er sah, dass seine Worte Wirkung erzielt hatten.

»Deshalb, ihr ehrenwerten Bürger dieser Stadt, denkt nicht nur an die Gefahr, die uns von außen droht, in Gestalt der Barbarenhorden, die uns überfallen könnten. Vergesst darüber nicht die vielleicht größere Gefahr, die mitten unter uns lauert. Der heutige traurige Tag ist wahrhaftig Beweis genug dafür, und deshalb …«

Der Rest des Satzes ging in allgemeinem Lärm unter. Ein heftiges Gemurmel erhob sich, das zu einer Woge der Empörung anschwoll. Gesichter wandelten sich zu Fratzen, Fäuste wurden geballt, und für einen Moment schien der Zorn, der durch die Rede geweckt worden war, die Trauer um die Tote zu überlagern.

Zufrieden mit dem Erfolg kehrte Cornelius Felix zu seinem Platz zurück. Es dauerte eine Weile, bis sich die Aufregung wieder gelegt hatte und die Trauerzeremonie wie gewohnt fortgesetzt werden konnte.

Schwarz gekleidete Männer traten nach vorne und setzten mit Fackeln die Ränder des Scheiterhaufens in Brand. Der Geruch von Weihrauch und Kräutern, die dem Holz beigemischt waren, wurde vom schwachen Wind in unser Richtung getrieben, und dichte Schwaden begannen den zierlichen Grabstein einzuhüllen.

Doch die dem traurigen Anlass angemessene Würde war durch Cornelius' flammende Rede zerstört worden, und selbst das Gewimmer der Klageweiber vermochte die Stimmen des Unmuts und der Aggression, die die geheiligte Ruhe des Ortes störten, nicht völlig einzudämmen.

Irgendwann zupfte mich Marcella am Ärmel und bedeutete mir, gehen zu wollen.

Ohne abzuwarten, bis sich die aufgebrachte Menschenmenge für sie teilte, schoben wir uns hindurch, zurück zum Wagen.

Marcella schlang sich den Mantel über Kopf und Schultern und stieg ein, während ich ihr stumm folgte.

Den ganzen Weg zurück in die Stadt sprach keine von uns ein Wort.

Der hereinbrechende Abend hatte kaum Abkühlung gebracht. Noch immer stand die Schwüle zwischen den Häuserzeilen, wie Backöfen gaben die aufgewärmten Mauern und Wände die Hitze an ihre Umgebung ab.

Ich hatte alle Fenster in den Gemächern der Herrin weit geöffnet, um uns etwas Abkühlung zu verschaffen, dazu einen Krug mit gekühltem und verdünntem Wein besorgt, den ich nun vorsichtig vor Marcella auf dem Tisch abstellte.

Wie üblich um diese Tageszeit saß sie in ihrem Korbsessel und war im Gebet versunken. Doch zeigten ihre Züge dabei nicht den gewohnten Ausdruck von Frieden. Ob der Anblick der toten Iunia Curmilla sie so erschüttert hatte oder die hassgetränkten Worte des Cornelius Felix, vermochte ich nicht zu sagen.

Ich zitterte leicht, als ich ihr den hellen Wein eingoss, der im Licht der Abendsonne golden schimmerte. Es klirrte hell, als ich versehentlich mit dem Krug den Rand des Silberbechers berührte.

Marcella schrak zusammen und sah zu mir herüber. Ich zwang mich zu einem Lächeln und reichte ihr den Wein.

»Was ist mit dieser Stadt los?«, fragte sie leise und strich sich eine ihrer schwarzen Strähnen aus dem Gesicht. »So viel Hass und Verzweiflung ... Morde an jungen Frauen, und dann heute Nachmittag ...« Den Rest des Satzes ließ sie unausgesprochen.

Betroffen sah ich zu Boden.

Sie hatte also das Gleiche gespürt wie ich.

Nie hatte ich die Stadt so bedrückend empfunden wie heute. Obwohl es mir bei den Corneliern nicht gerade gut gegangen war, hatte ich – wenn sich die Gelegenheit dazu bot – mit Begeisterung die Straßen und Gassen der Stadt durchstreift, auf dem prächtigen Forum verweilt, mir die Auslagen der Läden und Stände der Händler angesehen.

Aber jetzt! Waren die immer zahlreicher eintreffenden Flüchtlinge schuld, dass die Stimmung derart aufgeladen, feindselig und aggressiv war? Oder sollte am Ende der Fluch, von dem die Frau bei unserer Ankunft gesprochen hatte, schuld sein an der sich ausbreitenden Angst, den Albträumen und Visionen, die mich in eine solche Panik versetzten?

Ich musste mit Marcella darüber reden! Die Gelegenheit schien günstig.

Vorsichtig näherte ich mich ihr. »Darf ich dich etwas fragen, Herrin?«

Sie nickte und sah mich abwartend an.

»Ich glaube, nun, ich …« Verlegen knetete ich ein Stück meiner Tunika in den feuchten Händen, da ich nicht wusste, wie ich ihr meine Bedenken mitteilen sollte. Standen nicht gerade diese Christen mit den dunklen Mächten in Verbindung? »Herrin, seit einer Weile habe ich nachts …« Wieder unterbrach ich mich und suchte nach Worten, mit denen ich diese seltsamen Bilder, die mich heimsuchten, beschreiben konnte. »Ich glaube, ich werde nachts von Dämonen heimgesucht … oder auch Furien.« Ein besserer Vergleich fiel mir nicht ein.

Schweigend wartete ich ab. Marcellas Gesicht wurde ernst, eine feine Falte hatte sich zwischen ihren Augenbrauen gebildet, die mir zeigte, dass sie nachdachte.

»Dämonen sagst du … Und wie äußert sich das?«

»Nun ja …« Unbehaglich grub ich meine Nägel in die Handballen. »Sie bedrängen mich mit Bildern.«

»Mit Bildern?« Fragend sah Marcella auf. »Was meinst du damit?«

»Also …« Es war ziemlich schwierig, Dinge zu erklären, von denen man selbst nicht wusste, was es war. »Ich sehe immer dieselben Bilder: Gesichter, Lichter und Symbole. Dazu höre ich bisweilen Stimmen.«

»Und was sagen diese?«

Ein wenig hilflos zuckte ich mit den Achseln. »Ich weiß es nicht so genau. Meist kann ich es nicht verstehen. Eine fremde Sprache, ein seltsamer Singsang.«

»Und weiter?«

»Manchmal erscheint auch ein Messer, das in mich dringt. Und dann wache ich auf.«

Nachdenklich schüttelte die Herrin den Kopf. »Seit wann geht das schon so?«

Zumindest das konnte ich genau sagen: »Seit meiner Ankunft in Divodurum. Seit diese Frau von dem Fluch gesprochen hat.« Die Erinnerung an ihre verzweifelt ausgestoßenen Worte ließ mich erneut erschaudern. »Und seither verfolgt mich dieser seltsame Singsang in der Dunkelheit. Erst undurchdringliche Schwärze und dann ein plötzliches Licht.«

Marcella hatte ihre Hand auf meinen Unterarm gelegt: »Was für ein Licht? Die Sonne?«

»Ich glaube nicht. Hell und bohrend ist es, ein seltsames Gebilde, wie aus Gold.« Schweiß hatte sich auf meiner Stirn gebildet und rollte in feinen Perlen über meine Schläfen. »Es leuchtet zu mir herab, die Strahlen reflektieren auf dem Metall, und dann dieser Schmerz ...«

»Wie sieht dieses Gebilde aus?«

Ohne mich zu rühren, verharrte ich eine Weile, in dem Versuch, mich zu erinnern. Schließlich schüttelte ich resigniert den Kopf. »Ich weiß es nicht.«

Schweigen entstand. Fast lautlos glitt ein Vogel vorbei, landete auf dem Fenstersims und schob seinen zierlichen braunen Kopf herein, bevor er sich umwandte und mit einem heftigen Flügelschlag im Licht des Sommerabends verschwand.

»Glaubst du, es sind wirklich Dämonen, Herrin?« Meine Stimme war kaum mehr als ein Flüstern. Im hereinfallenden Abendlicht, das sich auf den bunten Mosaiken widerspiegelte, erschien mir mein Verdacht auf einmal absurd und kindisch. Und dennoch ...

»Wer kann das schon sagen. Du solltest diese ...«, sie zögerte, »diese Bilder genau im Auge behalten. Vielleicht erfährst du dann, was sie bedeuten. Und sicher hilft dir das Gebet.«

Kraftlos ließ ich die Schultern hängen. Nach all dem, was ich in den vergangenen Monaten erlebt hatte, wusste ich noch nicht einmal, zu wem ich beten konnte. Ich hatte immer das Gefühl gehabt, dass all die Götterbilder, die man in den römischen Tempeln zur Schau stellte, höchst unzulänglich seien, um die Fülle der Welt und des Universums zu umfassen. Vielleicht war das auch der Grund, weshalb ich mich schon recht früh der Stoa und dem Gott der Philosophen gewidmet hatte.

»Ich bezweifele, dass die Götter mir da helfen können«, meinte ich.

Ein Funkeln blitzte in Marcellas Augen, oder war es vielleicht nur der Widerschein der Abendsonne? »Soll das heißen, dass du an der Existenz von Jupiter, Juno und Minerva Zweifel hast – oder gar am vergöttlichten Kaiser?«

Obgleich ich Marcellas persönliche Einstellung zu dieser Frage kannte, so scheute ich mich doch davor, ihr meinerseits offen zu antworten.

»Ich weiß es nicht, Herrin«, erwiderte ich nach einigem Zögern. »Ich habe schon früh die Philosophen gelesen, und da war viel vom Schicksal die Rede und wie man es annimmt, lernt damit umzugehen, ohne Schmerz, ohne Angst, ohne Gefühl …«

Ich unterbrach mich, und mein Blick wurde erneut von dem warmen Licht der Abendsonne gefangen genommen, das den Raum erfüllte.

»Hat dein Gott denn einen Namen, Herrin?«, wagte ich schließlich die Frage. Auch wenn die Christen als Staatsfeinde und Kindermörder galten, konnte es nichts schaden, zu erfahren, was Marcella bewegte.

»Einen Namen? Vielleicht. Jedoch kein Abbild«, gab Marcella leise zurück. »Nichts von dem, was Worte sagen oder Künstler malen, würde ihn fassen oder passend beschreiben können.«

Diese Antwort verwirrte mich, hatte ich doch bisher immer gedacht, gerade die Christen rühmten sich eines sehr genauen Wissens um ihren Gott.

»Aber du redest doch zu ihm, Herrin?« Es war mehr eine Feststellung als eine Frage, denn ich hatte Marcella häufig im

Gebet versunken gesehen, die Wangen gerötet, die Züge entspannt, mit einem Ausdruck von Frieden.

»Ja.«

»Wenn dein Gott aber keinen Namen hat, wie kannst du dann mit ihm reden? Woher weißt du dann, wer er ist?«

»Ich weiß nicht, *wer* er ist, aber *wie* er ist. Ich kenne sein Wesen.«

»Und was ist sein Wesen?«, fragte ich vorsichtig.

Zu meiner Überraschung kam die Antwort ohne Zögern: »Die Liebe!«

# KAPITEL XIV

Das Abendlicht im Peristyl des statthalterlichen Hauses war warm und einladend. Die Säulengänge, die den geometrisch angelegten Garten von allen Seiten umgaben, verliehen ihm eine strenge Würde, die hohen Mauern spendeten ein wenig Schatten.

Mehrere Klinen waren aufgestellt, auf denen der Legatus mit seiner Tochter und seinem Gast Platz genommen hatte. Das Plätschern eines Springbrunnens und die Gesichter der Marmorbüsten, die von ihren Sockeln auf die ganze Szenerie herabblickten, verstärkten die harmonische Atmosphäre. Selbst die unablässigen Geräusche der Stadt drangen nur gedämpft in diese Oase des Friedens.

Doch die abendliche Idylle wurde jäh unterbrochen.

»Es reicht, Statthalter. Das geht jetzt wirklich zu weit.« Aufgeregt fuhr sich Cornelius Felix durch die Haare. »Den Göttern sei gedankt, dass sie dich gerade jetzt zu uns geschickt haben.«

Gelassen ließ der Legatus die aufgeregten Worte über sich ergehen und nickte dann als Zeichen, dass er zuhörte.

»Als ob diese Bedrohung durch die Franken und Alemannen nicht schon schlimm genug wäre«, nahm Cornelius seine Rede wieder auf. »Beinahe täglich dringen Schreckensmeldungen über Plünderungen und Brandschatzungen in die Stadt. Flüchtlinge aus allen Enden der Provinz strömen zu uns, die Herbergen sind überfüllt, der gesamte Wohnraum platzt aus allen Nähten. Barbarenhorden überall, Fremde an allen Ecken und Enden. Und nun auch noch das!« Wütend schlug er mit der Hand auf den Tisch, dass die darauf befindlichen Silberbecher gefährlich klirrten. »Nun vergreifen sich auch noch diese hergelaufenen Juden an römischen Bürgern …«

»Soviel ich weiß, sind die meisten Juden ebenfalls römische Bürger!«, unterbrach ihn der Statthalter.

»Das tut hier überhaupt nichts zur Sache.« Sichtlich darum bemüht, nicht völlig die Beherrschung zu verlieren, schluckte Cornelius. »Unbestreitbar ist, dass sie versuchen, anständige Mädchen und Frauen zu umgarnen, ohne Rücksicht darauf, dass sie schon versprochen sind. Und haben sie keinen Erfolg damit, bringen sie sie einfach um. Lieber tot, als sie einem anderen zu gönnen!« Seine blassblauen Augen glitzerten vor Zorn.

»Hast du einen Beweis für deine Behauptung, verehrter Cornelius?« Nach wie vor wirkte der Statthalter ruhig wie immer, wenn er mit einem gerichtlichen Fall zu tun hatte.

»Ich *weiß* es einfach.« Cornelius' Stimme wurde leise, während er sich etwas näher zum Statthalter beugte. »Schon lange habe ich beobachtet, wie dieser schmierige Salomo Ben Isaac der edlen Iunia nachgestellt hat. Das kennen wir doch: Erst die Christen mit ihren Verschwörungen und ekelerregenden Ritualen, jetzt wieder die Juden. Kommen doch alle aus demselben stinkenden Stall.«

Ich wagte nicht, Marcella anzusehen, die diese Worte mit anhören musste.

»Kaiser Valerian, ja, *der* wusste mit diesem Pack umzugehen. Diesen … diesen Aufwieglern und Unruhestiftern, Giftmischern, Kindermördern und …«

»Cornelius, es reicht!« Scharf wie eine Messerklinge hatte ihm der Statthalter das Wort abgeschnitten. »Ich erlaube nicht, dass du mit derartigen Ausführungen den Abend verdirbst.« Seine Stimme klang beherrscht, doch ich erkannte, dass die Worte ihn tiefer getroffen hatten, als er es sich anmerken ließ. Ihn, den Herrn der Provinz, Stellvertreter des Kaisers, dessen eigene Tochter dieser verbotenen Sekte angehörte.

Nur mühsam gewann Cornelius seine Fassung zurück und schien zu bemerken, dass er zu weit gegangen war. »Entschuldige, Statthalter«, brachte er gepresst hervor. »Derartiges lag nicht in meiner Absicht.«

Ein kurzes Kopfnicken des Legatus zeigte, dass dieser die Entschuldigung annahm, doch seine Lippen waren zu einer schmalen Linie zusammengepresst, seine aristokratischen Züge waren hart und von einer ungewöhnlichen Blässe.

»Auf jeden Fall möchte ich, dass du den Fall genau untersuchen lässt«, nahm Cornelius das Wort wieder auf. »Iunia war die Tochter eines einflussreichen Decurios der Stadt und die Verlobte meines Sohnes. Ich denke, das alleine ist schon Grund genug, den Ereignissen eine besondere Bedeutung beizumessen, habe ich nicht recht?« Er schien seine gewohnte Selbstsicherheit wiedergewonnen zu haben. »Und wenn es sich tatsächlich herausstellen sollte, dass dieser Jude bei dem Mord seine dreckigen Hände im Spiel hatte ...«

»Ich werde sehen, was ich tun kann, Cornelius.« Der Statthalter erhob sich. »Doch bis dahin solltest du mir meine Arbeit überlassen, und die Zeit nutzen, um die deine zu tun. Wie du schon richtig gesagt hast, die Stadt ist völlig überfüllt. Der Stadtrat sollte sich Gedanken machen, wo all die Flüchtlinge untergebracht werden können. Ich wünsche dir noch einen schönen Abend.«

Das Gespräch war beendet.

Mit einem Räuspern erhob sich auch Cornelius Felix und rückte seine Toga zurecht. Selbst jemand wie er, mit dem Gemüt eines Ochsen, konnte einen derartigen Wink nicht überhören. »Vielen Dank für deine Zeit, Statthalter.« Er wandte sich zum Gehen. In der Tür blieb er noch einmal kurz stehen. »Ich verlasse mich also darauf, dass du die Sache in die Hand nimmst.«

»Bezweifelst du mein Wort, Cornelius?« Die Worte des Statthalters klangen hart und schneidend.

»Sicher nicht, Legatus. Ich darf mich empfehlen.« Unter der Andeutung einer Verbeugung verließ Cornelius das Peristyl. Der Stoff seiner purpurgerandeten Toga bauschte sich leicht.

Der Anflug von Erleichterung schien den Garten zu durchströmen, als wir endlich wieder unter uns waren.

Noch immer blickte der Statthalter mit zusammengekniffenen Augenbrauen Richtung Tür. Dann rief er einen Sklavenjungen herbei. »Schicke mir Cirratus. Er soll einen Brief verfassen und überbringen.«

Einige Schritte von mir entfernt, regte sich Marcella. Mit einem leisen Rascheln ihres dunklen Gewandes stand sie auf. »Ich lasse dich nun allein, Vater. Sicher hast du zu tun.«

Ohne die Antwort abzuwarten, verließ sie das Peristyl und gab mir einen Wink, ihr zu folgen.

Aus den Augenwinkeln heraus sah ich, dass der Statthalter seiner Tochter mit ernstem Blick nachschaute, als fragte er sich, ob sie, als Anhängerin eines illegalen Kultes ihm vielleicht mehr über die Sache sagen könnte.

## KAPITEL XV

Leise klackten meine Schritte auf dem Pflaster der Straße, während die Mittagssonne die weißen und sandsteingoldenen Häuserwände erbarmungslos aufheizte.

Marcella hatte mir freigegeben, da sie der Einladung einer hochgestellten Dame gefolgt war. Aus irgendwelchen Gründen hatte sie mich nicht dorthin mitnehmen wollen. »Du wirst sicher in der Stadt noch Freunde haben, die du besuchen möchtest«, hatte sie gesagt. »Oder du kannst dich in die Bibliothek setzen und etwas lesen.«

Aber mir war nicht nach Lesen zumute. Vorsichtig, den Blick gesenkt, schob ich mich dicht an den Häuserfronten vorbei, während ich den dünnen Mantel, den ich trotz der Sommerhitze trug, fester um mich schlang, um nicht das verräterische Taubenblau der Statthaltersklaven in den Straßen von Divodurum zur Schau zu tragen.

Der Statthalter hatte recht gehabt mit seiner Besorgnis: Divodurum platzte aus allen Nähten. An den Plätzen, wo die Häuser zurückwichen, waren regelrechte Zeltstädte entstanden, behelfsmäßige Unterkünfte, die oftmals nur aus aufgespannten Planen bestanden, und ein Durchkommen wurde mitunter schwierig. Inzwischen kam die Stadt nicht mehr zur Ruhe. Über allem lag ein Summen wie von einem Bienenstock, ein hässliches Geräusch, durchbrochen von lauten Stimmen, in denen ein Unterton von Hysterie schwang. Es brauchte nicht viel, um die Stimmung in der Stadt kippen zu lassen.

In den Gassen sah ich abgerissene Gestalten, Menschen mit sichtbaren Verletzungen, verbrannten Gesichtern, fehlenden Armen oder Beinen. Oft hatten sie alles, was sie besaßen, verloren, und viele bettelten an den Straßenecken. Manche darunter waren regelrecht aufdringlich und versuchten, mich festzuhalten, um ein paar Asse zu ergattern.

Und die Stadt stank. Früher war mir dergleichen nie aufgefallen, vielleicht, weil ich, solange ich mich zurückerinnern konnte, trotz meines niedrigen Status immer an die Annehmlichkeiten der römischen Lebensweise gewohnt war. Fließendes Wasser und eine funktionierende Kanalisation waren für mich so alltäglich gewesen, dass ich sie nie infrage gestellt hatte. Aber jetzt war das, was früher allenfalls ein Rinnsal in einer Gosse gewesen war, zu stehenden Pfützen geworden. Es waren einfach zu viele Menschen, und die Stadt war voll von ihren Ausdünstungen und Ausscheidungen, ihren Ängsten, Befürchtungen und ihrer Verzweiflung.

Das Gefühl der Beklemmung wuchs, je näher ich dem Haus der Cornelier kam. Dem kunstvoll ausstaffierten Käfig, dem persönlichen Gefängnis meiner Kindheit und doch dem einzigen Ort, an dem vielleicht eine Spur meiner eigenen Vergangenheit zu finden war.

Dann tauchte das Haus vor mir auf wie ein Bollwerk, mit makellos weiß gekalkter Fassade, sorgfältig geputzten Fensterscheiben, die teilweise zum Schutz gegen die Sonne mit Läden verschlossen waren. Ich schauderte leicht bei dem Anblick und ging dann an der Vorderfront vorbei zum Seiteneingang, wo die Bediensteten ein- und ausgingen und Händler ihre Geschäfte abwickelten.

Einen Moment lang zögerte ich. Was ich vorhatte, war riskant. Und das, was mich dazu trieb, war einzig und allein der brennende Wunsch, mehr darüber herauszufinden, wer ich eigentlich war, wo ich herkam, und wo ich gelebt hatte, bevor ich in dieses Haus verkauft worden war, mit dem ich meine frühesten Erinnerungen verband.

Jeder Mensch hat eine Herkunft, und ich würde alles daransetzen, etwas über die meine in Erfahrung zu bringen.

Es war die einzige Möglichkeit, die sich mir bot. Zumindest solange ich keine Gelegenheit hatte, Selena zum Reden zu bewegen.

Ich fasste mir ein Herz und ging weiter. Bevor ich es mir anders überlegen konnte, klopfte ich leise gegen das trübe Küchenfenster, hinter dem sich ein schwarzer Schemen bewegte.

Nichts geschah.

Enttäuschung breitete sich in mir aus, doch war ich nicht gewillt, kurz vor dem Ziel aufzugeben. Verbissen kniff ich die Lippen zusammen und klopfte erneut. Diesmal fester, und schließlich sah ich, dass sich der Schatten näherte.

Es knirschte leise, als der Riegel gelöst und das Fenster geöffnet wurde. Ein Schwall von Rauch schlug mir entgegen, darin erschien Priscas faltiges Gesicht, das erst Verärgerung zeigte, dann jedoch freudiges Wiedererkennen.

»Was tust du hier?« Sie flüsterte, als ob sie ahnte, dass ich ohne Erlaubnis hier war, und schien noch immer das Gefühl zu haben, mich vor Bestrafungen schützen zu müssen.

Von so viel Freundlichkeit überrumpelt, wich ich ihrem Blick aus. »Mir dir reden.«

Immerhin war das ein Grund meines Hierseins. Den anderen behielt ich vorerst lieber für mich.

Einen Moment zögerte sie. »Warte.«

Ihr Gesicht verschwand, eilige Schritte waren zu hören, dann öffnete sich knirschend die Hintertür. Ihre schmale, faltige Hand winkte mir entgegen. »Komm rein, aber sei leise!«

Schnell schlüpfte ich durch die Tür in die Küche, wo ein flackerndes Feuer aus dem gemauerten Kamin züngelte und mir den Schweiß aus den Poren trieb, während mich der Geruch von gebratenen Zwiebeln, Kümmel, Rauch und Knoblauch wieder in einen Mantel der Erinnerung hüllte.

Zwei Mädchen, vielleicht dreizehn und vierzehn Jahre alt, waren damit beschäftigt, die schweren Bronzekessel auszuschrubben. Vergebens versuchte ich, mich an ihre Gesichter zu erinnern, doch sie mussten neu im Hause sein und schienen mich nicht zu kennen.

»Geht nach draußen und seht, wo die Lieferung Öl und Liquamen bleibt, los! Ich warte schon den ganzen Morgen.« Laut klatschte Prisca in die Hände, was ihrem spatzenhaften Körper für einen kurzen Augenblick den Anflug des Gebieterischen gab.

Sofort ließen die Angesprochenen Bürste und Lappen fallen und eilten nach draußen. Nicht jedoch, ohne einen fragenden Blick auf mich zu werfen, wie um zu sehen, wessen Anwesenheit so wichtig war.

»Möchtest du dich vielleicht setzen? Ich kann dir ein Stück Braten bringen. Ist noch von gestern Abend übrig, wenn auch kalt.«

Aber mein Kopf war so voller Fragen, dass ich gar nicht erst auf ihr Angebot einging. Da ich nicht gleich mit der Tür ins Haus fallen wollte, begann ich mit dem Ersten, das mir in den Sinn kam: »Seit ich das Haus hier verlassen habe, etwa um die Zeit, als der geplante Umzug nach Rom abgesagt wurde, ist da vielleicht irgendetwas Außergewöhnliches geschehen? Etwas, das dir aufgefallen ist?«

»Etwas Außergewöhnliches?« Stirnrunzelnd sah mich Prisca an, dann schien es ihr plötzlich zu dämmern. »Du willst hier herumschnüffeln!« Es war eine Mischung aus Schock, Enttäuschung und Angst, die in ihrem Gesicht geschrieben stand. »Du kommst in dieses Haus, um mich auszuhorchen, aber …«

»Nein … das heißt, ja … Bitte, beruhige dich wieder.« Im Versuch einer Besänftigung legte ich meine Hand auf ihren Arm. »Versteh mich nicht falsch. Ich will nicht spionieren, es ist nur …« Der Kampf, den Prisca mit sich ausfocht, war ihrem faltigen Gesicht deutlich abzulesen. Dabei stand der Wunsch, mit mir zu reden, im inneren Widerstreit mit der Angst vor der Strafe, die ihr als Sklavin drohte, wenn sie ihre Befugnisse überschritt.

»Prisca, bitte.« Beschwörend legte ich ihr die Hand auf die Schulter. Sie war fast einen Kopf kleiner als ich. »Du bist die Einzige in diesem Haus, der ich vertrauen kann. Freunde von uns sind in Gefahr.«

»Freunde?« Misstrauisch runzelte sie die Stirn, als frage sie sich, welche gemeinsamen Freunde wir hier in dieser Stadt haben könnten.

Einen Moment lang zögerte ich, entschied mich jedoch schließlich, ihr reinen Wein einzuschenken. »Wie du vielleicht weißt, hat Cornelius Felix bei seiner Rede auf der Trauerfeier für Iunia die Juden der Stadt verdächtigt, an deren Tod beteiligt gewesen zu sein. Und er hat es ganz besonders auf einen abgesehen: Salomo Ben Isaac.«

Priscas Miene nach zu urteilen, traute sie Cornelius Felix so ziemlich alles zu, aber sie hatte immer noch Zweifel an meinen Absichten. »Woher willst du das wissen?«

»Er hat den Namen selbst gegenüber dem Statthalter genannt. Ich war dabei. Ich glaube, er ist auf einem persönlichen Rachefeldzug gegen Salomo und seinen Vater, wobei ich nicht weiß, ob der Mord an Iunia der Grund dafür ist oder ihm nur einen Vorwand dafür bietet. Prisca«, versuchte ich, wieder auf das eigentliche Thema zurückzukommen, »neulich hast du gesagt, dass Isaac in diesem Hause nicht mehr willkommen sei. Aber weshalb? Was ist vorgefallen?«

Erneut veränderte sich ihr Gesichtsausdruck, aber diesmal war es eher Resignation, die wie ein Schatten in ihren von Furchen umrandeten Augen zu lesen war. »Du bist eine Pest, Invita. Das warst du schon immer«, brummte sie schließlich und zog mich in eine versteckte Ecke des Raumes, obgleich wir allein in der Küche waren. »Aber da ich weiß, dass du keine Ruhe geben wirst … Also, kurz nachdem du weg warst, zu den Saturnalien, erkrankte Cornelia an einem Magenleiden. Wenn du mich fragst, so hatte sie an den Feiertagen wieder übermäßig gegessen, aber das tut nichts zur Sache. Auf jeden Fall ließ der Dominus den Medicus Isaac rufen, damit er sich seiner Tochter annehme. Isaac bereitete ihr einen Trank zu, den sie mehrmals täglich zu sich nehmen sollte, bis die Beschwerden nachließen.«

»Und weiter?«, drängte ich ungeduldig.

»Nun ja, Cornelia nahm den Trank, und schon kurze Zeit darauf verlor sie das Bewusstsein, lag da im Fieber und schien stündlich schwächer zu werden. Der Herr schickte sofort nach einem anderen Arzt, der die Symptome völlig anders deutete. Eine Vergiftung, wie er sagte. Natürlich war das gesamte Küchenpersonal in hellem Aufruhr. Stell dir einmal vor, wenn sich herausgestellt hätte, einer von uns hätte versucht, die Herrin zu vergiften.«

Das wollte ich mir gar nicht vorstellen. Die Strafe dafür, als Sklave seinen Herrn getötet zu haben, war der Tod nicht nur für den Täter, sondern für alle Sklaven des Haushalts.

»Und? Wurde einer von euch für schuldig befunden?«

»Nein. Den Göttern sei Dank. Außerdem hatte die ganze Familie das Gleiche gegessen, und keiner war erkrankt. Dieser neue Arzt ließ sich die Reste sämtlicher Speisen und Getränke kommen, welche die junge Herrin in den vergangenen Tagen zu sich genommen hatte, konnte dabei aber nichts finden, was solche Krankheitssymptome hervorgerufen haben konnte. Zuletzt untersuchte er auch den Trank, den Isaac für Cornelia zubereitet hatte.«

Ich ahnte, was jetzt kommen würde, und hätte am liebsten nicht weiter zugehört.

»Er untersuchte ihn genau und stellte fest, dass dieser gefährliche Substanzen enthielt.«

»Gift?«, fragte ich langsam.

»Ich weiß es nicht. Wenn es Gift gewesen wäre, hätte Cornelius den Medicus Isaac sofort festnehmen lassen. Aber aus irgendeinem Grunde hat er das nicht getan. Doch sah man ihn seither nie wieder in unserem Hause.«

Diese Neuigkeit erschütterte mich wirklich. Cornelia vergiftet? Und Isaac sollte dabei seine Finger im Spiel gehabt haben?

Das könnte den Hass der Cornelier auf den Arzt erklären. Dazu kam noch die Sache mit Primus' Verlobter. Wenn es stimmte, dass diese eigentlich Salomo geliebt hatte und nicht freiwillig Primus' Braut geworden war, dann ergab dieser seltsame Ausbruch von Aggression einen Sinn.

Aber dennoch ... Irgendetwas störte mich bei der Geschichte. Warum hatte Cornelius Felix nicht schon damals Isaac vor Gericht gezerrt oder zumindest eine Untersuchung des Falles angeordnet? Bei seinem Gesinde genügte schon ein verschütteter Tropfen Wein, um sie die Härte seines Zornes spüren zu lassen. Wenn der Medicus wirklich – ob versehentlich oder mit Vorsatz – beinahe den Tod seiner einzigen Tochter verursacht hatte, dann hätte er doch bestimmt alles nur Erdenkliche getan, um den Schuldigen einer harten Strafe zuzuführen.

»Hat sich Cornelia wieder ganz erholt?«, fragte ich überflüssigerweise. Bei unserer letzten Begegnung hatte sie wie das blühende Leben gewirkt, auch wenn das künstlich aufgebrachte Blond ihrem fahlen Teint keineswegs zugutekam.

»Körperlich ja. Aber irgendwie ...«, Prisca schien einen Moment zu überlegen, als hätte sie sich bisher nicht allzu viele Gedanken um den Seelenzustand der Herrin gemacht, »wirkt sie in letzter Zeit verändert. Unsicher und leicht reizbar.«

In meinen Ohren klang zumindest Letzteres nicht nach einer wirklichen Neuigkeit.

»Sie trinkt auch mehr als zuvor, lässt sich den Wein nur schwach verdünnen und besucht Gastmähler weitaus seltener als früher. Bisher glaubte ich, dass es damit zusammenhing, dass ihr Bruder seit seiner Verlobung mehr im Mittelpunkt stand als sie, was sie gar nicht gut verkraften konnte. Doch könnte es natürlich auch mit dieser Erkrankung zusammenhängen. Wenn man so plötzlich mit der eigenen Sterblichkeit konfrontiert wird, lässt das einen so schnell nicht wieder los.«

Unwillkürlich dachte ich daran, wie nahe ich in den vergangenen Monaten meinem eigenen Tod gewesen war, und gab Prisca in diesem Punkt recht. Dennoch war es interessant zu hören, dass Cornelia offensichtlich eifersüchtig war auf die Stellung ihres Bruders, der nicht mehr als das schwarze Schaf der Familie zu gelten schien, seit er eine ebenbürtige Braut hatte präsentieren können. Wahrscheinlich auch auf die Aufmerksamkeit, die er von diesem Moment an seiner Verlobten entgegengebracht hatte.

Ich fragte mich, ob das für Cornelia der Anlass gewesen war, sich mit dem goldenen Haar ein neues Aussehen zuzulegen.

»Aber das ist doch nicht der einzige Grund deines Kommens, oder?« Priscas Worte rissen mich aus den Überlegungen. »Nur um zu hören, was ich über den alten Medicus weiß.«

Verlegen schüttelte ich den Kopf. Nun stand mir der schwierigste Teil meines Besuches bevor. Ich musste Prisca bitten, mir zu helfen, ins Büro des Hausherrn einzudringen.

»Du hast recht«, sagte ich schließlich. »Da ist noch etwas anderes ...« Ich zögerte, da ich wusste, wie vermessen mein Anliegen klingen musste. »Als wir uns vor einigen Tagen hier in der Küche trafen, hast du mir etwas davon erzählt, wie ich hier in diese Familie kam. Und nun – da dachte ich, es sei vielleicht möglich, noch mehr zu erfahren. Hier, in diesem Hause.«

Etwas wie ungläubiges Erstaunen war auf ihrem Gesicht zu lesen. Einen Moment lang war sie sprachlos, doch schließlich schüttelte sie den Kopf und sagte: »Tut mir leid, Invita, ich habe alles gesagt, was ich darüber weiß. Und vielleicht ist es besser so.«

Langsam ging sie zum Arbeitstisch, nahm eine der dort in einem Korb liegenden Zwiebeln und begann sie mit geübten Bewegungen zu schälen und anschließend in kleine Würfel zu hacken.

»Ich weiß, ich weiß.« Ein wenig unsicher legte ich ihr die Hand auf die Schulter, ohne dass sie jedoch mit ihrer Arbeit innehielt. »Ich bin auch nicht gekommen, um dich weiter auszufragen, sondern um ... um ... darum zu bitten ... dass du ... vielleicht ...«

Prisca blickte zu mir auf, doch ich konnte ihr nicht in die Augen sehen. Ich wusste, dass ich sie um eine Ungeheuerlichkeit bitten wollte.

Doch womöglich gab mir das Leben in dieser Sache keine zweite Chance. Also holte ich tief Luft und redete schnell weiter, ehe ich es mir doch noch anders überlegen würde. »Natürlich weißt du solche Sachen nicht, das verstehe ich. Aber ich bin sicher, dass der Herr alle Unterlagen über Kauf und Verkauf seiner Sklaven in seinem Büro aufbewahrt. Bestimmt führt er darüber eine Akte, und ich könnte dort vielleicht nachsehen. Dann wüsste ich wenigstens Bescheid ...« Hastig holte ich Luft. »Du müsstest nur darauf achten, dass niemand kommt, während ich ... äh ... das Büro des Dominus aufsuche.« Halb flehentlich, halb schuldbewusst blickte ich sie an.

»Oh nein, junge Dame! Das schlag dir aus dem Kopf!« Von einem Moment zum anderen hatte sich Priscas puppenhafter Körper zu seiner vollen Größe aufgerichtet, und obgleich ich sie noch immer um Haupteslänge überragte, wurde mir plötzlich wieder bewusst, weshalb es jemandem, der so klein und herzig war wie sie, gelang, die ganze Küchenarbeit zu organisieren, für Ordnung und einen reibungslosen Ablauf zu sorgen. »Ganz gleich, welche Flausen du dir in den Kopf gesetzt hast und wohin deine Neugier dich treibt, ich werde dich nicht dabei unterstützen, etwas derart Dummes zu unternehmen. Schlimm genug, dass ich früher oft genug mit ansehen musste, wie der Herr versucht hat, dir Gehorsam einzuprügeln. Das Kapitel ist abgeschlossen, und wenn du klug bist, dann rollst du es nicht wieder auf!«

Demonstrativ wandte sie sich wieder ihren Zwiebeln zu.

Wut und Verzweiflung stiegen in mir auf. Ich fasste Prisca bei den Armen. »Aber ich muss wissen, wo ich herkomme! Irgendjemand in diesem Haus weiß Näheres darüber, und ich werde diese Stadt nicht verlassen, ehe ich es in Erfahrung gebracht habe.«

Als ob jemand wie ich selbst entscheiden durfte, wo er sich aufzuhalten hatte.

»Dummes Kind!« Mehr Schrecken als Zorn schlug mir in Priscas Worten entgegen. Energisch schüttelte sie mich ab. »Du warst schon immer uneinsichtig und leichtsinnig. Dabei müsstest du doch wissen, was dir deine Neugierde stets eingebracht hat. Es war dein Glück, dass man dich weggeschickt hat. Doch statt zufrieden darüber zu sein, dass du es jetzt so gut getroffen hast, gibst du keine Ruhe, sondern willst alles wieder aufwühlen und dir neuen Ärger einhandeln.«

*Und den anderen in diesem Haus ebenfalls*, hing der unausgesprochene Vorwurf in der Luft.

»Dann tue ich es eben ohne deine Hilfe!« Ohne zu überlegen, was ich sagte, fuhr ich herum und wandte mich zur Tür. »Ich kenne das Haus gut genug und finde den Weg allein …« Ob ich jedoch auch finden würde, was ich suchte, und das ungestört, war mehr als ungewiss.

Doch ich musste es versuchen. Irgendwie würde es mir schon gelingen, ungesehen in das Büro zu kommen und einen Einblick in die Akten des Herrn zu erhalten. Manchmal zeigte sich Fortuna auch gnädig. Und was danach geschah? Ich war bereit, es darauf ankommen zu lassen.

Entschlossen öffnete ich die Tür, als mich Priscas Hand fasste und zurückhielt. Sie schüttelte den Kopf, und ich sah Tränen in ihren Augen, konnte jedoch nicht sagen, ob mein Verhalten diese hervorgerufen hatte oder ob sie vom Zwiebelschneiden stammten.

»Du willst also wieder mit dem Kopf durch die Wand.«

Mit zusammengepressten Kiefern nickte ich, und schließlich ließ mich Prisca los, wischte sich die Reste des Zwiebelsaftes an ihrer Schürze ab und sah mich an.

»Du weißt ja gar nicht, was du tust.« Noch nie war sie mir so klein und so zerbrechlich vorgekommen wie in diesem

Moment. Ein Anflug von schlechtem Gewissen packte mich. »Doch werde ich verhindern, dass du dich in noch größere Schwierigkeiten bringst, weil du dich erwischen lässt. Warte hier einen Moment …« Leise öffnete sie die Tür und spähte nach draußen. »Es ist niemand zu sehen«, sagte sie schließlich. »Du hast Glück, die meisten haben sich nach dem Essen ein wenig hingelegt …«

Das war mein Plan gewesen. Genau deswegen hatte ich mir diese Tageszeit für mein Kommen ausgemacht.

Schließlich gab sie mir ein Zeichen. »Komm.«

Die Angst vor meinem eigenen Mut lähmte mich. Doch nur für einen Moment. Dann gab ich mir einen Ruck und folgte ihr.

# KAPITEL XVI

Nichts hatte sich verändert.

Der Marmorboden, der in verschiedenen Schwarz- und Rottönen schimmerte und von der langen Benutzung schon ein wenig abgetreten war. Die rot und grün bemalten Wände, die mit detailgetreuen Efeuranken und Szenen aus der römischen Mythologie geschmückt waren.

Ein wenig blass, aber mit vorgerecktem Kinn ging Prisca neben mir her, und kein Mensch wäre darauf gekommen, dass sie im Begriff war, jemandem dabei zu helfen, in das Arbeitszimmer ihres Herrn und Gebieters einzubrechen.

Würde sie jemand fragen, könnte sie, ohne Verdacht zu erregen, behaupten, sie wolle den Dominus aufsuchen, um ihn nach seinen Wünschen für das Abendessen zu fragen. Für meine Anwesenheit hätte sie sicher auch irgendeinen überzeugenden Grund gefunden, wie sie es früher so oft getan hatte, um mich vor Bestrafung zu schützen.

Doch je näher wir dem Arbeitszimmer des Hauses kamen, desto mehr wuchs meine Angst. Es hätte nicht viel gefehlt und ich wäre umgekehrt, als mich plötzlich eine gedämpfte Stimme aus meinen Gedanken riss.

»Es war absolut unumstößlich und notwendig!« Durch die verschlossene Tür, hinter der ich die Bibliothek wusste, erkannte ich den Sprecher als Cornelius Felix.

Unwillkürlich blieb ich stehen, und Prisca warf mir einen beunruhigten Blick zu. »Was tust du da?«, flüsterte sie.

Statt einer Antwort legte ich nur den Zeigefinger auf meine Lippen und signalisierte ihr, jetzt zu gehen, da ich wusste, welches Risiko ich mit meiner Neugierde heraufbeschwor.

Unwillig schüttelte Prisca den Kopf und unterstrich mit dieser unmissverständlichen Geste, für wie dumm sie mein Verhalten hielt. Doch mit mehr Überzeugung, als ich wirklich empfand, verschränkte ich die Arme vor der Brust und machte ihr deutlich, dass ich nicht gewillt war, hier wegzugehen.

Zögernd, mit einem letzten Blick, der alles ausdrückte, über das ich nicht nachzudenken wagte, wandte sie sich schließlich um, und ging in Richtung Küche.

Langsam ließ ich die Luft aus den Lungen entweichen. Nun war ich ganz auf mich allein gestellt.

»Natürlich gibt es gewisse... sagen wir, Indizien für den illegalen Handel mit Gold aus dem Tempelschatz. Darauf hätte er vorbereitet sein müssen.« Das unbeherrschte Schnauben von Cornelius Felix kannte ich nur allzu gut. »Aber er war zu leichtsinnig, und nun soll ich die Konsequenzen tragen. Doch das werde ich nicht zulassen. Auf keinen Fall.«

Atemlos glitt ich an der Wand entlang, in die Nähe der Tür. Gold aus dem Tempel? Illegaler Handel?

Sprachen sie von Salomo und dem Schatz aus dem Tempel der Juden, den dieser angeblich besaß? Aber welche Beweise meinten sie?

»Noch hast du eine Chance, die letzte vielleicht. Ich bin sicher, so leicht wird sich der Statthalter kein weiteres Mal beeinflussen lassen, also denk nach. Benutz deinen Verstand.«

»Vater, ich...« Es war Primus' Stimme, doch sie erstarb im ersten Anflug.

Kein Wunder, wo sich kein Verstand befand, konnte man auch keinen benutzen.

»Denk an das, was deiner Schwester geschehen ist, und sieh zu, wie du die Sache aus der Welt schaffst. Noch einmal werde ich meine Reise nach Rom nicht verschieben. Gerade jetzt, wo der Kaiser in Gefangenschaft ist. Eine bessere Gelegenheit...«

Schritte näherten sich, und wie unter einem Schlag fuhr ich herum, eilte auf leisen Sohlen dorthin, wo ich das Arbeitszimmer meines ehemaligen Herrn wusste.

*Über was in aller Welt hatten sie gerade gesprochen?*

Ich wusste, es war wahnsinnig, was ich riskierte. Doch hatte ich früher schon in diesem Haus Schriftstücke entwendet. Unbemerkt. Warum sollte es mir nicht auch diesmal gelingen?

Die Tür aus schwerer Buche war mit geometrischen Metallbeschlägen verziert, was ihr einen leicht protzigen Ausdruck verlieh.

Ein kurzer Blick nach hinten, um sicherzugehen, dass mich niemand beobachtete, dann drückte ich mein Ohr ans Holz, um zu horchen, ob irgendjemand im Raum war.

Nichts, keine Stimmen waren zu hören. Vorsichtig schob ich den Riegel beiseite und öffnete die Tür, steckte den Kopf durch den Spalt und ließ meine Augen über die Einrichtung schweifen.

Der Raum war menschenleer. In seiner Mitte befanden sich eine Arbeitsliege, ein Schreibpult mit Sessel für den Dominus sowie ein Standpult für den Sekretär.

Entlang der Wände standen schwere, eisenbeschlagene Holztruhen für die wichtige Korrespondenz, darüber stapelten sich in hohen Regalen etikettierte Schriftrollen neben ordentlich aufgereihten Wachstäfelchen mit erbrochenen Siegeln.

Hastig schlüpfte ich durch die halb geöffnete Tür und schob sie lautlos hinter mir zu.

So weit hatte ich es also geschafft! Doch wo sollte ich nun anfangen zu suchen?

In den Truhen, Regalen oder dem kleinen verschlossenen Schränkchen an der Wand, dessen Türen mit durchbrochenen Ornamenten dekoriert waren? Wo könnte jemand wie Cornelius Felix Dokumente über den Bestand seiner Sklaven aufbewahren? Bei seinen Wirtschaftsbüchern vermutlich. Aber wo wiederum steckten diese?

Zwar kannte ich zur Genüge die Bibliothek des Hauses, wo ich hin und wieder eine Schriftrolle entliehen hatte. Doch das Büro hatte selbst ich nie allein betreten. Folglich wusste ich nicht, wo ich meine Suche beginnen sollte.

Die Zeit war kostbar, und so begann ich aufs Geratewohl mit einer der beiden Truhen, die sich an der Rückwand des Raumes befanden. Die Scharniere knarrten leise, als ich den Deckel öffnete. Mit fiebrig zitternden Fingern fing ich an, die Rollen, Wachstäfelchen und Pergamentstreifen zu durchforsten.

Ich zwang mich, nicht daran zu denken, was geschehen würde, wenn jemand diesen Raum betrat. Doch ein Geräusch vor der Tür ließ mich einige Atemzüge lang vor Schreck erstarren.

Schritte entfernten sich, dann war wieder alles still.

Mein Atem hatte vor Entsetzen gestockt, und ich hielt einen Moment lang inne, bevor ich mich wieder ans Werk machte.

Eine sorgfältig mit einem nachtblauen Lederband verschnürte Schriftrolle fiel mir ins Auge, die quer an der Seite der Truhe lag, halb verborgen unter den anderen Dokumenten. Auch wenn ich mir bei klarer Überlegung hätte sagen müssen, dass dies gewiss nicht der Kaufvertrag für mich war, hatten meine Finger sie schon ergriffen und aufgerollt, ehe ich mir dessen wirklich bewusst war. Alte Gewohnheiten lassen sich eben schwer ablegen, und meine Neugierde war eine davon.

Ich runzelte die Stirn, als ich die Zeilen überflog. Bei allen Göttern, was hatte das zu bedeuten?

Es war offenbar die Kopie eines Schuldscheins. Cornelius Felix schuldete irgendjemandem eine immense Summe, die zurückzuzahlen er im Zeitraum von zwei Jahren verpflichtet war.

Zwei Jahre? Meine Gedanken rasten. War das vielleicht der Grund, weshalb er seine Pläne von der Übersiedlung nach Rom hatte aufgeben müssen? Finanzielle Schwierigkeiten? Hypotheken und Schulden?

Davon war, solange ich noch in diesem Hause lebte, nichts zu merken gewesen. Oder doch?

Hastig las ich weiter.

Dem Schreiben nach hatte Cornelius sein Landgut an der Mosel als Pfand eingesetzt. Ein möglicher Grund, weshalb er sich noch im Hochsommer in seinem Stadthaus aufhielt.

Doch wer war der Gläubiger? Wer erschien einem Mann wie Cornelius vertrauenswürdig genug, dass er sich nicht nur von ihm Geld ausborgte, sondern auch noch auf dessen Verschwiegenheit verließ.

Eine Weile musste ich suchen, dann erkannte ich in der markanten Handschrift einen Namen, der mir in letzter Zeit des Öfteren zu Ohren gekommen war.

*Aelius Misenus.*

Im ersten Moment war ich nicht in der Lage, die Zusammenhänge zu begreifen, doch allmählich ergab es einen Sinn.

Aus welchen Gründen auch immer stand die cornelische Familie also in der Schuld des Sevir Augustalis. Einen Moment lang fragte ich mich, wieso sich mein früherer Herr mit seinen Geldsorgen ausgerechnet an jemanden wie ihn gewandt hatte statt an einen der öffentlichen Geldwechsler und Verleiher, die ihre Läden in der Nähe des Forums betrieben. Der ehrenwerte Cornelius Felix hatte wohl Angst, es könnte seinem Ansehen in der Öffentlichkeit schaden, wenn bekannt würde, dass er unter Geldsorgen litt.

Aber war das schon die ganze Wahrheit? Ich erinnerte mich an das Gespräch, das ich bruchstückhaft auf dem Gang mit angehört hatte. Gold aus dem Tempelschatz ... Sollte auch Aelius Misenus in die Sache mit dem Schatz dieses Königs Salomo verwickelt sein?

Unschlüssig blickte ich das Schriftstück an und ließ es aus einem Impuls heraus im Ausschnitt meines Gewandes verschwinden.

Was jetzt? Jeden Augenblick, den ich hier länger vertrödelte, erhöhte das Risiko, entdeckt zu werden. So suchte ich mit schweißfeuchten Händen weiter. Wahllos zog ich Wachstäfelchen und Schriftrollen hervor, öffnete sie, überflog Anfang und Ende, suchte nach Kaufverträgen oder Auflistungen.

Doch nichts. *Vergeblich.*

Schweißperlen hatten sich auf meiner Stirn gebildet, und ich schalt mich eine Närrin, dass ich mich so leichtsinnig in die Höhle des Löwen begeben hatte, ohne bedacht zu haben, wie schwierig es sein würde, das Gesuchte zu finden.

Doch während es mir noch widerstrebte, aufzugeben und wie ein geprügelter Hund aus dem Büro zu schleichen, blieb mein Blick an einer verknoteten Papyrusrolle hängen, deren Siegel erbrochen war.

Nur diese eine noch, nahm ich mir vor, löste den Knoten, rollte das Schriftstück vorsichtig auf und überflog den Inhalt. Enttäuscht stellte ich fest, dass auch dieses keine Hinweise über meine Herkunft oder meine Vergangenheit enthielt.

Nur langatmige Berichte über die Sicherungen am Limeswall und die Zahl der Verluste durch Übergriffe auf zivile Siedlungen.

Dann stutzte ich: *Limes? Angriffe?*

Was um alles in der Welt hatte Cornelius Felix mit derartigen Dingen zu tun? Als Beamter der städtischen Verwaltung hatte er sich um die Belange der Bevölkerung, der Gebäude und notfalls der öffentlichen Sicherheit zu sorgen. Alles, was mit militärischen Aufgaben zu tun hatte, fiel in den Aufgabenbereich des Statthalters, der Befehlshaber der Legionen und anderer Gesandten und Würdenträger, die im direkten Auftrag des Kaisers handelten. Weshalb sollte sich also Cornelius Felix dafür interessieren?

Verwirrt las ich weiter. In dem Brief hieß es ferner, dass die Stadt Colonia Agrippina aufgrund der Verlagerung von Truppen in den Süden und Osten des Reiches von militärischem Schutz beinahe völlig entblößt sei. Die Entsendung des Kaiserenkels Saloninus an den Rhein sei zwar eine Geste des Vertrauens, doch nicht mehr als ein symbolischer Akt einer kaiserlichen Familie, deren Macht im Schwinden und die sogar untereinander zerstritten war.

Zudem erfuhr ich, dass das Reich in seiner jetzigen Struktur nicht mehr aufrechtzuerhalten sei. Der geschwächte Machthaber, ja das ganze Imperium mit all seinen Bewohnern sei daher zwangsläufig dem Untergang geweiht.

*Ich vertraue daher dir und unserem gemeinsamen Freund in deiner Stadt, dass er die Maßnahmen ergreift, die er für notwendig und wünschenswert hält. In den nächsten Tagen erwarte ich deine Nachricht.*

Mit diesen Worten endete das Schreiben, das nun, da ich es zu Ende gelesen hatte, eine seltsame Hitze zu entwickeln schien, als wolle es mir die Finger verbrennen.

Was hier stand, grenzte an Hochverrat, insbesondere was die Kritik am kaiserlichen Haus betraf. Schon weit weniger als dies könnte hochgestellten Personen das Amt, wenn nicht gar den Kopf kosten. Aber wer hatte es geschrieben? Wer wandte sich in einer derart heiklen Angelegenheit ausgerechnet an einen der Quaestoren von Divodurum?

Eilig gingen meine Augen zurück zur Grußzeile, die ich zu Beginn überlesen hatte, um den Verfasser des Schreibens ausfindig zu machen.

Als ich den Namen las, stiegen vage Erinnerungen in mir auf: Marcus Cassianius.

Fieberhaft durchforstete ich mein Gedächtnis, ob ich irgendeinen Beamten dieses Namens in dieser Stadt kannte. Aber es fiel mir keiner ein.

Gerade, als ich die Schriftrolle beiseitelegen wollte, kam mir die Erkenntnis.

*Marcus Cassianius Latinius Postumus.*

Ungläubig schüttelte ich den Kopf. Der Statthalter von Niedergermanien und Kommandant der Rheintruppen. Was hatte er …?

Ein lautes Räuspern ließ mich zusammenfahren.

Starr vor Schrecken riss ich den Kopf hoch und blickte direkt in das Gesicht von Domenicus, dem Sekretär des Hauses. Seine grauen, sorgfältig geschnittenen Haare umrandeten in leichten Wellen ein Gesicht, das trotz seines Alters beinahe faltenlos geblieben war und aus dem mich ein paar blassblaue Augen ohne jede Gefühlsregung anblickten.

Dann hoben sich seine Mundwinkel zu einem herablassenden Lächeln.

»Invita. Na, so etwas!«

Während ich wie gelähmt dastand, kam er näher, umrundete mich schweigend und musterte mich, als wäre ich ein lästiges Insekt. Ein totes obendrein. Oder so gut wie tot.

»Warum bin ich nicht erstaunt, dich hier zu sehen?« Sein Blick fiel auf meine Hände, die noch immer die Papyrusrolle umklammert hielten. »Wie es scheint, hast du dich nicht verändert. Noch immer die kleine Diebin.«

Die Angst drückte mir die Luft ab. Einen Moment lang glaubte ich, die Besinnung verlieren zu müssen, doch gelang es mir, auf den Beinen zu bleiben und mit dem Mute der Verzweiflung Domenicus' Blick standzuhalten.

»Dabei hatte ich gedacht, die Zucht im Hause unseres allerhöchsten Beamten hätte dir derlei ausgetrieben.« Langsam kam er noch einen Schritt näher, sodass sein Körper mich beinahe berührte. »Gemeinhin gilt der Legatus als strenger Herr.«

Ich verstand nur »strenger Herr«. Die ganze Vergangenheit schien über mir zusammenzuschlagen. Plötzlich fühlte ich mich wie früher, als ich noch Sklavin im Hause des Cornelius Felix war. Mein Kopf war so leer, dass ich keinen vernünftigen Gedanken mehr fassen konnte.

Erst jetzt schien Domenicus zu erkennen, was ich da eigentlich in Händen hielt, entriss mir die Rolle und ließ seine Augen über die Aufzeichnungen gleiten.

»Sieh mal einer an. Der Geschmack deiner Lektüre scheint sich in den letzten Monaten doch geändert zu haben. Das hier sieht mir nicht nach alter Philosophie aus.«

Ich war nicht in der Lage, etwas zu entgegnen.

Ein Gedanke schien sich hinter seiner in Falten gezogenen Stirn zusammenzubrauen. »Weiß dein Herr, der Statthalter, dass du hier bist?«

Ein heißer Schrecken durchfuhr mich, doch ich schwieg.

»Sicher hat er keine Ahnung, was du so treibst.« Eine Weile überlegte er. »Dann verrate mir doch, was du hier zu suchen hast. Allein und fernab von der Bibliothek, in der du sonst so gerne geräubert hast.«

Fest presste ich die Lippen zusammen, meine schweißfeuchten Finger verkrampften sich im Stoff meines Gewandes.

Domenicus kam noch einen Schritt näher, und in diesem Moment wünschte ich mir, von seinem Blick getroffen, tot zu Boden zu fallen, nur um dem zu entgehen, was als Nächstes geschehen würde. So wie ich es früher jedes Mal erhofft hatte, wenn der Aufseher begann, mich zu binden, um mir die verdienten Rutenstreiche zu verabreichen.

»Na schön. Dann komm mal mit!« Bevor ich wusste, wie mir geschah, hatte Domenicus mich mit einer Hand gepackt, mir mit der anderen den Arm auf den Rücken gedreht und schob mich zur Tür und weiter hinaus auf den Flur.

Fest in seinem Griff, stolperte ich über den marmornen Fußboden, argwöhnisch beäugt von den Figuren römischer Mythologie an den hohen Wänden. Meine halbe Kindheit über war ich immer wieder wegen irgendeines Vergehens diese langen, hohen Flure entlanggeschleift worden. Meine Hände verkrampften sich, mein Herz schlug härter gegen meine Brust, und ich spürte schmerzhaft die Schriftrolle, die ich noch immer unter meinem Gewand verbarg.

Vor der Tür der Bibliothek, wo ich noch vor Kurzem Cornelius und seinen Sohn belauscht hatte, blieb Domenicus so abrupt stehen, dass ich beinahe gestürzt wäre. Ein hartes Klopfen, dann stieß er auf einen Zuruf von innen die Flügel auf und schob mich vor sich her durch die Öffnung.

Zwei Öllampen flackerten auf dem kleinen, mit schlanken gedrechselten Beinen versehenen Schreibpult, welches unmittelbar vor einem mannshohen Schrank platziert war, dessen Türen aus filigran durchbrochenem Holz bestanden.

Die Bibliothek des Hauses. Allein aus alter Gewohnheit drohte mein Herz auszusetzen.

Unwillig blickte Cornelius Felix von einer Schriftrolle auf und vollführte mit der Hand eine Geste, die andeuten sollte, dass er nicht gestört werden wollte.

Doch dann fiel sein Blick auf seinen Sekretär, und er erstarrte in der Bewegung, als er mich in seinem Griff erkannte.

Langsam, mit einem beinahe ungläubigen Gesichtsausdruck, hievte er seinen fülligen Körper aus dem Sessel, während eine tiefe Röte in seinem bartlosen Gesicht aufstieg.

Aus einem Reflex heraus wich ich zurück, doch Domenicus verstärkte seinen Griff und ließ mich schmerzhaft zusammenzucken.

»Du?«

Seine Miene wechselte zwischen Unglaube und Zorn, während er langsam auf mich zutrat, bis er mich beinahe berührte, und ich seinen Atem auf meiner Haut spüren konnte.

»Was tust du hier?«

Es gab keine Erklärung. Was ich getan hatte, war nicht zu entschuldigen.

»Dieses Miststück ist in dein Haus eingedrungen und hat deine Unterlagen durchwühlt.« Selbst Domenicus wirkte erschüttert von der Ungeheuerlichkeit meiner Tat. »Ich konnte die Kleine gerade noch stoppen, bevor sie etwas mitnehmen konnte.«

Ich vernahm ein ungläubiges Schnauben, den Laut der Empörung. »Sag – das – noch – einmal.«

Nicht einmal mein früherer Herr schien zu glauben, dass ich zu so etwas fähig war, und sein Gesicht nahm eine noch dunklere Färbung an.

»Sie ist bei dir eingebrochen und scheint etwas gesucht zu haben.«

Cornelius' fleischige Hand packte mich. »Ist das wahr?« Er schüttelte mich. »He, sprich mit mir! Was hast du gesucht?«

Die Ader an seiner linken Schläfe schwoll so stark an, dass ich glaubte, sie müsse platzen. Sein rechtes Augenlid zuckte.

Ich war nicht in der Lage, zu antworten.

»Was – hast – du – gesucht?«

Ich spürte den Schmerz seines Schlages erst, nachdem ich den Knall seines Handrückens hörte, der mein Gesicht traf. Einen Moment wurde mir schwarz vor Augen. Dann schmeckte ich warmes, kupfriges Blut auf meiner Zunge.

Benommen blickte ich auf.

»Und wer hat dich geschickt?« Er packte mich mit beiden Armen und schüttelte mich erneut. »Bist du im Auftrag des Statthalters hier?«

Ein zweiter Schlag traf mich, und Sterne explodierten hinter meiner Stirn.

»Nun sprich, oder …«

»Überlass sie mir, Vater.«

Primus' Stimme zerriss die Anspannung. Einen Moment hielt Cornelius in seiner Bewegung inne. Blinzelnd öffnete ich die Augen und sah, dass er die rechte Hand zur Faust geballt und zu einem weiteren Schlag ausgeholt hatte. In seinen kleinen von Falten umgebenen Augen stand – Angst.

*Angst?*

Vor wem oder was hatte ein Mann wie Cornelius Felix Angst?

Vor mir? Niemals.

Mein Blick fiel auf seine linke Hand, die noch immer den Stoff meines Gewandes gepackt hielt. Das Taubenblau der Sklaven des Statthalters.

Der Statthalter? War es das, wovor er sich fürchtete? Dass dieser mich geschickt haben könnte, um etwas über die Familie in Erfahrung zu bringen? Etwas, das besser im Verborgenen blieb?

Wieder erinnerte ich mich an die Worte, die ich beim Vorübergehen belauscht hatte. Geraubte Tempelschätze. Verrat. Die Angst vor Konsequenzen. Ein vager Verdacht stieg in mir auf.

»Lass mich mit ihr allein.« Primus war näher zu uns herangetreten.

Cornelius' Blick flog zu seinem Sohn, seine Augen zogen sich zusammen. Er zögerte, schien sich unschlüssig, was er tun sollte.

»Nur einen Augenblick, Vater.« Primus' Miene blieb hart. »Ich weiß, wie man mit ihr umzugehen hat.«

Schließlich nickte Cornelius. Seine Augen gingen zu mir zurück; ihr Blick war nicht zu deuten. Dann verzog er verächtlich den Mundwinkel und stieß mich mit der Linken zurück, in die Arme von Domenicus.

»Aber sieh zu, dass du keine Spuren hinterlässt«, sagte er, ohne mich aus den Augen zu lassen. »Sie ist Eigentum des Statthalters.«

Dann verließ er ohne ein weiteres Wort die Bibliothek, seine Schritte hallten über den Steinboden.

Auf ein Zeichen von Primus hin ließ auch Domenicus mich los und folgte seinem Herrn nach draußen. Hart fiel die Tür hinter beiden zu.

Ich war mit Primus allein.

Primus, dessen Machenschaften ich es verdankte, dass man mich in Ketten aus der Stadt geschleift hatte! Dessen Schultafeln, Schriftrollen und Schreibgeräte ich zum Unterricht hatte tragen und dessen nicht enden wollende Lektionen ich über Jahre hinweg stumm in einer Ecke stehend hatte verfolgen müssen. Primus, für dessen Verfehlungen ich hatte büßen müssen und der trotzdem – oder vielleicht gerade deshalb – eine genauso große Verachtung für mich hegte wie ich für ihn.

Langsam kam er näher, sein Gewand streifte meinen Arm. Dann beugte er sich zu mir, und seine Lippen berührten die Spitze meines Ohres: »Du bist ein Stück Dreck, Invita, und das weißt du. Wenn du mein wärst, wüsste ich, was ich mit dir täte …«

Hart packte er mein linkes Handgelenk und zwang mich, ihn anzusehen. Sein Atem streifte mein Gesicht, und ich kämpfte darum, ein Zittern zu unterdrücken.

»So bleibt mir nur, dich dem Statthalter zu überstellen und zu hoffen, dass er weiß, wie man mit ungehorsamen Sklaven verfährt.« Seine Hand drohte meine Knochen zu zerbrechen. Mühsam unterdrückte ich ein Stöhnen. »Mit Dreck aus der Gosse!«

Ich rang nach Atem, während das Gift ohnmächtiger Wut durch meinen Körper schoss. Meine Muskeln spannten sich, meine Hände ballten sich zur Faust, und schon spürte ich, wie sich meine Rechte hob, als wolle ich zuschlagen.

*Nein!* Eine sanfte Stimme hielt mich zurück. Marcellas Gesicht erschien vor meinem inneren Auge. *Das ist genau das, was er will.* Er will, dass du ihn angreifst, damit er etwas gegen dich in der Hand hat, einen Grund, dich zum Schweigen zu bringen. Einen Zeugen weniger zu haben.

Einen Zeugen für was …?

Wie erfroren hielt ich in der Bewegung inne, schloss die Augen, während die Worte in meinem Kopf widerhallten. »Ein Stück Dreck … Dreck aus der Gosse …« Blut rauschte in meinen Ohren.

*Hass tötet …*

Wie eine Reminiszenz an Marcellas Worte schwang es in mir, breitete sich in mir aus wie lindernder Balsam und brachte das Gift von Primus' Worten schließlich zum Abklingen.

Der Hall ebbte ab, das Zittern ließ nach.

Noch immer in seinem Griff, atmete ich durch, öffnete meine Hände und schlug schließlich die Augen auf.

»Das mag sein«, brachte ich schließlich hervor, während ich ihm fest in die Augen sah, und versuchte mich auf das warme Gefühl in meinem Inneren zu konzentrieren, »aber wie dem auch sei, ich muss jetzt gehen. Der Statthalter erwartet mich.«

Von meiner Reaktion überrascht, ließ er mein Handgelenk los, das sofort schmerzhaft zu pochen begann.

Zornesröte färbte seine Wangen. »Du glaubst doch nicht, dass du so einfach davonkommst! Nachdem du in unser Haus eingedrungen bist, die Dokumente meines Vaters durchsucht, den Frieden der Familie gebrochen hast … Du dreckiges Ding, du elendes … Fundstück!«

Erneut flammte der Hass in mir auf wie eine Stichflamme. Hell und schmerzhaft. Fest presste ich die Lippen zusammen, bezwang meinen Zorn und erwiderte Primus' Blick. »Besser ein Fundstück als ein Verbrecher.«

Es war ein Schuss ins Blaue gewesen. Doch seiner Reaktion nach zu urteilen, hatte ich getroffen.

»Was willst du damit sagen, du Miststück?«, brach es aus ihm hervor.

Ich hatte nichts mehr zu verlieren. Meine Angst unterdrückend, sah ich ihm fest in die Augen. »Ich weiß von euren illegalen Geschäften. Und dem Tempelschatz. Und euren Intrigen gegen den Kaiser.« Mehr fiel mir dazu im Moment nicht ein. Das Herz klopfte mir bis zum Hals, und mit mehr Entschlossenheit, als ich tatsächlich verspürte, trat ich auf die Tür zu. »Und wenn du willst, dass der Statthalter keine Untersuchungen anstellt, würde ich dir raten, mich jetzt gehen zu lassen.«

Während meine Fingerspitzen die Türflügel ertasteten, schielte ich zu Primus hinüber, der wie vom Donner gerührt dastand und nicht zu wissen schien, was er jetzt tun sollte.

»Sollte der Statthalter nämlich seine Sklavin vermissen, wird er diese suchen lassen. Er wird Fragen stellen, und aus Erfahrung kann ich dir sagen: Er lässt nicht locker. Und wer weiß, was er dann *hier* alles finden könnte …«

Bevor Primus aus seiner Lähmung erwachte oder mich der Mut verließ, riss ich die Tür auf und stürzte auf den Flur hinaus.

Krachend schlugen die Flügel hinter mir zu, und meine Schritte flogen über den kostbaren Marmor. Mit letzter Kraft erreichte ich das Hauptportal.

Unter dem verwunderten Blick des Ianitors drückte ich mich nach draußen und stand schließlich mit pochendem Herzen auf der Straße.

Einen Augenblick rang ich nach Luft, dann wirbelte ich herum und begann zu rennen. Die Hand immer auf die Brust gepresst, wo ich das Schriftstück wusste, den Schuldbrief, der das Einzige war, was ich gegen die Familie des Cornelius als Beweis ins Feld führen konnte.

Was immer er auch besagen mochte.

Draußen auf der Straße überlegte ich, was ich nun unternehmen sollte. Ich schwankte zwischen der Angst, Cornelius Felix würde sich doch beim Statthalter über mein ungeheures Verhalten beschweren, und der Gewissheit, dass er es letztendlich nicht wagen würde, da dadurch seine illegalen Machenschaften ans Licht kämen.

Natürlich könnten sie zwischenzeitlich alle Beweismittel verschwinden lassen, und was galt schon die Aussage einer Sklavin? Der kühle Papyrus der Schriftrolle, die ich unter meinem Gewand verborgen hielt, gab mir den Hauch einer Beruhigung. Es war das einzige, wenn auch dünne Beweisstück. Aber wofür?

Nachdenklich bahnte ich mir den Weg durch die überfüllten Straßen, durch die in kurzen Abständen holpernde, mit den unterschiedlichsten Gütern beladene Holzkarren ratterten, sodass die Passanten ein Stück beiseitetreten mussten. Immer noch war die Flucht vom Land in die Stadt im vollen Gange. Ich musste an den merkwürdigen Brief denken, den ich nur hatte überfliegen können. Was für Maßnahmen in der

Stadt sollte Cornelius Felix, zusammen mit seinem mysteriösen »Freund« wohl treffen? Der Einzige, der mir als möglicher Mitverschwörer in den Sinn kam, war Aelius Misenus, der Sevir Augustalis. Oder sah ich wieder Gespenster?

*Eine günstige Gelegenheit ... jetzt, da der Kaiser in Gefangenschaft ist ...* Bruchstücke des Gespräches, das ich an Cornelius' Tür belauscht hatte, kamen mir in Erinnerung. *Sieh zu, wie du die Sache aus der Welt schaffst!*

Von was hatten sie gesprochen? Standen diese Sätze wirklich in Zusammenhang mit dem verräterischen Schreiben. Plante man in Divodurum einen Verrat am rechtmäßigen Kaiser?

Und von welchem illegalen Handel mit Gold war die Rede gewesen?

*Es gibt Indizien für den illegalen Handel mit Gold aus dem Tempelschatz ... und nun soll ich die Konsequenzen tragen.* So oder so ähnlich hatte Cornelius es ausgedrückt, und als ich das Thema bei Primus ansprach, hatte er regelrecht die Fassung verloren.

Es konnten dabei doch kaum der Tempel in Jerusalem und irgendwelche Schätze eines legendären jüdischen Königs gemeint sein, die sich angeblich in Salomos Besitz befanden. Die Sache, um die es dabei wirklich ging, musste viel näher liegen, womöglich hier in Divodurum.

*Ein Tempelschatz hier in der Stadt?*

Nachdenklich runzelte ich die Stirn, während ich mich weiter durch das Menschengewühl schob.

Die Anspannung und die schwüle Hitze der Stadt nahmen ab, als ich das übervölkerte Stadtzentrum hinter mir gelassen hatte. Der Fluss war zu riechen, noch bevor er zu sehen war. Ich blieb stehen, schlang die Arme um meinen Körper und ließ diesen Geruch in meine Nase strömen.

Heimat, Vertrautheit ...

Während ich die trockenen Wiesen durchquerte, deren hohen Gräser raschelten, als ich sie beiseiteschob, sah ich es vor mir blinken und lief hinab zum Ufer.

Da lag sie vor mir, sanft geschwungen und in der Sonne glitzernd wie eh und je.

*Mosella!*

Der vertraute Anblick des Flusses beruhigte meine angespannten Sinne. Leise kräuselte sich die Wasseroberfläche und brach tausendfach das Licht der warmen Junisonne, die kribbelnd meine Haut rötete.

Ich ließ mich in das hohe Gras fallen, streifte meine Sandalen ab und ließ die Fußsohlen langsam über das kiesige Gestein gleiten. Es war glatt und von der Sonne angewärmt.

Erschaudernd streckte ich meinen großen Zeh ins Wasser. Kühle umfing meine Füße, als ich sie schließlich ganz eintauchte. Ich legte den Kopf in den Nacken, ließ die Sonne auf mein Gesicht scheinen, während ich mich dazu zwang, an nichts zu denken, weder an das tote Sklavenmädchen noch an die ermordete Iunia oder an Tempelschätze, Flüche und politische Intrigen.

Ich konnte die Furien besiegen, die Geister, die mir hässliche Bilder schickten. Ich musste nur Senecas Rat beherzigen, den Lehren der Stoa folgen: Ruhe des Herzens, Ausgeglichenheit. Tief atmen, ein und aus …

Ein Geräusch ließ mich zusammenzucken. Ich fuhr herum, das personifizierte schlechte Gewissen.

Meine Augen glitten über das hohe Gras. Nichts rührte sich, nur der Wind fuhr darüber und bewegte es in sanften Wellen.

Alles nur Gespenster. Schatten der Vergangenheit, die mir folgten, doch nichts, wovor ich mich zu fürchten brauchte. Mir drohte hier keine Gefahr, nicht solange Marcella ihre schützende Hand über mir hielt und ich mich im Bannkreis des mächtigsten Mannes der Provinz befand.

Wieder ein Rascheln, Schritte schienen sich zu nähern.

*Diesmal nicht*, schwor ich mir, noch einmal lässt du dich nicht narren von Fantastereien, von Stimmen der Vergangenheit.

Mit geschlossenen Augen zwang ich mich, meine Gedanken zu sammeln, mich zu konzentrieren. Ich wünschte, ich könnte beten, doch wusste ich nicht, zu wem.

Ein Schatten, jetzt ganz nah hinter mir, riss mich aus meinen Gedanken. Erschrocken fuhr ich zusammen und wollte aufspringen. Doch ehe ich dazu Gelegenheit hatte, packten mich kräftige Arme, eine Hand presste sich auf Mund und Nase, sodass mir die Luft wegblieb. Dunkle Sterne tanzten vor meinen Augen. Mit aller Gewalt trat ich um mich, doch meine Tritte gingen ins Leere. Schwärze breitete sich um mich aus und drohte mich zu verschlingen.

Ein massiger Körper hielt mich an sich gepresst, sehnige Arme drückten meinen Brustkorb zusammen. Nur gedämpft spürte ich, wie meine taub werdenden Beine über Gras und Kies geschleift wurden.

Meine Hände ballten sich zu Fäusten. Verzweifelt schlug ich ein letztes Mal um mich.

Dann spürte ich, wie die Kraft aus meinem Körper floss, der Atem mich verließ und die Mosel, kühl und nass, meinen Körper umfing. Wie ein Stein sank ich in ihr kiesiges Bett.

## KAPITEL XVII

Das Gemurmel leiser Stimmen in meinem Kopf, vereinzelte Lichtblitze, die vor meinen Augen platzten. Etwas Schweres drückte sich auf meine Brust; ich wusste nicht, ob ich atmete.

Bilder entstanden vor meinen Augen, Gesichter blickten mich an. Wieder klangen Stimmen auf, wie aus weiter Ferne, sagten etwas, das ich nicht verstand.

Ich war wieder ein Kind im Hause des Cornelius Felix. Offensichtlich hatte ich irgendetwas ausgefressen, denn man hatte mich eingesperrt, in Dunkelheit und Kälte. Meine Zähne klapperten, ich fror.

Angst kroch in mir hoch, die schreckliche Angst, die mich immer überfiel, wenn ich eingeschlossen war. Hunger, Kälte, Nässe, Durst, Ratten. Und dann die Dämonen der Vergangenheit, Furien mit hässlich verzerrten Fratzen, die sich mir näherten, mir flüsternd drohten, mich zu verschlingen.

Mit einem leisen Schrei riss ich die Augen auf. Licht und Nebel. Überall.

Das helle Licht des leuchtenden Sterns schien über mir zu schweben. Das Echo eines fremdartigen Singsangs klang in meinen Ohren nach. Wie in meinem Traum, in den von Dämonen geschickten Bildern, lag ich da und wartete auf den Schmerz, der unvermittelt folgen würde.

Doch er blieb aus.

Während das Rauschen in meinem Kopf anschwoll, lichtete sich der Nebel, wurde durchlässig, und aus dem schwachen Schimmer schälte sich eine Kontur heraus. Ein bekanntes Gesicht, von Furchen durchzogen. Eine warme raue Hand strich beruhigend über mein Gesicht.

*Isaac, der Medicus.*

Weshalb hatte die Herrin Cornelia ihn rufen lassen? Hatte ich wieder zu viele Rutenstreiche erhalten und fieberte nun?

Ein Stöhnen entrang sich mir, als Isaac vorsichtig meinen Kopf anhob und mir einen Becher an die Lippen führte. Ich schmeckte etwas Zähes und wollte den Mund verschließen. Doch sein Griff war geübt, und so hatte ich keine Wahl, als zu schlucken. Ich hustete, spürte das Bittere auf meiner Zunge und ließ mich dann hilflos zurückfallen.

»Gelobt sei der Herr«, hörte ich es leise an meinem Ohr, doch konnte ich nicht sagen, aus welchem Mund diese Worte kamen. »Dein Leben ist gerettet, also hab keine Angst.«

Die letzten Worte waren nur noch ein Hauch, eine Stimme aus dem Wind. Körperlos, nah und gleichzeitig fern.

Es war das Letzte, was ich hörte, ehe mich die Schwärze wieder umfing.

»Invita?«

Eine Stimme wollte mich aus der Dunkelheit, der Welt der Schatten und Geister, reißen.

Leise drang sie an mein Ohr. Erst dumpf, dann immer klarer. Ich konnte sie vernehmen, doch war ich unfähig, darauf zu reagieren. Schwer und bleiern lag mein Körper auf etwas Weichem, und selbst nur die Lider zu öffnen überstieg meine Kraft.

»Invita, kannst du mich hören?«

Eine Hand legte sich auf meine Stirn, weich und kühl, strich dann meine Schläfe entlang, über meine Wange.

Ein leises Seufzen entrang sich meiner Kehle, als meine Haut dort, wo mich die Finger berührten, leise zu kribbeln begann.

Das Kribbeln breitete sich aus, griff auf meine Brust über, dann auf meine Arme. Die bleierne Schwere fiel von mir ab, und erneut schlug ich die Augen auf.

Das Bild war verschwommen. Ich blinzelte, und langsam klärte sich mein Blick. Ich vermochte deutliche Konturen zu erkennen; schwarzes langes Haar, das um ebenmäßig weiße Züge fiel.

Das Gesicht Marcellas.

Freude und Schrecken durchzuckten mich. Was suchte sie hier? Wo befand ich mich, und weshalb war sie bei mir?

»Herrin ...?« Mehr brachte ich nicht hervor. Mein Hals war heiser, meine Stimme rau.

»Still!« Beruhigend legte sie mir erneut ihre kühle Hand auf die Stirn, und mit den Augen folgte ich ihren Bewegungen. Langsam wandte sie sich um, und erst jetzt bemerkte ich, dass sich Isaac ebenfalls im Raum befand, der im Halbdunkel lag und nur von einem Kandelaber in schwach flackerndes Licht getaucht wurde.

»Hab Dank dafür, dass du sie so gut versorgt hast. Ihr Leben, ihr Wohlergehen bedeutet mir viel.«

Mit einer angedeuteten Verbeugung erwiderte Isaac ihre Worte. »Das ehrt dich, Herrin. Wer sich einer Seele erbarmt, erbarmt sich der ganzen Welt.«

»Ja.« Nachdenklich blieb Marcellas Blick auf dem alten Arzt hängen. »Da hast du ein weises Wort gesprochen.« Wieder wandte sie sich mir zu. »Isaac ist bereit, dich so lange bei sich aufzunehmen, bis es dir wieder besser geht. Ich werde jeden Tag nach dir sehen.«

Immer noch konnte ich nicht klar denken. Wieso befand ich mich denn hier, im Haus Isaacs?

»Was ... ist geschehen?« Matt und heiser brachte ich die Worte hervor und versuchte, mich aufzurichten.

Sanft, aber bestimmt drückte Marcella mich zurück. »Ein Fischer hat dich am Ufer der Mosel gefunden, völlig durchnässt und ohne Bewusstsein. Zuerst glaubte er, du wärst tot. Aber dann hast du Lebenszeichen von dir gegeben, und so hat er dich mit einem Wagen zum Haus des Isaac bringen lassen. Du kannst dir sicher seinen Schreck vorstellen, als er dich erkannte. Sofort hat er seine Magd in den Statthalterpalast geschickt, um mir eine Botschaft zu überbringen. Ich hatte mir schon große Sorgen gemacht, weil du nicht nach Hause gekommen warst. Was ist denn nur geschehen?«

Mit einem Schlag war die Erinnerung wieder da. Fahrig griff ich nach Marcellas Hand. »Herrin ... da war jemand ... an der Mosel ... Ich war allein ... Er hat mich in den Fluss ... hat versucht, mich zu töten. Ich ...« Die letzten Worte gingen in einem Hustenanfall unter.

»Aber warum nur, gütiger Gott!« Erschüttert setzte sie sich an den Rand meines Bettes. »Bist du dir da sicher?«

Ich nickte schwach. Eine andere Möglichkeit gab es nicht, und bei dieser Erkenntnis überlief es mich wie Eiswasser.

»Wer könnte das gewesen sein? Hast du ihn erkannt?«

*Wenn der Statthalter sehen könnte*, durchzuckte es mich, *wie seine einzige Tochter an dem Bett ihrer Sklavin sitzt.* Doch ich verscheuchte diesen Gedanken wieder und versuchte, mich zu konzentrieren.

»Alles ging zu schnell. Ich wurde von hinten gepackt ... und, nein. Ich weiß nicht, wer es gewesen ist.«

Es war nicht das erste Mal, dass ich überfallen worden war. Und stets, wenn ich meine Nase zu sehr in Angelegenheiten gesteckt hatte, die mich nichts angingen. Doch wem war ich diesmal zu nahe gekommen?

Natürlich: Primus Cornelius! Ich erinnerte mich nicht mehr genau, was ich zu ihm gesagt hatte, aber ich hatte ihm gedroht, ihm angedeutet, etwas zu wissen, was der Familie schaden könnte. Nur dem Überraschungsmoment hatte ich es zu verdanken, dass ich unbeschadet aus dem Haus entkommen konnte.

Hatte ich mit meiner Drohung näher an der Wahrheit gelegen, als ihm lieb gewesen war? Oder sollte man im Cornelischen Hause den Verlust des Schreibens, das ich eingesteckt hatte, bereits bemerkt haben? Hatte man mir jemanden nachgeschickt, um eine unliebsame Mitwisserin aus der Welt zu schaffen?

Das Schreiben, wo war es? Mühsam tastete ich unter mein Gewand, doch da war nichts. Hatte ich es in der Mosel verloren, oder war es mir bewusst entrissen worden?

Bevor ich Isaac danach fragen konnte, ob er eine Schriftrolle bei mir gefunden hatte, meinte dieser mit ernstem Gesicht: »Auch wenn du niemanden gesehen hast, hegst du irgendeinen Verdacht, wer es gewesen sein könnte?«

Rasch schüttelte ich den Kopf oder versuchte es zumindest, bis mich Schwindel überkam. »Nein ...«

Selbst wenn es eine Lüge war, es schien mir zu gefährlich, ausgerechnet Isaac in die ganze Geschichte mit hineinzuziehen. Immer noch war mir die Szene auf der Beerdigung im Gedächtnis: die scharfen Worte, die Reaktion der Menschenmenge. Und wie Cornelius Felix dem Statthalter gegenüber Salomo beschuldigt hatte.

»Du bist in Gefahr!«, brach es aus mir hervor. »Isaac, du und dein Sohn, ihr müsst vorsichtig sein. Cornelius Felix ...«

»Ich weiß.« Sanft drückte er mich zurück in die Kissen. »Doch dagegen kannst du nichts tun. Sieh zu, dass du wieder gesund wirst. Ich werde dir Martha schicken. Sie wird dir etwas zu essen bringen, und morgen sehen wir weiter.«

Mit diesen Worten wandte er sich ab und ging aus dem Raum. Der Saum seines dunklen Gewandes streifte schwer über den Boden, und ich konnte sehen, dass er die Schultern sinken ließ, als würde ihn eine schwere Last zu Boden drücken.

»Und wie geht es unserem kleinen Moses heute?«

Hell schien die Morgensonne herein und ließ mich blinzeln. Isaac stand über mich gebeugt, hinter ihm betrat Martha, die alte Magd, den Raum. Ich wusste, dass ein Gesetz seines Glaubens es ihm verbot, eine Frau zu behandeln, ohne dass eine andere dabei anwesend war.

»Wer, in aller Welt, ist Moses?« Mühsam rappelte ich mich auf und hielt mir den Kopf. Ringsum schien das Zimmer bedrohlich zu kippen, während ich versuchte, eine halbwegs erträgliche Haltung zu finden.

In Isaacs gütiges Gesicht trat etwas wie ein verschmitztes Lächeln, das seiner ernsten Würde etwas sehr Jugendliches verlieh.

»Ein Prophet unseres Volkes.« Vorsichtig nahm er mir die Leinenbinden ab, die um meinen Kopf geschlungen waren, und untersuchte die Verletzungen. »Um ihn zu retten, wurde er als Kind von seiner Mutter in einem Schilfkörbchen im Fluss ausgesetzt. Die Tochter des Königs hatte ihn schließlich gefunden und bei sich aufgenommen. Schon erstaunlich, die Wege des Herrn.« Zufrieden nickte er.

*Ausgesetzt, in einem Schilfkörbchen.*

Unwillkürlich zuckte ich zusammen. Davon wollte ich nichts hören, von Kindern, die von ihren eigenen Müttern ausgesetzt werden. So wie meine Mutter, wer auch immer sie sein mochte, es mit mir getan hatte.

Nur dass mich keine Königstochter gerettet hatte.

Aber irgendjemand hatte mich aufgelesen.

Nur wer?

»Deine Wunden heilen gut. Zumindest die äußeren. Verspürst du noch Kopfschmerzen?«

Vorsichtig bewegte ich den Kopf hin und her und verneinte schließlich.

»Und Schwindel?«

»Ein wenig.« Ich war dankbar dafür, dass sich Isaac meiner annahm und mit seinen Worten meine wirren Gedanken verscheuchte.

»Wie ich sehe, bist du fast wiederhergestellt. Noch ein paar Tage Ruhe, und du bist vollständig gesund.« Mit geübten Bewegungen tupfte er ein wenig Salbe auf die Prellungen und Abschürfungen an Stirn und Schläfen.

»Darf ich dann in das Haus des Statthalters zurückkehren?«

Ein überraschter Ausdruck ging über Isaacs Gesicht. Die ölbeschmierten Leinenbinden in der Hand, blieb er vor meinem Bett stehen.

»Du möchtest zurück in das Haus deines Herrn?«

Nachdenklich zog ich die Stirn kraus. »Ja.«

»Behandelt er dich gut?«

»Meine Herrin Marcella behandelt mich gut, wie eine …«, ich zögerte, »… eine Vertraute.«

Langsam drehte er den Stoff in der Hand, als schien er über etwas nachzudenken. »Diesen Eindruck hatte ich auch. Sie war sehr besorgt um dich und hat Geld hiergelassen, damit es dir an nichts fehlt.«

Ein Gefühl von Wärme durchflutete mich. Es tat gut zu wissen, dass sich jemand um mich sorgte. Abgesehen von Flavus, der jedoch so weit weg war. Unerreichbar.

»Sie ist etwas Besonderes«, antwortete ich leise und versuchte mich daran zu erinnern, welche Menschen sich bisher in meinem Leben um mich gesorgt hatten. Das brachte meine Gedanken wieder zurück zu Isaac. »Aber du bist noch immer in Gefahr, Herr. Du und dein Sohn. Hast du nichts von den Hetzreden bei der Beerdigungsfeier erfahren?«

Isaac nickte. »Doch.«

»Ihr solltet die Stadt verlassen, zumindest vorerst. Ich kenne Cornelius Felix; wenn er erst einmal die Leute davon überzeugt hat, du und dein Sohn seien für diese Morde verantwortlich, wird kaum einer den Mut haben, sich für euch einzusetzen.«

Ein trauriges Lächeln umspielte Isaacs Züge. »Und wohin sollten wir gehen? Du weißt selbst, die Provinz ist belagert, jede Reise eine Gefahr. Und glaubst du wirklich, in einer anderen Stadt wäre es besser?«

»Aber du könntest …«, protestierte ich, schloss jedoch meinen Mund wieder. Natürlich hatte er recht. Überall gab es Männer wie Cornelius, die ihr Amt und ihren Einfluss dazu missbrauchten, anderen zu schaden und sich selbst zu bereichern. Und solange Gerüchte in Umlauf waren, die Juden seien bereit, mit den Feinden Roms zu paktieren, gab es für sie nirgendwo einen sicheren Ort.

Tränen hilfloser Wut stiegen in meinen Augen auf. Da ich selbst oft genug Opfer falscher Anschuldigungen gewesen war, wusste ich nur allzu gut, wie sich diese Menschen fühlen mussten.

»Warum hasst dich Cornelius Felix so?«, fragte ich, um meine Gedanken auf die sachlichere Ebene zu lenken.

»Woher kommen der Hass und das Böse?« Es war klar, dass Isaac einer Antwort auswich.

Oder belastete ihn die Sache um die ominöse Krankheit Cornelias, die angeblich durch seine Behandlung fast zu deren Tod geführt hatte?

»Nicht selten neigen Menschen dazu, andere eines Verbrechens zu bezichtigen, welches sie selbst begangen haben.« Ganz leise war Isaac an mich herangetreten, sah mir aber noch immer nicht direkt in die Augen.

Ich wusste nicht, was er damit meinte.

»Du hast nur wenig äußere Verletzungen davongetragen, dem Herrn sei gedankt.« Noch ehe ich eine Frage stellen konnte, hatte er das Gespräch in andere Bahnen gelenkt, und mir fehlte der Mut, nachzuhaken. »Und diese heilen schnell.«

Noch immer über seine vorigen Worte nachdenkend, nickte ich bloß.

»Doch bei der Untersuchung habe ich noch anderes festgestellt. Spuren älterer …« Er zögerte, als suche er nach dem richtigen Wort, »Verletzungen.«

Ich ahnte, welche Frage jetzt kam.

»Behandelt man dich *wirklich* gut im Hause des Statthalters?«

Die Hitze, die mir ins Gesicht stieg, war nicht so heftig, wie ich erwartet hatte. Ich wusste, dass noch schwache Spuren von den Rutenstriemen zu sehen waren, die mir der Aufseher Celsus verabreicht hatte, als man mich im Hause des Statthalters fälschlicherweise eines Fluchtversuchs bezichtigt hatte. Jüngere Spuren, von Schnitten und Brandwunden zeugten davon, dass ich vor nicht allzu langer Zeit als Geisel eines Verbrechers unter Folter gezwungen werden sollte, ihm zu erzählen, was ich über die politischen Pläne des Statthalters wusste.

Ich hielt Isaacs Blick stand. »Du hast meine Herrin kennengelernt. Also weißt du die Antwort. Ja, man behandelt mich gut.«

Mit schweren Schritten ging Isaac zu dem kleinen milchigen Fenster und blickte nach draußen.

»Ich habe in der Vergangenheit oft an dich gedacht, Invita.«

Eine seltsame Beklommenheit breitete sich bei diesen Worten in mir aus, und erst jetzt wurde mir die drückende Schwüle des Junitages, die mir den Schweiß aus den Poren trieb, bewusst.

»Man sieht so manches an Elend und Krankheit, doch bei dir ... Ich werde nie vergessen, wie blass du warst, als du ins Haus des Cornelius Felix kamst. Blass und verängstigt. Du hast mit niemanden gesprochen. Im ersten Monat dachte ich, du würdest es nicht schaffen.« Noch immer hatte er den Blick nach draußen gerichtet, und die letzten Worte konnte ich kaum verstehen. »Kein Wunder, wenn man bedenkt, wo du zuvor warst.«

Eine Glutwelle schoss durch meinen Körper, und das Blut rauschte mir in den Ohren.

*Was hatte Isaac gerade gesagt?*

Er wusste, wo ich herkam! Hatte Cornelius Felix mit ihm darüber gesprochen? Oder was wollte er damit sagen? Wo ich zuvor war? Wusste er vielleicht sogar ...«

Ein Zittern breitete sich von meinem Magen im ganzen Körper aus, als mir bewusst wurde, dass ich endlich, nach der langen Zeit, jemanden gefunden hatte, der mir vielleicht Gewissheit geben konnte.

Dass ich nicht selbst darauf gekommen war! Isaac war schon, seit ich denken konnte, im Hause meines früheren Herrn als Medicus tätig gewesen. Es wäre nicht zum ersten Mal, dass jemand, der sich so intensiv um die Menschen kümmerte, Dinge erfuhr, die anderen verborgen blieben.

»Hast du mich schon vorher gekannt?« Ich war kaum in der Lage, meine Frage auszusprechen. »Noch bevor ich ins Haus des Cornelius kam?«

Das Schweigen, das nun entstand, erschien mir so unendlich lange, dass ich beinahe aufhörte zu atmen, aus Angst, ein Wort zu versäumen, falls Isaac sich entscheiden sollte zu sprechen.

Langsam nickte er, und in diesem Moment explodierten gleichzeitig Erleichterung und Panik in mir, es wurde mir schwarz vor Augen, und ich schwankte.

Ich spürte, ich stand so kurz vor einer Antwort nach dem wichtigsten fehlenden Mosaikstein meiner Vergangenheit. Nur deswegen war ich überhaupt in diese verfluchte Stadt zurückgekommen.

»Isaac, was weißt du …?«

»Schscht.« Fürsorglich strich er mir mit seiner furchigen Hand über die Stirn, die von feinen Schweißperlen bedeckt war, als ob ich noch immer fieberte. »Du wirst alles hören, was ich weiß. Das verspreche ich dir. Doch zunächst musst du schlafen.«

Ich wollte protestieren, wollte ihn anbetteln, es mir zu sagen. Jetzt, sofort! Doch etwas in mir lähmte mich und raubte mir den Mut. Hatte ich vielleicht Angst? Angst vor der Wahrheit?

Aus den Augenwinkeln sah ich, wie die Magd sich erhob und Isaac einen dampfenden Becher reichte, der einen herben Geruch verströmte. Ohne Widerstand ließ ich ihn mir von ihm an die Lippen führen und trank.

Meine Gedanken wollten aber nicht von dem lassen, was Isaac gesagt hatte, wollten ihn dazu drängen, weiterzureden. Doch die Mattigkeit oder die Angst vor dem Unbekannten, das ich in Erfahrung bringen würde, war größer.

Also legte ich mich zurück auf die Matratze und rollte mich unter der leichten Decke zusammen.

Isaac setze sich neben mein Lager und fasste nach meiner Hand.

»Ich habe einmal ein Mädchen behandelt. Schön, klug und aufgeweckt, noch keine fünf Jahre alt ...« Isaacs Stimme war leise und eindringlich, und als hätte ihr Klang Macht über mich, zwang sie mich, zu ihm aufzublicken. »Auf den ersten Blick hätte man annehmen können, das Schicksal hätte es gut mit ihr gemeint, sie ausgestattet mit allen Gaben der Natur und einem außergewöhnlich wachen Geist.«

Ich spürte, wie sich meine Augenbrauen zusammenzogen, meine Augen sich verengten, als ich zu verstehen suchte, was er mir sagen wollte. »Und warum war es nicht so?«

»Das Geheimnis ihrer Herkunft. Es stand dem allem im Weg. Niemand wusste, wer sie wirklich war, noch nicht einmal sie selbst. Niemand außer ihrer Mutter. Und die hat vielleicht gut daran getan, über ihr Wissen zu schweigen.«

»Gab es eine Möglichkeit für dieses Kind, sein Geheimnis zu ergründen? Die Spuren ihrer Herkunft ... zu erfragen?«, wollte ich wissen, doch meine Müdigkeit wurde immer größer, und nur undeutlich drang die Antwort zu mir durch.

»Manche Dinge bleiben besser im Verborgenen. Zumindest bis man die Kraft hat, sie zu ertragen. Zwar waltet die Wahrheit in Ewigkeit, doch alles hat seine Zeit, selbst das Suchen und die Erkenntnis.«

Einen Moment lang spürte ich noch den Blick zweier Augen auf mir, dann hörte ich, wie sich Schritte durch die Tür entfernten, der Vorhang fiel zu, und ich war allein. Auf der Schwelle von Vergangenheit und Gegenwart, zwischen Wachen und Schlafen ...

»Darf ich stören, Herr?«

Zögernd blieb ich vor dem Eingang der kleinen Bibliothek stehen, deren Regale mit wertvoll verzierten Schriftrollen bestückt waren. Die abendliche, durch die grün verglasten Fenster hereinfallende Sonne tauchte den Raum in ein unwirkliches Licht.

Salomo stand mit dem Rücken zu mir. Kopf, Schultern und der Rest seines Körpers waren in ein helles Tuch gehüllt, dessen Enden fast bis auf den Boden reichten.

Von einer seltsamen Scheu erfasst, rührte ich mich nicht und lauschte den weichen, kehligen Lauten, die wie ein fremder und gleichzeitig vertrauter Gesang wirkten, der etwas in meinem Inneren berührte und den Hauch einer flüchtigen Erinnerung weckte.

Langsam, ohne Hast, ließ er schließlich das Tuch von seinem Kopf gleiten und wandte sich um, sodass ich sehen konnte, dass beide Seiten des Stoffes mit dunkelbraunen Streifen durchsetzt waren und an den Enden helle Fransen aufwiesen. Salomo faltete ihn vorsichtig zusammen und ließ die Fingerspitzen noch einmal über seine Oberfläche gleiten, als verabschiede er sich ehrfürchtig und fast ein wenig zärtlich.

»Ich wollte nicht stören, Herr«, murmelte ich, den Blick senkend, und spürte, wie mir eine tiefe Röte ins Gesicht stieg. »Dein Vater meinte, es würde mir guttun, mich ein wenig zu bewegen.«

Meine Füße steckten in weichen Ziegenlederschuhen, und über meine Schulter hatte ich eine Decke geschlungen, die mir Martha, die alte Magd, gegeben hatte.

Zum ersten Mal seit dem Überfall fühlte ich mich besser. Der Schwindel hatte nachgelassen, die Prellungen schmerzten nur noch schwach, und eine freudige Anspannung packte mich jedes Mal, wenn ich an Isaacs Worte dachte. Er wusste um meine Vergangenheit, und vielleicht würde sich heute Gelegenheit bieten, ihn danach zu fragen. Nach all den Jahren der Ungewissheit …

Ein Lächeln stahl sich über sein Gesicht, als er meinen Aufzug musterte. Mit einer Handbewegung hieß er mich eintreten.

»Wie ich sehe, weilst du inzwischen wieder im Land der Lebenden.«

»Dein Vater ist ein hervorragender Arzt. Schon als ich ein Kind war, hat er mir oft geholfen.« Vorsichtig kam ich näher, doch noch immer ließ mich diese unbestimmte Scheu in gebührendem Abstand verharren. Unwillkürlich glitt mein Blick zu den Schriften, die genauer zu betrachten ich mir vorerst nicht gestatten konnte.

Merkwürdig. Alles war anders. Zwar kannte ich Salomo seit meiner Kindheit. Er wurde immer in der Gesindeküche bewirtet, während sein Vater sich um kranke oder verletzte Sklaven kümmerte. Er war wenige Jahre älter als ich, und damals hatten wir so ungezwungen miteinander geredet, wie es Kinder eben tun.

Auch später, als er seinem Vater bei der Arbeit zur Hand ging, war er stets freundlich zu mir gewesen. Doch nun hatte sich alles geändert. Er war ein wohlhabender Händler, der kostbaren Schmuck anbot. Ich hingegen war nur eine Sklavin, wenn auch im Hause des Statthalters, und er empfand es vielleicht als ungehörig, wenn ich so offen das Wort an ihn richtete.

»Und du hattest schon als Kind eine zähe Natur.« Mit der Hand wies Salomo an, mich zu setzen, doch ich schüttelte den Kopf, da ich es vorzog, in seiner Gegenwart zu stehen.

»Früher warst du nicht so schüchtern.« Noch immer war sein Tonfall freundlich, seine Züge weich, und erst jetzt wurde mir bewusst, welch schöner Mann er war, mit seinen schwarzen Locken, dem bronzefarbenen Gesicht, den dunklen Augen und den hohen Wangenknochen, die sich unter dem kurzen Bart abzeichneten. Dem leicht spöttischen Lächeln auf seinen Lippen.

Ich erinnerte mich daran, was Prisca, die alte Köchin im Hause des Cornelius, gesagt hatte: dass Iunia, Primus' Verlobte, in Salomo verliebt gewesen war. In diesem Moment bezweifelte ich ihre Worte nicht im Geringsten.

Verlegen wandte ich mich ab, spürte jedoch, wie erneut Hitze in mein Gesicht stieg.

»Dein Vater hat eine große Bibliothek«, sagte ich, das Thema wechselnd, und ließ meine Augen sehnsüchtig über die Regale gleiten, deren Rollen mir in fremden Sprachen etwas zuzuflüstern schienen, sodass es mich all meine Selbstbeherrschung kostete, nicht die Hände danach auszustrecken.

»Ja, mein Vater legt großen Wert darauf, in Schriften zu lesen und sein Wissen zu mehren. Medizinische Traktate, philosophische Werke, aber auch die Weisheit unserer Propheten, das offenbarte Gesetz unserer Väter.«

Ein leises Seufzen entglitt mir, während mich ein bewundernder Schauer durchfloss. Ich hatte davon gehört, dass Bücher und Schriften in der Religion der Juden eine besondere Rolle spielten. Welche Befriedigung musste es sein, in diesen alten Büchern der Weisheit zu stöbern.

Zeitlebens hatte ich nach Erkenntnis gesucht und für viele der unerlaubt ausgeborgten Schriftrollen der alten Philosophen mit Schlägen bezahlt. Hart erworbenes Wissen sozusagen, und nun diese Fülle ...

Ohne dass ich es bemerkt hatte, stand plötzlich Salomo neben mir. »Wissen ist besser als Macht«, sagte er leise, während er mit sicherem Griff eine Schriftrolle herauszog, sich damit an den großen Tisch begab und sie sorgfältig auseinanderrollte. »Also sprach König Salomo.« Ein Lächeln huschte über seine Züge, als er mein fragendes Gesicht sah. »Er war nicht nur ein großer König, sondern auch ein Mann von bemerkenswerter Weltoffenheit. Mein Vater hat mich nach ihm benannt, in der Hoffnung, ich möge etwas von ihm erben.«

Blinzelnd schob ich mir eine Haarsträhne aus dem Gesicht. »Was, zum Beispiel?«

Vorsichtig rollte er die Schrift auf und legte sie vor mich hin. »Vielleicht seine sprichwörtliche Weisheit.«

Mich an Marcellas Worte erinnernd, fügte ich hinzu: »Oder sein Talent im Umgang mit Frauen?«

Salomo zog die Brauen hoch. »Was weißt du denn davon?«

Ich konnte nicht sagen, ob sich die Frage auf die zahllosen Gemahlinnen dieses legendären Königs bezog oder auf sein eigenes Geschick im Umgang mit Frauen – oder was auch immer es war, das Primus ihm zum Vorwurf machte.

»Nicht viel«, gab ich wahrheitsgemäß zurück und suchte nach einer Antwort, die beide Möglichkeiten umfasste, »man hört nur so manches.«

»So?« Salomo schmunzelte. »Was hört man denn so … über die Frauen und über mich?« Seine Stimme war warm, verlockend und ein klein wenig spöttisch. Kein Wunder, dass Iunia sich von ihm angezogen gefühlt und ihm nachgetrauert hatte. Noch dazu, wenn die Alternative ein Mann wie Cornelius Primus darstellte, der weder schön noch zuvorkommend genannt werden konnte.

Schnell schlug ich meine Augen nieder, als wären darin meine Gedanken zu lesen. »Man sagt, du hättest im Hause der verstorbenen Iunia Curmilla für einige Unruhe gesorgt.« Ich machte zwei Schritte auf die Regalwände zu und fuhr vorsichtig mit meinen Fingern an den Etiketten vorbei, die Autor und Werk anzeigten. Da waren Schriften über Pflanzen, Kräuter und deren Wirkung, die Werke griechischer Philosophen, römischer Gelehrter und Literaten, aber auch viele andere in hebräischer Schrift, die ich nicht entziffern konnte. Dass ich sie nicht verstehen konnte, machte sie umso geheimnisvoller. Es konnte sich sowohl um Beschreibungen von Krankheitsbildern und Heilmethoden, Schriften über jüdische Riten und Vorschriften als auch um Texte über Magie und Dämonen sowie deren Austreibung handeln. »Dass du der Tochter des Hauses mehr Aufmerksamkeit geschenkt hast, als es sich ziemt«, fuhr ich fort, ohne die Stimme zu heben. »Noch dazu, da sie mit Primus Cornelius verlobt war.«

Als ich mich wieder zu Salomo umwandte, sah ich, dass sein Lächeln plötzlich verblasst war, als hätte ich den Finger in eine Wunde gelegt. »Ich denke, in diesem Punkt bist du falsch informiert. *Sie* hat mir ihre Aufmerksamkeit geschenkt. Nicht umgekehrt.«

Einen Moment lang fragte ich mich, ob dieser Unterschied von Belang war, doch ich schwieg und heftete meinen Blick wieder auf die Schriftrollen, allerdings mehr aus dem Wunsch heraus, Salomo nicht in die Augen sehen zu müssen.

»Hast du diese erwidert?« Ich blickte nicht auf, rührte mich nicht, während meine Worte schwer und drückend in der Luft hingen.

»Nein.« Er zögerte. »Obgleich sie eine schöne Frau war. Und sehr einsam ...«

Erschrocken wurde mir bewusst, was ich mir gerade herausgenommen hatte. Jemand wie ich, noch dazu in seinem Haus.

Hastig wandte ich mich ab, ging zur anderen Seite des Raums. »Verzeih mir bitte, Herr. Es steht mir nicht zu, so etwas zu fragen. Es war ... ungehörig.«

Irgendwie fiel es mir schwer, ihm gegenüber so distanziert sein zu müssen. Noch immer sah ich uns als Kinder in der Küche auf einem Schemel sitzen, während sein Vater Patienten behandelte, und Prisca, die uns Stückchen gebackener Äpfel zusteckte.

Seltsam diese Vertrautheit, nach all der Zeit, die Jahre, in denen wir uns nicht mehr gesehen hatten. Nach alldem, was zwischenzeitlich passiert war.

»Wie gut kennst du unsere Familie, Invita?«

Ich fuhr leicht zusammen, als Salomo meinen Namen aussprach, und blickte ihn nicht an, als ich ihm antwortete. »Ich war nicht oft hier zu Gast. Dein Vater kam meist zum Hause des Dominus ...«

»Mein Vater hatte viele Patienten, überall in der Stadt. Doch hin und wieder sprach er von dir.«

»Von mir?« Unwillkürlich fuhr ich herum, traf seinen Blick. Er war ernst, und ich spürte, dass Salomo die Wahrheit sagte.

»Was hat er erzählt?«, brachte ich schließlich hervor. Und wieder erinnerte ich mich an Isaacs Worte: *... wenn man bedenkt, wo du zuvor warst.* Was wusste er von mir? »Woher kennt dein Vater mich?«

»Nun«, erneut flog der Anflug wohlwollenden Spotts über sein Gesicht, »natürlich davon, dass er dich regelmäßig behandeln musste, wenn du wieder etwas angestellt hattest und dafür bestraft wurdest.«

Die Hitze in meinen Wangen vertiefte sich. »Das meine ich nicht.« Ich suchte nach den richtigen Worten, ohne albern oder aufdringlich zu klingen. »Weiß er noch mehr über mich? Wo ich herkomme, wer ich bin ...?«

»Darüber spricht er nicht mit mir. Nicht über das Privatleben seiner Patienten.« Beinahe entschuldigend zog er die Augenbrauen hoch. »In diesem Punkt hält er es mit Rabbi Akiba, der sagte: ›Schweigen ist ein Zaun um die Weisheit.‹ Mein Vater weiß Geheimnisse zu wahren, die man ihm anvertraut hat.«

*Geheimnisse.* Unwillkürlich zuckte ich bei diesem Wort zusammen. Blut rauschte in meinen Ohren. »Meinst du ...« Ich zwang mich dazu, ruhig zu sprechen, mir das Chaos nicht anmerken zu lassen, das seine Worte in meiner Seele angerichtet hatten. »Meinst du, er wäre bereit, mit mir darüber zu reden?«

Salomo lächelte wieder. »Gewiss. Du musst ihn nur ...«

Ein lautes Klopfen ließ Salomo innehalten.

Einen kurzen Moment lang traf mich der Blick seiner dunklen Augen.

Polternde Schritte kamen näher, eine Magd stieß einen erstickten Schrei aus. Eine Tür wurde krachend zugestoßen, und irgendwo im vorderen Teil des Hauses schien etwas zu zerbrechen.

Er umfasste mein Handgelenk, zerrte mich aus der Mitte des Raums.

»Versteck dich, los, versteck dich!«

Salomos Stimme klang heiser und gepresst, ließ jedoch keine Widerrede zu.

Noch ehe mein Verstand in der Lage war, die ganze Situation zu erfassen, hatte Salomo mich am Arm gepackt und hinter einen Schrank gezogen, wo er mich hastig zu Boden drückte. Keinen Augenblick zu früh, denn kaum hatte er sich von mir abgewandt, flog mit einem lauten Knall die Tür auf. Von meinem Versteck aus sah ich, wie sich drei Bewaffnete – Männer der Stadtwache, wie ich erkannte – in den Raum drängten und mit wenigen Schritten Salomo umringten, der mit hängenden Armen und geballten Fäusten dastand.

»Keinen Schritt weiter, oder du bist tot!«, fauchte der erste von ihnen, während er mit gezogener Waffe langsam auf Salomo zukam, der ihn zwar anblickte, jedoch keinen Schritt zurückwich.

Mein Herzschlag ließ mich erbeben, trieb mir rote Schwaden vor die Augen, und ich war sicher, dass die Männer, wenn sie auch nur einen Augenblick still waren, das verzweifelte Hämmern aus meiner Ecke hörten mussten oder mein keuchendes Atmen, das sich nicht unterdrücken ließ, auch dann nicht, als ich meine Hand auf den Mund presste und meine Zähne in die Handballen grub.

Ich hörte, wie ein weiterer Soldat seine Waffe blankzog, dann harte Schritte auf dem Fußboden.

»Du bist festgenommen, Jude, wegen des Mordes an der Tochter des ehrenwerten Quintus Curmillus!«, bellte eine Stimme.

»Wegen Mordes?« Salomos Antwort blieb in der Luft hängen, und noch immer in meinem Versteck eingekauert, wusste ich, wie sein Gesicht jetzt aussehen musste. Überrascht und erschrocken zugleich.

Ich krümmte mich fester zusammen; nur noch ausschnittsweise konnte ich das Geschehen durch einen Spalt beobachten.

Der Wachmann schlug Salomo hart mit der Rückseite seiner Hand ins Gesicht. Sein Kopf schlug zurück, und ein Rinnsal dunklen Blutes tropfte ihm aus der Nase, welches er mit einer zitternden, aber beherrschten Bewegung wegwischte.

Verzweifelt erstickte ich einen Schrei, um mich nicht zu verraten. *Lass sie mich nicht entdecken, bitte! Lass nicht zu, dass sie Salomo etwas antun!* Aber an wen sollte ich mich mit diesem stummen Gebet wenden? An Minerva oder Hermes, den Gott der heimlichen Dinge, an den Gott der Philosophen, mit dem ich es hielt, oder den seltsamen Gott von Salomos Volk, der mir fremd war und dessen Handlungen ich so wenig verstand, der jedoch sein Volk genauso wenig zu Hilfe kam wie alle anderen Götter ihren Anhängern.

Salomo leistete keinen Widerstand, als ihn die Wachen mit einem Stoß in Richtung Tür trieben.

»Und wo ist dein Vater, der Hexenmeister?«, bellte einer der Wachen.

Salomo antwortete nicht.

»Du und du«, rief der Mann den Umstehenden zu, »ihr sucht den alten Giftmischer, während ich mich mit dem hier über den unterschlagenen Schatz seines aufrührerischen Königs unterhalten werde, he?«

*Er meint den Schatz Salomos!*, schoss mir durch den Kopf. Also existierte er doch; offensichtlich wusste jeder in der Stadt davon. Nur, wie hing dieser sagenumwobene Schatz mit den Morden zusammen, die Salomo zur Last gelegt wurden, dem Mord an der Sklavin und dem an Iunia …?

»Ich kann dir versichern«, vernahm ich Salomos mühsam beherrschte Stimme, »hier gibt es nichts, was nicht legal erworben wurde. Das gilt ebenso für die Ware in meinem Laden als auch für die Heilmittel meines Vaters. Ich … ah!«

Ein weiterer Schlag brachte ihn zum Verstummen, und ein Würgen, verursacht von Übelkeit und Angst, überkam mich, während ich in meiner Ecke kaum noch zu atmen wagte. Was würde geschehen, wenn sie mich hier fanden? Die blaue Tunika würde mich auf den ersten Blick als Sklavin des Statthalters verraten, und dann führte der direkte Weg von mir zu Marcella. Wenn offenkundig wurde, dass sie von meinem Verbleib in diesem Hause wusste, ja, sogar dafür bezahlt hatte, dass Isaac mich bei sich aufnahm, was würde der Statthalter dazu sagen? Nicht auszudenken …

»Den Alten nehmen wir mit. Sicher hat auch er seine dreckigen Hände im Spiel!«

»Mein Vater?« Jetzt schien wieder Leben in Salomo zu kommen. Obgleich er nur leicht die Stimme hob, klangen die Worte fast wie ein Aufschrei. »Er ist ein alter Mann, er hat nichts …«

»Schweig!«

In meinem Versteck hörte ich die Wucht eines Schlages, den dumpfen Aufprall eines Körpers auf die Wand.

Ich biss mir in die Handballen, um ein Aufstöhnen zu unterdrücken, das mich zwangsläufig verraten hätte.

Von überallher schienen jetzt Schritte um mich zu hallen. Die Wachen, die Isaac suchten. *Isaac!* Bei allen Göttern, was warfen sie ihm denn vor?

Ein Poltern von der anderen Seite ließ mich hochzucken.

»Wir haben den Alten!«, ertönte eine Stimme. »Er war wie üblich mit seiner Giftmischerei beschäftigt.«

»Gut!« Diese Auskunft schien den Schinder von Salomo abzulenken. »Wir bringen beide zum Aedil. Und du …«, wieder wandte er sich an Salomo, »du wirst uns schon noch sagen, wo du das ganze Gold versteckt hältst ... Komm schon!«

Klirrendes Metall, trampelnde Schritte. Dann krachte die Tür zu. Der Spuk hatte ein Ende, und ich war allein in einer erdrückenden Stille.

# KAPITEL XVIII

Eine Ewigkeit, wie mir schien, verharrte ich so in meinem Versteck, halb an die Wand gepresst, halb auf dem Fußboden zusammengekauert.

Es war wie in einem Albtraum. Nur, dass es bittere Wirklichkeit war.

Steifbeinig und mit zitternden Gliedern erhob ich mich. Einen Moment lang wurde mir schwindlig. Ich musste mich abstützen, doch schließlich gelang es mir, selbständig, wenn auch ein wenig schwankend, zu stehen.

Hastig blickte ich mich um. Niemand war zu sehen. Von draußen drang das Stimmengemurmel der Passanten herein, dennoch hatte ich das Gefühl, mich in einer lautlosen Stille zu bewegen.

Von irgendwo aus dem Haus war ein gedämpftes Schluchzen zu vernehmen. Ohne darüber nachzudenken, was ich tat, ging ich der Quelle des Geräuschs nach und kam in die Küche. Martha, die füllige Magd, saß mit vors Gesicht geschlagenen Händen auf einem Schemel und weinte, während ein Mädchen von vielleicht zwölf Jahren hastig die Scherben zusammenräumte. Kurz trafen sich unsere Blicke; meine eigene Verzweiflung spiegelte sich in ihren Augen. Ich erkannte, dass ich hier nichts tun konnte. Nicht in diesem Augenblick.

Mit pochendem Herzen stürzte ich aus dem Haus. Sonnenlicht und Lärm brachen über mich herein, Farben und Gerüche. Hektisch blickte ich nach rechts und links, doch von Salomo, seinem Vater oder den Wachen war nichts mehr zu sehen.

Ich wusste weder, wo man sie hingebracht hatte, noch, wer für die Verhaftung verantwortlich war.

Szenen wie im Fieber stiegen in mir auf, Bilder aus meiner Kindheit. Isaac, der sich über mich beugte, dessen faltige Hand ein feuchtes Tuch auf meine Stirn legt, während er mir leise Worte zuflüsterte. Der Medicus, der sich eines Sklavenmädchens annahm, das …

Ich musste wissen, was sie mit ihm vorhatten. Mit ihm und seinem Sohn. Und es gab nur einen Ort, wo ich etwas Wichtiges in Erfahrung bringen konnte.

Mit eiskalten Fingern raffte ich meine Tunika und drängte mich durch die Menge zur Statthalterresidenz.

Schon nach wenigen Schritten drehte sich mir der Kopf. Blut hämmerte in meinen Ohren, und meine Sicht war verschwommen von dunklen Schlieren und in allen Farben explodierenden Blitzen. Wie eine Ertrinkende rang ich nach Luft, kämpfte um Orientierung. Zwar mochte ich in der Lage sein, wieder auf eigenen Beinen zu stehen, aber die Nachwirkungen des Überfalls am Fluss waren immer noch zu spüren.

Keine Zeit. Wie von selbst setzten sich meine Füße in Bewegung, wurden meine Schritte schneller. Das schweißfeuchte Gewand flatterte um meine Knöchel, während meine Sandalen über den von der Sonne aufgewärmten Boden flogen.

Die Gesichter der Menschen, ihre bunten Kleider waren nur farbige Flecke vor meinen Augen. Wie Traumbilder zogen die Häuserzeilen an mir vorbei, hell getünchte Wände, mit Graffiti verschmierte Fassaden, Wäschestücke, die flatternd in der Sonne bleichten. Ein Kübel Wasser wurde neben mir aus dem Fenster entleert und traf klatschend auf dem Boden auf. Einige Tropfen trafen meinen nackten Arm, doch ich bemerkte es kaum.

In meinem Geist stiegen Bilder auf.

Bilder von einer Gestalt, die niederkniete, den Hals vorgestreckt, die Augen geschlossen. Die Klinge eines Schwertes blitzte auf und verwandelte sich dann in den leuchtenden Stern, der über meinen Albträumen glühte.

Atemlos stolperte ich weiter, nicht in der Lage, die Bilder zu vertreiben, die Dämonen zu bannen, die über mich herfielen.

Mit letzter Kraft erreichte ich die Statthalterresidenz. Ich wusste nicht, wie ich hierhergefunden hatte. Die Erinnerung an den Weg zerfloss, wich dem Grauen.

Stolpernd eilte ich die Treppe hoch, wies die Wachen an, mich zur Herrin vorzulassen. Sie traten beiseite, und ich konnte passieren. Die Kühle des Flurs schlug mir entgegen. Schockartig richteten sich die Härchen über der schweißfeuchten Haut auf.

Ich begann zu zittern. Unsicher setzte ich einen Fuß vor den anderen, hinauf zu Marcellas Gemach.

Die Panik niederkämpfend, klopfte ich, doch es kam keine Antwort. Ich wartete einen Moment, klopfte erneut, und obgleich es mir nicht zustand, öffnete ich die Tür.

Der Raum war leer.

Meine Augen flogen über das sorgfältig gemachte Bett, den verlassenen Korbsessel, die mit kunstvoll gearbeiteten Kupferverzierungen ausgestattete Holztruhe. Staubkörner tanzten im schräg hereinfallenden Abendlicht.

Ohne nachzudenken, schloss ich wieder die Tür und wirbelte auf dem Flur herum.

Wo konnte Marcella sein?

Bei allen Göttern, ich musste mit ihr reden. Sie war die Einzige, die helfen konnte, die helfen *würde*, ein gutes Wort bei ihrem Vater einzulegen. Wo konnte ich sie finden?

Ziellos setzte ich mich in Bewegung.

Die von den Decken herabhängenden Lampen brannten noch nicht, die Sonne stand schon etwas schräg.

Wie spät war es eigentlich?

Meine zitternden Beine trugen mich zur Bibliothek.

Kein Laut war durch das Holz der Tür zu vernehmen, doch wo sonst sollte sich die Herrin um diese Uhrzeit aufhalten? Sie, die so wenig Kontakte pflegte?

Wieder überfiel mich die Erinnerung an das Rasseln der Waffen, das Dröhnen der Stiefel, als sie Salomo und Isaac abführten. An den verzweifelten Blick des Mädchens in der Küche.

Ohne nachzudenken, riss ich die Tür auf und trat ein.

*»Domina ...?«*

Kaum hatte ich diese Worte ausgesprochen, blieb ich so abrupt stehen, als sei ich gegen eine Wand gerannt.

»Dann ist also so weit alles geklärt, Legatus. Ich bin dir dankbar, nein, die Stadt ist dir dankbar, dass du unseren Wünschen entsprochen hast, den ...«

Das waren die letzten Worte die ich vernahm. Dann, durch mein plötzliches Eintreten unterbrochen, wandten sich der Statthalter, Aelius Misenus und Cornelius Felix zu mir um und blickten mich einige Herzschläge lang in stummer Überraschung an.

Erst in diesem Moment wurde mir bewusst, was ich getan hatte. Mein Blick ging von einem zum anderen. Hastig, beinahe panisch flog mein Blick durch den Raum.

Marcella war nirgends zu sehen. Stattdessen war ich in eine private Unterredung des Statthalters hineingeplatzt.

*Bei allen Göttern!*

Hitze und Kälte schossen mir gleichzeitig durch den Körper, während ich sprachlos vor Entsetzen dastand.

*Felix. Misenus. Der Schuldbrief. Der Schatz des Tempels. Salomo.*

Lauter Worte, die in meinem leeren Kopf widerhallten, als gäbe es irgendeinen Zusammenhang, den ich längst hätte erkennen müssen, doch einfach nicht begreifen konnte.

Es war der Statthalter, der als Erster das Schweigen brach. »Was suchst du hier?«, fragte er leise. Seine Stimme wirkte beherrscht, doch klang ein scharfer Unterton mit. »Ich habe Gäste, siehst du das nicht?«

Noch immer unfähig, darauf zu antworten, bemerkte ich Cornelius Felix' erstaunten, ja beinahe ungläubigen Blick, der so aussah, als hätte er gerade ein Gespenst gesehen.

»Du?«, entfuhr es ihm, bevor ihm bewusst wurde, dass es ihm nicht zustand, im Hause des Statthalters etwas Derartiges zu äußern. Dann räusperte er sich, und begnügte sich damit, seinen Blick von mir zum Statthalter gleiten zu lassen und dann wieder zurück.

Das jedoch brachte Leben in mich. Ich verbeugte mich, so tief ich konnte. »Entschuldige, Herr!«, stammelte ich. »Ich bin auf der Suche nach der Domina Marcella. Ich konnte sie in ihrem Zimmer nicht finden, und da dachte ich, sie sei hier. Ich wollte nicht stören, bitte verzeih.« Krampfhaft suchte ich nach Worten, während ich meine kalt gewordenen Finger miteinander verknetete. »Ich habe ihr etwas Wichtiges mitzuteilen.«

Wieder entstand ein eisiges Schweigen, und beinahe konnte ich sehen, wie es hinter der Stirn des Statthalters arbeitete, als überlegte er, wie er reagieren sollte. Bei einer wichtigen Besprechung gestört zu werden, vor den Honoratioren der Stadt, das konnte er nicht einfach ignorieren. Doch er wusste, dass ihm mit mir die Leibsklavin seiner Tochter gegenüberstand, die Marcellas besonderes Vertrauen besaß.

Sein aristokratisches Gesicht wirkte unbewegt. »Geh jetzt und lass mich mit den Herren allein. Du wirst später von mir hören.«

Ohne mich eines weiteren Blickes zu würdigen, wandte er sich wieder Misenus zu. »Ich möchte, dass du die Verhöre leitest. Die Angelegenheit ist äußerst heikel und von großer Bedeutung …«

Mehr hörte ich nicht. Rückwärts verließ ich den Raum und zog mit klammen Fingern die Tür zu.

Dann stolperte ich atemlos zum Gemach der Herrin.

Allein saß ich neben Marcellas Bett auf dem Marmorboden. Den Rücken an die Wand gelehnt, die bis zum Kinn angezogenen Beine mit den Armen umschlungen, den Kopf zwischen die Knie vergraben.

Was hatte ich getan? Was würde jetzt mit mir geschehen?

Mit pochendem Herzen hielt ich die Augen geschlossen und ahnte mehr, dass die Zeit verrann, als dass ich es spürte.

Auch wenn Marcella immer gut zu mir war und sich auch ihr Vater darum bemühte, gerecht und milde zu sein. So etwas würde er in seinem Haus nicht dulden. Er hatte einen Ruf zu wahren, das Ansehen seiner Stellung …

Ein Klopfen ließ mich zusammenzucken. Ich fuhr hoch, und erst jetzt sah ich, dass die Sonne hinter dem Horizont versunken war, Marcellas Zimmer in abendlicher Dämmerung lag.

Wieder klopfte es kurz, dann wurde die Tür geöffnet.

Arius, der Hausverwalter, trat durch die Öffnung ins Zimmer. Seine in Sandalen steckenden Füße blieben unmittelbar vor mir stehen.

Ich war nicht in der Lage, den Kopf zu heben, ihm das Gesicht zuzuwenden. Angst hielt mich in ihren Klauen gepackt und machte es mir unmöglich zu atmen. Schon einmal war ich dafür ausgepeitscht worden, dass ich in eine Feierlichkeit des Statthalters geplatzt war. Doch zumindest so etwas würde Marcella diesmal zu verhindern wissen …

»Da bist du also«, sagte er kurz. »Der Statthalter schickt mich. Er sagt, du hättest heute auf unerhörte Weise ein wichtiges Gespräch unterbrochen.«

Die Kälte kroch weiter meinen Rücken hinauf, umhüllte meine Schulter, packte meinen Nacken.

»Deswegen schickt er mich, um eine Strafe zu bestimmen, die dem Vergehen angemessen ist.« Er unterbrach sich, und auch ohne aufzusehen, wusste ich, dass sein Blick mich sondierte. »Eine Strafe allerdings, die deine Arbeit bei der Herrin nicht beeinträchtigt.«

Ein klein wenig atmete ich auf. Allzu schlimm dürfte es dann nicht ausfallen, oder?

Arius runzelte die Stirn: »Daher denke ich, es gibt nur eine Art, dich angemessen zu bestrafen: In den Unterlagen über dich steht, dass du ein Contubernium mit dem Heizsklaven namens Flavus führst …«

Mein Herz setzte aus, als er den Namen aussprach, doch ich nickte.

»Gut, von nun an wirst du ihn nicht mehr sehen. Es ist dir verboten, mit ihm zu sprechen, dich ihm auch nur zu nähern. Ich weiß, dass er in den nächsten Tagen hier ankommen wird; es ist zu spät, das noch zu unterbinden. Dir jedoch ist es nicht gestattet, ihn auch nur anzusehen. Hast du verstanden?«

Das Entsetzen war so vollständig, dass es mir die Stimme versagte. Ich konnte nichts anderes tun, als Arius ungläubig anzustarren, den Mund leicht geöffnet, die Hände zur Faust geballt.

»Hast du mich verstanden?«

Tränen schossen mir in die Augen. Ich gab mir einen Ruck.

*»Ja.«*

Mehr brachte ich nicht hervor.

»Also, denk an meine Worte. Du hast es dir selbst zuzuschreiben.«

Ohne mir einen weiteren Blick zu gönnen, wandte er sich ab und verließ den Raum. Das Zuschlagen der Tür besiegelte das Urteil.

Längst hatte ich jedes Zeitgefühl verloren. Es war mir gleich. In stummer Verzweiflung sehnte ich mir die Nacht herbei, mit ihrer Dunkelheit und Schwärze. Dem Hauch des Vergessens.

Irgendwann, ich konnte nicht sagen, wie spät es war, öffnete sich die Tür. Leise Schritte auf weichen Sohlen, ein Lichtschein fiel herein.

Wie aus einem Albtraum erwachend, fuhr ich auf.

»Herrin?« Ein heiserer, hoffnungsvoller Aufschrei. Leicht schwankend stand ich auf, nahm Marcella die Öllampe ab, stellte sie auf einen kleinen Tisch. Dann ließ ich mir ihren Mantel geben, den ich sofort zusammenlegte.

»Invita? Seit wann bist du wieder hier?« Ihr Gesicht war blass und müde.

»Wo warst du gewesen, Herrin?« Es war nicht mehr als ein Flüstern.

Ihre zierliche Hand ergriff meine und drückte sie kurz. »Hat mich irgendjemand vermisst?«, fragte sie leise.

Siedend heiß fiel mir ein, dass ich dem Statthalter gesagt hatte, ich habe Marcella nicht in ihrem Zimmer finden können. Aber sicher hatte dieser andere Dinge im Kopf, als sich daran zu erinnern.

»Ich glaube, nicht«, sagte ich vorsichtig und machte mich daran, zwei weitere Öllampen anzuzünden und Marcella ihren Korbsessel hinzuschieben, in den sie sich erschöpft gleiten ließ. Dann bückte ich mich, um ihr die Lederriemen der Schuhe zu lösen und ihr herauszuhelfen.

»Ich war bei meinen Glaubensbrüdern hier in Divodurum.«

»Du warst *wo?*« Erschrocken hielt ich in der Bewegung inne und starrte sie an, den linken Schuh noch immer zwischen meinen Händen. »Aber, ganz allein? Das … das ist gefährlich, Herrin. Wenn dich jemand gesehen hätte.«

»Darum konnte ich auch niemandem sagen, wohin ich ging.« Mit einem kaum hörbaren Aufseufzen streckte sie die Füße aus. »Mach dir keine Sorgen. Sie kümmern sich um die Flüchtlinge, versorgen sie mit Nahrung. Es tat gut, sie zu sehen, an ihrer Versammlung teilzunehmen, das Brot zu brechen, die Worte zu hören. Dort …«

Sie unterbrach sich und zog eine kleine Schriftrolle aus der Tunika, die sie mir vorsichtig reichte. »Bitte verwahre sie gut für mich, Invita. Sie bedeutet mir viel.«

»Sicher, Herrin.« Ohne weiter nachzufragen, nahm ich die Schriftrolle aus ihrer Hand entgegen und beeilte mich, sie in ihrer Holztruhe zu verstauen. Die Scharniere knarrten leise, als ich den Deckel wieder schloss.

Ich wusste, was es war. Ein Text aus den heiligen Schriften der Christen. Für Marcella war es riskant, diese hier in ihrem Zimmer aufzubewahren. Noch dazu, wo ihr Vater gerade unter beträchtlichem Druck der Öffentlichkeit stand.

Unbehaglich wand ich mich. Das Gespräch, in das ich hineingeplatzt war, stand mir noch vor Augen. Einen Augenblick kämpfte ich einen inneren Kampf. Sollte ich Marcella davon erzählen und von der Strafe des Hausverwalters, die mich von Flavus trennte, auf unbestimmte Zeit? Sollte ich sie in dieser Sache um Hilfe bitten?

Ein besorgter Ausdruck glitt über ihr Gesicht. Mir wurde bewusst, wie ich aussehen musste, mit wirrem Haar und verschwitzter Tunika von meinem wilden Lauf durch die Stadt. Sicher war ich noch blass im Gesicht und hatte Ringe unter meinen vom Weinen geröteten Augen.

»Ich habe dich noch gar nicht gefragt, wie es dir geht«, ergriff Marcella wieder das Wort. »Wieso bist du nicht mehr im Hause des Isaac?«

»Ach, Herrin!« Meine privaten Sorgen musste ich in den Hintergrund schieben und drängenderen Problemen den Vorrang geben. »Sie haben Isaac und seinen Sohn verhaften lassen.«

»Was sagst du da?« Marcella richtete sich auf. »Wer hat das veranlasst?«

»Ich weiß es nicht. Es war die Stadtwache, doch ich bin mir nicht sicher, wer sie geschickt hat, obgleich ich einen Verdacht habe.«

»Unter welcher Anklage.«

Ich musste mich räuspern, um zu antworten. »Mord. An Iunia Curmilla.«

Schwer ließ sich Marcella in den Sessel zurücksinken. Niemand von uns sprach ein Wort.

»Sie sind unschuldig, Herrin«, fuhr ich nach einer Weile mühsam beherrscht fort, »doch ob sie bei diesen Anklagen ihre Unschuld auch beweisen können?« Gegen all diese Verleumdungen von Männern, die Isaac und seinen Sohn tot sehen wollten, aus welchen Gründen auch immer. »Herrin, ich kenne Isaac seit meiner Kindheit.« *Und er kennt mich*, hämmerte es in meinem Kopf. *Er weiß Dinge über mich, die mich Zeit meines Lebens umgetrieben haben.* »Und Salomo ebenfalls. Sie dürfen nicht sterben. Sie haben nichts getan.«

Wieder entstand ein langes Schweigen.

»In Zeiten von Krisen und Gefahr«, Marcellas Worte waren so leise, dass ich zunächst nicht bemerkte, dass sie sprach, »suchen Menschen oft nach einem Sündenbock, nach jemandem, dem sie die Schuld an allen möglichen Missständen anlasten können. Jemand, durch dessen Tod oder Vertreibung sie ihre eigene Angst besiegen können …«

Ich sagte nichts, hörte nur wie gebannt zu.

»Immer gab es Gruppen und Völker, von denen sich das Imperium bedroht fühlte und die es daher zu bekämpfen und zu unterjochen galt. Die Karthager, die Barbaren des Nordens … Später waren es auch die Christen – wie du sicher weißt –, denen man die Schuld für Fehlschläge und Misswirtschaft gegeben hat. Sie verweigern den Göttern Roms ihre Ehrerbietung, schädigen damit, wie allgemein behauptet wird, Staat und Gesellschaft. Was das bedeutet, haben viele meiner Glaubensbrüder und -schwestern am eigenen Leib erfahren.«

Ich wagte nicht zu atmen. Nie zuvor hatte sie mit mir darüber gesprochen. Über die Vorurteile, unter denen die Christen zu leiden hatten, die Verfolgungen, denen sie ausgesetzt waren.

»Mir scheint, das Römische Reich in all seiner Macht und Größe, seiner Toleranz in Lebensweise und Religion fühlt sich irgendwie bedroht von dem Glauben an etwas, was seine eigenen beschränkten Vorstellungen übersteigt. Mit dem Hass auf die Juden hat es angefangen. Und vom Tempel in Jerusalem stehen heute nur noch Trümmer.«

*Der Tempel in Jerusalem.*

Wo lag dieser Ort überhaupt?

*Der Schatz Salomos.*

»Man sagt, die Juden würden sich mit den Persern gegen Rom verbünden«, brachte ich gepresst hervor. »Manche behaupten sogar, sie hätten bei der Gefangennahme Kaiser Valerians mitgewirkt.«

»Und natürlich wird ihnen vorgeworfen, sie praktizierten ekelerregende Rituale, um die Mächte der Finsternis zu beschwören.« Bitterkeit klang in Marcellas Worten mit. »Das sagt man den Christen auch nach.« Ihre letzten Worte waren kaum hörbar. »Und aufgrund solcher Verleumdungen sind viele der Meinung, dass sie den Tod verdienen.«

Hilflos in meiner Angst stand ich im Halbdunkel vor ihr. »Was kann man dagegen tun?«

Marcella schüttelte schwach den Kopf. »Ich weiß es nicht. Ich werde beten. Morgen früh, vielleicht ...«

Die neu aufkeimende Hoffnung in ihren Worten erschien mir wie ein Versprechen.

Und während ich ihr aus den Kleidern half, ihr Bett aufschlug und alles für die Nacht vorbereitete, wünschte ich mir, ihre Zuversicht im Glauben teilen zu können.

Doch in dieser Nacht verspürte ich in mir nur brennende Leere ...

# KAPITEL XIX

Ich nehme an, es gibt nichts, was ich tun kann, um dich umzustimmen, Vater.« Marcellas Stimme klang ruhig, doch konnte ich spüren, wie viel Mühe es sie kostete, ihre Gefühle zu unterdrücken.

»Nichts«, gab der Statthalter zurück und wandte sich ab.

Eine Zeitlang war nichts zu hören als das dumpfe Summen einer Fliege, die ständig von einer Seite des Raums zur anderen flog.

»Nun gut denn.« Marcellas feingliedrige Hände ballten sich zur Faust. »Du bist mein Vater. Ich werde mich deinem Willen beugen und mich als Gast in das Haus des Aelius Misenus begeben.« Einen Moment hielt sie inne, um sich die nächsten Worte genau zu überlegen oder um für genügend Kraft zu beten, zu ihrer Überzeugung zu stehen. »Aber eines werde ich auf keinen Fall tun: Ich werde nicht den Tempel betreten.«

Ruckartig fuhr der Legatus herum. Man konnte sehen, dass er sich nur mühsam beherrschte. »Dazu wird es keine Veranlassung geben«, sagte er schließlich in unterdrücktem Zorn. »Der Besuch in seinem Hause ist lediglich ein Akt der Höflichkeit, eine gesellschaftliche Verpflichtung.«

»Wenn dem so ist ...«, Marcella machte eine Pause, wie um ihrem Vater noch einmal Gelegenheit zu geben, seine Meinung zu überdenken, »dann nehme ich nun ein Bad.«

Der Statthalter nickte nur. »Ich wusste, dass du mich nicht enttäuschen würdest. Und wenn du zurückkommst, wirst du mir berichten, wie dein Besuch verlaufen ist.«

»Natürlich.« Marcellas Gesicht hatte jede Farbe verloren, als sie sich umdrehte und zur Tür ging. Eilig folgte ich ihr, obgleich ich wusste, dass ich die Letzte war, die die Macht hatte, ihr zu helfen, denn mich hatte der Statthalter keines Blickes gewürdigt.

Die hohe, weißgekalkte Fassade des Hauses ragte vor uns auf wie das Tor zur Unterwelt. Ein leichter Schauder überlief mich, unwillkürlich ging mein Blick zu Marcella, die mir stumm gegenüber saß und die Augen geschlossen hatte.

Schlimm für sie, dass sie das Haus eines Priesters betreten musste, der ein Feind ihrer Religion war und ihre Glaubensbrüder dem Henker auslieferte. Schlimm auch für mich, bei gesellschaftlichen Besuchen eine gute Miene machen zu müssen, während zwei meiner ältesten Freunde gefangen gehalten und vielleicht schon gefoltert wurden. Und an Flavus, der gewiss schon unterwegs nach Divodurum war und bald hier eintreffen würde, an Flavus, den ich nicht ansprechen, nicht berühren, dem ich nicht einmal in die Augen sehen durfte, an ihn wagte ich gar nicht erst zu denken. Doch allein schon *nicht* an ihn zu denken gab mir einen Stich ins Herz.

Der Wagen hielt. Eilig öffnete ich die Tür, sprang heraus und reichte Marcella die Hand, um ihr beim Aussteigen behilflich zu sein. Ihre Finger waren kalt wie Eis.

*Wie ein Lamm, das zur Schlachtbank geführt wird*, schoss es mir durch den Kopf.

Zwei Schritte, dann standen wir vor dem Eingangstor, und der Benefiziarier, der uns begleitete, betätigte den Türklopfer, als hätte er vom Statthalter persönlich die Anweisung erhalten, die junge Herrin wohlbehütet im Hause des Sevir Augustalis abzuliefern.

Die Flügel des Portals öffneten sich. Einen Moment lang war es mir, als streift mich ein kalter Hauch. Gänsehaut breitete sich auf meinen Schultern aus. War der Fluch, der immer noch über uns zu liegen schien, uns gefolgt? Doch wahrscheinlich war es nur der Luftzug der sich öffnenden Türen …

Mit einer tiefen Verbeugung, gefolgt von einem respektvoll geflüsterten Gruß, bat der in eine dunkle Tunika gekleidete Ianitor uns herein.

Wortlos nickend schritt Marcella an ihm vorbei und folgte dann dem Vilicus, der sie in das Speisezimmer seines Herrn geleitete. In gebührendem Abstand ging ich hinter ihnen.

Eine stumme, bohrende Warnung flüsterte in meinem Hinterkopf, während ich durch den schattigen, trotz der dicken Mauern schwülen Flur ging und das Gefühl nicht loswurde, dass mich in der Dunkelheit verborgene Augenpaare beobachteten.

Als ich hinter Marcella durch die geöffneten Flügel der hohen Tür die Schwelle zum Triclinium überschritt, kam es plötzlich über mich. Ein Bild, flammend wie ein Blitz und doch so unklar, als würde ich es durch grün getrübtes Fensterglas betrachten.

Ich blieb stehen, versuchte das Bild festzuhalten, doch wie ein Stück Holz, das auf einer stürmischen Welle schwimmt, versank es immer wieder vor meinem inneren Auge, um kurze Zeit später erneut für wenige Momente aufzutauchen.

Ein leichter Stoß ließ mich weitergehen; wohl einer der Hausdiener, der dafür zu sorgen hatte, dass die Begrüßungszeremonie ihren vorgesehen Verlauf nahm.

Was hatte ich gesehen? Angestrengt versuchte ich mich zu erinnern, während ich durch niedergeschlagene Wimpern beobachtete, wie Aelius Misenus in einem bodenlangen, tiefvioletten Gewand, das an den Säumen mit Goldborten verziert war, den Raum betrat und Marcellas Hand ergriff. Er führte sie zu einer Liege, auf der sie Platz nahm.

Es war mir, als ob der Raum pulsierte, erfüllt von einem seltsamen, nicht sichtbaren Licht – gerade so, als versuchten Bilder sich zu vergegenständlichen und unhörbare Stimmen mir etwas zuzuflüstern.

Verstohlen rieb ich mir mit den Fingerkuppen über die Schläfen. Verlor ich allmählich den Verstand? Es wäre kein

Wunder bei den Ereignissen der letzten Tage, den furchtbaren Morden, dem Anschlag auf mich am Flussufer und dem ganzen Gerede von Tempelschätzen, Flüchen und Zauberei. Und doch kam ich von dem Gedanken nicht los, dass ich etwas sehen könnte, begreifen würde, wenn ich nur die Augen öffnete und richtig hinschaute.

Wie in einem Traum beobachtete ich, dass sich auf ein Händeklatschen von Misenus die Türen öffneten und Sklaven mit Tabletts hereinkamen, beladen mit den erlesensten Köstlichkeiten, welche das Imperium trotz der allgemeinen Unruhe immer noch zu bieten hatte.

Eine Idee schoss mir durch den Kopf. Hatte ich vielleicht im Vorübergehen etwas wahrgenommen, ohne dessen Bedeutung zu erkennen?

Vorsichtig wandte ich den Kopf und sah mich im Zimmer um. Da war nichts, was mir irgendwie auffällig erschien. Nur die in vornehmen Häusern übliche Einrichtung eines Speisezimmers, drei gepolsterte Liegen um kleine, zierlich gearbeitete Tische, auf denen die sorgfältig angerichteten und in mundgerechte Stücke zerteilten Speisen dargeboten wurden.

Den Boden zierte ein zweigeteiltes Mosaik, dessen Grundfarbe, ein gebrochenes Weiß, von vorwiegend schwarzen und roten Mustern bedeckt war. Die geometrische Anordnung der angedeuteten Symbole, Mondsicheln, Spiralen und stilisierten Blütenkelche übte auf den Betrachter eine Schwindel erregende Wirkung aus, sodass sich mir nach einer Weile der Kopf drehte.

Die Wände waren mit Motiven aus der griechischen Mythologie bemalt: geflügelte Eroten mit lächelnden Kindergesichtern über einem Bild, das Orpheus in der Unterwelt zeigte, verfolgt von dunklen Schatten, die ihm den Blick auf Eurydike versperrten und mit nebeligen Händen nach ihm zu greifen schienen. Daneben weitere Szenen aus Olymp und Hades, mit Göttern, Titanen und Heroen. Darstellungen von seltsamen mir unbekannten Wesen: Gehörnt und geflügelt erhoben sie sich über Berge, beugten sich über Täler, entstiegen aus Flüssen wie Boten aus einer fremden Welt, einem anderen Leben. Die ganze Rückwand des Tricliniums war mit lebensechten Fresken bedeckt, sodass man sich als Besucher in der Höhle eines Zauberbergs zu befinden glaubte, der von Geschöpfen einer anderen Welt bevölkert war. Das flammende Rot, das alle anderen Farben beherrschte, ließ den Eindruck von lebendigem Feuer entstehen, das sich in den Augen der Wesen gespenstisch widerspiegelte. Für einen Moment erschien es mir, als würden die aus der Zwischenwelt stammenden Geschöpfe aus der Wand heraustreten und mit feurigen Klauen nach mir greifen.

*Reiß dich zusammen!* Ich versuchte, dem Drang zu widerstehen, mich irgendwo festzuklammern, um nach Halt zu suchen. Während sich Marcella auf ihrer Liege ihrem Gastgeber zuwandte, verharrte ich an der Wand und schloss die Augen.

Ein Geruch, kaum wahrnehmbar, drang mir in Nase und Mund, verfing sich im Gewebe meines Gewandes, in den Locken meiner Haare. Wie ein feines Gespinst, der Schatten einer Berührung, kroch er mir übers Gesicht, glitt an meinem Hals entlang, dann den Rücken hinab.

Kalter Schweiß brach mir aus allen Poren, und das panische Bedürfnis zu schreien wurde so übermächtig, dass ich die Augen aufriss, um mich zu vergewissern, dass mich nicht der Schlund des Hades verschluckt hatte, sondern ich mich nach wie vor im Triclinium eines amtierenden Sevir Augustalis befand, nur wenige Schritte von Marcella entfernt. Ich sah, dass sie gerade mit höflichem Nicken einer wahrscheinlich belanglosen Konversation folgte.

Während sich mein Herzschlag langsam beruhigte, fragte ich mich, *was* diese plötzliche Panik, diesen Zustand des Irreseins hervorgerufen hatte. Doch was es auch gewesen sein mochte, es war vorbei, und während ich wieder die Augen über die Fülle der Wandbemalungen gleiten ließ, spürte ich, dass deren Anblick den anfänglichen Schrecken für mich verloren hatte und auch die Kunstfertigkeit des Malers, die mich zunächst derart überwältigt hatte, doch nicht so makellos war, denn ihm war ein grober Fehler unterlaufen. Er hatte die Nymphe, die in ihrer ganzen Schönheit dem Fluss Xanthos entstieg, mit schwarzen Haaren dargestellt, obgleich allgemein bekannt war, dass Xanthe sich durch ihr goldblondes Haar auszeichnete, welches wie das Morgenlicht in den Wolken schimmerte und dem sie ihren Namen verdankte.

Meine künstlerischen Betrachtungen wurden durch das Eintreten eines weiteren Gastes unterbrochen. Claudia Severina, makellos wie immer, das Haar mit elfenbeinfarbenen Nadeln aufgesteckt, den schlanken Körper von einem leichten Gewand aus eisblauer Seide verhüllt, das ihre zarte Figur umschmeichelte.

Wieder fielen mir ihre dunklen, rötlich schimmernden Pupillen auf und die Tatsache, dass es schier unmöglich war, ihr genaues Alter zu schätzen. Ihr hell gepudertes Gesicht konnte ebenso gut einer Dreißigjährigen wie einer Vierzigjährigen gehören. Doch als sie beim Betreten des Speisezimmers Marcella zur Begrüßung die Hand reichte und ihr kurz zulächelte, sah ich, dass sich leichte Falten um ihren Mund bildeten, die verrieten, dass sie die Blüte ihrer Jugend schon seit einigen Jahren überschritten haben musste.

Und noch etwas fiel mir auf, als ich Claudia Severina und Aelius Misenus nebeneinander stehen sah: Sie hatten beide die gleichen unergründlichen Augen. Und in der Art, wie sie da standen und sich bewegten, drückten sie eine Harmonie, einen Gleichklang aus, wie zwei Menschen, die sich schon sehr lange kannten, bis ins Letzte miteinander vertraut waren.

Der offizielle Teil des Abends begann, und die Vilica des Hauses gab mir ein Zeichen, mich mit ihr zurückzuziehen. Ein letztes Mal sah ich zu Marcella hinüber, die sich gerade mit Claudia Severina unterhielt. Dann wandte ich mich um und folgte der Vilica zur Tür des Tricliniums.

Im Gehen streifte mein Blick wieder die Gestalt der Nymphe Xanthe, und plötzlich glaubte ich, die Züge ihres Gesichtes schon einmal gesehen zu haben. Verwirrt blieb ich stehen und betrachtete die wohlgeformten Wangen und nachdenklich blickenden dunklen Augen. Es waren die Züge von Claudia Severina …

»Geh jetzt«, zischte die Vilica leise. »Die Herrschaften wollen unter sich sein.«

Mit sicherem, aber unnachgiebigem Griff schob sie mich nach draußen und führte mich in die Gesindeküche, wo an einem schweren, aus grobem Holz gefertigten Tisch ein paar Bedienstete saßen, welche die abendliche Ruhe nutzten, um ein Schwätzchen zu halten.

Ich war immer noch wie betäubt. Mein Mund wurde trocken, während meine flimmernden Augen durch den Raum flogen, um einen Punkt zu finden, an dem ich mich orientieren konnte.

Die rußgeschwärzte Decke, der festgestampfte Lehm auf dem Boden, der Geruch nach Küche, Bratfett, Kümmel und Kräutern, gemischt mit etwas anderem, etwas Undefinierbarem. Ein Duft, der mir seltsam vertraut vorkam.

Erneut brach mir Schweiß aus allen Poren, als ein inneres Bild vor mir aufstieg, dunkel, schwer und bedrohlich, mehr ein Schatten als eine Gestalt. Für einen Moment senkte es sich über mich und wich dann, als ich danach greifen wollte, um es festzuhalten.

»Na, was ist los?« Ein wenig ungeduldig schubste die Vilica mich weiter, und so nahm ich schließlich mit kurzem Kopfnicken am Tisch Platz. Jemand schob mir einen Becher verdünnten Weines zu, den ich dankbar ergriff und hastig leerte.

Zum Glück schenkte mir niemand sonderlich viel Beachtung, was mir Gelegenheit bot, über meinen Becherrand hinweg den Raum in Augenschein zu nehmen. Akribisch durchforschte ich jeden Winkel der Küche, die gemauerten

Öfen, die Regale mit den einfachen Tonbechern, Tellern und Schüsseln für die Bediensteten, die Feuerstelle, über der ein Kessel hing, in dem etwas leicht vor sich hin köchelte, das schmale, vom warmen Dunst beschlagene Fenster. Nichts Ungewöhnliches, nichts, was erklären würde, weshalb ich noch vor wenigen Augenblicken so aufgewühlt worden war.

Meine Nackenhaare stellten sich auf. Wenn es tatsächlich keine vernünftige Erklärung für die Bilder gab, die mich in letzter Zeit heimsuchten, musste es doch etwas anderes sein … Kräfte der Unterwelt, die mir unheimlich waren, mit denen ich nichts zu tun haben wollte.

Aber weshalb war es ausgerechnet hier so schlimm, in diesem Haus, das ich noch nie zuvor in meinem Leben betreten hatte?

Meine Angst herunterkämpfend, zwang ich mich dazu, für einen Moment die Augen zu schließen, bis sich mein Herzschlag wieder normalisierte.

Nach einer Weile hatte ich mich wieder beruhigt und ließ mir einen weiteren Becher Wein einschenken. Noch immer in Gedanken verloren, atmete ich tief durch.

Ein seltsamer Duft stieg mir in die Nase, der Geruch von Weihrauch, schwer und süß, vermengt mit einem anderen, ähnlich dem, der mir schon zuvor im Triclinium aufgefallen war. Je stärker ich mich darauf konzentrierte, desto durchdringender kam er mir vor.

Weihrauch, hier in der Küche?

Nun gut, das war nicht ungewöhnlich, denn in allen römischen Häusern wurden die Götter verehrt, vor den Gastmählern wurde ihnen im Speisezimmer oder vor dem Hausaltar, dem Lararium, Früchte, Wein und gelegentlich auch Weihrauch dargebracht. Und der Duft hing noch lange in den Wänden und Textilien des Hauses fest.

Doch war dieser Geruch hier irgendwie anders. Ich spürte, dass er mich an etwas erinnerte, aber woran, fiel mir im Moment nicht ein.

»He, du! Ist dir nicht gut, oder was?«

Ziemlich unsanft wurde ich aus meinen Gedanken gerissen, als mich eine Hand am Arm ergriff und energisch schüttelte. Halb unwillig, halb dankbar darüber, dass mich diese Unterbrechung den Klammern des Irrsinns entriss, öffnete ich die Augen und sah in ein sommersprossiges Gesicht, eingerahmt von welligen kastanienbraunen Haaren, die in einem festen Knoten am Hinterkopf zusammengesteckt waren.

»Danke, geht schon. Mir war nur ... ein wenig übel.«

»Hm.« Ein verständnisvolles Kopfnicken war die Antwort, gefolgt von einem Aufwerfen der Lippen. »Viel Arbeit und wenig Schlaf nehme ich an. Du solltest etwas essen.«

Großmütig schob sie mir ihren Teller zu, auf dem sich so viele Brötchen und Kuchenstücke türmten, dass es den Anschein hatte, sie hätte Nahrungsmittel für mehrere Tage gehortet.

Da mein Magen rebellierte, schüttelte ich den Kopf.

»Du gehörst also dem Statthalter.« Durch meine Ablehnung keineswegs gekränkt, stopfte sie sich ein Stück Honigkuchen in den Mund und begann mit vollen Backen zu kauen.

Ergeben nickte ich; es hätte mich auch gewundert, wenn ich nicht an meiner Kleidung erkannt worden wäre.

»Richtig, ich habe dich beim Gastmahl des Duumvirs gesehen, in der Küche«, meinte sie zwischen zwei Bissen. »Du warst im Gespräch mit diesem blonden Mädchen, das recht aufdringlich zu werden schien. Sie soll ermordet worden sein, hab ich gehört.«

Verschwörerisch beugte sie sich zu mir herüber, und erneut stieg Übelkeit in mir auf.

Warum musste sie ausgerechnet davon anfangen?

Schwach nickte ich. »Und du gehörst zum Hause des Misenus?«, fragte ich, nur um das Thema des Gespräches in ein anderes Fahrwasser zu bringen.

»Nein.« Empört schüttelte das Mädchen den Kopf und schluckte dann hastig den letzten Bissen herunter. »Ich gehöre zu Claudia Severina. Ich bin ihre Ornatrix«, fügte sie nicht ohne Stolz hinzu, während sie nach dem gefüllten Weinkrug schielte, der nur eine Armlänge von ihr entfernt stand. »Übrigens, mein Name ist Sedula.«

Wohlwollend streckte sie mir ihre mit Honig bekleckerte Hand entgegen, die ich pflichtbewusst kurz berührte.

Claudia Severina schien ein gern gesehener Gast im Hause des Kaiserpriesters zu sein, und so beschloss ich, die Gelegenheit beim Schopfe zu packen und das geschwätzige Ding ein wenig auszuhorchen.

»Ich habe deine Herrin vor Kurzem kennengelernt. Bei den letzten Spielen erwies sie dem Statthalter die Ehre.« Nur mit Schaudern erinnerte ich mich an diesen Tag, an die Menschen, die in der Arena auf ihre Hinrichtung warteten, die schockierende Nachricht eines weiteren Mordes. »Sie ist wirklich eine Schönheit. Und sicher ist das auch dein Verdienst, als Haarkünstlerin.«

»Könnte sein!« Unverhohlener Stolz klang in Sedulas Stimme mit, während sie ihr Brötchen in den Honigtopf tunkte. Was dazu führte, dass der Tisch mit einigen Klecksen des flüssigen Goldes gesprenkelt wurde, als sie es wieder herauszog. Sie steckte das triefende Brötchen in den Mund, der sich zu einem glückseligen Lächeln verzog, während sie genüsslich kaute. »Sie ist auch eine ungeheuer vornehme Dame. Und sehr reich.«

»Reich?« Zugegebenermaßen hörte ich nur mit halbem Ohr hin, da ich nur mit Staunen zusehen konnte, welch ungeheure Mengen das kleine Ding in sich hineinstopfte.

»Oh ja, sie ist Erbin großer Ländereien vor den Toren von Divodurum, zudem gehört ihr ein Haus in der Stadt und dazu noch …« Die letzten Worte gingen in einem vollmundigen Mampfen unter, das von vereinzelten Lauten des Entzückens begleitet wurde.

»Und ihr Gesinde lässt sie hungern«, gab ich mit einem Seitenblick auf ihre honigverschmierten Lippen und Hände zurück, was mir einen entrüsteten Gesichtsausdruck einbrachte.

»Nein! Man könnte sogar sagen, sie ist zu ihrer Dienerschaft recht großzügig.« Unter bestärkendem Nicken verschwand ein weiteres Stück Brötchen in ihrem Mund. »Keine schlechte Herrin wenn man immer genau das tut, was sie verlangt. Am besten auf der Stelle. Sonst verliert sie schon einmal die Geduld, und dann seien uns die Götter gnädig!« Genüsslich schluckte sie. »Besonders heikel ist sie mit ihren Haaren. Wenn man die nicht sachgemäß behandelt, dann kann sie schon ein wenig ...« Ein kurzes Schlucken unterbrach Sedulas Redeschwall. »... ein wenig ungehalten sein, falls du verstehst, was ich meine.« Mit diesen Worten zog sie die Ärmel der Tunika nach oben und lüftete den Saum ihres Gewandes, um den Blick auf ihre zierlichen milchigweißen Waden freizugeben.

Leicht verschorfte Blutkrusten überzogen den Oberarm, als hätte jemand mit einem spitzen Gegenstand darauf eingestochen, und an ihren sonst makellos glatten Beinen zeichneten sich noch frische Striemen ab, deren hellrote Farbe einen deutlichen Kontrast zu ihrer weißen Haut bildete.

»Zwei fingerlange Haarnadeln, die Waffen einer Dame, um sich gegen unsachgemäße Locken und verbrannte Strähnen zur Wehr zu setzen«, beantwortete sie meine unausgesprochene Frage mit einem beinahe entschuldigenden Lächeln. »Man gewöhnt sich daran und achtet deshalb immer sehr genau darauf, dass das Brenneisen nicht zu heiß ist, glaube mir!«

Schulterzuckend ließ sie ihren Rocksaum fallen und widmete sich dem nächsten Brötchen, das mit leisem Gluckern in den Honigtopf sank.

Mir hatte es die Sprache verschlagen – ob aus Mitleid darüber, dass dieses ungehemmt plappernde und mampfende Wesen mit einer solch launenhaften Herrin gestraft war, oder in Erinnerung an die Gelegenheiten, bei denen ich selbst schon Prügel bezogen hatte, konnte ich nicht sagen.

»Jetzt zieh doch nicht so ein Gesicht!«, sagte Sedula zwischen zwei Bissen. »Andere haben es weitaus schlimmer getroffen. Und wenn alles nach ihrem Kopf geht, ist die edle Claudia auch gar nicht so übel, ehrlich.«

»Hm…« Etwas Unverständliches murmelnd nahm ich nun doch wieder einen Schluck von dem verdünnten Wein, der so wässrig war, dass man seinen Geschmack nur erahnen konnte, und der fast durchsichtig in dem schweren Tonbecher schimmerte.

Über dessen Rand hinweg ließ ich meine Augen noch einmal durch die Gesindeküche gleiten.

Mein Blick fiel auf ein Häufchen von Unrat, das wohl die Köchin vor dem Ofen zusammengekehrt hatte, um es bei späterer Gelegenheit in eine Abfallgrube im Garten zu werfen.

Wie häufig am Abend eines Gastmahls sammelten sich dort Hühnerfedern, Eierschalen, Scherben alter Amphoren, Zwiebelhäute, Kräuterstiele und andere undefinierbare Küchenabfälle. Doch etwas in dem Haufen erregte meine Aufmerksamkeit. Irritiert kniff ich die Augen zusammen, um genauer zu erkennen, was ich da mit halbem Blick wahrgenommen hatte.

Im ersten Moment wollte mir nichts Verdächtiges auffallen, und ich glaubte schon, mich getäuscht zu haben. Doch dann entdeckte ich es: Inmitten von Getreidespelzen und Karottengrün lugten eindeutig Kopf und Rumpf einer kleinen Tonfigur hervor.

Ungläubig blinzelte ich, schloss die Augen, sah erneut hin. Nein, ich täuschte mich nicht. Halb verdeckt von einer Amphorenscherbe lag da die Figur, hässlich und verstümmelt, doch unverkennbar die krude Nachahmung einer menschlichen Gestalt. An Kopf, Hals und Brust wies sie je ein großes Loch auf.

Eine Gänsehaut überlief mich. Sollte es tatsächlich das sein, wofür ich es hielt? Oder war es einfach das weggeworfene Spielzeug eines der Sklavenkinder?

Doch ich konnte mir nichts vormachen. Nach alldem, was in den letzten Tagen in dieser Stadt vorgefallen war, blieb beinahe nur eine Möglichkeit. Denn so wie die Figur gearbeitet war, schemenhaft, mit offenbar absichtlich zugefügten Spuren der Zerstörung, war kein Zweifel möglich, um was es sich handelte.

Es war ein Homunculus, eine Zauberpuppe, wie sie nicht selten von Sklaven verwendet wurde, um einen Schadenszauber auf einen grausamen Herrn oder eine Herrin zu legen. Das Werkzeug eines Fluches.

Einen Moment lang schien sich der Raum um mich herum zu drehen. Ganz offensichtlich war die Wohnstätte des ehrenwerten Aelius Misenus ein Ort, an dem schwarze Magie betrieben wurde. Noch dazu in der Küche, wo sich vor allem das Gesinde traf. Befehdeten sich hier die Sklaven des Hauses untereinander, oder schmiedeten sie finstere Pakte gegen die Herrschaft?

Völlig verwirrt von den Erkenntnissen, die ich noch nicht fassen konnte, spürte ich plötzlich eine Hand auf der Schulter und sah, dass sich Sedula über mich gebeugt hatte. »Ist wirklich alles in Ordnung mit dir?« Sie hatte aufgehört zu kauen und sah mich mit aufrichtig besorgtem Gesicht an. »Du bist weiß wie ein Bettlaken. Ist dir ein Geist erschienen?«

Unfähig zu antworten, konnte ich nur stumm nicken. Wahrscheinlich traf das den Nagel auf den Kopf. Nur, dass es noch bedeutend schlimmer war.

Erneut drohte alles um mich herum schwarz zu werden. Und erst als Sedula mich im letzten Moment auffing, bemerkte ich wieder den seltsamen Geruch nach Weihrauch.

# KAPITEL XX

Konntest du irgendetwas Neues erfahren, Herrin?«

Die Nacht war hereingebrochen, und endlich waren Marcella und ich aus dem Haus des Misenus in die statthalterliche Residenz zurückgekehrt. Sogleich hatte ich alle Fenster in den Gemächern der Herrin geöffnet, als könnte ich so den Hauch von Bedrohung und Stickigkeit vertreiben, die wir von der Wohnung des Kaiserpriesters mitgebracht hatten. Ich hatte das Gefühl, jener seltsam schwere Duft würde immer noch in unseren Gewändern hängen.

Dabei beschäftigte mich die ganze Zeit über der Gedanke, bei welcher Gelegenheit ich diesen Geruch schon einmal wahrgenommen hatte.

»Nicht viel. Zumindest nicht das, was ich gerne gehört hätte.« Mit einem erleichterten Aufseufzen ließ Marcella ihren honiggelben Leinenmantel von der Schulter gleiten, den ich rasch wegräumte. Dann setzte sie sich in ihren Korbsessel, und ich begann damit, nach und nach ihre Haarnadeln aus goldschimmerndem Messing zu lösen und sie auf dem kleinen Tischchen abzulegen. Ihre schwarzen Haare umflossen sie fast bis zur Taille wie ein glänzender Schleier. Nachdenklich massierte sie mit den Fingerspitzen ihre Kopfhaut, die vom langen Tragen der schweren Frisur sicherlich schmerzte.

Flüchtig stieg vor meinen Augen das Bild einer anderen Frau mit langen schwarzen Haaren auf und verschwand wieder.

»Das übliche Geplänkel eben.«

Ich zog Marcella ihre aus feinem Ziegenleder gearbeiteten Schuhe aus, und sie stellte ihre Füße auf den Holzschemel, der vor ihrem Sessel stand. »Gerede um Macht und Einfluss. Große Worte über das, was man so alles besitzt und welch vornehmer Abstammung man sich rühmt. Darum geht es doch bei solchen Besuchen meistens, und aus diesem Grunde sind die Familienmitglieder eines Statthalters stets gerngesehene Gäste.«

Während ich Marcella ein wenig gekühlten Wein einschenkte, fragte ich: »Heißt das etwa, dass du nie aus Freundschaft eingeladen wirst, sondern dass man nur aus politischem Kalkül deine Gesellschaft sucht?«

Marcella nahm den Wein entgegen und nippte daran. »Oh, bestimmt freuen sich viele, in meiner Gesellschaft zu sein. Aber mehr noch beglückt sie die damit verbundene Nähe zum mächtigsten Mann der Provinz. Aber Freundschaft? Nein. Freundschaft würde ich es nicht nennen.«

»Bist du deshalb bei dieser ... diesen Christen, Herrin? Weil du dort Freunde hast?«

»Vielleicht auch. Aber vor allem, weil ich dort mit Menschen zusammen bin, die nicht versuchen, etwas vorzugeben, das sie nicht sind. Die sich mehr um die Wahrheit bemühen statt nur um eine schöne Fassade, hinter der nur Betrug steckt.«

*Schöne Fassade und Betrug.*

Hatte nicht Isaac etwas Ähnliches im Zusammenhang unseres Gesprächs über Cornelius Felix gesagt, dass manche Menschen dazu neigen, andere eines Verbrechens zu bezichtigen, welches sie selbst begangen haben?

Ich musste an den seltsamen Homunculus denken, den ich in Misenus' Küche erblickt hatte. War es Zufall, dass ausgerechnet der Mann, der Isaac der Zauberei und Giftmischerei bezichtigte, mit einem anderen im Bunde zu stehen schien, in dessen Haus man sich schwarzmagischer Praktiken bediente?

Gern hätte ich mit Marcella darüber geredet, über meinen Verdacht und die möglichen Zusammenhänge, die ich nicht recht begriff. Doch als ich sie so müde in ihrem Sessel sitzen sah, beschloss ich, die Angelegenheit zu verschieben. Heute war es ohnehin schon zu spät.

Morgen würde ich sie ansprechen und um ihren Rat bitten. Gleich morgen früh.

Am nächsten Morgen ergab sich jedoch keine Gelegenheit, ungestört mit der Herrin zu reden. Ständig kamen Besucher, oder es musste über die zahlreich eingehenden Einladungen entschieden werden, ob und wann sie angenommen werden sollten.

Zudem hatte der Statthalter festgestellt, dass seine Tochter kaum wirklich standesgemäße Gewänder mitgebracht hatte, und sie dazu genötigt, sich einige neue zu besorgen. Zwar war ihr selbst das ziemlich unwichtig, aber als Tochter des Legatus hatte sie schließlich die Form zu wahren.

Den ganzen Tag schon war der Himmel trübe und verhangen gewesen, und am Vormittag hatte ein feiner Nieselregen eingesetzt, mehr ein Sprühnebel als ein wirklicher Regen, der aber nach der Hitze der vergangenen Tage ein wenig Abkühlung brachte. Als das Wetter am späten Nachmittag wieder aufklarte, bedrängte ich Marcella, die Gelegenheit zu nutzen. So wurde beschlossen, zu einem Laden zu fahren, von dem ich wusste, dass meine frühere Herrin Cornelia dort oft ihre Gewänder gekauft hatte.

Es dauerte dann doch länger als geplant, bis Marcella schließlich zwei kostbare gewebte Stoffe in blassgelb und lindgrün ausgesucht hatte, die sofort zugeschnitten und genäht werden sollten. Draußen hatte es bereits zu dunkeln begonnen. Daher beschloss sie, gleich wieder mit dem Wagen zurückzufahren.

Die Schneiderwerkstatt war nicht allzu weit vom Haus des Isaac entfernt, und so bat ich die Herrin, mir für den Rest des Abends frei zu geben. Vielleicht würde ich ja dort Neues darüber erfahren, was mit den beiden geschehen war. Nur widerstrebend ließ mich Marcella alleine gehen, und ich musste ihr versprechen, auf belebten Straßen und Plätzen zu bleiben.

Belebt waren die Straßen immer noch, selbst zu dieser späten Tageszeit, doch die Menschen hasteten vorbei, ohne jemandem einen Blick zu gönnen. Wieder spürte ich die eigenartige Stimmung in der ganzen Stadt, und ich fragte mich, ob es wirklich nur an den Flüchtlingen lag oder ob doch der Fluch vielleicht sogar auf ganz Divodurum lastete.

Ohne zu wissen weshalb, stellten sich plötzlich meine Nackenhaare auf. Mein Herz machte einen schweren, heftigen Schlag, und unwillkürlich blieb ich stehen.

Unfähig mich zu rühren, hatte ich das Gefühl, dass ein paar Augen auf mich gerichtet waren, ein Blick mich intensiv fixierte.

Ruckartig fuhr ich herum, schaute nach rechts und links, um zu erkennen, wer mir da in der Dämmerung auflauerte. Doch nichts war zu sehen als Häuser, deren Türen nach und nach zugeschlagen wurden, Passanten, die es eilig hatten, nach Hause zurückzukommen oder wo immer sie die Nacht zu verbringen gedachten, sowie zwei bärtige Männer in abgewetzten braunen Hosen und Hemden, die offensichtlich dem Wein schon reichlich zugesprochen hatten.

Plötzlich kam ich mir sehr allein und schutzlos vor. Es war wieder ziemlich unüberlegt von mir gewesen, um diese Uhrzeit auf eigene Faust durch die Stadt zu streunen. Wollte ich etwa, dass es mir ein weiteres Mal so erging wie vor wenigen Tagen an der Mosel?

Einen Moment schloss ich die Augen und atmete tief die schwere Luft ein, die noch erfüllt war von der Feuchtigkeit des Tages. Vielleicht hatte Marcella recht, und es wäre das Klügste, schnellstmöglich zur Statthalterresidenz zurückzukehren, doch ich konnte die Gelegenheit nicht ungenutzt verstreichen lassen.

Entschlossen beschleunigte ich meine Schritte, während ich den Blick noch immer in alle Richtungen schweifen ließ.

Eine Seitengasse tat sich auf, und vorsichtig spähte ich hinein. Im nächsten Moment stieß ich hart mit einem Körper zusammen. Erschrocken unterdrückte ich einen Schrei, eine Hand packte meinen Unterarm, und erst in diesem Moment erkannte ich, wer da vor mir stand.

*Primus Cornelius.*

Das Blut schien aus meinem Körper zu weichen. War er mir gefolgt, oder war ich ihm nur zufällig über den Weg gelaufen? Und was würde er jetzt tun?

»Na, du kleine Ratte, was hast du hier zu suchen?« Seine Finger hielten mein Handgelenk so fest umklammert, dass ich glaubte, er würde mir die Knochen brechen. Brutal zerrte er mich in die menschenleere Gasse und stieß seinen anderen Arm gegen meinen Hals. Ich konnte nicht mehr atmen, glaubte zu ersticken. Mein Körper war fest gegen den seinen gepresst. »Du warst schon immer ein neugieriges Stück, und offensichtlich hat selbst der Statthalter dir keine besseren Manieren beibringen können!«

Er hatte getrunken. Ich roch es an seinem Atem, doch vor allem hörte ich es an seiner schweren Zunge, an der Wucht seines Zorns.

»Na los, red schon!«

Hart stieß er meinen Kopf nach vorne, und ich wäre gestürzt, wenn er mich nicht noch immer gepackt gehalten hätte.

Die Angst drohte mich zu lähmen, während ich nach Luft rang und darum kämpfte, mich aus seinem Griff zu befreien.

Noch nie hatte ich ihn so rasend erlebt. Hinterhältig, aber feige, machte er sich an unangenehmen Dingen meist nicht selbst die Hände schmutzig. Wieder schossen die Ereignisse an der Mosel in mein Bewusstsein. Sicher hatte er mir damals jemanden hinterhergeschickt, um zu verhindern, dass ich etwas verraten könnte. An der Mosel war es ihm nicht geglückt, sich meiner zu entledigen. War er nun gekommen, um mein Schicksal endgültig zu besiegeln?

Die Panik wuchs in demselben Maße, wie mein Atem schwand und die düstere Umgebung in Nebel zu versinken drohte.

»Wenn meinem Vater es nicht gelungen ist, dir Benehmen beizubringen, noch nicht einmal dem Statthalter, dann ist es eben an der Zeit, dass ich es tue!«

Primus war mehr als betrunken; er zitterte wie im Delirium. So sehr ich mich auch wehrte, es gab nichts, was ich dieser Gewalt entgegensetzen konnte. Verzweifelt schlug ich um mich, während eine leise, flüsternde Stimme in meinem Inneren mich dazu aufforderte, mit dem Leben abzuschließen.

»Wenn du ihr nur ein Haar krümmst, bringe ich dich um!«

Eine Stimme drang wie ein entferntes Donnergrollen an mein von Primus' Schlag betäubtes Ohr. Das Rucken hörte auf, der Griff lockerte sich jedoch nicht.

»Hast du nicht gehört? Lass sie los, oder du wirst den nächsten Sonnenaufgang nicht mehr erleben!«

Noch immer veränderte sich nichts. Wie ein Schraubstock hielt Primus' Arm meinen Brustkorb zusammengepresst, in seiner Bewegung erfroren.

Etwas Helles flammte vor meinen Augen auf. Der Widerschein einer Klinge.

Ruckartig lockerten sich die Hände, und ich wurde zu Boden geschleudert. Das krampfhafte Bemühen meiner Lungen, sich mit Luft zu füllen, übertönte den Schmerz des Aufpralls.

Doch die Angst ließ mich sofort wieder auf die Knie kommen. Das Pochen in meinen aufgescheuerten Unterarmen ignorierend, drehte ich mich schwerfällig um.

Im schwachen Licht der Fackel erkannte ich eine hohe, kräftige Gestalt, das vertraute Taubenblau mit der marinefarbenen Borte.

In seiner Hand blitzte ein Messer.

Langsam kam der Mann einen Schritt näher, sein Gesicht wurde erkennbar, und mein Atem setzte einen Moment aus, während mein Herz einen Sprung machte.

*Flavus!*

Vor Schreck und Erleichterung wäre es mir um ein Haar erneut schwarz vor Augen geworden. Meine Kehle war wie zugeschnürt, ich war nicht in der Lage, auch nur das Wort an ihn zu richten, der …

Auch Primus schien das Gewand erkannt zu haben und zu wissen, dass er jemand aus dem Hause des Statthalters vor sich hatte. Eine eisige Stille hatte sich ausgebreitet, als sei er sich im Zweifel, ob dieser Umstand zu seinen Gunsten oder Ungunsten war.

Die anerzogene Überheblichkeit siegte.

»Ein Sklave.« Primus' Stimme klang hart und befehlsgewohnt, doch zitterte sie leicht und machte deutlich, dass er Angst hatte.

Ich konnte sehen, wie er einen Schritt zurückwich, ohne jedoch Flavus aus den Augen zu lassen, der nach wie vor unbewegt dastand, mit dem Messer in der rechten Faust.

Für einen Moment ging dessen Blick zu mir, als wollte er sich vergewissern, dass es mir gut ging.

Ich konnte ihn nur anstarren.

»Ein Sklave des Statthalters bedroht einen freien römischen Bürger?«

Statt einer Antwort trat Flavus einen weiteren Schritt näher.

Primus war es nicht möglich, weiter zurückzuweichen; er stand schon mit dem Rücken zur Wand. »Wie kannst du es wagen, mich anzugreifen! Weißt du nicht, wer ich bin, welchen Einfluss mein Vater hier in der Stadt hat?«

»Dein Vater kann dir im Augenblick nicht helfen.« Flavus' Stimme war nicht viel mehr als ein Knurren.

Schweißperlen glitzerten im Halbdunkel auf Primus' Stirn. »Du wirst es nicht wagen, mich anzurühren. Der Statthalter wird dich kreuzigen lassen, wenn du es nur versuchst!«

»Meinen Tod wirst *du* aber nicht mehr erleben!« Mit zwei raubtierhaften Schritten hatte Flavus Primus ereicht, hielt ihn gepackt und drückte ihm das Messer an die Kehle. »Denn so wie es aussieht, wirst du mir zu den Ahnen vorangehen.«

Trotz meiner eigenen Angst, dem ganzen Wahnsinn der Situation verspürte ich, wie das Gefühl bodenloser Genugtuung in mir aufflammte. Primus, den verhassten Sohn meines ebenso verhassten Herrn in dieser Lage zu erleben, seine Angst, seine Hilflosigkeit … Etwas stieg in mir auf und wollte sich in einem Schrei, einem hysterischen Auflachen entladen.

Sollte Flavus ihn doch umbringen! Ich würde nicht um ihn trauern. Nicht um diesen Mann, der mir mein Leben zur Hölle gemacht hatte …

*Hass tötet.* Marcellas Worte drangen durch meine Anspannung und ernüchterten mich wie ein Schwall kalten Wassers.

Was hätte ich von Primus' Tod, außer Schuld und Angst? Auch jetzt war die Situation schon gefährlich genug.

Wenn uns jemand gesehen hatte! Anhand der Kleidung und Flavus' hochgewachsener Gestalt wäre es nicht schwierig, ihn als Täter zu identifizieren. Wir konnten von Glück reden, wenn wir überhaupt ungeschoren aus dieser Sache herauskamen.

»Komm, lass uns verschwinden, Flavus«, sagte ich heiser und war selbst überrascht, dass er meine leisen Worte hörte und mir den Kopf zuwandte.

Blanker Zorn war in seinen Augen zu lesen. Er wollte denjenigen nicht davonkommen lassen, der es gewagt hatte, Hand an die Frau zu legen, die ihm gehörte.

»Wir müssen gehen, komm!«, zwang ich mich zu wiederholen und betete darum, dass er auf mich hörte.

Einen Moment lang schien er einen inneren Kampf mit sich auszutragen, hin- und hergerissen zwischen seinem Zorn und der Vernunft. Schließlich verengten sich seine Augen, er holte aus und versetze Primus einen Schlag, dass dieser mit dem Kopf gegen die Mauer prallte und dann in seinen Armen erschlaffte.

Wie einen Sack Unrat ließ Flavus ihn zu Boden fallen, dann packte er meine Hand und zog mich mit sich.

»Was hast du mit ihm …?« Mehr brachte ich nicht hervor.

»Ihn außer Gefecht gesetzt.« Grimm schwang in seinen Worten mit. »Auf die Art kann er uns nicht verfolgen.«

Beinahe panisch ging mein Blick zu dem regungslos am Boden Liegenden, doch Flavus drängte mich weiter, und so eilten unsere Schritte über den feuchten Straßenbelag, als wir uns auf den Weg zur Statthalterresidenz machten.

Ohne Zwischenfall erreichten wir das Haus des Statthalters, doch die klamme Abendkühle war nicht der Grund, weshalb ich zitterte.

»W-was hast du da … da draußen gesucht?« Nur abgehackt brachte ich diese Worte hervor.

Statt einer Antwort strich mir Flavus mit der Hand vorsichtig übers Gesicht, was mein Beben jedoch verstärkte. »Ich bin heute Nachmittag angekommen. Man hat mir gesagt, du seiest unterwegs. Zusammen mit der Herrin Marcella. Da dachte ich mir, ich komme dir entgegen.«

*Ein guter Gedanke*, schoss es mir durch den Sinn. Einer, der mir wahrscheinlich das Leben gerettet hat.

»Ich konnte ja nicht ahnen, dass du dich mit vornehmen Herren vergnügen wolltest.« Es war nicht zu erkennen, ob Spott oder Eifersucht in seinen Worten lag.

»Was wird nun aus ihm?« Noch immer hatte ich den reglosen Körper des auf der Straße liegenden Primus vor Augen.

»Der wird sich ganz schnell wieder erholen. Wahrscheinlich ist er zwischenzeitlich schon wieder zu Hause.«

»Und er wird sich an den Statthalter wenden. Dich kreuzigen lassen, weil du ihn angegriffen hast!«

Ein Anflug von kaltem Zorn stieg in seinen Augen auf. »Glaubst du, dieser da hat den Mut, dem Statthalter zu sagen, dass er seine Sklavin überfallen hat? Außerdem ist es meine Aufgabe, den Besitz des Statthalters zu schützen.«

»Aber es ist der Sohn des Quaestors, bei allen Göttern, er wird ...«

»Still.« Beruhigend schob mir Flavus eine Strähne aus dem Gesicht. »Was auch immer er tun wird, ich hätte dich niemals seiner Willkür überlassen. Und nun komm rein! Du bist blass und solltest etwas trinken.«

Ohne auf meinen Widerstand zu achten, schob er mich zum Hauptportal, wo uns die Wachen wortlos passieren ließen. Immer noch verstört stand ich in der Eingangshalle. Das letzte Licht des Tages mischte sich mit dem Schein der silbernen Öllampen, die von der Decke hingen.

Erst jetzt sah ich wirklich Flavus' Gesicht. Sein Mund war entschlossen zusammengepresst, doch seine Augen lächelten. »Hast du hier eine Kammer?«

»Ich schlafe bei der Herrin. Aber, Flavus, du ...«

Meine Lippen bebten, als er mich zu sich zog, meinen Kopf sanft an seine Schulter drückte. »Ich lasse nicht zu, dass dir etwas geschieht.«

*Wenn das so einfach wäre*, dachte ich, doch spürte ich, wie das Zittern nachließ und mein Körper anfing, sich zu entspannen. Schwach murmelte ich einige Worte in sein Ohr, ich bemerkte kaum, dass ich den mediomatrischen Dialekt sprach, den er nur schwer verstand. Seine Anwesenheit hüllte mich ein, seine Wärme umgab mich, und als sich wortlos seine Hände um meine Schultern schlossen und ich mein Gesicht in seinem Gewand verbarg, konnte ich das Schluchzen nicht mehr verhindern, das der Schock betäubt hatte und nun meinen ganzen Körper erfasste.

Sanft strich er über meinen Rücken, als hätte er Angst, mich zu verletzen. Dann wurde sein Griff fordernder, seine Finger vergruben sich in meinen Haaren, schließlich packte er meine Schultern und schob mich zurück, während seine Lippen meinen Mund suchten, ihn fanden. Ich atmete seinen Geruch ein, wie eine Ertrinkende, die gerade erst wieder an die Oberfläche gestoßen ist.

Ein Räuspern ließ mich zusammenfahren. Erschrocken blickte ich auf, und obgleich sich Flavus nicht rührte, spürte ich, wie sich seine Muskeln anspannten.

Hoch aufgerichtet, in eine weiße Tunika gehüllt, die ihn deutlich vom Taubenblau der Sklaven abhob, stand Arius, der Hausverwalter, vor uns. Sein Blick durchbohrte mich, ging erst zu mir, dann zu Flavus und wieder zurück.

Langsam kam er einen Schritt näher, ohne seine Augen von uns zu lassen. »Du weißt«, sagte er mit leiser Stimme, »dass dir der Umgang mit diesem Sklaven verboten worden ist.«

Es war, als würde sich eine kalte Hand fest um mein Herz schließen. Aus dem Augenwinkel sah ich, wie Flavus' Blick mich traf. Dann jedoch erstarrte sein Körper in meinen Armen, und er wandte das Gesicht dem Hausverwalter zu.

»Also, was ist?«

Meine Muskeln verkrampften sich. Meine Hände schienen wie aus Blei zu sein, weigerten sich, ihn loszulassen, auf seine lang herbeigesehnte Berührung zu verzichten.

Ich spürte, wie Flavus mit sich kämpfte. Er war frei geboren, ein Krieger. Zorn brodelte in ihm, und das konnte gefährlich werden, so viel hatte ich bisher schon erfahren.

Arius trat einen Schritt näher. »Ich warne dich. Ich warne euch beide. Du gehorchst der Anordnung des Statthalters, oder einer von euch beiden wird verkauft. Entweder er oder du.« Sein Gesicht kam näher. »Haben wir uns verstanden?«

Langsam, wie in einem Traum, begann ich das Gesagte zu begreifen. Das Unfassbare. Ich ließ die Arme sinken. Einen Augenblick lang spürte ich Flavus' Widerstand, seinen Unwillen, diesem Befehl zu gehorchen. Doch schließlich gab er mich frei.

Wie zwei Fremde standen wir einander gegenüber, unter dem durchdringenden Blick des Verwalters.

Dieser wandte sich zu Flavus: »Und du gehst jetzt! Lass dir im Praefurnium eine Arbeit zuweisen! Darin hast du ja Erfahrung.«

Ich sah Flavus' stolzen, hasserfüllten Blick, mit dem er den Verwalter bedachte. Doch war er klug genug, es nicht bis zum Äußersten zu treiben. Ohne den Befehl zu bestätigen oder auch nur zu nicken, verließ er den Raum.

Noch immer spürte ich die Wärme seiner Berührung auf meiner Haut. Mein Kopf dröhnte.

»Und du«, wandte sich Arius schließlich an mich, »gehst dorthin, wo du hingehörst, und unterlässt es, weiter im Hause herumzustöbern. Hast du mich verstanden?«

Ich nickte. Im Augenblick hatte ich keine Wahl. Und später? *Später?*

»Und wenn ich dich auch nur ein einziges Mal in seiner Nähe erwische, dann hat er es dir zu verdanken, wenn er sich bei den Löwen in der Arena wiederfindet. Oder in den Steinbrüchen.«

Kaum hatte er den Satz zu Ende gesprochen, wandte er sich um und ging. Seine Schritte hämmerten auf dem Marmor des Bodens und mischten sich mit dem Pochen meines Herzschlags.

Dann setzte ich mich langsam in Bewegung.

# KAPITEL XXI

Ich wachte auf. Irgendetwas hatte mich aus dem Schlaf gerissen, doch noch ehe ich genau sagen konnte, was es war, spürte ich, dass ich nicht in das helle Licht des Morgens hinüberglitt, sondern in eine schwarze Nacht der Verzweiflung.

Meine größte Angst war wahr geworden. Sie hatten mir Flavus genommen. Das Einzige, was ich auf dieser Welt besaß.

Kraftlos rollte ich mich auf den Bauch, stürzte mich auf alle viere und kroch hinüber zu Marcellas Bett, an dessen Gestell ich mich nach oben zog.

Der Boden schwankte, die Luft vibrierte, doch ich blieb stehen.

Vom Beginn unserer Beziehung an hatte ich es befürchtet. Vom ersten Moment an hatte diese Möglichkeit über uns gehangen wie ein Damoklesschwert, und nun war es herabgefallen.

Zitternd goss ich Wasser von einem Krug in die Schüssel, öffnete eine Glasphiole und tropfte daraus ein wenig von dem golden schimmernden Öl hinein, das daraufhin sofort seinen betörenden Duft im ganzen Raum ausbreitete. Marcellas Morgentoilette.

Als ich damit fertig war, lehnte ich mich schwerfällig gegen die Wand und blinzelte in die aufgehende Sonne, deren erste Strahlen durch das Fenster drangen.

*Es war vorbei.*

Das uralte Werkzeug zur Disziplinierung von Sklaven. Die Gunst einer körperlichen Beziehung, als Belohnung für treue Dienste und vom gleichen Moment an auch ein Zuchtmittel durch die stets gegenwärtige Furcht, diese Gunst wieder zu verlieren. Oder schlimmer noch, mit ansehen zu müssen, dass Mann, Frau oder Kinder wegen eigener Vergehen misshandelt, voneinander getrennt oder verkauft werden. Ich hatte es immer befürchtet, aber nun … war es etwas anderes. Etwas Grausameres. Etwas, das unbarmherzig zubiss wie ein Raubtier.

In dieser Stadt, in der ich meine Vergangenheit wiederfinden wollte, hatte ich meine Zukunft verloren.

Am liebsten wollte ich sterben.

»Invita.« Eine schlaftrunkene Stimme.

Mir über die feuchten Augen reibend, wandte ich mich um. Marcella saß in ihrem Bett, die Haare vom Schlaf zerzaust, ihre Lider blinzelten müde. »Ist etwas geschehen?«

Einen Moment lang zögerte ich. Es trieb mich dazu, ihr alles zu erzählen, sie darum zu bitten, ja anzuflehen, ein Wort für mich einzulegen, für Flavus und mich! Ohne Zweifel, sie würde es tun, denn sie war immer gut zu mir gewesen. Und nach allem was geschehen war, hätte sie sicher Verständnis für mein Handeln, nie würde sie einer derart harten Strafe zustimmen. Doch im Augenblick war ich nicht fähig, darüber zu reden …

»Es ist nichts, Herrin«, hörte ich mich sagen, nahm dann die Schüssel vom Tisch und trug sie ihr entgegen. »Bitte verzeih, wenn ich dich geweckt habe.«

Dies war vielleicht nicht der geeignete Augenblick. Ein unbedachtes Wort zur falschen Zeit konnte alles noch schlimmer machen. Womöglich würde Marcellas Einmischung den Statthalter noch dazu bringen, Flavus wirklich zu verkaufen, und sei es nur aus Prinzip. Später vielleicht, dachte ich, wenn sich der erste Sturm gelegt hatte. *Alles hat seine Zeit*, kam mir in den Sinn, ohne mich daran erinnern zu können, von wem ich diese Worte gehört hatte.

»Hast du etwas Neues von diesem Medicus gehört?«

»Bitte?« Beinahe hätte ich vergessen, dass ich ja vorgehabt hatte, zum Haus Isaacs zu gehen.

Ein wenig schuldbewusst schüttelte ich den Kopf. »Nein, Herrin.«

Marcella schlug die Bettdecke zurück und stand auf. Eilig griff ich Krug und Schüssel, um ihr bei der Morgentoilette zur Hand zu gehen.

Durch den dünnen Stoff hindurch zeichneten sich die wohlgeformten Kurven ihres Körpers ab, als sie sich vorbeugte und sich zu waschen begann.

Wie winzige Diamanten schimmerten die Tropfen auf der hellen Haut ihres Gesicht, ihrer Arme. Und als sie das Handtuch entgegennahm, fragte ich mich, weshalb eine Schönheit wie sie, die noch dazu den mächtigsten Mann der Provinz ihren Vater nannte, nie wieder versucht hatte, sich mit einem Gatten zu verbinden.

Ob ihre seltsame Religion vielleicht Vorbehalte gegen die Ehe hatte, ähnlich den Pythagoräern, die jegliche körperliche Freude als erniedrigend ansahen?

»Man hat über den Fall gesprochen, in der Versammlung der Gemeinde.«

Ich wusste, dass sie von ihren Christenfreunden sprach, und war überrascht zu hören, dass sie hier in Divodurum in solch engem Kontakt zu ihnen stand. Seit ihrem letzten Besuch der Gemeinde, als ich ihr von der Verhaftung Isaacs und dessen Sohnes erzählt hatte, hatte sie das Haus nur in meiner Begleitung verlassen, bis auf gestern, als ich mich nach dem Einkauf von ihr trennte. Ob sie sich da noch einmal mit ihnen getroffen hatte?

Allerdings erstaunte es mich zu hören, dass die Christen sich für die Geschicke eines jüdischen Händlers interessierten.

Die Verwunderung musste auf meinem Gesicht gestanden haben, denn Marcella beantwortete meine unausgesprochene Frage.

»Die Beziehung zwischen der christlichen und der jüdischen Bevölkerung hier ist …«, sie zögerte, »nicht immer ganz unproblematisch.«

Verständnislos kniff ich die Augen zusammen.

»Seit langer Zeit schon bestehen große Spannungen zwischen den beiden Gemeinden. Auch wenn sie sich in einer vergleichbaren Situation befinden.«

»Inwiefern vergleichbar, Herrin?« Irritiert reichte ich Marcella ihr Übergewand.

»Vorurteile. Verfolgungen. Das Objekt des allgemeinen Misstrauens angesehener Bürger und des Stadtrates zu sein.«

Nun, das lag auf der Hand: Nicht nur die Christen litten unter den Verfolgungen, die besonders unter Kaiser Valerian unerbittlich durchgeführt wurden. Spott und Misstrauen hatten sich auch gegen die Juden gerichtet, die seit der Zerstörung ihrer Städte und Heiligtümer heimatlos geworden waren und überall im Imperium zerstreut lebten.

»Aber natürlich auch die gemeinsamen Wurzeln unseres Glaubens. Ein Gott, eine Offenbarung, große Teile der Heiligen Schriften, und doch ...«

Das war mir neu. Das also hatte Cornelius Felix damit gemeint, als er sagte, beide, Juden und Christen kämen – wie hatte er sich ausgedrückt – aus dem gleichen stinkenden Stall.

Ich war erschüttert. »Dann verehren die Christen also den Gott der Juden?«

Ein warmes Lächeln glitt über Marcellas Gesicht. »Den einzigen Gott. Den Schöpfer des Himmels und der Erde.«

Mit einer geschmeidigen Bewegung band sie einen mit bunten Fäden gewirkten Gürtel um ihre schmale Taille.

»Mein Vater erwartet mich zum Frühstück. Ich muss jetzt gehen.«

Einen Augenblick gingen meine Gedanken zu Flavus, und ein dunkler Schatten drohte mich zu überwältigen.

»Benötigst du noch etwas, Herrin«, fragte ich schnell, bevor die Bewegungslosigkeit vollständig von mir Besitz ergriff.

»Nein, danke, es ist gut.« Noch immer lächelnd, verließ Marcella den Raum.

Noch ein wenig schlaftrunken räumte ich ihre Sachen zusammen und verstaute sie in der Truhe, während ich das feucht gewordene Tuch zum Trocknen über die Stuhllehne hängte. Dann nahm ich Krug und Schüssel von dem kleinen Beistelltisch und ging damit nach draußen, um das alte Wasser wegzuschütten und neues bereitzustellen.

Die ersten Sonnenstrahlen fielen schräg herein und brachten die Farben der Wandmalereien im Flur zum Leuchten.

Durch einen Seiteneingang trat ich auf die Straße, goss das Wasser auf das staubige Pflaster und wollte gerade wieder hineingehen, als mich etwas aus dem Augenwinkel innehalten und, noch immer Krug und Schüssel in der Hand, umdrehen ließ.

Nur wenige Schritte von mir entfernt, in der Nähe des kleinen Seiteneingangs, der zum Praefurnium, dem Heizraum, führte, von dem aus das Hypocaustum betrieben wurde, stand ein offener Wagen, der mit Holzscheiten und Holzkohle gefüllt war. Trotz der sommerlichen Hitze musste das Badewasser immer gleichbleibend warm gehalten werden. Zwei Männer standen in der Nähe des Wagens, einer von ihnen, offenbar der Köhler, hielt das Pferd am Zügel, einen stämmigen Braunen, der vor den Karren geschirrt war. Der zweite war Arius, der Hausverwalter, der sich mit ihm unterhielt und wohl den Preis aushandelte.

Erst dann sah ich eine dritte Gestalt, die sich gerade umwandte. Es war Flavus. Offensichtlich war er damit beauftragt, die Lieferung ins Praefurnium zu tragen. Ich sah, wie sich seine Muskeln unter der Last anspannten, die Sehnen deutlich hervortraten. Neben Arius wirkte seine Gestalt groß und hünenhaft, und ich konnte nicht verhindern, dass mir die Hitze ins Gesicht schoss, das Gefühl des Verlangens in mir aufstieg und sich glühend in meinem ganzen Körper ausbreitete.

Ich rührte mich nicht, doch konnte ich den Blick nicht von dem Mann wenden, der in den letzten Monaten Teil von mir gewesen war und mit dem zu reden – seit dem Verbot – einer tödlichen Gefahr gleichkam.

Obgleich die Last schwer war, schwankte er nicht, sondern trug das Holz ohne Anstrengung zum Heizraum, verschwand hinter der Tür und kehrte schließlich mit leeren Händen zurück.

Plötzlich schien er zu bemerken, dass er beobachtet wurde, und wandte mir sein Gesicht zu. Seine Augen verengten sich, als er mich erkannte. Sein Mund bog sich zu einem leichten Lächeln, das ein klein wenig traurig wirkte.

Zögernd lächelte ich zurück und musste mich beherrschen, nicht zu ihm zu laufen.

Schließlich musste Arius etwas aufgefallen sein, und er drehte sich um. Sein Blick fiel auf Flavus, dann folgte er der Richtung dessen Augen und entdeckte mich. Seine Miene verfinsterte sich, und hastig raffte ich die Tunika, um schleunigst das Weite zu suchen, bevor er zu der Überzeugung kam, Flavus oder ich würden sein Verbot missachten.

Mit zum Boden gesenktem Blick stolperte ich zurück zum Haus, nahm die ersten Stufen des Seiteneingangs und wollte gerade im Flur verschwinden, als ich etwas auf der Erde liegen sah.

Trotz des Aufruhrs meiner Gefühle blieb ich stehen und betrachtete es genauer. Es war ein kleines Röllchen aus Papyrus, das mit einem dunklen Band zusammengehalten wurde. Alles in allem kaum dicker als mein Mittelfinger.

Misstrauisch runzelte ich die Stirn. Was war das? Eine Nachricht? Ein heimlicher Liebesbrief? Natürlich war es möglich, dass einer der Sklaven hier eine Liebschaft mit jemandem aus einem anderen Haus unterhielt und dass beide auf diese Art kommunizierten. Merkwürdig war nur, dass der Papyrus so offen und für jedermann sichtbar auf der Treppenstufe lag und so früher oder später entdeckt werden musste.

Eine seltsame Vorahnung beschlich mich, und alles in mir drängte danach, von hier zu verschwinden und mich in die

Ruhe und Geborgenheit von Marcellas Räumlichkeiten zu flüchten.

Doch irgendetwas hielt mich wie am Boden festgebannt, den Blick noch immer auf die seltsame Schriftrolle gerichtet. Ich weiß nicht, was mich schließlich dazu bewog, diese doch aufzuheben. Es muss meine unbezähmbare Neugier gewesen sein oder das vage Gefühl der Gefahr, gepaart mit dem Wissen, dass es besser ist, einen möglichen Feind zu kennen.

Hastig drückte ich mich gegen die Wand und warf einen schnellen Blick über die Schulter, um zu sehen, ob mich jemand beobachtete. Dann fasste ich mir ein Herz und riss das schwarze Lederband ab, das die Rolle zusammenhielt. Sofort öffnete sie sich und entrollte sich in meiner Handfläche.

Beinahe im gleichen Augenblick erkannte ich, um was es sich handelte, und etwas wie eine Schockstarre musste mich in dem Moment gelähmt haben. Denn nur so war erklärbar, dass ich meinen grausigen Fund nicht sofort zu Boden fallen ließ.

Da war zum einen Marcellas Name zu lesen, deutlich und klar auf dem Blatt geschrieben, in einer Tinte, deren Farbe und Konsistenz mich an getrocknetes Blut erinnerte. Daneben standen seltsame Symbole und Zeichen und etwas wie Wörter, wenn auch in einer Schrift geschrieben, deren Buchstaben ich nicht entziffern konnte, da es weder Latein noch Griechisch war.

Doch eins wusste ich sicher: Dies hier war wirklich eine Fluchschrift.

Schlagartig wurden meine Hände feucht. Mein Herzschlag begann zu rasen, während ich versuchte, Ordnung in das Gewirr meiner Gedanken zu bringen.

Irgendjemand musste unbemerkt bis hierher vorgedrungen sein, um einen Bann auf die Herrin zu legen. Verstört schüttelte ich den Kopf. Aber warum sollte jemand Marcella bedrohen wollen? Sie hatte bestimmt niemandem einen Grund gegeben, sie zu hassen. *Ich* war doch diejenige, die immer ihre

Nase in fremde Angelegenheiten steckte, in fremden Häusern herumschnüffelte und sich dabei noch dumm genug anstellte, um sich erwischen zu lassen.

*Aber die Herrin Marcella?* Wer hatte irgendetwas mit ihr zu schaffen? Primus kam mir in den Sinn, der Blick, mit der er sie angesehen, die geschraubten Worte, mit denen er sie umschmeichelt hatte. Ob er vielleicht ...? Ungläubig runzelte ich die Stirn, während ich gleichzeitig zur Kenntnis nahm, dass ich wieder in der Lage war, klare Gedanken zu fassen. War es möglich, dass er sich Hoffnungen bei meiner Herrin ausgerechnet und nun Zuflucht zu einem Zauber genommen hatte, um bei dieser sinnliche Gefühle für sich zu erwecken? War das seltsame Gebilde vielleicht gar kein Schadens-, sondern ein Liebeszauber?

Ein zwar weniger beängstigender, doch gleichfalls beunruhigender Gedanke.

Der Papyrus fühlte sich bedrohlich und schwer an. Am liebsten hätte ich mich seiner entledigt, doch was hätte es genützt, ihn einfach irgendwo in die Ecke zu feuern?

Plötzlich kam mir ein anderer Gedanke: Was war, wenn diese Warnung in Wirklichkeit gar nicht Marcella galt, sondern mir? Wenn jemand diese Fluchschrift genau hier abgelegt hatte, damit ich sie finden und die richtigen Schlüsse daraus ziehen sollte? Jemand der glaubte, ich ließe mich von meinen Nachforschungen abhalten, wenn dadurch das Leben meiner Herrin in Gefahr wäre ...

Wieder schüttelte ich den Kopf. Eine abstruse Idee!

Blieben nur noch Marcellas seltsame Freunde, die Christen. Sollten sie vielleicht etwas mit der seltsamen Sache zu tun haben? Aber das ergab absolut keinen Sinn.

Noch immer hielt ich unschlüssig und mit einem unguten Gefühl den Papyrus in meiner Hand.

Egal, wie ich es auch drehte und wendete, am besten wäre es, Marcella reinen Wein einzuschenken und ihr von dem Vorfall zu berichten. Immerhin ging es um sie, und vielleicht konnte Marcella Aufschluss in die Sache bringen oder gar die Schrift entziffern.

Ein kurzes Gebet murmelnd, verbarg ich die Rolle im Ausschnitt meines Gewandes. Dann machte ich mich hastig auf den Weg in Marcellas Zimmer, um dort auf sie zu warten, während ich mir überlegte, wie ich ihr meinen seltsamen Fund möglichst schonend beibringen konnte.

»Wann hast du es denn gefunden?« Marcellas Stimme klang gelassen und keineswegs beunruhigt.

Das Frühstück und die Gespräche mit ihrem Vater waren beendet, und ich hatte Gelegenheit, ihr gleich mein brennendes Geheimnis mitzuteilen.

»Gerade eben, Herrin. Es lag auf der Treppe zum Seiteneingang. Glaub mir, Herrin, es enthält deinen Namen und seltsame Zeichen. Zwar bin ich nicht sehr bewandert in diesen Dingen, doch bin ich mir sicher, es ist …«

Ich unterbrach mich, reichte ihr das Schreiben und rührte mich nicht, während sie es stumm überflog.

»Du meinst, es sei eine Fluchschrift?«

Es war mir völlig unverständlich, wie ruhig Marcella wirkte. Wie sie dastand, das Stück Papyrus in der Hand, immerhin der Beweis einer angekündigten Feindschaft, ein Beleg, dass es jemanden in dieser Stadt gab, der sie hasste.

»Das ist die einzige Erklärung, oder …?« Meine letzten Worte erstarben.

Eine Fluchschrift, wahrscheinlich ganz ähnlich den Bleitäfelchen, wie es beide Mordopfer um den Hals getragen hatten. Ein Fluch, der Marcellas Leben bedrohte. Oder zumindest eine ernst zu nehmende Warnung darstellte, dass sie ebenso enden könnte wie die beiden anderen jungen Frauen.

Aber aus welchem Grund? Und vor allem, von wem stammte diese Warnung?

Ein Verdacht keimte in mir auf. »Kann ich den Papyrus noch einmal haben?«

Marcella reichte ihn mir, und ich beugte mich darüber. Waren es die gleichen Schriftzeichen wie auf jenem anderen Papyrus, den mir die ermordete Sklavin des Misenus damals in die Hand gedrückt hatte? Ich konnte es nicht sagen, doch schienen sie sich in Form und Charakter zu unterscheiden.

Aber dann bemerkte ich den feinen Geruch, der diesem Papyrus anhaftete. Es roch wie … Weihrauch?

»Herrin, du musst …«

Noch immer sah sie mich ruhig an. »Was muss ich?«

»Du solltest es deinem Vater zeigen. Vielleicht kann er …« Im Grunde wusste ich nicht, was der Statthalter unternehmen konnte. Ihm mochten Gesetze und Soldaten zur Verfügung stehen. Doch gegen Kräfte aus der Unterwelt war auch er machtlos.

Als hätte Marcella meine Gedanken gelesen, sagte sie: »Kein Mensch hat mehr Einfluss auf die Welt, als ihm von Gott gegeben ist. Auch nicht mein Vater.«

»Dann glaubst du also nicht, dass ein blindes Schicksal unser Leben bestimmt, Herrin?«

Nachdenklich zog Marcella ihre helle Stirn in Falten. »Ich glaube an die Macht Gottes und die des Gebetes. Aber natürlich haben wir auf viele Dinge keinen oder doch nur wenig Einfluss und müssen sie hinnehmen, wie sie sind.« Eine Weile schien sie zu überlegen. »Doch zu glauben, man sei völlig hilflos dem Wirken kosmischer Kräfte ausgeliefert – nein, das tue ich wahrhaftig nicht. Alles Geschehen liegt letzten Endes in der Hand Gottes, auch wenn es nicht immer den Anschein macht.«

Marcellas Worte hatten mich nicht beruhigt. Skeptisch blickte ich wieder auf den Papyrus. Der Gedanke, dass sich nun eine weitere Fluchschrift in ihrem Zimmer befand, gefiel mir nicht. Wer wusste schon, was solche Verwünschungen alles bewirken konnten und ob Marcellas Gebete oder ihr allmächtiger Gott in der Lage waren, diese zu bannen.

Darauf wollte ich es nicht ankommen lassen. Nicht, solange Marcella ein potenzielles Opfer war! Zudem es noch die andere Sache gab, die mich beunruhigte.

»Herrin, ich wollte schon die ganze Zeit über mit dir über etwas reden, was ich im Hause des Misenus festgestellt habe«, begann ich und war erleichtert, dass sie mich aufforderte, fortzufahren. »Als ich dort in der Gesindeküche saß und auf dich wartete, habe ich im Abfall etwas entdeckt, das aussah wie eine Figur aus Ton, wie sie manchmal für Schadenszauber verwendet wird.«

»Im Hause des Misenus? Eines Priesters des Augustus?«

Ich konnte nicht sagen, ob Marcella eher überrascht oder schockiert klang, und nickte bestätigend.

»Das würde also bedeuten, dass ein Mitglied dieses Hauses jemanden so hasst, dass er versucht, diesem mit magischen Kräften Schaden zuzufügen.«

»Oder ihn einzuschüchtern«, fügte ich hinzu.

Marcella schwieg nachdenklich, während ich weiter meinen Überlegungen nachging.

Sollte Misenus vielleicht selbst etwas mit den Morden zu tun haben? Aber aus welchen Grund sollte er ausgerechnet die Verlobte des Sohnes seines Gönners töten – dem er laut Cornelia seinen Posten verdankte? Und seine eigene Sklavin zu töten ergab noch weniger Sinn, besonders, da sie ganz offensichtlich sehr wertvoll gewesen war. Wäre sie ihm lästig oder ungehorsam gewesen, hätte er sie für gutes Geld verkaufen können.

*Ich muss dem Statthalter etwas mitteilen.* Wieder kamen mir die Worte in den Sinn, welche die blonde Sklavin in der Nacht vor ihrem Tod zu mir gesprochen hatte, und plötzlich bekam die ganze Angelegenheit eine neue Perspektive.

Was wäre, wenn die ermordete Sklavin im Hause ihres Herrn Misenus Dinge in Erfahrung gebracht hatte, die diesem schaden konnten, sollten sie an die Öffentlichkeit gelangen? In einem solch großen Haushalt wie dem des Misenus bleibt selten etwas geheim. Sicher hatten einige der während des Gastmahls anwesenden Sklaven gesehen, dass sie an diesem Abend mit mir gesprochen und mir schließlich etwas zugesteckt hatte. Das war Misenus zugetragen worden, und daraufhin hatte er das Mädchen töten lassen.

Ein Schauer des Entsetzens packte mich. So konnte es gewesen sein. Ich spürte, wie mir die Hitze ins Gesicht schoss, während sich die Mosaiksteinchen, die die ganze Zeit über unverbunden durcheinandergelegen hatten, vor meinen Augen zusammenschoben und auf einmal ein klares Bild ergaben:

Misenus betrieb irgendwelche dunklen Geschäfte. Seine Sklavin hatte davon Wind bekommen und versuchte mit diesem Wissen zum Statthalter zu gehen. Bevor ihr dies gelang, hatte Misenus sie zum Schweigen gebracht. Um ganz sicherzugehen, dass sie auch wirklich keinen Schaden mehr anrichten konnte, belegte er die Tote noch mit einem bannenden Fluch.

Später tötete er – aus mir nicht erkennbaren Gründen – Iunia, die Verlobte der Familie seines Gönners und Schuldners, auf die gleiche Art.

Und nun versuchte er, Marcella, der Tochter des Statthalters, zu drohen. Aber weshalb? Was hatte Marcella mit ihm zu schaffen? Ausgerechnet sie, die sich von allen politischen und gesellschaftlichen Belangen distanziert hielt und kaum einmal das Haus verließ?

*Der Statthalter ist in Gefahr!* Wie ein Blitzschlag durchzuckte mich die Erkenntnis.

Letztlich ging es also um *ihn*? Die schrecklichen Ereignisse und Drohungen der vergangenen Tage, eine Verschwörung gegen den Statthalter? Der Brief kam mir in den Sinn, den ich in der Bibliothek des Cornelischen Hauses gelesen hatte, bevor der Sekretär ihn mir entriss. *Ich vertraue daher dir und unserem gemeinsamen Freund in deiner Stadt … Maßnahmen, die er für notwendig und wünschenswert hält …* Der

»gemeinsame Freund«, war das Aelius Misenus? Und was planten Cornelius Felix und er gegen die Stadt – und gegen den Statthalter?

Und der Versuch, Marcella durch einen Fluch einzuschüchtern, war das eine Drohung, die eigentlich an ihren Vater gerichtet war? Eine offene Warnung, dass Marcella auch so enden könnte wie die beiden anderen Frauen, wenn ... Aber welchen Grund konnte er für seine Drohung haben?

»Herrin!«, keuchte ich, »Herrin, du bist ... Dein Vater, er ...!«

Ich muss einen verstörten Anblick abgegeben haben, denn erschrocken stand Marcella auf und kam auf mich zu. »Was ist los? Was hast du?«

Noch immer rang ich um Atem, so unfassbar erschienen mir die Zusammenhänge, die sich mir so plötzlich aufgetan hatten.

»Dein Leben ist in Gefahr«, gelang es mir schließlich auszustoßen, und nur vage spürte ich, wie sich Marcellas Hand um meinen Arm legte. »Dein Leben und das deines Vaters. Misenus ... Er ...«

Marcella zog mich zu einem der Korbsessel und zwang mich dazu, mich neben sie zu setzen.

»So, und nun erzähle!«

Zitternd atmete ich ein. »Ich sehe nur eine Möglichkeit, Herrin. Misenus steckt hinter der ganzen Sache.« Ich schloss die Augen, um mich zu fassen, dann berichtete ich ihr, was mir gerade bewusst worden war.

Als ich geendet hatte, schwieg Marcella. Langsam setzte sie sich wieder auf, goss mir dann etwas von dem Wein in ihren Becher und schob ihn zu mir herüber.

»Danke.« Schwer schluckte ich. »Was können wir jetzt tun?«

Nachdenklich wandte sie sich zum geöffneten Fenster, und ihr Leinengewand bauschte sich in der leichten Morgenbrise. »Das ist eine sehr schwer wiegende Beschuldigung. Besonders, da sie sich gegen einen so angesehenen Mann wie den Priester des Kaisers richtet. Den Garant von dessen Unversehrtheit, seines göttlichen Genius …« Ein erneutes Schweigen entstand, während ich durch das Fenster beobachten konnte, wie die Sonne langsam höher stieg. »Es könnte durchaus sein – bisher hattest du meistens recht mit deinen Vermutungen –, aber es fehlen doch echte Beweise. Bisher sind alles nur Spekulationen.« Mit einem ernsten, aber entschlossenen Gesichtsausdruck drehte sich Marcella wieder zu mir um. »Du weißt, dass ich alles tun würde, um dir zu helfen, die Unschuld deiner jüdischen Freunde zu beweisen. Doch aufgrund bloßer Vermutungen Primus Cornelius oder Aelius Misenus vor meinem Vater zu beschuldigen würde, so fürchte ich, alles nur noch schlimmer machen …«

*Besonders, wenn Misenus wirklich der Mörder ist und er sich dadurch in die Enge gedrängt fühlt.* Ich wusste, dass sie recht hatte, und erneut breitete sich Hoffnungslosigkeit in mir aus.

Wenn die Unschuld von Salomo und Isaac nicht bewiesen werden konnte, würde man sie sicher hingerichten. Dadurch würden nicht nur zwei Unschuldige sterben, sondern zwei der wenigen Menschen, die mich stets gut behandelt hatten.

Und darüber hinaus – der alte Medicus würde sein Wissen um meine Vergangenheit mit sich ins Grab nehmen.

Ganz in Gedanken versunken, ging ich zur Küche. Woher sollte ich die Beweise beschaffen, dass Misenus die Schuld an den beiden Morden trug und nicht die beiden Juden? Mit meinen begrenzten Möglichkeiten konnte ich da wenig ausrichten.

Ein leiser Schrei entfuhr mir, als sich eine Hand auf meine Schulter legte. Bis ins Mark erschrocken fuhr ich herum.

Vor mir stand Flavus. Sein Gewand und Gesicht waren mit Ruß beschmiert, den Spuren seiner Arbeit im Heizraum. Seine hellen Augen stachen klar aus dem Schmutz hervor, sein Mund verzog sich zu einem schiefen Lächeln.

»Invita, ich muss mit dir reden!«

Meine Haut glühte, wo seine Finger mich berührt hatten. Das Zittern verstärkte sich, und es drängte mich, ihn an mich zu ziehen.

Stattdessen wich ich einen Schritt zurück, obgleich das beinahe über meine Kraft ging.

»Flavus, ich darf nicht!« Beinahe panisch flog mein Blick durch den Flur, aus Angst, jemand könnte uns gemeinsam entdecken.

Seine Miene wurde hart. »Warum? Was ist geschehen, dass wir uns nicht mehr sehen dürfen?«

Ich musste es ihm erklären. Hastig sah ich über die Schulter, dann beeilte ich mich, in knappen Worten von dem unseligen Vorfall zu berichten, als ich in die Besprechung des Statthalters hereingeplatzt war. »Zur Strafe hat mir der Vilicus den Umgang mit dir verboten. Du hast es selbst gesehen, er meint es ernst. Also, mach jetzt bitte keine Dummheit, sonst ...«

Sein Griff wurde fester. »Niemand kann mir verbieten, meine Frau zu sehen.« Er sprach leise, doch ich spürte seine unbändige Wut, und das allein gab mir Kraft, mich meiner eigenen Sehnsucht zu widersetzen.

»Vielleicht ist es nur für eine Weile«, sagte ich, ohne selbst daran zu glauben. »Tu bitte nichts Unüberlegtes.«

Mit flehendem Blick und schlaff am Körper herunterhängenden Armen stand ich vor Flavus, in dessen Augen ein solcher Zorn brannte, dass ich beinahe Angst vor ihm hatte.

»Vertrau mir«, sagte ich leise, doch meine eigene Stimme klang fremd. »Sobald ich kann, werde ich mit der Herrin reden. Ich...«

Schlurfende Schritte wurden laut, als sich die Köchin näherte.

Hastig wirbelte ich herum. Die Angst gab mir Kraft, und so huschte ich an ihm vorbei, noch bevor er Gelegenheit hatte, mich aufzuhalten.

# KAPITEL XXII

Das Schicksal ist zuweilen eine bösartige Macht, und wenn es erst zugeschlagen hat, gibt es sich nie mit einem Schlag zufrieden. War ich doch tatsächlich erneut gezwungen, mir Zugang in ein fremdes Haus zu verschaffen.

Und dies, nachdem ich bei meinem letzten Versuch meinem schlimmsten Feind, Primus Cornelius, in die Hände gelaufen und ihm nur wie durch ein Wunder – und das beherzte Dazwischentreten von Flavus – entkommen war. Ich hätte es wirklich besser wissen sollen, als noch einen zweiten Versuch zu wagen.

Trotz der Schwüle des Abends fror ich.

Während sich sonst in den Sommermonaten viele der Reichen und Vornehmen auf ihre Landgüter zurückzogen, um der Hitze und dem Gestank zu entgehen, war in diesem Sommer alles anders. Obwohl Divodurum von den vielen Flüchtlingen überfüllt war, trauten sich die meisten Menschen kaum, auf den Schutz der Stadt zu verzichten. Selbst jetzt, gegen Abend, war das Gedränge auf den Gassen noch groß. Einen Vorteil hatte dies allerdings für mich: So konnte ich mich mehr oder weniger unbemerkt durch die Menge zum Haus Isaacs schlängeln.

Einige Schritte vor dem schlichten Gebäude blieb ich stehen. Die Fensterläden waren teils geschlossen, teils heruntergerissen. Nichts schien sich zu rühren. War das Haus wirklich verlassen? Hatten die Stadtwachen auch die anderen Bewohner vertrieben, die Mägde und die alte Köchin Martha? Oder waren alle geflohen, aus Angst, selbst unter Verdacht zu geraten? Jetzt, nachdem man ihre Herren fortgeschafft hatte …

Beide Möglichkeiten waren gleich schlecht für mich.

Ich überlegte mir, wie ich ins Innere gelangen sollte; schließlich hatte ich weder das Werkzeug noch den Mut, die Tür aufzubrechen.

Doch meine Sorge erwies sich als gegenstandslos. Das Schloss war geborsten, die Haustür stand einen Spalt offen, und als ich mit der Hand dagegendrückte, schwang sie mit einem leisen Knarren auf.

Ein Bild des Schreckens bot sich mir: umgestoßene Stühle, Einzelteile von zertrümmerten Tischen lagen auf dem Boden, daneben Scherben von zerbrochenem Geschirr, Reste von zertretenem Brot und aufgeplatztem Obst, um die sich schwarze Fliegen scharten. Ein saurer Geruch hing in der Luft und schien sich in meinen Kleidern festzusetzen.

Meinen Ekel herunterkämpfend, ging ich ins nächste Zimmer. Dort sah es kaum besser aus. Die Truhen und Schränke waren aufgerissen, ihr Inhalt quer über den Fußboden verstreut. Kleider und Tücher lagen wahllos zusammengeknüllt in einer Ecke, zerbrochene Wachstafeln und Schriftrollen halb aufgerissen daneben.

Zwei silberne Kerzenleuchter, mit fremdartigen Ornamenten verziert, und eine durchbrochene Schale aus dem gleichen Material mit einem kunstvollen Lochmuster waren, vom Aufprall ein wenig verbeult, in eine Ecke gerollt und dem Blick der Plünderer entgangen.

Ich war erschüttert über diese sinnlose Verwüstung im Herzen des Hauses, in dem ich zuvor Wärme und Geborgenheit, Weisheit und Ruhe gefunden hatte.

Kaum bemerkte ich die Tränen, die mir in den Augen aufstiegen, als ich mich bückte, um wenigstens die Schriftrollen aufzuheben, nicht wissend, ob sie heiliger oder profaner Natur waren. Beinahe ehrfurchtsvoll strich ich mit den Fingern über die vom Alter schon gelblich verfärbten Papyri, die knisternden Pergamente und legte sie wieder zurück in ein Regal.

Hatten diese Tiere, als sie hier wüteten, die Schriften liegen lassen, aber sonst alles, was ihnen wertvoll erschien, bis hin zu den gefüllten Weinamphoren, aus dem Hause geschleppt?

Meine Augen flogen über die Etiketten: Galens medizinische Werke, Plinius' *Naturalis Historia*, dazu viele Schriften, deren Titel ich nicht entziffern konnte, da sie, den Buchstaben nach zu urteilen, auf Hebräisch verfasst waren. Eine nach der anderen legte ich vorsichtig in das einzige Regal, das bis auf eine Absplitterung an der seitlichen Front beinahe unbeschädigt dem Akt roher Gewalt entkommen war, und es zerriss mich innerlich, dass ich keine der Texte mit nach Hause nehmen konnte, wo sie zumindest vor weiteren barbarischen Zerstörungen sicher waren.

Eine Träne tropfte auf die Schrift, die ich gerade in Händen hielt. Blinzelnd rieb ich mir mit dem Handrücken über die Nase und rollte den Papyrus auf. Er war in Griechisch beschrieben, und ohne allzu große Mühe gelang es mir, den Text zu entziffern.

*Und er nahm von dort heraus alle Schätze im Hause des Herrn und im Hause des Königs und zerschlug alle goldenen Gefäße, die Salomo, der König Israels, gemacht hatte im Tempel des Herrn.*

Wieder dieser jüdische König mit seinen sagenumwobenen Schätzen! Dem konnte ich allerdings im Moment nichts abgewinnen, und so legte ich die Schrift zu den anderen ins Regal, nur um gleich die nächste Rolle zu öffnen. Trotz der Zerstörung ringsum konnte ich dem seltsamen Wispern der Schriften, den gesammelten Zeugnissen menschlicher und göttlicher Weisheit um mich herum nicht widerstehen.

Auch der nächste Text war in griechischer Sprache verfasst, und zum wiederholten Male wunderte ich mich über die ausgewählte Sammlung in Isaacs Bibliothek, die einen Großteil der gelehrten Schriften der römischen und griechischen Welt enthalten musste.

Ich mochte nicht daran denken, was der alte Arzt und sein Sohn beim Anblick ihres verwüsteten Hauses empfinden mussten.

*Falls* sie zurückkehrten.

Um diesen Gedanken zu vertreiben, floh ich in den vorderen Teil des Hauses, wo sich Salomos Laden befunden hatte.

Wie nicht anders zu erwarten, sah es dort besonders schlimm aus. Theke und Schreibpult waren zerschlagen, die Schränke aufgebrochen, die Truhen entweder gewaltsam zertrümmert oder komplett verschwunden. Fortgeschafft mitsamt ihres Inhalts, wie ich vermutete. Nichts war mehr übrig von den Kostbarkeiten, und mit einem leichten Schaudern wandte ich mich ab.

Einer der letzten Räume, den ich schließlich betrat, war eine kleine fensterlose Kammer, in der die abgestandene Luft jedoch von dem durchdringenden Geruch getrockneter Kräuter, Essig und intensiv riechender Öle übertönt wurde. Auch ohne mich näher umzusehen, wusste ich, dass es sich um den Ort handeln musste, in dem Isaac seine Heilmittel herstellte und aufbewahrte.

Unwillkürlich überkam mich eine Gänsehaut, erinnerte mich der Geruch doch an Selena, die Heilerin aus Treveris, in der ich meine Mutter wiederzuerkennen geglaubt hatte. Doch rasch verdrängte ich diesen Gedanken, da er noch immer zu schmerzhaft war.

Ehrfurchtsvoll durchschritt ich den fast dunklen Raum, und ich fühlte mich klein und unbedeutend im Angesicht der Pflanzen und Elixiere, Werkzeuge und Geräte, die es vermochten, Leid der Menschen zu lindern oder gar zu heilen.

Vorsichtig öffnete ich den Deckel einer Amphore und schnupperte daran, dann verrieb ich einen bräunlich getrockneten Zweig zwischen meinen Fingern, der sofort einen herben, aber durchdringenden Duft verströmte.

Eigentlich sollte ich nun besser gehen. Hier gab es nichts mehr, das mir irgendwie bei meiner Suche weiterhelfen konnte. Alles von materiellem Wert, alle beweiskräftigen Unterlagen waren fortgeschafft worden. Und wenn ich klug war, würde ich diesen Ort ebenfalls schnell verlassen, ehe mich hier noch jemand entdeckte und des Diebstahls anklagte – oder des Herumschnüffelns in vom römischen Staat konfisziertem Eigentum.

Doch ein seltsames Gefühl der Vertrautheit – oder war es die Angst, in die Hoffnungslosigkeit und Leere der statthalterlichen Residenz zurückzukehren – hielt mich noch eine Weile zurück.

In diesem Haus waren zumindest meine Kindheitserinnerungen friedlich, den Kräutern und Gefäßen entströmte ein betörender Duft.

Mein Blick fiel auf eine Reihe größerer Tontiegel, von denen einige offensichtlich mit Gewalt zerschlagen worden waren, andere jedoch unberührt schienen. Auf der Vorderseite des größten Gefäßes war eine schematische Zeichnung zu sehen, die eine Ornatrix zeigte, welche gerade das Haar ihrer Herrin in kunstvolle Locken drapiert.

Etwas bei dem Anblick ließ mich stutzen. Von Isaac selbst wusste ich, dass viele gläubige Juden die bildliche Darstellung von Menschen vermieden. Und solange ich den alten Arzt kannte, konnte ich mich nicht daran erinnern, bei ihm derglichen gesehen zu haben. Was also verbarg sich in diesem auffälligen Behältnis? Ohne zu wissen, was ich mir davon erhoffte, öffnete ich es und verzog sogleich das Gesicht, als mir ein unangenehmer Geruch entgegenschlug. Vorsichtig ließ ich die Finger hineingleiten und berührte etwas Weiches, Pudriges. Der Geruch verstärkte sich, als ich die Hand wieder herauszog und der Schweiß meiner Haut das grobkörnige Gemisch anfeuchtete.

Naserümpfend nickte ich. Zumindest diese Substanz war mir bekannt. Es war die stinkende Mischung aus zerstoßener Asche, Talg und einer bestimmten Kalkart, wie sie in vornehmen Kreisen dazu verwendet wurde, die Farbe der Haare aufzuhellen. Mit Wasser angerührt, war ihre Ausdünstung eine Qual für die Frisiersklavin und eine Zumutung für die Herrin, die diese furchtbare Tinktur eine Weile auf ihrem Haupt herumtragen musste, bis sie ihre Wirkung entfaltete.

Fulvia, die Frau meines früheren Herrn, hatte gelegentlich Gebrauch davon gemacht, besonders, wenn ein Gastmahl anstand. Nicht, dass es dem alten Drachen auch nur im Geringsten zur Schönheit verholfen hätte, aber …

Noch immer die Reste des grobkörnigen Puders auf meinen Fingerspitzen betrachtend, durchfuhr es mich wie ein Blitz. Ein Blondierungsmittel? Ein Mittel zum Aufhellen der Haare, aber das …

Erschrocken rang ich nach Atem, als mir plötzlich die Zusammenhänge wie Schuppen von den Augen fielen. Natürlich! Spuren davon hatte man an der Leiche von Primus' ermordeter Braut, Iunia Curmilla, gefunden.

Einen Moment war ich von der Erkenntnis so erschüttert, dass ich mich beinahe mitten in den Spuren der Verwüstung hingesetzt hätte, da meine Beine nachzugeben drohten.

Schon damals, als mir davon berichtet wurde, war es mir merkwürdig vorgekommen, dass eine junge Frau, die selbst so makellose blonde Haare besaß, eine Tinktur benötigte, um diese noch mehr aufzuhellen.

Das konnte doch dann nur eins bedeuten: Die Spuren dieses Mittels mussten von dem Mörder stammen.

*Oder einer Mörderin.*

Erneut überfiel mich ein Zittern, während meine Gedanken versuchten, dieses neue Mosaiksteinchen in mein bisheriges Gesamtbild einzufügen.

Es war üblich, ja geradezu die allgemeine Mode, dass Frauen ihre dunklen Haare mithilfe künstlicher Tinkturen unterschiedlichster Zusammensetzung aufhellten oder durch blonde Haarteile und Perücken überdeckten.

Also erschien es gar nicht so abwegig, wenn eine Frau in die Sache verwickelt wäre! Je länger ich darüber nachdachte, desto wahrscheinlicher schien es mir. Immerhin, beide Opfer waren Frauen. Noch dazu von außergewöhnlicher, nymphenhafter Schönheit.

Und beide hatten eine gewisse – wenn auch sehr unterschiedliche – Nähe zu bedeutenden Männern gehabt. Männern mit einem gewissen Namen oder Einfluss: Aelius Misenus und Primus Cornelius.

Das war ein völlig neuer Aspekt, und ein aufgeregtes Kribbeln machte sich in meinem Körper breit.

Eine neue Spur! Ich musste nach Hause und die Sache noch einmal in Ruhe durchdenken!

Ein letztes Mal ließ ich meinen Blick über die Spuren der Verwüstung streifen und verließ den Raum.

Vorsichtig spähte ich durch die eingeschlagene Haustür, um zu sehen, ob ich unbeobachtet das Gebäude verlassen konnte, und schlüpfte dann rasch nach draußen, auf die noch immer warme Straße.

Während ich mich beeilte, zur Statthalterresidenz zurückzukehren, drängte sich mir die Frage nach den Hintergründen der beiden Verbrechen auf.

Ging es vielleicht darum, den Männern zu schaden, die den Frauen nahestanden. Oder waren die Frauen selbst das Ziel gewesen?

Aber was hatten die beiden gemeinsam: die Sklavin eines Kaiserpriesters und die Verlobte des Sohns eines Quaestors?

Außerdem fragte ich mich, ob mir in letzter Zeit jemand durch ein falsches Blond aufgefallen war.

# KAPITEL XXIII

Wieder dieses helle Licht.

Geblendet schloss ich die Augen, doch das Gleißen drang durch meine Lider, brannte sich in meinen Kopf. Seltsame, unverständliche Worte dröhnten in meinen Ohren. Ich wollte die Hände darauf pressen, doch war ich unfähig, mich zu bewegen.

Stattdessen spürte ich, wie harte Finger meine Knöchel umklammerten, mir den Arm auf den Rücken drehten. Um Atem ringend keuchte ich.

»Und ich warne dich, wenn du nur ein Wort sagst ...« Die Stimme klang hohl und schallend, doch ich erkannte sie. Nur allzu gut. »Ein Wort von dem, was du hier gesehen hast ... ich sage dir, du wirst den nächsten Tag nicht mehr erleben! Mächte der Finsternis werden dich verschlingen und ...«

Schwarze Schatten umfingen mich, verhüllten das Licht, griffen nach meinen Haaren, meinem Gesicht.

»Vergiss, was du hier gesehen hast, sonst ...«

Ein Pochen riss mich aus den Fängen des Traumes, und ich erwachte mit einem Schrei.

Schweiß klebte an meinem Körper, an meiner Decke, mein Herz klopfte zum Zerspringen, um mich herum war Dunkelheit.

Doch was hatte mich geweckt? Mit angehaltenem Atem lauschte ich in die Dunkelheit.

*Stille.* Nichts war zu hören als das Blut, das in meinen Ohren rauschte, und Marcellas leises, gleichmäßiges Atmen.

Da war es wieder! Ein leichtes Kratzen, wie von Nägeln auf festem Holz. Erschrocken fuhr ich auf und versuchte festzustellen, woher es kam. Mein Blick fiel auf das kleine Fenster, das trotz der Schwüle in dieser Nacht verschlossen war.

Eine Gänsehaut überzog meinen Körper. Versuchte jemand, hier einzudringen? Ins Schlafzimmer der Herrin? Doch das Fenster ging nach innen, zum Garten hin. Wer dort stand, musste die Außenmauer des Gebäudes überwunden haben.

Wieder das Kratzen, doch diesmal ging es in ein behutsames Klopfen über. Jemand rief einen Namen. Nur leise, und die Stimme war durch das Glas der Scheibe gedämpft, dennoch hatte ich sie erkannt.

Das Klopfen wurde lauter, beinahe ungeduldig. Reflexartig flog mein Blick zu Marcella, um zu sehen, ob sie ebenfalls aufgewacht war. Doch ihr Atem ging noch immer friedlich, und die Augen waren geschlossen.

Eilig sprang ich auf und lief mit bloßen Füßen zum Fenster, durch deren milchige Scheiben blasses Mondlicht fiel.

Vorsichtig, um ein Knarren zu vermeiden, öffnete ich den kleinen Flügel, bereit, sofort loszuschreien und mich zu verteidigen, sollte ich mich bezüglich der Stimme geirrt haben.

In der Dunkelheit des Gartens stand Flavus.

Schnell beugte er sich vor, ergriff mein Handgelenk und hielt mich fest, sodass ich keine Gelegenheit hatte, mich ihm zu entziehen.

»Bei allen Göttern, was willst du hier?« Meine geflüsterten Worte überschlugen sich. Wenn uns einer hier gemeinsam entdeckte. Mitten in der Nacht, am offenen Fenster, vor dem Zimmer der Herrin …

»Dich sehen.«

»Es ist dir verboten …«

Seine Finger schlossen sich fester um mein Handgelenk, als er mich ein Stück zu sich herunterzog und seine Lippen fast mein Ohr berührten. Der vertraute Geruch seines Körpers mischte sich mit der schwülen Luft der Juninacht, dem Duft der in voller Blüte stehenden Rosen. »Niemand wird mir verbieten, mit dir zu sprechen, dich zu sehen. Es ist mein Recht …«

*Also ob jemand wie wir irgendwelche Rechte hätte!*

Mit dem Mute der Verzweiflung versuchte ich mich loszureißen. »Flavus, sei nicht dumm. Warte ein paar Tage, bis sich die Aufregung gelegt hat. Vielleicht ist dann alles vergessen. Vielleicht …«

Trotz der Dunkelheit sah ich seine Augen zornig funkeln. »Nein. Kein Vielleicht. Heute Nacht! Du gehörst mir.«

*Wir gehören dem Statthalter, alle beide.* Doch ich unterließ die Bemerkung und beugte mich weiter zu ihm hinab. »Die halbe Stadt ist in Aufruhr. Es hat zwei Morde gegeben. Eine der Toten ist Iunia Curmilla, die Verlobte von Primus Cornelius, dessen Bekanntschaft du bereits gemacht hast. Bis jetzt gibt es von dem Täter keine Spur.«

Ich spürte, wie sich sein Griff lockerte, die Klammer seiner Finger nachließ.

»Die zweite Tote war die Sklavin eines amtierenden Sevir Augustalis. Beide Frauen sind auf die gleiche Art getötet worden. Beide hat man dazu noch verflucht. Der Priester und Cornelius Felix bedrängen nun den Statthalter, sie bei den Ermittlungen zu unterstützen.«

»Was hat das alles mit uns zu schaffen?«

Einen Moment sah ich Flavus an, wie er dastand, im nächtlichen Garten, noch immer meinen Arm haltend, bereit, sich jedem zu widersetzen, der ihn zu etwas zwingen wollte, was er nicht akzeptieren konnte.

»Vor einigen Tagen hat man einen Medicus festnehmen lassen, den ich gut kenne. Er könnte niemals Hand an zwei unschuldige Frauen legen, auch nicht an eine Sklavin. Außerdem«, zögernd suchte ich nach den richtigen Worten, »stehe ich in seiner Schuld.«

Ich wusste, das Flavus zumindest diesen Aspekt verstand.

»Sein Sohn ist ein bekannter Schmuckhändler. Er ist kaum älter als ich und erst seit Kurzem wieder in Divodurum.«

Flavus trat einen halben Schritt näher, sein Griff wurde fester.

»Man hat ihn ebenfalls in Gewahrsam genommen, wohl weil es hieß, er habe ein Auge auf diese Iunia Curmilla geworfen. Aber was immer man gegen sie vorbringen mag, sie haben den Mord nicht begangen. Keiner von beiden.«

»Ein junger Schmuckhändler?«

Im blassen Mondlicht sah ich, wie sich Flavus' Augen verengten.

»Ich kenne ihn seit meiner Kindheit«, gab ich wie zur Entschuldigung zurück.

»Du stellst Nachforschungen an wegen eines Schmuckhändlers? Für ihn setzt du dein Leben aufs Spiel? Doch um mit mir auch nur zu reden, fehlt dir der Mut?«

Verbissen unterdrückte ich einen Aufschrei, als der Griff seiner Hand schmerzhaft wurde.

»Wer ist dieser Mann, dass du für ihn alles über Bord wirfst?«

»Er ist ... nichts, aber ...!« Unfähig, mich unter seinem zornigen Blick klar auszudrücken, versuchte ich, mich aus seinem Griff zu befreien. »Die Sache ist doch ganz anders.«

»Tatsächlich?« Seine kaum hörbare Stimme klang gefährlich. »Und wie ist sie dann? Tagelang folgst du den Spuren dieses Schmuckhändlers, während du mir ausweichst, wo es nur geht!«

»Ich habe Angst um dich, Flavus. *Angst.* Verstehst du nicht, was sie mit dir tun werden, wenn sie uns hier zusammen erwischen?«

»Und wenn sie mich dafür töten würden, könnte es mich nicht hindern, dich zu sehen!« Das Knurren in seiner Stimme schwoll an, spiegelte seinen ohnmächtigen Zorn wider. »Ich habe Schlimmeres erlebt.«

Ich schüttelte den Kopf. Zwar stimmte es, dass Flavus Mord und Vertreibung am eigenen Leib erfahren hatte. Sein Vater und sein Bruder waren verraten und vor seinen Augen getötet, er selbst gebrandmarkt und verschleppt worden. Doch selbst das war nicht damit zu vergleichen, was man mit einem aufsässigen Sklaven tun würde, besonders wenn der Vilicus der Meinung war, an einem Barbaren wie ihm ein Exempel statuieren zu müssen.

In hilfloser Wut riss ich mich los. »Flavus, ich …« Unsicher blickte ich mich um. Ich hatte das Gefühl, jemand läge hinter den sorgfältig geschnittenen Rosenbüschen auf der Lauer und könne jederzeit hervorkommen, um Flavus von mir wegzureißen, in Ketten zu legen und vor meinen Augen zu kreuzigen. Meine Hände wurden feucht.

»Du musst vorsichtig sein«, sagte ich gepresst, »aber wenn du zufällig etwas hörst oder siehst, was mit dieser Sache zu tun haben oder etwas Licht in die ganze Angelegenheit bringen könnte …« Ich sprach nicht weiter, weil ich Angst bekam, mit meinen Worten Flavus zu ermuntern, sein Leben zu riskieren. Auch wenn er den Vorteil hatte, dass ihn, im Gegensatz zu mir, niemand in Divodurum kannte. Von Primus Cornelius einmal abgesehen …

Wie eine Statue stand Flavus im nächtlichen Garten. Das Mondlicht fing sich in seinen hellen Haaren, und im schattigen Halbdunkel traten seine Muskeln noch deutlicher hervor.

So nah und doch so fern. Ich konnte die Hand nach ihm ausstrecken, ihn berühren, und doch musste ich mich zwingen, es nicht zu tun, um ihn nicht in Gefahr zu bringen. »Ich …« Mehr brachte ich nicht hervor, da ich fürchtete, wenn ich die Worte aussprach, würde ich nicht mehr an mich halten können. »Du musst jetzt gehen«, sagte ich stattdessen schnell.

Er rührte sich nicht von der Stelle.

Verzweifelt unterdrückte ich ein Stöhnen. Ich wusste, dass ich nicht die Kraft hätte, ihn ein weiteres Mal wegzuschicken. Ganz gleichgültig, was dann mit mir geschehen würde, oder mit ihm.

*»Flavus, bitte …«*, flüsterte ich beinahe flehend.

Etwas in seinen Augen änderte sich. Ein Ruck ging durch seinen Körper. »Das ist noch nicht das letzte Wort in der Angelegenheit. Sei dir dessen sicher!«

Ehe ich wusste, was er tat, hatte er sich vorgebeugt und mit seinen Armen meine Schulter umfasst. Beinahe brutal presste er seine Lippen auf meinen Mund.

Dann ließ er mich los und wandte sich um. Schnell wie ein Raubtier war er aus dem nächtlichen Garten verschwunden, und einen Augenblick lang glaubte ich, mir seine Anwesenheit nur eingebildet zu haben.

Tränen stiegen in mir auf, und hastig schloss ich das Fenster. Im gleichen Moment fiel mir ein, dass ich ihn nach den merkwürdigen Zeichen auf der Fluchschrift hätte fragen können. Vielleicht kannte ein Barbar sich besser mit den Mächten der Finsternis und der Dämonen aus als unsereins.

Zu spät.

Und so bald würde ich keine Gelegenheit mehr bekommen, mit ihm darüber zu reden.

»Der Tag des Prozessbeginns ist übermorgen.«

Erschrocken schaute ich zu Marcella auf, die sich gerade im Spiegel musterte. »Schon so bald!«

Bedrückt nickte sie und zupfte ihre schlichte dunkelblaue Stola zurecht. »Es soll nicht gut für die Angeklagten aussehen. Wie ich erfahren habe, ist die überwiegende Mehrheit der Meinung, dass die beiden schuldig sind. Angeblich gibt es Zeugen, die die beiden in der Mordnacht in der Nähe des Hauses gesehen haben wollen. Alles ehrenwerte Männer, gute Freunde der Cornelier und des Priesters Misenus.«

Wut und Angst stritten in meinem Inneren miteinander. »Die sind doch alle gekauft! Misenus ist steinreich, und du weißt selbst, dass manche Menschen für Geld alles tun.«

Ein trauriger Blick traf mich. »Manche verkaufen sogar ihre Seele dafür.«

»Haben sie einen guten Anwalt?«, fragte ich, obwohl ich

mir sicher war, dass keiner der erfolgreichen Advokaten einen solch hoffnungslosen Fall übernehmen würde.

»Soviel ich erfahren habe, hat sich niemand dazu bereit erklärt, sie zu verteidigen.« Eine gewisse Bitterkeit klang aus Marcellas Stimme.

»Gibt es denn in der ganzen Stadt keinen Anwalt, dem daran gelegen ist, die Wahrheit ans Licht zu bringen? Ohne sich von Vorurteilen und Lügen beeinflussen zu lassen?«, brach es aus mir heraus. Dabei wusste ich aus eigener Erfahrung, dass dies nur ein frommer Wunsch war, denn es war allgemein bekannt, dass gerade Vertreter des Rechts dieses oft weit hinter das Geld stellten. Und den eigenen Ruhm.

Da Marcella schwieg, schaute ich zu ihr hin. Ein nachdenklicher Ausdruck lag auf ihrem Gesicht. »Vielleicht gibt es da eine Möglichkeit«, meinte sie nach einer Weile, und es kam mir vor, als hätte eine leichte Röte ihr Gesicht überzogen. »Warum habe ich nicht gleich daran gedacht? Aber nun ... Ich schicke sofort einen Boten.«

Zwar wusste ich nicht, was die Herrin beabsichtigte, doch schien sie wieder etwas Zuversicht zu schöpfen. Ich allerdings wagte es nicht, diese mit ihr zu teilen.

Nicht nach alldem, was ich in dieser Stadt erlebt hatte.

Marcella sah an diesem Nachmittag besonders schön aus.

Zu meinem Erstaunen hatte sie eines ihrer neuen Gewänder angelegt, die sie sich in Divodurum hatte anfertigen lassen. Ihr gegenüber saß der Advokat und hörte schon eine geraume Zeit zu, was ihm Marcella über die beiden Gefangenen berichtete.

Immer wieder unterbrach sie sich, um mich nach Einzelheiten zu fragen. Wir erzählten alles, was wir für wichtig hielten, auch unseren Verdacht gegenüber den verschiedenen Personen, die in die Sache verwickelt waren.

Marcella hatte kein Wort darüber verloren, woher sie den jungen Mann kannte und wie sie ihn dazu hatte überreden können, sich ihr Anliegen anzuhören. Aufgrund seiner Kleidung und seines Auftretens war ihm anzusehen, dass er aus gutem Hause kam. Er war schlank und hochgewachsen, wenn auch nicht so groß wie Flavus, mit dunklen gewellten Haaren und einem ernsten, aber offenen Gesichtsausdruck.

Mit großer Geduld hatte er sich alles angehört und dabei ab und zu eine Zwischenfrage eingestreut, die mir zeigte, dass er wirklich bei der Sache war.

Als die Herrin ihren Bericht beendet hatte, schwieg er eine Weile und meinte dann nachdenklich: »Ein schwieriger Fall!«

»Würdest du ihn trotzdem übernehmen?« Marcella war anzuhören, wie sehr sie sich dies von ihm erhoffte. »Wenn jemand überhaupt etwas erreichen kann, dann du, Crispianus.«

Er schüttelte den Kopf. »Versprich dir nicht zu viel von mir. Ich kann keine Wunder wirken. Und wir brauchen echte Beweise, denn nur Verdächtigungen allein, zumal gegen solch hochgestellte Persönlichkeiten, bringen uns nicht weiter.«

Enttäuschung machte sich in mir breit. Er würde den Fall also auch nicht übernehmen!

Aber konnte man es ihm verdenken?

»Doch ich werde alles versuchen, um wenigstens zu erreichen, dass keine Todesstrafe ausgesprochen wird, nach der alten Weisung *in dubio pro reo*.«

Sollte das etwa bedeuten, er würde es tatsächlich riskieren?

Neue Hoffnung keimte in mir auf. Wir hatten also einen Advokaten, und keinen schlechten, wie mir schien. Vielleicht ließ sich das Blatt noch wenden.

Da die Zeit drängte, beschloss Crispianus, sich von mir noch einmal alle Verdachtsmomente auflisten zu lassen. Erstaunt zeigte er sich, als ich erwähnte, dass ich es sogar für möglich hielt, dass eine Frau hinter der Sache steckte.

»Bei so manchen Giftmord im römischen Kaiserhaus hatte eine Frau ihre Hand im Spiel, doch solch brutale Methoden sprechen eher für einen Mann«, hielt er mir entgegen.

Seine Einwände waren nicht von der Hand zu weisen, aber dennoch …

»Und nun zum schwierigsten Teil, wie könnten wir die erforderlichen Beweise beschaffen? Der gesamte Erfolg des Prozesses hängt davon ab, ob ich diese Anschuldigungen untermauern kann.« Crispianus' Züge spiegelten seine Ratlosigkeit wieder.

»Isaac!« Ich wusste nicht, dass ich laut gedacht hatte, jedenfalls schauten beide zu mir hin. »Irgendwie scheinen alle Fäden bei ihm zusammenzulaufen. Jene Person, die als Täter infrage kommt, hegt einen starken Groll oder gar Hass gegen ihn. Allerdings aus Motiven, die ich bisher nur zum Teil kenne oder erahnen kann. Doch ich bin mir sicher, dass uns Isaac selbst mehr zu den Hintergründen sagen kann, warum man ihm den Tod wünscht. Und ich bin überzeugt, dass zwischen diesen Vorkommnissen aus der Vergangenheit und der Anklage irgendwie ein Zusammenhang besteht!«

Crispianus' Gesicht zeigte mir, dass er dies eher zu bezweifeln schien, aber ich fuhr fort: »Wenn wir erst einmal ein wirklich stichhaltiges Motiv für die Morde wüssten, hätten wir doch mehr Aussicht, den Täter zu finden. Zumindest wüssten wir dann, wonach wir zu suchen haben.«

Eine Weile sagt niemand etwas.

Schließlich sah Marcella zu mir herüber. »Invita hat schon mehrmals mitgeholfen, ein Verbrechen aufzuklären. Daher meine ich, wir sollten tun, was sie vorschlägt.«

»Gut«, akzeptierte Crispianus schließlich, »es ist immerhin eine Möglichkeit. Und wer weiß, was sich daraus ergibt. Gleich morgen werde ich als Anwalt die Gefangenen besuchen, und du,« er nickte in meine Richtung, »begleitest mich dabei als Schreiberin!«

Doch bis dahin war der Tag noch lang, und nachdem Crispianus gegangen war und Marcella sich zum Abendessen begeben hatte, blieb ich allein zurück, um das Zimmer für die Nacht herzurichten, umgeben von geheimen heiligen Schriften und Fluchrollen unter dem Bett. Noch immer hatte ich nicht herausgefunden, was auf dem Papyrus, die mir die ermordete blonde Sklavin zugesteckt hatte, eigentlich geschrieben stand.

Wenn ich es nur lesen könnte! Vielleicht wäre das der erste wirkliche Anhaltspunkt über die beabsichtigten Ziele und Pläne, ein erster Hinweis auf den Verfasser.

Bei allen Göttern! Verzweifelt blickte ich durch das geöffnete Fenster nach draußen.

Und während sich die Sonne rot färbte und die Nacht sich langsam und bedrohlich über Divodurum senkte, focht ich einen inneren Kampf aus, ob ich mich nicht doch an den einzigen Menschen wenden sollte, der mir weiterhelfen konnte.

Vor Anspannung und Erschöpfung schwankend, stand ich auf. Es fröstelte mich, als mir bewusst wurde, was ich gerade zu tun gedachte.

Mit meinem Besuch würde ich sein Leben riskieren, um das anderer zu retten.

Doch während meine Füße lautlos über den Marmorboden des hohen Flures huschten, wusste ich, dass es noch einen anderen Grund gab, der mich zu ihm trieb. Einen, der in mir brannte, seit ich Treveris verlassen hatte.

Der Heizungsraum des Badetraktes war eine enge, rußige Kammer mit dicken Wänden. Nur schwach fiel der letzte Schein der Abendsonne durch das winzige Fenster. Lediglich das Feuer im gemauerten Ofen tauchte den kleinen Verschlag in flackerndes Licht und eine unerträgliche Hitze.

Gequält quietschte die Tür in den Angeln auf, als ich mich hindurchschob. Rauch drang mir in Mund und Nase. Hastig drückte ich meine Hand vors Gesicht, um ein Husten zu unterdrücken.

Ein schneller Blick zeigte mir, dass der Raum fast verlassen war. Einsam stand eine große Gestalt mit dem Rücken zu mir an der offenen Feuerstelle, deren lodernde Flammen eine sengende Hitze und einen alles übertönenden Lärm entwickelten.

Schweiß strömte über seinen Körper, während er mit einer rostigen Stange die Glut weiter anzufachen versuchte. Rauch hüllte ihn ein, während die hellen Flammen gierig an seiner Kleidung leckten.

»Flavus!«, versuchte ich den Lärm des Feuers zu übertönen.

Er wandte sich um.

Unter dem schweißnassen Gewand traten seine Muskeln deutlich hervor, und im Schein der Flammen gab dieser Anblick mir für einen Moment das Gefühl von Sicherheit.

So lange jedenfalls, bis mich sein Blick traf. Das Blau seiner Augen stach hell aus dem rußverschmierten Gesicht hervor. Aber ihr Ausdruck war kalt, seine Kiefern fest zusammengepresst, als er mich stumm betrachtete.

Vorsichtig machte ich einen Schritt auf ihn zu. »Flavus, ich ...«

»Hast du deine Meinung also geändert? Wieso hast du dich nun doch dazu entschlossen, mich mit deiner Anwesenheit zu beehren? Wurde es dir zu kalt, allein im Gemach der Herrin?«

Sein Zorn brannte heißer als die Glut im Praefurnium. Trocken schluckte ich. Warum konnte er mich nicht verstehen?

Natürlich, jemandem wie ihm musste die Angst, die ich um ihn hatte, wie eine Ausrede erscheinen. Wo er doch vor nicht allzu langer Zeit sein Leben und das seiner Angehörigen riskiert hatte, um meines zu retten ...

»Flavus, hör zu!«

Wie konnte ich auf sein Vertrauen hoffen, wo ich ihn erst tagelang mied und ihn dann nur aufsuchte, um seine Hilfe zu erbitten. Um das Leben anderer zu retten. Er würde mich dafür hassen.

Mein Magen zog sich zusammen, doch ich trat auf ihn zu und ergriff seine Hand. »Ich brauche deine Hilfe!«

Seine Augen verengten sich, seine Brust hob und senkte sich in der rauchgeschwängerten Luft, die das Atmen erschwerte.

»Meine Hilfe? Wobei?«

Nach einer Erklärung suchend biss ich mir auf die Lippen.

»Vor einigen Tagen, als diese Sklavin ermordet wurde ...« Vorsichtig wählte ich meine Worte und ließ seine Züge nicht aus den Augen. »In der Nacht, bevor man sie tot auffand, hatte ich sie getroffen, und dabei hat sie mir etwas in die Hand gedrückt. Etwas, das ich dem Statthalter geben sollte.« Umständlich nestelte ich an meinem Gewand herum, in dessen Ausschnitt ich die verhängnisvolle Rolle versteckt hatte, und zog diese schließlich hervor. »Ich glaube, es ist eine Fluchschrift, doch ich kann die Zeichen nicht lesen.«

»Und *deshalb* kommst du zu mir?« Der Zorn – oder war es die Enttäuschung – ließ sein Gesicht noch weiter verhärten.

Unfähig, ihm zu erklären, was ich wirklich dachte, riss ich mich zusammen, zwang mich dazu, ihm die Rolle in die Hand zu drücken. »Wenn es wirklich eine Fluchschrift ist, dann ist vielleicht«, ich zögerte, während ich immer noch nach den richtigen Worten suchte, »auch mein Leben in Gefahr ...« *Und das der Herrin*, fügte ich in Gedanken hinzu.

Ich sah, dass er zögerte. Der Appell an seine Hilfsbereitschaft, die Andeutung einer Gefahr, die mir drohte, ließen ihn nicht kalt. Konnten ihn nicht kalt lassen. Einen Mann wie ihn, der sich geschworen hatte, alles zu tun, um mich zu beschützen.

Seine Finger schlossen sich um die Schriftrolle. Ohne mich anzublicken, öffnete er das Band und rollte sie auseinander.

»Kannst du das lesen?«, fragte ich schließlich.

Ein verächtlicher Blick traf mich, dann versenkte er sich ganz in die Zeichen, die in bräunlichroter Tinte auf dem Papyrus schimmerten.

Mein Herz begann erneut zu hämmern, als sein Gesichtsausdruck sich veränderte. Der Ausdruck des Zorns wich und machte einer Art ungläubigem Erstaunen Platz.

»Ist es … ein Fluch?« Die letzten Worte konnte ich kaum hervorbringen, da die Angst mir den Atem abschnürte. Die Angst, trotz all meiner Bemühungen vielleicht doch nicht weiterzukommen. Und die Angst, jemand könnte hereinkommen und uns gemeinsam hier entdecken, wo es uns doch verboten war …

»Das hier sind Runen«, sagte er schließlich.

»Runen?« Eine vage Hoffnung keimte in mir auf. Salomo hatte sich also nicht geirrt. »Und kannst du sie deuten?«

»Weise Frauen und Männer aus unseren Stämmen verwenden diese Zeichen gelegentlich. Es heißt, sie seien ein Geschenk der Götter.«

Das war keine Antwort auf meine Frage, doch ich nickte stumm. Zumindest redete er mit mir.

»Ist daran zu erkennen, ob es sich um einen Schadenszauber handelt? Oder etwas in der Art?«

Wieder betrachtete er den Papyrus in seiner Hand, mit zusammengekniffenen, von der rauchigen Luft geröteten Augen. Schließlich schüttelte er den Kopf. »Sieh dir das an!« Mit einer Handbewegung winkte er mich zu sich heran, hielt die Oberfläche der Schrift in den flackernden Schein der Flammen und wies mit einem Finger auf das erste Symbol. »Das hier steht für Fruchtbarkeit und Segen.«

Die vom brennenden Rauch hervorgerufenen Tränen zurückblinzelnd, betrachtete ich die seltsamen Zeichen, die für mich nicht mehr als eine undurchdringliche Anordnung kantiger, ungeschliffener Linien waren.

»Und das hier …«, er wies auf ein weiteres Symbol, »wird häufig an Scheunen angebracht, um Blitz, Hagel und anderes Unglück abzuwenden.«

Seine Augen glitten weiter über den Papyrusstreifen. »Wer immer das auch geschrieben hat, hatte ganz sicher nicht die Absicht, dem Empfänger Schaden zuzufügen.«

Langsam ließ er seine Hände sinken und wandte sich zu mir um. Sein Blick war direkt auf mich gerichtet, seine Augen wirkten wie Stahl.

»Auf was hast du dich wieder eingelassen?«

Unsicher wich ich ihm aus, während die Gedanken in meinem Kopf durcheinanderwirbelten. Es war also kein Schadenszauber. Kein Fluch. Den Göttern sei Dank! Aber was bedeutete es dann?

Mit den Fingerkuppen fasste Flavus mir unters Kinn und zwang mich, ihn anzusehen. »Was hast du in meiner Abwesenheit in dieser Stadt getrieben?« Sein Zorn war aufrichtiger Besorgnis gewichen – und etwas wie wachsamem Misstrauen. »Kann man dich nicht einmal ein paar Tage allein lassen, ohne dass du dich in Schwierigkeiten bringst?«

Von Dankbarkeit überwältigt, ergriff ich seine Hand, dann seinen Arm, und ehe ich wusste, wie mir geschah, hatte er mich zu sich herangezogen und an seinen Körper gepresst. Der Schweiß seiner Haut durchtränkte mein Gewand. Sein vertrauter Geruch stieg mir in die Nase. Die Hitze des Feuers wehte zu mir herüber, ich schloss die Augen, und ein Seufzer der Erleichterung entglitt mir.

Es war alles in Ordnung, für einen Moment ...

Sein Mund suchte mein Ohr, meinen Hals, meine Lippen. Tränen rannen mir übers Gesicht, während ich ihn nie wieder loslassen wollte.

In dieser verfluchten Stadt.

Ein Quietschen ließ uns zusammenfahren. Aus den Augenwinkeln sah ich, wie die Tür aufflog. Kalte Luft strömte herein. Eine Gestalt trat ins Praefurnium.

Wie ein giftiger Pfeil schoss Angst durch meinen Körper. Wenn uns jemand hier gemeinsam entdeckte, einer der Aufseher, oder gar Arius ...

Durch das Rot der wabernden Schatten vor meinen Augen sah ich schon, wie sie Flavus kreuzigten oder für alle Ewigkeiten in die Steinbrüche verbannten.

Panik lähmte mich, doch schließlich gelang es mir, mich aus der Umarmung zu lösen und mich dem Ankömmling zuzuwenden.

Aus einem rußverschmierten Gesicht sahen mir zwei neugierige Augen entgegen. Seine Kleidung war ebenso schmutzig wie die von Flavus.

»Ist schon gut«, brummte er grienend, »lasst euch von mir nicht stören.« Und mit einem Blick auf Flavus fügte er hinzu: »Hab schon gehört, dass du hier ein Mädchen haben sollst.« Ein wehmütiges Lächeln entblößte eine Reihe weiß schimmernder Zähne.

»Ich muss jetzt gehen!«, stammelte ich schließlich, während ich stumm den Göttern dankte, dass es nur ein anderer Heizsklave war, der unsere verbotene Zweisamkeit gestört hatte.

Wahrscheinlich die Ablösung für die Nacht.

Während ich darum betete, er möge seinen Mund halten und nichts von dem, was er hier gesehen hatte, weitergeben, raffte ich mein Gewand und eilte nach draußen.

Auch ohne mich umzudrehen, spürte ich Flavus' Blick auf meiner Haut. Und ich wusste, dass die Hitze, die durch meinen Körper floss, nicht alleine vom Feuer des Brennofens herrührte.

# KAPITEL XXIV

In einem kleinen, muffigen Verschlag des Kerkers neben dem Raum des Aufsehers, der gerade unterwegs war, die beiden Gefangenen aus dem Verlies zu holen, wartete ich mit Crispianus.

Ruhig und gelassen saß dieser neben mir, ich jedoch konnte meine Anspannung kaum unterdrücken. Die dicken Mauern, die Kälte, der Geruch nach Schweiß und Verfall legten sich schwer auf mein Gemüt, und ich musste mich dazu zwingen, nicht in Verzweiflung zu versinken.

Endlich kamen sie.

Isaac war kaum noch wiederzuerkennen. Er wirkte um Jahre gealtert, sein Gesicht war tief eingefallen. Lose hingen ihm verschmutze, stinkende Kleider am Körper. Aber das Schlimmste für mich war der Ausdruck seiner Augen. Der stets freundliche und gütige Blick, den ich an ihm gekannt und geliebt hatte, war einem Ausdruck der Resignation, ja der Hoffnungslosigkeit gewichen.

Zumindest körperlich schien Salomo den Kerker besser verkraftet zu haben. Doch aus seinen Augen sprachen Hass und Wut über die falschen Unterstellungen.

Bei ihrem Eintreten war ich aufgesprungen, und als Isaac mich erkannte, wandelte sich sein Gesichtsausdruck in Erstaunen.

»Invita, Kind, was suchst du denn hier?« Die Stimme des alten Medicus zitterte. Er schwankte vor Erschöpfung oder Überraschung. Ein trockener Husten schüttelte ihn.

Das Rasseln schwerer Ketten ließ mich zusammenzucken, als er seine Hände nach mir ausstreckte und die meinen mit seinen rauen Fingern umschloss.

»Wie geht es dir?« Meine Worte klangen gepresst. Ich versuchte die Tränen zurückzudrängen, die mir bei dem erbärmlichen Anblick aufzusteigen drohten.

»Können die Gefangenen auch einen Stuhl bekommen?«

Crispianus war aufgestanden, und unauffällig wanderte ein Geldstück in die Hand des mürrischen Aufsehers, der schon im Begriff gewesen war, dieses Ansinnen abzulehnen.

Daraufhin bequemte der Mann sich jedoch, von irgendwoher zwei Schemel zu besorgen, und zog sich danach in seinen Raum zurück.

In knappen Worten erklärte Crispianus, weshalb wir hier waren.

Die Augen des Medicus schimmerten feucht: »Wem verdanken wir es, nun doch von einem Anwalt verteidigt zu werden?« Fragend lag sein Blick auf mir. »Invita?«

Ich errötete und ergriff seine Hand. »Meine Herrin hat sich für euch eingesetzt. Auch sie glaubt nicht, dass ihr schuldig seid.«

Der Hauch eines Hoffnungsschimmers zeichnete sich auf seinem Gesicht ab. Dann erläuterte ich beiden, dass wir versuchen wollten, mit ihrer Hilfe den wahren Mörder zu finden.

»Isaac, du kennst doch seit langem die Leute, die dich so verabscheuen, dass sie dich und deinen Sohn tot sehen möchten«, begann ich ohne Umschweife. »Warum Primus und sein Vater Salomo hassen, kann ich noch irgendwie nachvollziehen. Denn schließlich hat es keiner gerne, dass seine Braut einen anderen Mann mehr liebt.« Ich warf einen kurzen Seitenblick auf Salomo. »Aber es scheint mir, dass dieser Hass auf deine Familie schon lange zuvor bestand. Der Mord an den beiden Frauen bot jetzt nur die unverhoffte Gelegenheit, euch dieser Sache zu bezichtigen und …«

»… und uns auf diese Weise, sozusagen *legal* loszuwerden«, beendete Salomo bitter.

»Auch Aelius Misenus scheint einen Grund zu haben, euch auf diese Art ausschalten zu wollen. Könnt ihr dazu etwas sagen?«, fragte Crispianus.

»Mein Vater weiß zu viel! Er behandelt schon so lange die Kranken der Stadt, da bekommt man zwangsläufig so manches mit, was nicht an die Öffentlichkeit gelangen soll! Dabei hat er sogar mir gegenüber stets Stillschweigen darüber gewahrt, was er gesehen und gehört hat.«

»Das ist ein ehrenwertes Verhalten.« Crispianus nickte zustimmend. »Aber jetzt ist es an der Zeit, das Schweigen zu brechen. Es geht um euer Leben. Um den wahren Täter zu finden, müssen wir wissen, wer einen Grund gehabt haben könnte, die beiden Frauen zu töten.«

Isaac schwieg eine Weile, doch schließlich begann er zu reden. »Es ist wahr. Einiges von dem, was ich weiß, könnte die Cornelier und Misenus belasten. Aber wer würde schon dem Wort eines Juden glauben? Außerdem habe ich selbst lange darüber nachgedacht, und ich erkenne keinen Zusammenhang zwischen dem, was ich weiß, und den beiden Morden.«

»Bitte, erzähl es dennoch. Vielleicht können wir gemeinsam der Sache auf den Grund gehen.« Crispianus' Stimme klang ruhig und sachlich. »Beginne mit dem Kaiserpriester Misenus! Was hat er gegen dich?«

Eine Weile schien Isaac in Gedanken versunken, dann begann er leise: »Aelius Misenus ist ein Mensch, für den nur Geld und Macht zählen und der dafür über Leichen gehen würde. Derzeit scheint er irgendeinen sehr heiklen politischen Plan zu verfolgen. Genaues weiß ich nicht, aber er scheint eine hochgestellte Persönlichkeit mit Geld zu unterstützen, um auf diese Weise selbst eine noch höhere Position zu erreichen.«

»Woher weißt du das?« Für einen Moment sah Crispianus von seinen Notizen auf.

»Weil er selbst mir angeboten hat, Gold und wertvolle

Gerätschaften über den Handel meines Sohnes zu Geld zu machen, also das Metall einzuschmelzen oder unter der Hand an zahlungskräftige Kunden zu verkaufen. Als Gegenleistung wurde mir ein Teil des Gewinns und das Wohlwollen einer ranghohen Persönlichkeit versprochen.«

Eine ranghohe Persönlichkeit? Ein heikler politischer Plan? Unwillkürlich musste ich an den Brief denken, den ich in Cornelius' Arbeitszimmer gefunden hatte. Ob da eine Verbindung bestand?

Salomo schien ebenso bestürzt zu sein wie ich. »Davon hast du nie gesprochen, Vater. Warum?«

»Ich wollte dich nicht damit belasten. Es stand für mich außer Zweifel, dass es sich um illegale Geschäfte handelte. Daher gab es für mich nichts zu überlegen. Ich habe kategorisch abgelehnt. Misenus geriet daraufhin in Wut und drohte mir, dass ich das einmal bereuen würde.«

»Gold und Gerätschaften?« Eine steile Falte entstand zwischen den Augenbrauen des Anwaltes. »Hast du eine Vermutung, wo diese herstammen könnten?«

Unerwartet stieg die Erinnerung an die Worte in mir auf, die ich vor Cornelius' Arbeitszimmer mit angehört hatte.

*Indizien für den illegalen Handel mit Gold aus dem Tempelschatz … er war zu leichtsinnig.*

Und plötzlich verstand ich.

»Tempelgold!«, entfuhr es mir, während ich im Schreck der Erkenntnis den Stift sinken ließ. »Misenus hat vorgehabt, von ihm unterschlagenes Gold aus dem Tempelschatz über Salomos Laden verkaufen zu lassen.« Ungläubig ging mein Blick zu Isaac, dann zu Crispianus. »Er muss Teile des Goldes und andere wertvolle Gegenstände, die fromme Gläubige zu Ehren des vergöttlichten Kaisers dessen Tempel zum Geschenk machten, an sich genommen haben und versucht nun, es unbemerkt zu Geld zu machen.«

Und Cornelius Felix steckte in der ganzen Sache irgendwie drin.

Crispianus schien meinem Gedankengang blitzschnell gefolgt zu sein, denn fragend sah er zu Isaac hin. »Kann sie mit dieser Vermutung recht haben?«

Wie zur Bestätigung nickte der alte Medicus. »So etwas in der Art hatte ich auch schon vermutet. Ein Grund mehr für mich, sein Ansinnen damals abzulehnen. Gold aus einem Tempel!«

Noch immer hatte ich Probleme damit, das Gehörte zu verdauen. Ein Priester des Kaiserkultes, der Schätze aus dem ihm anvertrauten Tempel raubt. Und mein früherer Herr, nicht nur ein gewissenloser Despot, sondern auch Komplize eines Tempelschänders …

Nun erst verstand ich Isaacs geheimnisvolle Andeutung, manche Menschen würden andere genau der Verbrechen beschuldigen, die sie selbst begehen.

Hexerei und Tempelraub … Vergehen, weswegen Misenus Isaac und seinen Sohn anklagte, waren eindeutig Frevel, die er selbst zu verantworten hatte. Wenn auch unter anderen Vorzeichen.

Und vielleicht kam noch Verrat hinzu … am Statthalter und damit am Kaiser.

Crispianus hatte verstanden. »Also hätte Misenus durchaus einen Grund gehabt, einen unliebsamen Mitwisser loswerden zu wollen – beziehungsweise zwei, denn er konnte ja nicht ahnen, dass dein Sohn nie etwas davon erfahren hat.« Doch dann unterbrach er sich und schüttelte den Kopf. »Aber hätte er sich dann nicht einfacher eines gedungenen Mörders bedienen können, um euch aus dem Weg zu räumen? Es ergibt doch keinen Sinn, dass er zwei unschuldige Frauen tötet, nur um *euch* dann der Tat zu bezichtigen.«

Isaac nickte. »Zu dieser Erkenntnis bin ich selbst auch gekommen, und deshalb glaube ich nicht, dass Misenus auch der Mörder ist. Wahrscheinlich will er nur diese Morde benutzen, um sich an uns zu rächen.«

Das Argument erschien einleuchtend. So zuwider mir der Kaiserpriester auch war, als Täter kam er kaum in Betracht.

Blieben nur noch die Cornelier!

Crispianus schien den gleichen Gedanken zu haben, denn er fragte: »Was ist mit der Familie des Quaestors Cornelius Felix?« Nach einer kurzen Pause des Nachdenkens fügte er hinzu: »Aber weshalb sollte einer von ihnen die Braut des Sohnes und eine ihnen kaum bekannte Sklavin umgebracht haben?«

»Vielleicht aus Eifersucht auf Salomo«, warf ich ein, erkannte aber im gleichen Augenblick, wie unwahrscheinlich das war.

Auch Crispianus schüttelte den Kopf. »Dann hätten sie doch wohl eher den Nebenbuhler umgebracht als die schöne und zudem noch wohlhabende Braut.«

In diesem Punkt hatte er recht. Doch ich wusste einfach, dass die Cornelier irgendwie in die Sache verstrickt waren.

Die Tochter Cornelia!

»Isaac, was ist damals eigentlich geschehen? Diese Sache mit der angeblichen Vergiftung der Tochter? Danach bist du doch nie mehr zu den Corneliern gerufen worden.« Meine Stimme klang unsicher.

»Woher weißt du davon?« Der Angesprochene warf mir einen erstaunten Blick zu.

»Die alte Prisca hat davon erzählt, aber auch sie konnte mir nichts Genaues darüber sagen.« Ich suchte Salomos Augen, doch er wich mir aus. Von einem Moment auf den anderen hatte sich ein beklommenes Schweigen ausgebreitet, als hätte ich an einen Punkt gerührt, den beide, Vater und Sohn, lieber verschwiegen hätten.

»Also gut.« Das Zögern in Isaacs Stimme war überdeutlich. »Es war weder ein Versehen noch ein Anschlag. Cornelia hatte versucht, sich selbst das Leben zu nehmen.«

Ungläubig starrte ich ihn an. Ausgerechnet dieses selbstsüchtige Biest sollte versucht haben, sich umzubringen?

»Allerdings eher halbherzig«, räumte er ein. »Denn von der geringen Menge des Giftes, das sie genommen hatte, wäre sie nicht gestorben.«

»Weißt du auch, weshalb?«

Zu meiner Überraschung war es Salomo, der antwortete. »Sie wollte *mich* dadurch erpressen.« Zorn blitzte in seinen Augen. »Kurz nachdem ich nach Divodurum zurückgekehrt war und meinen Laden eröffnet hatte, kam sie vorbei, um sich einen Ring zu kaufen. Seitdem erschien sie immer wieder, um sich die verschiedensten Schmuckstücke zeigen zu lassen. Es wurde mir ziemlich schnell klar, dass diese Besuche nur ein Vorwand waren, um ...«, er schwieg eine Weile, und die Anspannung zerrte an meinen Nerven, »um mich zu sehen.«

Salomo und Cornelia? Diese Vorstellung erschien mir absurd.

»Später gestand sie mir unumwunden, dass ich ihr gefiele und dass sie nicht abgeneigt sei, mich zu ihrem Geliebten zu nehmen.«

*Typisch Cornelia! Was ihr gefällt, muss sie unbedingt haben!*, schoss es mir durch den Kopf.

Zögernd fuhr Salomo fort: »Ich hatte jedoch kein Interesse daran und versuchte, ihr das begreiflich zu machen, ohne sie in ihren Gefühlen zu verletzen. Aber sie war nicht bereit, meine Ablehnung hinzunehmen.« Es dauerte eine Weile, bis er weitersprach. »Da ich auf keine ihrer Avancen einging, griff sie zum letzten Mittel und schluckte Gift. Allerdings, wie mein Vater bereits sagte, bei weitem nicht genug, um sich ernsthaft in Gefahr zu bringen. Als dann mein Vater zu ihr gerufen wurde, sagte sie ihm ganz offen, es sei allein meine Schuld, dass sie nicht mehr leben wolle und er, als Arzt und Vater, habe die Pflicht, mich zu überzeugen, dass ich meinen Fehler wiedergutzumachen habe.«

*Dieses verfluchte Luder!* Schreckte sie vor nichts zurück? Doch Isaacs Worte rissen mich aus meinem Zorn.

»Unglücklicherweise hatte ihr Vater, der alte Cornelius, das Geständnis seiner Tochter unbemerkt mit angehört«, fuhr Isaak fort. »Seine Empörung war maßlos. Zum einen darüber, dass seine Tochter sich nicht zu schade war für einen dieser verachteten Juden, und zum anderen, dass dieser sie dann auch noch verschmähte! Unter allen möglichen Androhungen versuchte er, mich dazu zu bringen, über die Sache zu schweigen – als ob ich jemals das Vertrauen meiner Patienten missbraucht hätte! Dann verbot er mir, je wieder sein Haus zu betreten. Seiner Tochter untersagte er, auch nur in die Nähe unseres Geschäfts zu kommen. Und meinem Sohn ließ er mitteilen, sollte er auch nur ein Wort über die Sache verlauten lassen, würde er es bitter bereuen. Wir haben beide geschwiegen.«

Erschüttert von dem Gehörten blickte ich den Anwalt an, der andeutungsweise den Kopf schüttelte. Dieses Geständnis erklärte zwar den Hass Cornelias auf die beiden Juden, doch in Bezug auf den anstehenden Prozess half es uns nicht weiter.

Erschöpft schwieg der alte Medicus, und Crispianus legte ihm zu meinem Erstaunen den Arm um die Schulter. »Es scheint, dass eure Widersacher zumindest nicht mit einer Zunge sprechen. *Wenn ein Haus mit sich selbst uneins ist, kann es nicht bestehen.* Vielleicht haben wir eine Chance, den Mordvorwurf zu entkräften, wenn es mir gelingt, die Glaubwürdigkeit der bestellten Zeugen zu erschüttern. Außerdem soll der Statthalter, der ja das Urteil fällen wird, ein besonnener und wahrheitsliebender Mann sein. Gebt also die Hoffnung nicht auf.«

Alle schwiegen. Niemand schien diesen aufmunternden Worten so recht zu glauben.

Kurz darauf kam der Aufseher zurück, um die beiden wieder in die Gefängniszelle zu bringen.

Beim Hinausgehen hörte ich noch, wie Crispianus leise zu Isaac sagte: »Denk an Daniel, der auch in einer aussichtslosen Lage war. Und doch kam er aus der Löwengrube frei.«

Der erstaunte Blick Isaacs war das Letzte, was ich von den beiden sah.

Dann machten wir uns auf den Weg zurück zur Statthalterresidenz.

Wieder saßen wir zu dritt in Marcellas Zimmer.

Crispianus hatte der Herrin berichtet, was wir von Isaac und Salomo erfahren hatten. Er vertrat die Meinung, dass seine einzige Chance darin bestand, die falschen Zeugenaussagen zu entlarven, denn ohne Zeugen oder stichhaltiger Beweise konnte die Anklage nicht aufrecht erhalten werden. Das war im Augenblick die einzige Hoffnung.

»Das Schlimme bei der Sache ist nur«, bemerkte Marcella nach einer Zeit des Nachdenkens, »dass somit der wahre Mörder der beiden Frauen immer noch nicht gefunden worden ist. Und wer weiß, wer sein nächstes Opfer sein wird.«

Ich dachte an die gegen sie gerichtete Fluchschrift, die eindeutig kein magischer Schutzbrief war wie der Papyrus, den die tote Sklavin dem Statthalter zugedacht hatte, und erschauerte.

»Die Frauen der Stadt müssen also weiterhin in Angst leben.« Aus Crispianus' Blick sprach aufrichtige Besorgnis.

»Aber es liegt doch auf der Hand, wer es getan hat«, entfuhr es mir plötzlich. Ein Verdacht, der wohl die ganze Zeit über in einem verborgenen Winkel meines Geistes gekeimt hatte, brach sich mit einem Mal Bahn. Wie konnten die anderen nur so blind sein und es nicht erkennen! »Es muss eine Frau gewesen sein. Und wer hatte einen Grund, die schöne Iunia aus dem Weg zu räumen?«

Fragend schauten mich Crispianus und die Herrin an.

»Natürlich Cornelia! Sie hatte doch ein Auge auf Salomo geworfen, der ihr jedoch keinerlei Beachtung schenkte. Sie ging sogar so weit, einen Selbstmordversuch zu riskieren, um ihn zu bekommen. Aber die Braut ihres Bruders, der sie an Schönheit nicht das Wasser reichen konnte, liebte Salomo auch, und Cornelia befürchtete wohl, dass er diese Liebe erwiderte. Deshalb musste sie diese Konkurrentin aus dem Weg schaffen. Außerdem«, ich rang nach Atem, »waren da noch die Spuren des Haarfärbemittels, das bei der Toten gefunden wurde, obwohl diese eines solchen Hilfsmittels gar nicht bedurfte?«

Zögernd nickte der Anwalt, und ich fuhr triumphierend fort: »Cornelia hatte früher immer eine sehr unscheinbare Haarfarbe, ein schmutziges Mausgrau. Aber als ich sie jetzt wieder gesehen habe, waren ihre Haare plötzlich sehr viel heller. Und sie trug keine Perücke. Also benutzt sie dazu eine Tinktur.«

*Und zuzutrauen ist ihr ein Mord durchaus*, fügte ich in Gedanken hinzu.

Crispianus sah mich nachdenklich an.

»Aus eigener Erfahrung weiß ich auch, wie schnell sie in Wut gerät und dann zu rabiaten Handlungen neigt«, ergänzte ich rasch, um meine Theorie zu untermauern.

»Nehmen wir einmal an, sie hätte wirklich Iunia Curmilla ermordet.« Marcellas Stimme klang ruhig, doch ein gewisses Zögern war ihr anzuhören. »Doch wozu sollte sie eine fremde Sklavin aus dem Weg schaffen wollen?«

Nicht bereit, von meiner Überzeugung abzulassen, schüttelte ich den Kopf. »Ich weiß es nicht. Aber bei Cornelia muss man auf alles gefasst sein.«

»Also gut«, unterbrach mich Crispianus. »Solltest du recht haben und Cornelia wäre die Täterin, so hättest du doch keinen hieb- und stichfesten Beweis gegen sie in der Hand, nichts, was nicht zu widerlegen wäre. Künstlich aufgehelltes Haar? Welcher Richter würde so etwas schon als Beweis gelten lassen? Noch dazu, wenn es sich um die Tochter eines Quaestors handelte. Es bliebe nur die Möglichkeit, sie zu einem Geständnis zu bringen. Aber wie das zu bewerkstelligen ist, weiß ich auch nicht. Ein solcher Fall …«

Marcellas Blick war ernst. »Wir werden wohl damit leben müssen, dass wir Cornelia nichts nachweisen können. Aber die Hauptsache ist doch, Isaac und Salomo frei zu bekommen.«

Natürlich hatte sie recht, das war das Wichtigste. Aber an Crispianus' Gesichtsausdruck konnte ich erkennen, dass es auch ihm nicht gefallen würde, den Mörder oder die Mörderin ungestraft einfach davonkommen zu lassen.

»Ich werde über die Sache nachdenken. Frauen reden gerne, wenn man es nur versteht sie dahingehend zu provozieren. Vielleicht fällt mir bis morgen noch etwas ein.«

*Nur noch eine Nacht!*

Panik breitete sich in mir aus, bei dem Gedanken, wie wenig Zeit uns nur noch blieb, um das Leben Salomos und Isaacs zu retten.

# KAPITEL XXV

Der Tag des angesetzten Gerichtsprozesses war heiß und stickig. Schon zur ersten Stunde schien sich die halbe Stadt auf dem Forum versammelt zu haben, das auf allen Seiten von Prachtbauten und Säulenhallen umgeben war.

Alle drängten in die Basilika, das Gerichtsgebäude. Groß und mächtig, strahlend weiß, mit hohen Fenstern und vereinzelten blutroten Verzierungen ragte sie wie das Symbol unverrückbarer römischer Macht empor.

Stumm schob ich mich durch die Menschenmenge, Marcella ging einige Schritte hinter mir. Viele der Leute schienen sie als Tochter des Statthalters zu erkennen, und so öffnete sich uns, unter neugierigem Gemurmel, eine Gasse, die es uns ermöglichte, unbehelligt bis zum Eingang zu gelangen.

Erhitzt durchschritten wir das hohe Portal und traten in die Kühle der hohen Halle. In Gruppen standen die Menschen zusammen, diskutierten eifrig und gestenreich über den möglichen Ausgang des Prozesses, wie ich einigen Satzfetzen entnehmen konnte. Manche hatten sich sogar Sitzgelegenheiten mitgebracht, und so war es nicht ganz einfach, sich den Weg nach vorne zu bahnen, wo sich unter der großen Apsis ein Podest befand, auf dem der Statthalter als oberster Richter der Provinz Recht sprechen würde.

Neben dem richterlichen Stuhl gab es noch Sitzgelegenheiten für die Ankläger und ein Pult für den Schreiber, der den Prozess protokollieren würde.

Endlich bahnten sich die Liktoren ihren Weg durch die Menge. Die Rutenbündel geschultert, ebneten sie eine Gasse für den Statthalter, der hinter ihnen die Tribüne betrat.

Als Familienangehörige hatte Marcella Anrecht auf einen Platz in der Nähe des Geschehens, wo sich schon ein Großteil der Würdenträger von Divodurum mit ihren Frauen niedergelassen hatte, und setzte sich auf einen mit Polstern ausgestatteten Stuhl. Ich nahm gleich neben ihr Aufstellung.

Als Erstes entdeckte ich Cornelia Felix, dann Claudia Severina, die trotz der sommerlichen Hitze fast vollständig in Schwarz gekleidet war und einen leichten Schleier um die Haare geschlungen hatte.

Das Gemurmel der Menge schwoll an, und der Geruch nach Schweiß und ungewaschener Kleidung wurde immer durchdringender, je mehr Menschen in das Gebäude strömten. Doch ich beachtete ihn kaum, da die Angst vor dem, was nun folgen würde, alles andere überdeckte.

Auch der Ankläger nahm seinen Platz ein, Aelius Misenus in seiner weißen Toga als Sevir Augustalis. In purpurgesäumtem Gewand, um die Bedeutung seines Ranges zu demonstrieren, saß Cornelius Felix neben seinem Sohn, der, noch immer schwarz tragend, die Trauer um den Tod seiner Verlobten zur Schau stellte. Der Mann, der zum Schluss seinen Platz einnahm, war Quintus Curmillus, der Vater der Ermordeten. Mit zu Boden gerichtetem Blick sah er keinen der Anwesenden an, sondern starrte nur stumm vor sich hin.

In diesem Augenblick wünschte ich mir, wie die Damen der Gesellschaft einen Schleier zu tragen, um mich vor den Blicken der Menschen zu verbergen, insbesondere vor denen meines früheren Herrn. Doch es blieb mir nichts übrig, als geradeaus zu schauen und zu versuchen, mir meine Gefühle nicht anmerken zu lassen.

Das Ansteigen des Lärms durch scharrende Füße, lauter werdendes Gemurmel und empörte Ausrufe zeigte schließlich an, dass nun die beiden Angeklagten hereingeführt wurden.

Unwillkürlich hielt ich den Atem an, als zwei Wachen erst Isaac, dann wenige Schritte dahinter seinen Sohn Salomo auf die Tribüne stießen.

Was mich vor einigen Tagen schon im Halbdunkel des Kellers erschreckt hatte, zeigte sich jetzt, im durch die Bogenfenster hereinflutenden Morgenlicht, mit grausamer Härte: Der Arzt wirkte um Jahre gealtert, seine Statur in sich zusammengefallen. Anders als sonst, wo seine Gewänder den beruhigenden Duft nach Heilkräutern verströmten, verbreitete er jetzt den Gestank von Kerker und Gefangenschaft, der sogar bis zu mir drang und manchen der Umstehenden dazu veranlasste, sich den Stoff seines Gewandes vor Mund und Nase zu drücken.

Für den Bruchteil eines Herzschlages traf mich sein Blick, und ich sah, dass er mich erkannt hatte. Schmerzerfüllt wandte ich das Gesicht von ihm ab; ich konnte es kaum ertragen, ihn so zu sehen.

Dann erst suchten meine Augen Salomo. Er hielt sich aufrecht, sein Blick ging geradeaus, und nichts in seinen Zügen verriet Furcht oder Schuld. Da war nur der Ausdruck unbändigen Zornes, der seine Augen verengte und ihn die mit Ketten gefesselten Hände zu Fäusten ballen ließ.

Erschrocken bemerkte ich das getrocknete Blut an Wangen und Hals und weitere bräunlich getrocknete Schlieren auf seinem vormals beigefarbenen Gewand, das nun beschmutzt und zerrissen um seinen Körper hing.

Als mich das Gefühl verzweifelter Ohnmacht vollständig zu übermannen drohte, spürte ich, wie eine kühle Hand meine Finger umfasste und beruhigend, beinahe freundschaftlich drückte.

Ich blinzelte überrascht und sah zu Marcella, die den Druck ihrer Hand verstärkte und mir kurz zunickte.

Tief atmete ich durch. Wenn sie, behütet und zerbrechlich wie sie war, die Kraft dazu hatte, dann würde auch ich es ertragen, dem Prozess und dem – trotz Crispianus' Bemühungen – vielleicht unausweichlichen Urteil beizuwohnen. Und danach … Ich war nicht in der Lage, den Gedanken zu Ende zu führen.

Nach den beiden Angeklagten betrat auch der junge Anwalt die Plattform. Sein Gesicht war ernst, doch erweckte er den Eindruck eines besonnenen Mannes, der wusste, was er tat. Ohne der aufgebrachten Menge einen Blick zu schenken, nahm er seinen Platz ein.

Flüchtig ging mein Blick zu Marcella, und ich sah, wie ihre Wangen von einem Hauch Röte überzogen wurden. Doch war ich zu sehr mit anderen Problemen beschäftigt, um mir darüber weiter Gedanken zu machen.

Die Worte des Statthalters, der den Prozess eröffnete, drangen nicht wirklich bis zu mir durch. Alles um mich herum versank in einem Rauschen und Raunen.

Dann trat Aelius Misenus vor. Offensichtlich hatte er die Rolle des Anklägers übernommen. Doch warum ausgerechnet er? Weshalb nicht Cornelius Felix oder, noch wie es zu erwarten gewesen wäre, Quintus Curmillus, der Vater der Ermordeten?

Seine ersten Worte gingen beinahe unter im Lärm der Menge. Erst als zwei Liktoren nach vorne traten, verstummte der Tumult, und der Priester konnte mit seiner Rede fortfahren.

»Unser geliebter Kaiser, dessen Haus ich diene und dessen Genius ich verehre, hat schon vor Jahren einen wachsamen Blick nach Osten geworfen, um dem aufrührerischen Treiben der Perser Einhalt zu gebieten. Aber wer unterstützt deren ruchlose Machenschaften? Wer stellt sich auf die Seite der persischen Feinde? Wer begeht die schändlichste Form des Verrates? Wer gefährdet die Sicherheit unserer Grenzen?« Jede seiner Fragen ging mit einer Steigerung der Lautstärke einher. Nach der letzten machte er eine Pause, um sie dann selbst zu beantworten: »Immer wieder die Juden, die machtbesessenen Angehörigen jüdischer Familien, und das, obwohl sie schon seit Jahrhunderten die Sicherheit des römischen Friedens genießen durften.«

Laute Missfallensäußerungen waren zu hören. Geballte Fäuste reckten sich nach oben.

Misenus wartete, bis der Lärm abgeflaut war, und fuhr fort: »Jeder weiß, dass unser erhabener Kaiser für sein beherztes Eingreifen im Osten mit seiner Freiheit zahlen musste und nun als Gefangener der Perser hilflos auf Rettung wartet.«

Der Aufruhr, der bei diesen Worten ausbrach, dröhnte gegen meine Ohren und hallte von den hohen Wänden der Basilika wie ein Donnergrollen wieder.

»Er benutzt ihre Angst, um sie aufzuhetzen.« Marcellas Stimme war in dem Lärm kaum zu verstehen.

Und schon fuhr Misenus fort: »Doch damit nicht genug. Haben nicht diese jüdischen Wucherer schon fast das halbe Imperium unterwandert? Die Völker mit ihren abscheulichen Bräuchen verdorben? Doch was in den letzten Tagen geschehen ist, übersteigt das erträgliche Maß. Musste es so weit kommen, dass selbst das Leben unserer Frauen nicht mehr sicher ist? Nicht mehr in der eigenen Stadt, nicht mehr in den Gassen vor dem eigenen Haus. Und warum?« Er machte eine dramatische Pause, dann streckte er die rechte Hand aus und wies auf die beiden Gefangenen, die seinen Worten stumm gefolgt waren. »Weil diese von den Göttern gehasste Menschen jegliche Zurückhaltung aufgegeben haben. Betrug, Wucher und Verrat! Und, als wäre das noch nicht genug, wird es noch entsetzlicher: Giftmischerei, Hexerei und Mord!«

Ich hatte den Eindruck, mich in einem Kessel mit kochendem Öl zu befinden, der jeden Moment explodieren könnte.

»Haben uns nicht schon die Gelehrten der Ägypter, der Griechen und auch unsere eigenen Philosophen immer wieder vor den Machenschaften der Juden gewarnt? Sagt nicht auch der große Tacitus, die Juden seien den Göttern verhasst und den übrigen Religionen entgegengesetzt?«

Misenus hatte seine Worte gut einstudiert, das musste man ihm lassen. Er überließ nichts dem Zufall und war geschickt genug, durch die Wahl seiner Worte und den Bezug auf die Gelehrten, die Reichen und Gebildeten der Stadt anzusprechen. Durch die Gewalt seiner Stimme, die Wucht seines

Auftretens verstand er es auch, das einfache Volk für sein Vorhaben zu gewinnen.

Wer würde jetzt noch nach Beweisen fragen, wo die Dinge doch so klar auf der Hand lagen? Wenn schon große Denker vergangener Jahrhunderte die Verdorbenheit des jüdischen Volkes so klar erkannt und beschrieben hatten?

»Doch lassen wir es nicht genug sein mit der Stimme der Weisen und Gelehrten«, fuhr Misenus fort, als hätte er meine Gedanken gelesen. »Glücklicherweise gibt es ehrliche Bürger in dieser Stadt, Menschen, die bereit sind, das Ihre zu tun, um das schändliche Treiben dieser jüdischen Unmenschen aufzudecken. Hört euch nun das Zeugnis dieser Frau an! Sie hat Dinge gesehen, die ohne jeden Zweifel zeigen, dass die beiden Angeklagten schuldig sind …«

Mit diesen Worten machte Misenus eine kurze Geste, und aus den vorderen Reihen löste sich eine Gestalt, die ganz mit einem groben grauen Schleier verhüllt war. Das Gesicht zu Boden gesenkt, schwankte sie unsicher, als sie vor die Menge trat. Doch Misenus packte sie sofort am Handgelenk und zog sie näher zu sich heran, als wollte er verhindern, dass sie es sich anders überlegte und das Weite suchte.

»So, Frau.« Seine Stimme hallte noch immer laut über die Köpfe der Menge. »Du hast angegeben, dass du etwas über die Machenschaften dieser beiden Männer weißt. Ist das richtig?«

Ein schwaches Kopfnicken war die Antwort, doch hatte ich den Eindruck, die Gestalt der Angesprochenen würde dabei in sich zusammenschrumpfen.

»Also sprich, was hast du uns zu sagen?«

»Da war dieser Mann …« Die leisen Worte wurden vom Geraune der Menge beinahe geschluckt.

»Welcher Mann?« Die Ungeduld in Misenus' Stimme war scharf wie ein Messer.

»Dieser Mann.« Beinahe kraftlos nickte die Verschleierte zu Isaac hin.

»Und weiter?«

»Vor einiger Zeit habe ich ihn aufgesucht. Mein Gatte litt an Fieber und quälendem Husten. Es hieß, dieser da sei ein guter Arzt, und so ging ich eines Abends zu seinem Haus und klopfte.«

Die Zuschauer wurden wieder leiser. Jeder schien begierig zu hören, was die unbekannte Frau in stockenden Worten berichtete.

»Zunächst wurde mir nicht geöffnet. Und so wartete ich eine Weile.«

»Und dann?« Misenus' Stimme hatte etwas Lauerndes, Gefährliches, und einen Moment lang dachte ich an seine wirklichen Beweggründe, den Tod der beiden Juden zu forden.

»Während ich wartete ... da ... ich hörte ... seltsame Stimmen, ein Singsang in einer unbekannten Sprache. Ein verbrannter Geruch. Stinkend, ekelerregend ... Der Geruch der Unterwelt.«

Erneut erhob sich ein Raunen, schwang wie eine Welle durch die Menge der Anwesenden, bis Misenus mit einer kurzen Geste erneut Ruhe gebot.

»Endlich kam eine Magd. Sie ließ mich ins Haus, erlaubte es mir jedoch nicht, die Räume zu betreten, in denen der Medicus seine Patienten behandelt. Doch konnte ich die Stimmen hören, wenn auch durch verschlossene Türen. Auch der Geruch ... ich bin sicher ... ich weiß es ... dieser da hat ...« Der Rest des Satzes ging in einem erbärmlichen Schluchzen unter.

Von meiner Position aus konnte ich sehen, wie sich Misenus' Hand fest um den Oberarm der Zeugin schloss und gleich einem Schraubstock zudrückte. Ihr Schleier verrutschte dabei ein wenig, ihre Züge verzogen sich vor Schmerz, und erst in diesem Augenblick erkannte ich die Frau.

Ungläubig starrte ich in das von stummer Verzweiflung gezeichnete, von feinen Fältchen durchzogene Gesicht. waren. Es bestand kein Zweifel. Das war dieselbe Frau, die bei der Ankunft des Statthalters den Fluch über ihn und sein Haus ausgesprochen hatte.

Eine düstere Ahnung überkam mich, während ich versuchte, mich daran zu erinnern, was ich über sie in Erfahrung gebracht hatte.

War nicht ihr Mann der Hexerei angeklagt gewesen, der Anwendung schwarzer Künste? Und zwar von Aelius Misenus selbst? Ungläubig zog ich die Augenbrauen hoch. Aber weshalb stand sie jetzt da oben und machte eine Aussage zu dessen Gunsten?

»Erinnerst du dich an diese Frau, Herrin?«, flüsterte ich Marcella zu.

Sie sah zu mir herüber, schüttelte jedoch den Kopf.

»Das ist diejenige, die sich deinem Vater zu Füßen geworfen hat, als wir die Stadt betraten.«

Um die Gestalt besser zu erkennen, kniff sie die Augen zusammen. Schließlich nickte sie. »Du könntest recht haben. Und ausgerechnet sie tritt jetzt als Zeugin auf?«

Kaum merklich nickte ich. »Das ist schon äußerst merkwürdig.«

Doch es blieb uns keine Zeit, unser Gespräch fortzusetzen, denn Misenus stieß die Frau hart an und zwang sie, mit ihrer Beschreibung fortzufahren.

»Ich habe gehört, wie dieser da …« Wieder wies sie mit einer schwachen Bewegung ihres Kopfes, von dem der Schleier nun vollständig herabgeglitten war, zu Isaac hin, aber ihre Stimme klang tonlos und ohne rechte Überzeugung: »… die Mächte der Finsternis beschworen hat, Leid, Krieg und Hunger über die Stadt zu bringen. Er …«

Was sie sonst noch hinzufügen mochte, blieb ungehört, denn der Tumult, der jetzt losbrach, war von einer solchen Lautstärke, dass selbst Misenus' herrische Gebärden nicht dazu in der Lage waren, ihm Einhalt zu gebieten, sondern abwarten musste, bis sich der Zorn der Menge einigermaßen gelegt hatte.

»Und was geschah dann?« Misenus ließ nicht locker. Unerbittlich wie ein Sklaventreiber drängte er die Frau, die sich offensichtlich am Ende ihrer Kräfte befand, dazu, weiterzusprechen.

»Ja«, begann diese unsicher. »Als er endlich herauskam aus seiner Kammer, waren seine Hände mit Ruß verschmiert, und eine dunkle Flüssigkeit klebte daran. Dann gab er mir ein Heilmittel für meinen erkrankten Mann. Aber ... aber ...« Wieder drohte hilfloses Weinen sie zu überwältigen, doch ein Stoß von Misenus' Handrücken erstickte es im Keim.

»Was geschah, als dein Mann dieses Mittel einnahm?«, fragte der Priester, und ein ungeduldiger Grimm schwang bei dieser Frage mit.

»Zunächst dachte ich, es ginge ihm besser ... Aber schließlich ... Er versank vollständig in Fieber, redete wirres Zeug daher und war seitdem nicht mehr Herr seiner Sinne.« Zitternd atmete das hilflose Bündel Frau ein, als müsse sie ihren ganzen Mut zusammennehmen, dann stieß sie atemlos hervor. »Der alte Jude hat ihn verhext!«

Erneut brach ein Höllenlärm los, ein Stampfen und Schreien, dass ich glaubte, die Pforten der Unterwelt hätten sich tatsächlich geöffnet.

Ich sah, wie Marcella in hilfloser Ohnmacht den Kopf schüttelte, und musste das Wort »Demagoge« mehr von ihren Lippen ablesen, als dass ich es verstehen konnte.

Auch ich erkannte immer deutlicher, welch perfides Spiel dieser Kaiserpriester spielte und wie gewissenlos er die Massen manipulierte.

Die ganze Verzweiflung, Wut und Unsicherheit der Bewohner einer überfüllten, belagerten Stadt machten sich hier Luft. Die ganze Angst der Menschen, die nicht wussten, ob sie im nächsten Monat noch ein Dach über dem Kopf haben würden oder eine Rinde Brot, um ihren Hunger zu stillen, entlud sich in ohnmächtigem Zorn auf die beiden Angeklagten.

Schließlich erhob sich der Statthalter selbst von seinem Sitz. Aber es dauerte eine Weile, ehe seine Autorität sich durchsetzen konnte und die Menge verstummte. Er trat zu der noch immer schluchzenden Frau, zwang sie, ihn anzusehen, und ergriff das Wort.

»Das was du da sagst, Frau, hat nichts mit dem zu tun, wessen die beiden hauptsächlich angeklagt sind, mit dem Mord an der Tochter des Quintus Curmillus? Weißt du darüber etwas?«

Unter dem ernsten Blick des Statthalters war die Angesprochene nicht in der Lage aufzusehen.

»Ja, Herr«, murmelte sie schließlich. »Eines Abends war ich auf dem Weg zum Hause des Aedils Catullinus Celer. Die Sache, die ich beobachtet hatte, die unheimliche Veränderung meines Mannes ließ mir keine Ruhe. Ich wollte mit dem Beamten über die Angelegenheit sprechen.«

Der Statthalter nickte.

»Wie du vielleicht weißt, liegt dessen Haus nicht weit entfernt von dem des Quintus Curmillus. Und da, kurz bevor ich das Haus erreicht hatte, sah ich den alten Juden und seinen Sohn, die sich, als sie mich erblickten, abwendeten. Ich wusste nicht, was sie mitten in der Nacht in dieser Gegend zu suchen hatten, doch konnte ich genau sehen, dass ihre Hände voller Blut waren.«

Noch immer schaute die Frau beharrlich die Spitzen ihrer zerschlissenen Schuhe an und schien bei jedem ihrer Worte weiter in sich zusammenzusinken. »Und am nächsten Morgen erfuhr ich, dass genau dort, wo ich die beiden gesehen hatte, die Tochter des Decurios Curmillus ermordet aufgefunden wurde.«

In tosendem Geschrei machte sich die Empörung des Volkes Luft, während blanke Panik über mir zusammenschlug. »Sie lügt!«, brach es aus mir hervor. »Es sieht doch jeder, dass sie lügt!«

Wie zur Beruhigung packte Marcella meine Hand, doch

der Irrsinn dieser Situation brachte mich fast um den Verstand.

»Ich weiß nicht, was Misenus gegen sie in der Hand hat«, raunte ich erstickt, »doch es muss schwerwiegend genug sein, dass sie dafür Meineide leistet und Unschuldige in den Tod schickt.«

»Noch ist der Prozess nicht zu Ende! Und mein Vater wird kein übereiltes Urteil sprechen. Es müssen schließlich beide Seiten ausreichend gehört werden.«

Das war ein schwacher Trost, obgleich ich zugeben musste, dass ich ihren Vater bisher wirklich als gerecht und besonnen erfahren hatte. Doch was konnte er gegen diese falschen Zeugenaussagen ausrichten; solange es keine Beweise gab, um die beiden Angeklagten zu entlasten?

Durch den Tumult und meinen Wortwechsel mit Marcella war mir entgangen, dass man die weinende Frau von dem erhöhten Podest weg geführt hatte. Als ich wieder aufsah, hörte ich, wie der Statthalter den nächsten Zeugen auf rief:

»Der Quaestor Cornelius Felix.«

Mir wurde übel, als ich meinen verhassten früheren Herrn wie einen gemästeten Pfau auf das Podest stolzieren sah.

Die sorgfältig gefaltete Toga hüllte in regelmäßigen Bahnen seinen massigen Leib ein, Schweiß stand ihm auf der Stirn, und seine kleinen Augen funkelten zornig.

»Statthalter«, begann er, und es war ihm anzuhören, dass er ob der Anstrengung, die Stufen erklommen zu haben, nach Atem ringen musste, »ich bin hier, um dich an deine Pflicht zu erinnern, die beiden Verbrecher hier unschädlich zu machen.«

»Die beiden Angeklagten«, verbesserte ihn der Legatus unbeeindruckt.

»Wie dem auch sei«, fuhr Cornelius fort, während er sich mit einem kleinen Tuch den Schweiß vom Gesicht tupfte. »Ich jedenfalls werde tun, was in meiner Macht steht, um die Stadt wieder sicherer zu machen vor dieser jüdischen Brut.«

»Darf ich dich erinnern, dass du hier Zeuge bist, Quaestor«, unterbrach ihn der Statthalter erneut, »nicht der Ankläger.«

Ein verhaltenes Lachen aus der Menge ließ die Röte in Cornelius' feiste Wangen schießen. »Eben das. Und ich kann bezeugen, vor aller Augen und Ohren, dass diese beiden Männer hier Verbrecher sind.« Er räusperte sich und wies mit seiner fleischigen Hand schließlich auf Isaac. »Dieser Mann hier hat über Jahre hinweg das Vertrauen meiner Familie genossen. Das blinde Vertrauen, wie ich rückblickend leider sagen muss. Heute frage ich mich, wie ich so töricht und leichtsinnig sein konnte, einem Juden zu vertrauen, wo doch bekannt ist, dass …«

»Dein Zeugnis, Cornelius«, mahnte der Statthalter.

Ein wütender Blick des so unsanft in seiner Rede Unterbrochenen.

»Also gut. Beinahe von dem Tag an, da ich meine Familie gegründet hatte, war Isaac der Medicus in meinem Hause. Er kümmerte sich gleichermaßen um meine Kinder wie auch um das Gesinde. Aber …«, seine Miene verfinsterte sich dramatisch, »ich hätte es wissen müssen.«

»Was wissen müssen?«, warf nun Misenus ein, der seine Rolle als Ankläger wieder eingenommen hatte.

»Dass ihm nicht zu trauen ist. Dass er ein Betrüger ist, ein Scharlatan, ein Halsabschneider.«

»Was willst du damit sagen?«

»Dass er mich schon damals übers Ohr gehauen hat, mit den überhöhten Preisen, die er von mir für seine Behandlung einforderte – dieser Wucherer.«

»Und wieso glaubst du, dass die Preise überhöht waren?«

»Das liegt doch klar auf der Hand. Dieser alte Jude hat sich erdreistet, die gleiche Summe für die Behandlung meines Dienstpersonals wie für die meiner Frau oder Tochter zu verlangen. Als sei das Leben eines dieser Sklaven auch nur einen Bruchteil so viel wert wie das der Mitglieder unserer altehrwürdigen Familie!«

Diesmal war die Reaktion der Zuhörer verhalten. Zu viele Arme waren darunter, zu viele Flüchtlinge, die gerade erst Heim und Herd verloren hatten.

Einen Augenblick lang schien diese Reaktion Cornelius zu ernüchtern, dann jedoch blitzte der Zorn erneut in seinen Augen auf, und er straffte sich, wie er es immer getan hatte, bevor er sich anschickte, ein Strafgewitter über mich oder einen seiner anderen Sklaven loszulassen.

»Außerdem kann ich bezeugen«, nahm er das Wort wieder auf, »dass der Mord an der Verlobten meines Sohnes, der Tochter des ehrenwerten Quintus Curmillus, und der an der Sklavin des Aelius Misenus nicht die ersten Morde oder Mordversuche dieses heimtückischen Juden waren.«

Die nachfolgende Stille erschien mir lauter als der vorangegangene Tumult. Die Anspannung war mit Händen greifbar, die aufgeladene Stimmung konnte jederzeit in offene Gewalt umschlagen.

In ohnmächtiger Wut knetete ich mit schweißnassen Händen mein Gewand, da ich begriff, welches Zeugnis Cornelius Felix nun ablegen würde.

»Meine arme Tochter hat durch die beiden schon so manches erleiden müssen. Im Winter dieses Jahres jedoch hätte ihre Gutgläubigkeit sie beinahe das Leben gekostet. Daher wird sie nun selbst zu uns sprechen und uns berichten, wie knapp sie nur dem Tod entronnen ist, den dieser alte Jude für sie geplant hatte!«

Nur mühsam unterdrückte ich einen Schrei und presste die Hände vor meinen Mund. Ich wusste, was Cornelia jetzt aussagen würde. Und natürlich würde man ihr Glauben schenken. Ihr und ihrem Vater.

Eindringlich, aber leise hörte ich Marcella mir etwas zuflüstern. Ich verstand den Sinn ihrer Worte nicht, schaute verständnislos zu ihr hinüber, doch auch ihr Gesicht verschwamm wie Nebel vor meinen Augen.

Trotz des Rauschens in meinen Ohren hörte ich, wie der Statthalter um Ruhe bat und dann die Zeugin aufrief.

Als ich endlich wieder in der Lage war, meine Umgebung klar wahrzunehmen, sah ich, wie Cornelia Felix das Podest betrat und einen Moment lang ihren Blick über die Menge gleiten ließ, als genösse sie es, zumindest eine gewisse Zeitlang im Mittelpunkt des Interesses zu stehen und die Augen der ganzen Stadt auf sich gerichtet zu wissen.

Dann zog sie ihre üppig mit Bleiweißpuder bestäubte Stirn in tiefe Kummerfalten und strich sich in gespielter Verlegenheit über die goldenen Haare, die in unzähligen winzigen Flechten zu einer aufwändigen Frisur aufgetürmt waren.

*Mörderin!*, schoss es mir voller Zorn durch den Kopf. Obgleich ich wusste, dass es vor allem mein persönlicher Hass gegen sie, ihre Launenhaftigkeit, ihre Schläge waren, die diese Gefühle wie bittere Galle in mir aufsteigen ließen.

»Also, edle Dame«, Misenus war wieder vorgetreten und sah Cornelia mit ernstem Blick an, »was kannst du uns über das Treiben dieser beiden Männer berichten?«

»Nun, wie mein Vater bereits sagte, war Isaac schon lange der Arzt in unserem Haus. Auch wenn seine Preise ein wenig überhöht waren, um das noch einmal zu betonen.« In gespielter Bescheidenheit flatterten ihre tiefschwarz umrahmten Augenlider. »Daher kenne ich natürlich auch seinen Sohn. Häufig begleitete er seinen Vater, bis er vor einigen Jahren die Stadt verlassen hatte.«

Misenus nickte »Das ist bekannt.«

»Und natürlich weiß niemand, was er in der Zwischenzeit getrieben hat und woher der ganze Reichtum stammt, mit dem er so herumprahlt.« Betont langsam drehte Cornelia ihr Gesicht Salomo zu, der noch immer regungslos dastand, die gefesselten Hände zu Fäusten geballt.

»Auf jeden Fall ist er Ende des vergangenen Jahres wieder in unserer Stadt aufgetaucht. Steinreich, wie gesagt, und hat diesen Laden eröffnet.«

»Für Juwelen und Schmuck.«

»Ja. Und ganz offensichtlich hatte er mit seiner Rückkehr noch ganz andere Dinge geplant. Denn eines Tages, als ich seinen Laden aufsuchte, um nach einem neuen Paar Ohrringe zu suchen, da …« Cornelia schaffte es zu erröten und senkte in gespielter Verlegenheit den Blick.

»Was war da?«

»Es fällt mir sehr schwer, darüber zu sprechen. Hier in aller Öffentlichkeit. Auf jeden Fall bestand er darauf, mir den Schmuck selbst anzulegen, damit ich sehen konnte, ob er mir stand. Schließlich hielt er mir den Spiegel vor das Gesicht, und dann … dann …«

»Ja?«

»Dann legte er den Arm um meine Schulter, zog mich zu sich heran und raunte mir Dinge ins Ohr. Dinge … die eine anständige Frau hier unmöglich wiedergeben kann.«

Salomo öffnete den Mund, um etwas zu sagen, presste dann jedoch die Kiefer zusammen und zerrte in unterdrücktem Zorn an seinen Fesseln.

Cornelias Blick maß ihn schweigend, endlos lange und mit einem leuchtenden Triumph in den Augen, den auch ihre vorgespielte Empörung nicht verbergen konnte. Jedenfalls nicht vor jemandem, der sie so lange kannte wie ich.

»Wie hast du reagiert?« Nur gedämpft drangen Misenus' Worte durch den Kokon meiner hilflosen Wut.

»Natürlich auf die einzig mögliche Art, in der eine Dame meines Standes auf solch empörende Angebote reagieren kann.« Cornelia hatte sich wieder dem Priester zugewandt, doch schien sie sich schwer damit zu tun, in ihre Rolle als unschuldiges Opfer zurückzufinden. »Ich habe ihn augenblicklich abgewiesen.«

»Hat er diese Abweisung akzeptiert?«

»Aber wie könnte er?« Bestürzt rollte sie mit den Augen. *Oh nein, wer könnte den Liebreizen einer Cornelia Felix schon widerstehen?*

»Er lächelte nur und ließ mich für diesen Tag ziehen. Ohne den Ohrschmuck wohlgemerkt. Doch begann er nun, da ich mich nicht mehr in seinem Laden zeigte, mir an anderer Stelle in der Stadt nachzustellen.«

*Lüge!* Atemlos vor Empörung knirschte ich mit den Zähnen. *Dieses elende Geschöpf!*

»Seither fühlte ich mich meines Lebens nicht mehr sicher. Wo ich auch hinging, lauerte er mir auf. Es war mein Glück, dass ich nie ohne Begleitung das Haus verlasse, sonst wäre es mir sicher so ergangen wie dieser Unglücklichen …«

»Hast du eine konkrete Veranlassung zu glauben, dein Leben sei in Gefahr gewesen?«

»Aber natürlich!« Zumindest Cornelias Empörung war aufrichtig. »Einzig und allein meiner Vorsicht ist zu verdanken, dass ich heute noch lebe und nicht das Opfer dieses verschmähten Liebhabers geworden bin.«

Ich sah, wie Salomo eine heftige Bewegung machte, als wolle er protestieren, doch sein Vater flüsterte ihm etwas zu, und widerwillig presste er seine Lippen zusammen und schwieg.

»Denn nachdem dieser Jude trotz seiner dreisten Beharrlichkeit nicht zu seinem Ziel gekommen ist, hat er wohl einen Plan ersonnen, um sich für meine Zurückweisung zu rächen. Deswegen …« Cornelia unterbrach sich. Ob sie die gespannte Aufmerksamkeit der Zuschauer genoss oder lediglich nach den richtigen Worten suchte, war nicht zu erkennen. »Deswegen hat er seinen Vater, den alten Giftmischer, zu seinem Komplizen gemacht …«

»Bisher sind das nur Mutmaßungen. Hast du auch Beweise?«, unterbrach sie der Statthalter, dem diese Ausführungen wohl zu lange dauerten.

»Eines Tages«, fuhr Cornelia unbeeindruckt fort, »als ich im Winter mit einer schweren Erkältung das Bett hüten musste, ließ mein Vater gutgläubig und nichts ahnend den alten Juden rufen, um mich zu behandeln. Doch – aus Rache dafür, dass ich den unzüchtigen Annäherungen seines einzigen Sohnes so beharrlich widerstand – hat er mir statt der Medizin ein tödliches Gift eingeträufelt. Tagelang siechte ich dahin ...«

Der Lärm unter den Zuhörern wurde so laut, dass sich Cornelia fast nicht mehr verständlich machen konnte.

»Nur knapp bin ich dem Tode entkommen!«, schrie sie beinahe schrill. »Dafür gibt es genügend Zeugen im Hause meines Vaters. Dieser Jude wollte mich töten. Er ist ein Mörder, und ...«

Der Rest des Satzes ging im Aufruhr der Menge unter, doch hatte sie ihr Ziel erreicht.

Das war zu viel für mich. Zorn, Angst und Hass setzten mich gleichermaßen in Flammen, durchzogen meinen Körper mit jedem Herzschlag, mit jedem Atemzug.

*Das ist alles Lüge!*, wollte ich schreien. *Hör nicht auf sie, Statthalter, ich sage dir, sie lügt. Nicht Salomo hat sie vergiftet, sondern sie selbst hat ...* Doch kein Ton kam über meine Lippen.

Wie in Trance spürte ich, dass Marcella ihre Hand auf meine Schulter legte, als wollte sie mich dadurch vor Schlimmerem bewahren.

Hier hielt ich es nicht mehr länger aus! Ich musste heraus, an die frische Luft, sonst würde ich irgendetwas tun, was ich bereuen würde. Schwankend drehte ich mich um, und Marcella, die wohl erkannte, was mit mir los war, nickte mir zu und stand ebenfalls auf.

Es war nicht einfach, sich einen Weg durch die aufgebrachte Menschenmenge zu bahnen. Als ich mich noch einmal kurz umblickte, sah ich Cornelia mit trotzig hochgerecktem Kopf dastehen. Und plötzlich bemerkte ich, dass zwei dunkle Augen Marcella, die ein Stück hinter mir ging, folgten.

Mit Erstaunen erkannte ich die ehrwürdige Claudia Severina. Beobachtete sie meine Herrin, oder war es Zufall, dass sie gerade in ihre Richtung blickte? Ein ungutes Gefühl überkam mich, wurde aber gleich wieder von meiner Wut überlagert.

Als es uns endlich gelungen war, das aufgeheizte Gebäude zu verlassen, machten wir uns sofort auf den Weg zurück zur Statthalterresidenz.

Da sich solche Prozesse nicht selten über viele Stunden hinzogen, beschlossen wir, später noch einmal zurückzukehren. Im Augenblick konnten wir ohnehin nichts tun.

# KAPITEL XXVI

Meine Gedanken drehten sich unentwegt im Kreise. Sie würden Salomo und Isaac verurteilen. Es war zu spät. Nichts und niemand würde die infamen Lügen Cornelias entlarven können.

Ich hatte das Gefühl, dass mir die Zeit unaufhaltsam zwischen den Fingern zerrann. Es war grausam, zu erfahren, dass zwei Menschen, die niemandem etwas getan hatten, schon so gut wie verurteilt waren und man selbst hilflos danebenstehen musste und nichts, einfach nichts tun konnte.

Und mit dem Urteilsspruch, der nur ein Todesurteil erwarten ließ, würde zudem auch der einzige Mensch sterben, der mir die Frage nach meiner Herkunft beantworten oder doch zumindest Licht auf meine frühe Kindheit werfen konnte, von der ich so gut wie nichts mehr wusste.

»Würdest du mir etwas vorlesen?« Marcellas sanfte Stimme war wie eine Hand, die vorsichtig das Netz der Verzweiflung löste, das mich gefangen hielt.

Mit tränenfeuchten Augen sah ich zu ihr auf. »Herrin?«

»Würdest du so freundlich sein, mir etwas vorzulesen?«

Schwerfällig, als hätte ich Blei in den Knochen, rappelte ich mich auf, wischte die Tränen weg und durchschritt den Raum. »Sicher, Herrin. Was möchtest du hören?«

Die Scharniere der aus Pinienholz gearbeiteten Truhe, in der Marcellas Schriftrollen unter einem Stapel aus Wolle, Seide und Leinen gefertigte Gewänder verborgen lagen, knarrten leicht, als ich sie öffnete.

»Nimm irgendeine.« Marcella nickte mir zu. Das Grün der Fensterscheiben, durch die das helle Sonnenlicht hereinfiel, zeichnete sich auf ihren schwarzen Haaren und der alabasterweißen Haut ab.

Ich nickte schwach. Anders als sonst, wenn ich das Privileg hatte, Schriftrollen in Händen halten zu dürfen, erfasste mich diesmal keine Aufregung, keine Vorfreude. *Nichts.*

Marcellas Schriften. Heilige Schriften. Worte, gesprochen von begnadeten Menschen, Propheten und Boten Gottes, »Aposteln«, wie Marcella sie nannte. Doch auch diese waren nichts als Tinte auf Papyrus. Begehrt und verehrt vielleicht, doch zweifelsohne von Menschenhand geschrieben.

Das Hämmern meines Herzens mahnte mich, wie unbarmherzig die Zeit verfloss. Wie unsinnig es war, hier zu sitzen und alte Schriften zu studieren.

Vorsichtig zog ich irgendeine Rolle hervor und deckte eine dunkle Seidenstola über die anderen.

»Diese hier, Domina?«

Sie nickte, ohne aufzusehen. Es blieb mir nichts übrig, als mich wieder zu setzen, die Lederbänder, welche die Schriftrolle zusammenhielten, zu lösen und den gelblichen Papyrus vorsichtig auseinanderzurollen. Es war ihm anzusehen, dass er bereits durch unzählige Hände gegangen war. Wie viele Menschen mögen diesen Text gelesen, darüber geweint, gebetet, gehofft haben. Die Hoffnung würde ich als Letztes begraben – und dennoch …

Meine Augen glitten über den Text, um einen geeigneten Einstieg zu finden. Dann räusperte ich mich und begann zu lesen:

*»Fürchtet euch nicht vor denen, die den Leib töten, die Seele aber nicht töten können, sondern fürchtet euch vor dem, der Seele und Leib ins Verderben der Hölle stürzen kann.«*

Ich fürchtete mich im Augenblick vor allem. Vor Cornelia und Primus, vor Misenus und seiner Macht als Priester und dem verhängnisvollen Einfluss, den mein früherer Herr durch sein Amt ausüben konnte. Ich fürchtete meine nächtlichen

Traumbilder, meine ungeklärte Herkunft, und plötzlich hatte ich eine Ahnung, was es bedeutete, mit Leib und Seele in der Hölle zu sein.

*»Verkauft man nicht zwei Spatzen für ein paar Asse? Und doch fällt keiner von ihnen zur Erde ohne den Willen eures Vaters.«*

Für wie viele Asse oder Denare bin ich wohl verkauft worden, damals? Es konnte kaum mehr gewesen sein als für einen räudigen Spatz. Und wenn es jedes Mal der Wille irgendeines Gottes gewesen war, der mich hatte zu Boden stürzen lassen, musste ich vieles verbrochen haben, womit ich die Mächte des Himmels derart erzürnt hatte. In einem Leben, an dessen erste Jahre ich mich nicht mehr erinnern konnte und dessen Schatten – hier in dieser Stadt – wie dunkle Geister über mich herfielen.

*»Bei euch aber sind sogar die Haare auf dem Kopf alle gezählt. Fürchtet euch also nicht! Ihr seid mehr wert als viele Spatzen.«*

Schweigend ließ ich die Schriftrolle sinken. Marcella schien über das Gehörte nachzudenken.

So ein Unsinn!

Ich spürte, wie meine Finger zitterten, die klare Schrift vor meinen Augen verschwamm. Unbarmherzig hämmerte ein Gedanke in meinem Kopf. Isaac und Salomo würden den Tod finden. Und wie hohl empfand ich diese sinnlos-schönen Worte des Trostes. Sich nicht fürchten, pah! Als gäbe es irgendwo in dieser Welt jemanden, der sich darum scherte, dass Menschen litten, geschlagen, misshandelt oder getötet wurden.

Ich verabscheute sinnlose Beschwichtigungen, auch wenn Marcella aus diesen Worten offensichtlich Hoffnung und Zuversicht schöpfte. Ich hatte zu viel erlebt, um mich davon einlullen zu lassen.

Alle Haare auf dem Kopf gezählt? Ein bitteres Lachen entrang sich meiner Kehle. Wie oft hatte mich die Herrin

Cornelia an den Haaren herbeigeschleift, wenn ich ihrer Meinung nach faul oder aufsässig gewesen war.

Und während ich noch gegen diese schmerzhaften Erinnerungen ankämpfte, erschien vor meinem inneren Auge das Bild der blonden Sklavin, wie sie tot vor mir auf der Straße lag, getränkt von ihrem eigenen Blut, während sich die Fülle ihres goldenen Haares in einer nutzlos gewordenen Pracht über die Pflastersteine ergoss.

Das goldene Haar der Sklavin, das silberblonde Haar von Iunia, die Spuren des Haarfärbemittels, das man an der Leiche entdeckt hatte, obwohl sie es gar nicht benötigte, das also von jemand anderem stammen musste …

Es war, als träfe mich ein Schlag.

Goldene Haare. Falsche Farben! Das Bild der Nymphe Xanthe, die sich in tiefschwarzer Lockenpracht mit dem Flussgott vermählt, stieg vor mir auf.

Wo hatte ich es neulich gesehen? Richtig, die eindrucksvolle Wandbemalung im Hause des Aelius Misenus!

Die falsche Haarfarbe, doch ihr Gesicht? *Claudia Severina.*

Plötzlich war mir, als würde eine Blindheit, die mich die ganze Zeit über gefangen gehalten hatte, von mir abfallen.

Es ging um die *Haarfarbe*.

Kam es mir nicht damals schon seltsam vor, als ich entdeckt hatte, dass die dunkle Haarfarbe weder zur Nymphe Xanthe noch zu der Frau passte, deren Gesichtszüge sie trug? Doch hatte ich mir noch nicht viel dabei gedacht.

Ich sah Claudia vor mir, wie sie in der Basilica meiner Herrin nachgeblickt hatte. Ihre dunklen Augen und Brauen.

Ihre prachtvollen Haare konnten von Natur aus nicht so blond sein!

Das Bild auf der Wandbemalung zeigte sie also mit ihrer echten Haarfarbe, mit *schwarzen* Locken.

Seltsam. Vollends verwirrt schüttelte ich den Kopf. Aber was bedeutete das? Das Gesicht der Tochter eines vornehmen Beamten auf der Wandbemalung eines Kaiserpriesters?

Fieberhaft arbeiteten meine Gedanken.

Die Spuren des Haarfärbemittels an der Leiche von Iunia Curmilla. Stammten sie von Claudia, der falschen Xanthe? Die ihre dunklen Haare häufig nachbehandeln musste, damit sie ihren goldenen Ton behielten.

Doch was würde das beweisen?

Schließlich war es Mode, die Haare aufzuhellen, mit Haarteilen, Perücken und Färbemittel nachzuhelfen. Allein in Divodurum würde man Hunderte von Frauen finden, die auf ähnliche Art ihre Schönheit zu unterstreichen versuchen.

Außerdem, welchen Grund sollte Claudia für einen solchen Mord gehabt haben?

»Ist alles in Ordnung, Invita?« Marcella sah mich besorgt an. Ich musste wirken wie eine Irre.

»Nein Herrin, es ist nur ...«

Weiter kam ich nicht, da ein neuer Gedanke sich meiner bemächtigte. *Der Duft!*

Stark und durchdringend überkam meine Sinne die Erinnerung an einen Duft von Weihrauch. Zum ersten Mal hatte ich ihn an der Leiche der toten Sklavin wahrgenommen. Dann, ein weiteres Mal, war er mir aufgefallen, als Claudia Severina sich bei den Spielen zum Statthalter gesellte. Auch die gegen Marcella gerichtete Fluchschrift, so glaubte ich mich zu erinnern, hatte diesen leicht rauchigen Duft verströmt. Und im Hause des Misenus hatte ich ihn ebenfalls bemerkt, in dem Moment, als Claudia dessen Speisezimmer betrat. Und wenn ich mich recht entsann, auch in den Kleidern von Sedula, Claudias Ornatrix ...

Nein, das wäre ja ...

Außerdem war dem Geruch nach Weihrauch noch eine andere Note, süßlich und leicht, wie der von Rosen, beigemischt.

Ein teures Duftöl – das Parfum der Claudia Severina?

Wäre das vielleicht ein echter Beweis? Konnte dieser Geruch am Körper der toten Sklavin vielleicht auf die Spur ihrer Mörderin führen? Die letzte Erinnerung an eine tödliche Berührung?

Mein Herz begann bei dieser Vorstellung zu rasen. Oder war ich vielleicht wieder auf dem falschen Weg, wie bei Cornelia, die ich gerade noch für die Mörderin gehalten hatte. Und vor allem, welche Beweise hatte ich in der Hand?

Niemand würde bei meinen verworrenen Gedankengängen einen Zusammenhang zwischen Duftölen, Haarfärbemitteln und den beiden Morden sehen können. Sogar mir selbst war unklar, *weshalb* die Witwe eines vornehmen Beamten ausgerechnet Hand an eine Sklavin und die zukünftige Schwiegertochter des Quaestors hätte anlegen sollen?

»Herrin?« Jede vorgeschriebe Etikette missachtend, trat ich auf Marcella zu, und es hätte nicht viel gefehlt, dass ich sie ergriffen und geschüttelt hätte.

Erschrocken sah sie zu mir auf.

»Herrin, ich ... Die ganze Zeit über hatte ich geglaubt, Cornelia Felix sei die Schuldige ...«

Sie nickte. »Ich weiß.«

»Aber das ist nicht wahr. Ich war verblendet von der Vorstellung, sie müsse endlich bezahlen für ihre ....« Ich unterbrach mich. Zu sehr brannte die Scham der Erkenntnis in mir, dass der Wunsch nach Vergeltung mich mehr umgetrieben hatt, als die Suche nach Wahrheit.

»Und nun glaubst du, dich geirrt zu haben?« Langsam war Marcella aufgestanden, umfasste meine Hände, die fahrig meine Worte unterstrichen. »Du glaubst, es war jemand anderes?«

Ein unsicheres Kopfnicken, mehr brachte ich nicht zustande. Es war zu absurd, um es laut auszusprechen. Nur Vermutungen, keine Beweise, und vor allem nach wie vor kein Motiv für die Taten. Aber es konnte nicht anders sein. Ich war mir ganz sicher.

»Claudia Severina!«, brachte ich schließlich hervor.

»Was sagst du?« In Marcellas Augen blitzte ungläubiges Erstaunen auf. »Die Witwe des Duumvirs. Aber weshalb? Welchen Grund sollte sie …?«

»Ich hätte es früher sehen müssen!« Nervös begann ich, im Zimmer auf und ab zu schreiten, um meine Gedanken zu ordnen. »Die ganze Zeit über, aber stattdessen …«

Wenn es nur noch nicht zu spät war! Und wenn das Urteil bereits feststand …?

Marcellas Worte brachten mich wieder in die Gegenwart zurück. »Hast du irgendwelche Beweise für deinen Verdacht? Vor Gericht zählen reine Vermutungen nicht!«

»Das ist es ja, Herrin!« So knapp wie möglich legte ich ihr die Zusammenhänge dar, die ich erkannt hatte.

Die Zeit zerrann zwischen meinen Fingern, und ich musste einen Ausweg finden. Doch welchen?

»Gibt es vielleicht jemanden, der Claudia gut kennt. Der mehr über sie berichten könnte, Dinge die sonst niemand weiß?« Marcellas Worte klangen so, als wüsste sie selbst, dass das kaum möglich war.

Verzweifelt schüttelte ich den Kopf. Wer könnte das sein? Wer kannte Claudia so gut, dass er in ihre dunkelsten Geheimnisse eingeweiht war? Und wäre jemand, der in einem so engen Vertrauensverhältnis zu ihr stand, auch bereit, darüber zu sprechen? Noch dazu ausgerechnet mit mir? Es war unmöglich!

Der mit Vorhängen abgedunkelte Raum erschien mir plötzlich stickig. Das Summen der Fliege wie ein spöttischer Hohn.

»Ich habe nichts gegen sie in der Hand!« In ohnmächtiger Wut schlug ich mit der Faust in meine Handfläche. »Sie wird damit durchkommen, und das nur, weil ich mir gewünscht habe, dass Cornelia oder ein anderer aus ihrer Familie die

Morde begangen hätte. Deshalb habe ich die entscheidenden Spuren übersehen.«

Marcella sah mich ernst an. »In diesem Fall können wir nur hoffen, dass es Crispianus gelingen wird, die Glaubwürdigkeit der ersten Zeugin, dieser verschleierten Frau, zu untergraben und Cornelias Aussage so zu hinterfragen, bis sie sich selbst in ihr Lügennetz verstrickt. Und wenn das jemand schaffen kann, dann er.«

Doch damit wollte ich mich nicht zufriedengeben. Es musste noch eine andere Möglichkeit geben! Meine Gedanken überschlugen sich.

Ganz flüchtig kannte ich Claudia Severina noch von früher. Doch konnte ich nicht sagen, wer mit ihr vertraut war. Hatte sie überhaupt Freunde?

Freunde vielleicht nicht, aber Feinde? Jemanden, der eine Rechnung mit ihr zu begleichen hatte und daher bereit wäre, gegen sie auszusagen. Notfalls auch vor Gericht?

Ein Bild schob sich vor den Schleier meiner Verzweiflung. Die Erinnerung an ein flüchtiges Gespräch in einer rußigen Gesindeküche. Der Anblick von verkrustetem Blut auf blasser Haut.

»Sedula!«, entfuhr es mir.

Ich wusste nicht, ob Marcellas unsichtbarer Gott meine Gedanken geleitet oder die Angst in mir die Erinnerung geweckt hatte.

Doch plötzlich hatte ich eine Idee, wen ich fragen könnte, auch wenn die Wahrscheinlichkeit mehr als gering war, auf meine Fragen eine Antwort zu erhalten.

»Wer ist das? Eine Freundin?«

»Nein, Herrin. Ich weiß nicht einmal, ob es eine gute Idee ist. Doch vielleicht … Ich muss es zumindest versuchen.«

Aufgeregt wandte ich mich zur Tür. »Wenn ich Glück habe, ist sie zu Hause. Erlaubst du mir, jemanden aufzusuchen?«

Ohne weiter in mich zu dringen, nickte sie.

»Können wir uns zur Mittagszeit an der Basilica treffen? Bis dahin werde ich versuchen, etwas zu erfahren.«

Wie von Dämonen verfolgt, hastete ich durch die Straßen. Einen Hügel hinab, dann wieder eine steile Gasse nach oben. Staub drang mir in Augen und Nase. Meine Lungen brannten von der ungewohnten Anstrengung.

Hin und wieder spürte ich den Blick neugieriger Passanten auf meiner Haut, die mich musterten, als sei ich eine Irre. Vielleicht war ich das auch.

Unbehelligt erreichte ich schließlich das Haus, das ich gesucht hatte. Da viele Menschen dem Prozess beiwohnten, waren die Straßen nicht ganz so überfüllt wie üblich, obgleich der Gestank noch immer in der Hitze gärte.

Mein Gewand war schweißgetränkt und klebte an meiner Haut, als ich mich um das Gebäude herumschlängelte und den Hintereingang aufsuchte. Zwar befand sich Claudia Severina in der Basilica, doch aus Erfahrung wusste ich, wie unerbittlich ein Hausverwalter sein konnte, wenn er die Herrschaft vertrat.

Ich klopfte. Erst zögernd, dann heftiger.

Im Haus war es still, als würde die Dienerschaft die Abwesenheit der Herrin dazu nutzen, sich zu entspannen und die Arbeit ruhen zu lassen.

Mit letzter Kraft kämpfte ich die immer stärker werdende Angst nieder und klopfte noch einmal.

Endlich hörte ich leise, schlurfende Schritte. Dann wurde ein Riegel zurückgeschoben, und die Tür öffnete sich. Eine Frau mittleren Alters mit zu einem straffen Knoten aufgesteckten kastanienfarbenen Haaren, wahrscheinlich die Haushälterin, öffnete mir die Tür.

»Ja, bitte?« Ihre Stimme klang gleichgültig, fast abweisend.

»Ich möchte zu Sedula, der Ornatrix deiner Herrin. Ist sie zu Hause?«

Eine seltsame Eröffnung, doch etwas Passenderes fiel mir im Augenblick nicht ein.

Die Augen der Frau verengten sich misstrauisch. »Sedula? Was willst du von ihr?«

Bei allen Göttern, wie sollte ich das jetzt erklären, ohne sie ans Messer zu liefern? *Oder mich selbst.*

»Wir haben uns kürzlich kennengelernt.« Meine Stimme klang atemlos und zitterte ein wenig, auch wenn ich mich bemühte, so ungezwungen wie möglich zu klingen. »Und da dachte ich, vielleicht hat sie ja Lust, ein wenig zu plaudern. Vorausgesetzt, die Herrin gestattet es ihr, Besuch zu empfangen.«

»Die Domina ist nicht hier.«

Noch immer schwang Misstrauen in ihren Worten mit. »Und es gibt strikte Anweisungen, niemanden ins Haus einzulassen.« Wie ein Bollwerk stand sie vor mir in der Tür. Groß, starr und unverrückbar.

Erneut explodierte Panik in mir, für einen Moment schloss ich die Augen und rang nach Luft.

»Ach wirklich?«, stieß ich hastig hervor. »Dabei hat mir Sedula gesagt, ich solle vorbeikommen, wenn ich wüsste, welches Kräuteröl meine Herrin, die Tochter des Statthalters, verwendet, um ihren Haaren diesen besonderen Glanz zu verleihen.« Ich zog meine verschwitzte Tunika glatt. »Sie hat mir das Geheimnis verraten, und Sedula meinte, die edle Claudia Severina sei sehr interessiert an einer derartigen Rezeptur.«

»Tatsächlich?« Die steinharte Fassade bröckelte. Ganz offensichtlich hatte ich das richtige Thema gefunden. »Die Tochter des Statthalters. Ja … wenn das so ist …?«

Doch sie wirkte nicht wirklich überzeugt, war sich aber auch nicht sicher, ob es ihr gut bekommen würde, jemanden aus dem Hause des Statthalters einfach abzuweisen.

»Hat dich deine Herrin deswegen hierhergeschickt?« Noch immer war sie keinen Fußbreit zurückgewichen.

»Ich bin in ihrem Auftrag hier.« Das entsprach zumindest in gewissen Zügen der Wahrheit.

Einen Moment lang stand sie unschlüssig im Flur. Schließlich gab sie nach und verschwand. Einige Augenblicke später kam sie mit Sedula zurück.

Ein fragender Ausdruck stand auf dem Gesicht der Ornatrix.

Ich schluckte. Jetzt kam der schwierige Teil.

»Sedula, wie schön, dich zu sehen!« Mit der unbekümmertsten Miene, die mir bei meinem hämmernden Herzen möglich war, ging ich auf sie zu und ergriff ihre Hand. »Wenn du gerade Zeit hast, zeige ich dir, wie man diese Salbe anrührt, die meine Herrin verwendet. Ich bin mir sicher, alle Zutaten dazu befinden sich in diesem Haus.«

Verlegen warf ich einen Blick auf die Haushälterin, die mich noch immer mit skeptischem Blick musterte.

»Eine Salbe?« Verwirrt und überrumpelt starrte Sedula mich an. »Von deiner Herrin?«

»Ja! Lass uns irgendwo hingehen, wo wir ungestört sind. Es ist …«, ich zögerte, »ein Geheimrezept … aus Ägypten. Wo verwahrst du deine Utensilien?«

Ein wenig zu fest packte ich ihr Handgelenk, in dem Versuch, sie endlich zum Gehen zu bewegen. Irgendwohin, nur weg von den misstrauischen Augen und Ohren dieser Frau.

»Au!«, schrie Sedula und entriss mir ihre Hand »Was tust du?«

»Ich glaube, es ist doch besser, du gehst.« Die Haushälterin war hinzugetreten und musterte mich mit zusammengekniffenen Lippen. »Du solltest wiederkommen, wenn die Herrin da ist, denn Ärger können wir hier nicht gebrauchen.« An Sedula gewandt, fuhr sie fort. »Kennst du dieses Mädchen?«

Sich das schmerzende Handgelenk reibend, nickte diese. »Ja, sie gehört dem Statthalter. Vor einigen Tagen habe ich sie beim dem Gastmahl des Aelius Misenus gesehen. Sie …«

Mit dem Mute der Verzweiflung wandte ich mich zu der Frau um und sah ihr fest in die Augen.

»Gut, ich werde gehen. Doch du wirst die Schuld bekommen, wenn deine Herrin diese geheime Rezeptur nicht erfährt. Du weißt ja am besten, welchen Wert sie auf die Pflege ihrer Haare legt.«

Es war ein Schuss ins Blaue gewesen, doch er schien getroffen zu haben. Ihr zuvor noch unnachgiebiger Gesichtsausdruck veränderte sich. »Nun … also …«, begann sie unsicher. Auch in Sedulas Gesicht konnte ich den inneren Zwiespalt lesen, als überlegte sie gerade, welche Entscheidung ihr mehr Hiebe einbringen würde.

Neue Hoffnung flammte in mir auf, und wie um meine Worte zu unterstreichen, drehte ich mich um und schritt zur Tür.

»So warte doch nun …« In zwei Schritten hatte mich Sedula eingeholt. »Ich wollte nicht …«

Mit dem unwilligsten Gesicht, das mir möglich war, blieb ich stehen und wandte mich zu ihr um.

»Wenn es nicht zu lange dauert, dann ist es sicher ganz gut, wenn …« Beschwichtigend legte sie den Arm um meine Schulter, wobei der Ärmel ihrer Tunika verrutschte. Blutige Striemen zeigten, dass die Herrin Claudia auch in jüngster Zeit mit den Frisierkünsten ihrer Ornatrix unzufrieden gewesen war. »Komm, es gibt eine Kammer, wo meine Herrin ihre Salben und Öle aufbewahrt. Dort kannst du es mir zeigen.«

Ich spürte den misstrauischen Blick der Haushälterin auf mir ruhen, während ich mit Sedula den Raum verließ und ihr durch den Gesindetrakt in die beschriebene Kammer folgte.

Kaum hatte sich die Tür des Raumes hinter uns geschlossen, ließ ich meine Maske fallen.

»Sedula, ich muss mit dir reden!«

Überrascht hielt sie in ihrer Bewegung inne, das Fläschchen mit Duftöl, das sie gerade von einem Tisch genommen hatte, noch in ihrer Hand. »Ja, das weiß ich. Deswegen sind wir ja hier. Also, sprich, wie mischst du ...«

»Ach, vergiss das Wundermittel, es geht um deine Herrin!«

»Um die Domina?« Völlig verwirrt schaute sie mich aus ihrem pausbäckigen Gesicht an. »Die Herrin ist nicht hier, also was ...«

»Ist dir in letzter Zeit etwas Merkwürdiges an ihrem Verhalten aufgefallen? Hat sie manchmal zu ungewohnter Stunde alleine das Haus verlassen. Hat sie ...?« Wieder erinnerte ich mich an die seltsamen Fluchschriften, die seltsamen Zeichen und Symbole. »Zieht sie sich bisweilen in ihre Kammer zurück und verbietet allen anderen, einzutreten.«

»Was soll das bedeuten?« Sedulas gutmütige Züge nahmen einen beinahe entsetzten Ausdruck an. »Warum stellst du mir so seltsame Fragen?«

Jetzt kam der heikelste Teil des Unterfangens. Wie konnte ich sie dazu bringen, mir die Geheimnisse ihrer Herrin anzuvertrauen? Eine weitere Schwierigkeit war, dass vor dem Gesetz Aussagen von Sklaven nur eine sehr eingeschränkte Gültigkeit besaßen – und das auch nur, wenn sie unter Folter gemacht wurden.

Ein Schauder lief mir über den Rücken. Blieb mir womöglich nur die Wahl, entweder Isaac und Salomo einem ungerechten Todesurteil zu überlassen oder dieses unbeteiligte Mädchen einer solchen Tortur auszuliefern?

*Bei allen Göttern!* Zornig verfluchte ich das Schicksal, das mich hier vor eine solch unmenschliche Wahl gestellt hatte.

»Also, ich möchte gerne wissen ...« Atemlos suchte ich nach den richtigen Worten, um ein möglichst unverfängliches Gespräch zu ermöglichen. »Ist es richtig, dass die Haare deiner Herrin in Wirklichkeit schwarz sind, du dich jedoch gewisser ... äh ... Mittel bedienst, um sie heller werden zu lassen?«

»Was könnte dich das angehen?«

Ich wusste nicht, ob ich das Mädchen in seiner Berufsehre gekränkt hatte oder ganz einfach Angst aus ihr sprach.

»Ist es so?«, fragte ich scharf.

Erschrocken senkte Sedula den Blick, doch schließlich nickte sie.

Ich zwang mich dazu, meine Erleichterung nicht zu zeigen, und fuhr stattdessen fort: »Und sie hat ein sehr enges Verhältnis zu dem Priester Aelius Misenus, habe ich recht?«

Von einem Augenblick auf den anderen wich die Farbe aus ihrem Gesicht. Fest presste sie die Lippen aufeinander. »Was willst du damit sagen?«

»Gar nichts«, log ich hastig. »Ich hatte nur so den Eindruck.«

»Die Herrin ist alleinstehend. Ihr Mann ist verstorben. Daher hat sie das Recht, Freundschaften zu unterhalten zu wem sie möchte.«

»Sicher, aber ... Oh, verd...« Wütend krallten sich meine Fingernägel in meine Hände. So würde ich nicht weiterkommen.

»Sedula, hör zu ...« Hilflos versuchte ich einen neuen Anlauf. »In diesem Augenblick stehen zwei unschuldige Menschen vor Gericht. Die Anklage lautet auf Mord an zwei jungen Frauen. Das eine Opfer ist die blonde Sklavin des Aelius Misenus, über die wir in seinem Haus gesprochen haben, das andere Iunia Curmilla, die Verlobte des Primus Cornelius. Ich weiß, dass die beiden Angeklagten nichts mit den Morden zu tun haben. Trotzdem wird man sie zum Tode verurteilen, wenn ihnen niemand hilft.«

Verständnislos blickte Sedula mich an, als ich fortfuhr: »Allerdings gibt es vielleicht eine Möglichkeit, ihnen zu helfen, wenn es mir gelingt, einige Fragen zu klären.«

»Was hat das mit meiner Herrin zu tun? Und damit, welche Farbe ihre Haare haben?«

Ein lähmendes Schweigen entstand, und ein Anflug von Panik flackerte in Sedulas Augen auf, als ihr langsam dämmerte, weshalb ich wirklich gekommen war.

Ohne zu überlegen, hatte ich sie gepackt und riss den Saum ihrer Tunika hoch, sodass die langsam verheilenden Rutenstriemen sichtbar waren. »Warum hat sie dich geschlagen? Was hast du ihr getan?«

Blass vor Schrecken und Wut riss sie mir den Stoff aus der Hand und ließ ihn wieder hinab zu ihren Fußknöcheln fallen. »Das geht dich nichts an.«

»Hast du ihr die Haare versengt, einen Scheitel schlecht gezogen?«

»Verschwinde! Verlass sofort dieses Haus!« Ihre Lippen zitterten, die Knöchel ihrer zu Fäusten geballten Hände traten weiß hervor.

»Bitte, hör mich doch an!« Ich wusste nicht, ob ich flehte oder schrie. »Aelius Misenus und Primus Cornelius haben irgendeinen Pakt geschmiedet. Ich weiß nicht, mit welchen dunklen Mächten sie im Bunde stehen …«

Ein kurzes Zögern blitzte in Sedulas Augen auf, doch nur für einen Moment, dann hatte sie ihre abwehrende Haltung wiedergefunden. »Was hat das alles mit mir zu tun?«

»Nichts. Gar nichts! Natürlich kannst du hier stehen und schweigen. Dann sterben vielleicht heute noch zwei Unschuldige für ein Verbrechen, das sie nicht begangen haben. Aber ihre Geister«, fügte ich aus einer plötzlichen Eingebung heraus hinzu, »werden nie zur Ruhe kommen. Ich kann dir aus eigener Erfahrung sagen, sie suchen dich nachts, in der Dunkelheit, heim. Du wirst keine Ruhe mehr finden. Kannst du damit leben?«

Noch immer atemlos von meinen Worten sah ich, wie die Farbe aus ihrem Gesicht wich und sich eine fahle Blässe über ihre Wangen breitete, während ihre Pupillen zu flackern begannen und sie sich mit der Hand an den Hals griff.

War das die Stelle, an der ich sie packen konnte?

Ich musste nichts erfinden, um weiterzusprechen: »Jede Nacht wirst du ihre verzerrten Gesichter sehen, ihre Stimmen hören, die dich fragen, warum du nichts getan hast, um sie zu retten. Hände, die nach dir greifen, um …«

»Hör auf, hör auf!« Beinahe kreischend presste sie sich die Hände auf die Ohren. Ich trat einen Schritt auf sie zu und legte ihr meine Hand auf die Schulter, die noch immer bebte, als seien ihr die Gespenster bereits erschienen.

»Was willst du wissen?« Ihre Worte waren kaum mehr als ein Flüstern.

»Benutzt deine Herrin ein Duftöl mit einem schweren, herben Geruch. Einem Duft von Weihrauch, mit einem leichten Hauch von Rosenblüten?«

Statt einer Antwort ging sie zu dem Tischchen mit den Glasphiolen, nahm zielsicher eine heraus, öffnete sie und hielt sie in meine Richtung. »Meinst du das hier?«

Ich griff nach dem Gefäß und schnupperte daran. Weihrauch, Rose und noch etwas anderes, was ich nicht erkennen konnte.

Wieder stieg mir das Bild von der toten Sklavin vor Augen, und der Duft, den ihre Kleider verströmt hatten, stieg mir erneut in die Nase; es war genau dieser hier!

Doch genügte das als Beweis?

»Sedula«, nahm ich das Wort wieder auf, während ich ihr das Fläschchen reichte, das sie sorgfältig wieder verschloss und an seinen Platz zurückstellte. »Deine Herrin ist oft bei Aelius Misenus zu Gast.«

Zögernd nickte sie.

»Aber weshalb? Was verbindet die beiden miteinander?«

Das Mädchen zögerte. Schweißperlen bildeten sich auf ihrer hellen Stirn, die Angst war in ihren Augen zu erkennen.

»Sedula, ich verspreche dir, bei meinem Leben, dass niemand erfahren wird, wer mir alles erzählt hat. Aber bitte, du musst mir sagen, was du weißt.«

Ihre Worte waren so leise, dass ich sie kaum verstehen konnte. »Dämonen und Geister der Nacht. So wie es aussieht, suchen mich so oder so die Geister heim.« Ihre Stimme war kraftlos. »Die der Herrin oder die der Toten.«

Ein Verdacht regte sich in mir. »Geister sagst du? Deine Herrin ruft Geister an?«

Das Nicken war kaum erkennbar.

Wieder erinnerte ich mich an die seltsame Tonfigur in Misenus' Küche. Den Homunculus, oder was auch immer es gewesen war. Hergestellt, um einen Schadenszauber gegen bestimmte Menschen zu wirken.

»Und deswegen besucht sie Aelius Misenus? Gebietet er ebenfalls den Geistern?«

Diesmal war das Schweigen Antwort genug.

»Ein Kaiserpriester, der dunkle Mächte beschwört? Und deine Herrin sucht seinen Rat?«

Dies war eine Ungeheuerlichkeit, und ich benötigte eine Weile, um die ganze Tragweite zu begreifen.

»Warum sucht deine Herrin nicht eine der Hexen auf, die in dunklen Gassen ihre Dienste anbieten«, fragte ich schließlich. »Warum geht sie ausgerechnet zum Sevir Augustalis? Was ist zwischen ihr und diesem Mann?«

Der Ausdruck in Sedulas Augen war leer, geradeso als hätte sie sich damit abgefunden, auf die eine oder andere Art Opfer von dämonischen Heimsuchungen zu werden. Und ich konnte nur hoffen, dass meine Darstellungen rächender Totengeister genug Eindruck auf sie gemacht hatten, dass die Furcht davor überwog.

Langsam sah sie zu mir hoch. »Weil Blut dicker ist als Wasser.«

»Was meinst du?« Verständnislos kniff ich die Augen zusammen.

»Das gemeinsame Blut stärkt ihre Verbindung.« Sie sah mir nicht in die Augen.

Verwirrt versuchte ich, den Sinn ihrer Worte zu verstehen. Was hatte das Blut eines Kaiserpriesters aus dem Stand eines freigelassenen Sklaven mit dem einer Tochter aus altem mediomatrischem Adel zu tun? Nichts, würde ich meinen. Es sei denn ...

»Willst du damit etwa sagen ...?«, begann ich, doch meine Worte zerbröckelten.

Ein langsames Nicken. »Die Herrin ... und Aelius Misenus ... sie sind ... er ist ihr Bruder.«

Sprachlos vor Überraschung starrte ich die noch immer regungslos dastehende Sklavin an.

*Bruder*, hämmerte es in meinem Kopf. Aelius Misenus war der Bruder der Herrin Claudia Severina.

Aber wie ...?

Allmählich dämmerte es mir. Es war keine Seltenheit, dass es die Herrschaft des Hauses nach Abwechslung auf dem nächtlichen Lager gelüstete. Und so kam es immer wieder vor, dass manche der im Haus heranwachsenden Sklavenkinder vom Blut des Hausherrn waren, auch wenn es diesen meist nicht sonderlich kümmerte. Waren es doch nur die Früchte seiner Lust, die zudem seinen Haushalt um eine weitere Arbeitskraft bereicherten.

Selten kam es zu Freundschaften zwischen den legitimen Kindern des Hauses und den Nachkommen des Hauspersonals, selbst wenn feststand, dass eine gemeinsame Abkunft sie einte. Eher war diese Tatsache Anlass für Streit und Eifersüchteleien. Also, weshalb hier ...?

*Die Mutter!*

Ein ungeheurer Verdacht ließ meinen Puls schneller schlagen. Plötzlich glaubte ich zu wissen, wie die Sache sich verhalten musste.

Wenn Aelius Misenus früher ein Sklave gewesen war und Claudia seine Schwester – oder genauer: Halbschwester –, dann musste die Herrin des Hauses ihrem Ehemann mit einem gut aussehenden Sklaven Hörner aufgesetzt haben.

Das war ein gesellschaftlicher Skandal. Denn während es als gutes Recht des Hausherrn galt, seine körperlichen Bedürfnisse bei den Mägden zu stillen, lief eine Frau, die das Gleiche tat, Gefahr, wegen Ehebruchs verurteilt, im mildesten Falle aus dem Haus geworfen zu werden. Und doch konnte es nur so gewesen sein, wenn Sedulas Worte stimmten.

Aber das würde bedeuten, dass Claudia Severina gar nicht die legitime Tochter ihres Vaters war. Ein Kuckucksei, das ihre Mutter diesem nach einer Tändelei mit einem Haussklaven ins Nest gelegt hatte. Und wenn ihr Gatte davon Wind bekommen hatte? Bei allen Göttern, die Demütigung und Schande, die das für die damals noch junge Claudia bedeutet haben musste, konnte ich nur erahnen.

Kein Wunder, dass ein Mensch daran verzweifeln konnte und sich obskuren Mächten zuwandte.

Und nun ... nun hatte sie zwei junge Frauen getötet, wenn ich auch immer noch nicht wusste, weshalb, und war gerade dabei, zwei weitere Menschen, Isaac und Salomo, in den Tod zu schicken, um ihre eigenen Taten zu vertuschen.

Plötzlich fiel plötzlich die seltsame Fluchschrift ein, die ich auf der Treppe zum Statthalterpalast gefunden hatte. Ich zweifelte jetzt nicht mehr daran, dass sie gegen Marcella gerichtet war. Sollte sie das nächste Opfer sein?

Noch einmal sah ich zu Sedula hinüber, die regungslos dastand, als sei ihr von einem Moment auf den anderen alles gleichgültig geworden. Nichts war mehr geblieben von der plapperfreudigen, Honigbrötchen mampfenden, ein wenig überdrehten jungen Frau, als die ich sie kennengelernt hatte. Die Hexe hatte das arme Ding wohl nicht nur mit Schlägen traktiert, sondern ihm auch mit der Macht der Geister gedroht.

Es tat mir sehr leid um sie, doch ich konnte ihr nicht helfen.

Ohne ein weiteres Wort öffnete ich die Tür. Es gelang mir, unbehelligt durch den Flur und nach draußen zu gelangen.

Dann machte ich mich, von Angst getrieben, auf den Weg zum Forum, wo ich mich mit der Herrin treffen wollte. Stumm betete ich, dass ihr noch nichts geschehen war.

# KAPITEL XXVII

Dem Zusammenbruch nahe, kam ich atemlos und erhitzt auf dem Forum an und drängte mich durch die Menschenmenge weiter zur Basilica. Unangenehm klebte die feuchte Tunika an meiner Haut, und ich hätte jemanden für einen einzigen Schluck Wasser umbringen können. Doch für körperliche Bedürfnisse blieb im Augenblick keine Zeit.

Schon von weitem erkannte ich Marcella, die allein und trotz der Hitze bis zum Kopf züchtig in ihren blassgelben Mantel gehüllt nahe dem Eingang des Gerichtsgebäudes auf mich wartete.

*Den Göttern sei Dank! Es ging ihr gut.*

»Hast du etwas erreichen können?«, fragte sie statt einer Begrüßung.

Noch immer außer Atem nickte ich. Meine Zunge war trocken und klebte am Gaumen. »Du wirst es nicht glauben.«

Wortlos reichte mir Marcella ein feines Leinentuch, damit ich mir den Schweiß abwischen konnte.

»Alles deutet darauf hin, dass mein Verdacht in Bezug auf Claudia Severina richtig ist. Wirklich, jedes Detail passt zusammen. Und es gibt eine höchst delikate Verbindung zwischen ihr und dem Priester Misenus.«

Auf Marcellas fragenden Blick hin berichtete ich rasch im Flüsterton, was ich im Hause der Claudia über deren familiäre und schwarzmagische Verstrickungen in Erfahrung gebracht hatte. »Und außerdem scheint die Dame nicht gerade ein Ausbund von Geduld und Tugendhaftigkeit zu sein, wie es sich für eine ehrsame Witwe ziemt, sondern eine starke Neigung zu ungezügelten Wutausbrüchen zu besitzen. Arme und Beine ihrer Ornatrix weisen ein paar sehr eindrucksvolle Verletzungen auf«, schloss ich meinen Bericht.

»Das sind wichtige Hinweise«, stimmte Marcella schließlich zu. »Doch welche Motive könnte sie gehabt haben, die Verlobte eines Beamtensohnes und die Sklavin ihres Bruders zu töten? Wobei könnten die beiden Frauen ihr im Weg gestanden haben?«

Das war noch immer das Problem. Das fehlende Motiv. In der knappen Zeit war es mir nicht gelungen, die Gründe für ihre Taten in Erfahrung zu bringen. Und genau deswegen würde die ganze Sache scheitern.

Mutlos blickte ich Marcella an. »Meinst du, wir haben keine Chance …«

Vom Inneren der Basilica drang lautes Gemurmel nach draußen, Füße scharrten, Stühle und Hocker wurden verrückt. Und als schließlich die ersten Besucher zur Tür herausdrängten, wussten wir, dass eine Prozesspause anberaumt worden war.

»Ich will versuchen, einige Worte mit Crispianus zu wechseln.« Wieder diese verdächtige Röte, die Marcellas Worte begleiteten. »Er muss über die neuesten Erkenntnisse informiert werden. Vielleicht weiß er ja einen Rat.« Ich konnte es nur hoffen.

Eilig raffte ich meine Tunika und lief vor Marcella her, um ihr gegen den Strom der Passanten einen Weg in die Basilica zu bahnen. Diejenigen, die mich als Sklavin des Statthalters erkannten, machten uns sofort Platz, doch mehr als einmal musste ich mich gegen Unwillige durchsetzen.

Endlich erreichten wir die große Halle des Gebäudes, wo der Statthalter sowie Ankläger und Zeugen schon das Feld geräumt hatten und lediglich der Anwalt mit nachdenklichem Gesicht auf einem Hocker saß und sinnend vor sich hin brütete.

»Crispianus.« Marcellas leise Stimme, war in der wie ein Bienenstock summende Halle kaum hörbar, doch der Angesprochene blickte auf, und ein kleines Lächeln umspielte seinen Mund, als er sie erkannte. Rasch stand er auf und trat einige Schritte auf uns zu, um dann in gebührendem Abstand vor der Tochter des Statthalters stehen zu bleiben.

»Noch ist nichts entschieden. Zwar habe ich versucht, die belastenden Zeugenaussagen zu erschüttern, und die erste Zeugin hat sich auch bei jeder Frage immer mehr in Widersprüche verwickelt …«

»Und Cornelia?«, unterbrach ich ihn.

»Die erwies sich als ein härterer Brocken. Bis jetzt kann ich nicht sagen, ob ich ihre Glaubwürdigkeit erschüttern konnte.«

Das war mir von vornherein klar gewesen. Cornelia ließ sich nicht so leicht ins Bockshorn jagen. Zu sehr war ihr das Lügen schon in Fleisch und Blut übergegangen.

»Leider habe ich unter all den Menschen, denen Isaac als Arzt geholfen hat, keinen gefunden, der bereit wäre, zu seinen Gunsten auszusagen. Wohl deshalb, da Aelius Misenus selbst als Kläger fungiert.«

Marcella nickte.

Es war nicht verwunderlich, dass sogar diejenigen, die von der Unschuld Isaacs und Salomos überzeugt waren, es nicht wagten, für die beiden Partei zu ergreifen, solange ein Mann, der eng mit dem Kaiserhaus verbunden war, sich so vehement für ihre Verurteilung einsetzte.

»Nachteilig für Isaac ist auch, dass alle Indizien gegen ihn sprechen. Als Medicus war ihm der Umgang mit Kräutern und Tinkturen vertraut. Es wäre ihm ein Leichtes gewesen, der jungen Cornelia tatsächlich einige Tropfen Gift in ihre Medizin zu träufeln. Und was die magischen Verfluchungen anbelangt«, resigniert hob der Anwalt die Schultern, »so scheint es eine allgemein anerkannte Tatsache zu sein, dass gerade die Juden mit den Mächten der Finsternis bestens vertraut sind.«

»Oder die Christen …«, fügte Marcella leise hinzu.

»Oder die.« Crispianus' Blick traf den ihren, und schlagartig wurden mir die Zusammenhänge klar.

*So war das also!*

Doch blieb mir keine Zeit, mich mit Dingen zu belasten, die mich nicht zu kümmern hatten. Zumindest nicht im Augenblick.

»Vielleicht gibt es dennoch Hoffnung.« Marcella hatte sich als Erste wieder in der Hand und hieß mich mit einer Geste, näher zu treten. »Invita hat heute Morgen einige Dinge in Erfahrung gebracht, welche die Angelegenheit in ein ganz anderes Licht rücken könnten. Wenn es dir gelänge, dieses Wissen geschickt anzuwenden, dann ...«

Überrascht sah mich Crispianus an. »Die Zeit ist knapp, erzähle schnell, was du weißt!«

Ich tat, wie mir geheißen, und versuchte dabei so ruhig wie möglich zu bleibenund kein Detail auszulassen. Zunächst das, was ich Sedula so mühsam entlockt hatte, dann meine eigenen Erkenntnisse um die Zusammenhänge, auf die ich leider erst so spät gekommen war.

»Ich weiß, das sind alles keine zwingenden Beweise«, räumte ich abschließend ein, »doch wie die Dinge stehen ...«

»... ist es sogar möglich, dass du mit deinen Vermutungen recht hast. *Claudia Severina.*« Ein Seufzen entrang sich seiner Kehle. »Aber wie kann ich das Gericht aufgrund reiner Vermutungen, ohne Zeugen und stichhaltige Beweise, von der Schuld einer so hochgestellten Dame der Gesellschaft überzeugen? Besonders, da kein Motiv für die Taten erkennbar ist.«

Also war doch alles umsonst? Das ganze Wissen, das ich in Erfahrung gebracht hatte, wertlos? Und zwei Unschuldige mussten sterben, nur weil es Menschen gab, die unter Drohungen oder Bestechung bereit waren, zu Ungunsten anderer zu lügen?

*O ihr Götter!* Und wo blieb in dieser erbärmlichen Farce Marcellas rettender Gott, auf den sie so blind vertraute?

»Es sei denn ...« Als hätte sie meine Gedanken erraten, hellte sich deren Gesicht plötzlich auf. »Steht nicht geschrieben: *Selbst ein Narr wird für weise gehalten, wenn er schweigt, für verständig, wenn er seine Lippen verschließt.«* Das verschmitzte Lächeln auf ihrem Gesicht ließ mein Herz einen unbedachten Hüpfer machen, und ohne einen wirklichen Grund dafür zu kennen, fasste ich wieder Mut. »Vielleicht wäre es eine gute Idee, ihr einen kleinen Schubs zu geben, ihre rosigen Lippen ein wenig zu öffnen?«

Ein Hauch von Hoffnung zeigte sich nun auch in Crispianus' Gesicht, ein Funken von Amüsement blitzte in seinem Lächeln, als er antwortete: *»Ein Narr hat nicht Lust am Verstand, sondern kundzutun, was in seinem Herzen steckt.«* Für den Bruchteil eines Atemzuges berührte er Marcellas Hand. »Vielleicht hast du recht. So könnte es gehen.«

»Es wäre eine Möglichkeit.«

Ohne ein Wort von dem zu begreifen, was die beiden da sagten, zu gebannt, um sie in dieser seltsam trauten Zweisamkeit zu stören, trat ich ein wenig unruhig von einem Fuß auf den anderen.

»Die Zeit drängt. Ich werde mir bis zum Ende der Pause meine Gedanken machen, nach welcher Strategie ich vorgehen kann. Aber vielleicht wäre es hilfreich, noch einmal mit Isaac zu sprechen. Ich bin beinahe sicher, dass gerade er uns noch einige entscheidende Informationen geben kann. Und du …« Fragend richtete sich der Blick des Anwalts auf mich. »Da es sich nicht schickt, dass die Herrin Marcella mich dorthin begleitet …«

Diese verstand und nickte. »Invita soll mit dir gehen. Und beeilt euch.«

Zwischen Hoffnung und Verzagen schwankend, nahm ich Wachstafel und Griffel, die mir Crispianus reichte, in Empfang.

Dann blickte er noch einmal kurz zu Marcella hinüber, und in seinen Augen stand weitaus mehr als nur eine gemeinsame Verehrung desselben Gottes.

Schließlich wandte er sich ab und ging. Mit pochendem Herzen folgte ich ihm.

Für die Dauer der Prozesspause hatte man die beiden Angeklagten in einen kleinen, sauberen Raum gebracht, die Tür sicher verriegelt.

Das Schloss knirschte leise, als man hinter Crispianus und mir wieder abschloss. Salomo stand am Fenster, sein Vater erhob sich auf unser Eintreten hin.

Die Hoffnungslosigkeit stand beiden ins Gesicht geschrieben.

»Was bemühst du dich noch?«, stieß Salomo gepresst hervor. »Der Ausgang des Prozesses steht ohnehin schon fest. Also, du hast genug für uns getan …«

Es war hart, die Qual in den Augen meines Freundes aus Kinderzeiten zu sehen. Ohne auf Crispianus' Einleitung zu warten, platzte ich heraus: »Es gibt neue Hinweise!«

Wie um mich zu beruhigen, legte der Anwalt seine Hand auf meine Schulter. »Das Mädchen hier sagt, es hätte einen bestimmten Verdacht, und Gespräche, die es geführt hat, scheinen ihn zu erhärten. Ich will euch keine allzu großen Hoffnungen machen, aber vielleicht könnte es mir doch gelingen, die wahre Schuldige zu überführen. Jeder weitere Hinweis eurerseits könnte dabei von Nutzen sein.«

In trotzigem Stolz presste Salomo die Lippen zusammen, doch Isaac wandte sich still zu uns hin und forderte mich auf, zu erzählen.

Ich tat, wie mir geheißen, und berichtete ein weiteres Mal über meinen Verdacht gegen Claudia Severina und über all das, was ich herausgefunden hatte. Das ein oder andere ergänzte Crispianus, und als wir geendet hatten, war es eine Weile still. Nur der schwere, rasselnde Atem Isaacs war zu hören.

Dieser brach auch zuerst das Schweigen. »Claudia Severina.« Sein Blick war nach innen gekehrt und so betrübt, als begriffe er, dass er einen Patienten, um dessen Leben er lange gekämpft hatte, an den unausweichlichen Tod verlieren würde. »In der Tat eine denkwürdige Person.«

»Woher kennst du sie, Vater?« Salomos Zorn schien der Überraschung gewichen zu sein. »Sie war nie zuvor in unserem Haus.«

»Das ist lange her. Ihr Vater, der alte Severinus, war viele Jahre Decurio der Stadt und hat im Laufe der Zeit alle wichtigen Ämter durchlaufen.«

»Davon habe ich gehört.« Mit einem Nicken wies Crispianus mich an, mixh zu setzen und Notizen zu machen, was mir mit einiger Konzentration und der nicht gerade saubersten Handschrift auch gelang.

»Ich hatte gerade erst damit begonnen, mir als Arzt hier in der Stadt einen Stamm von Patienten aufzubauen. Es waren wirre Zeiten, doch lebte man noch immer verhältnismäßig sicher im Schutze der Städte und des Limes.«

Ein feiner Schauder überlief mich, als ich mir vorstellte, welche unterschiedlichen Zeiten der alte Medicus schon erlebt hatte, wie sehr ihm die Stadt vertraut sein musste, in der ich zwar aufgewachsen war, zu der ich jedoch ebenso wenig gehörte wie er.

»Der edle Severinus hatte drei Kinder, zwei Töchter und einen Sohn, die sein ganzer Stolz waren. Claudia war die älteste davon.«

»Warst du der Arzt in seinem Hause?«, wollte Crispianus wissen.

Isaac schüttelte den Kopf. »Es gab alteingesessene, namhafte griechische Ärzte, denen die reichen Adelsfamilien ihr Vertrauen schenkten. Ich hingegen …« Er unterbrach sich und schüttelte kaum merklich den Kopf. »Doch eines Abends ließ man mich zu ihm ins Haus rufen. Der ältesten Tochter, Claudia, gehe es nicht gut. Ich möge sofort kommen.«

Unwillkürlich beugte ich mich ein wenig näher zu Isaac, um seine leisen Worte besser zu hören.

»Sie litt unter einem heftigen Anfall. Sie schrie, zitterte und war weder ansprechbar, noch ließ sie sich durch irgendetwas beruhigen.«

»Eine ernsthafte Erkrankung?«, fragte Crispianus.

Isaac hob die Schultern. »Wenn man es so nennen möchte. – Jedenfalls sagte man mir, sie leide schon eine Weile an solchen Zuständen, und offensichtlich war es dem Vater unangenehm, einen der stadtbekannten Ärzte zur Behandlung dieses Leidens heranzuziehen. Es sollte schließlich nicht alles an die Öffentlichkeit gelangen. Die Diskretion musste gewahrt bleiben. Nur dem politischen Gegner keine Schwäche zeigen, wie beispielsweise eine Tochter, die nicht ganz normal ist …«

*Wie wahr!*

»Also vertraute man auf mich, und schon sehr bald, nachdem ich unerkannt im Schutze der Abenddämmerung das Haus betreten hatte, erkannte ich, dass das Mädchen Claudia an weitaus mehr litt als an einer vorübergehenden Unpässlichkeit.«

Eine seltsame Spannung hatte sich in dem kargen Raum ausgebreitet, und ich hatte Mühe, mit dem Messinggriffel weiterhin gleichmäßig in das grünliche Wachs der Tafel zu schreiben.

»Sie muss damals vier oder fünf Jahre alt gewesen sein. Sie wirkte unstet, fahrig. Selbst wenn es mir gelang, ihre Anfälle durch eine beruhigende Tinktur einzudämmen, blieb sie angespannt und verkrampft. An einem Tag still, apathisch in sich gekehrt, an einem anderen herrschsüchtig, ungeduldig, ja geradezu bösartig. Ich weiß es so genau, da der Vater mich nach jenem ersten Abend regelmäßig zu sich ins Haus rufen ließ, wenn seine Tochter wieder solche Anfälle hatte.«

»Du sagst, der Vater. Was war mit der Mutter?« Seinem Gesichtsausdruck nach zu urteilen, versuchte auch Crispianus, die Bruchstücke der Erzählung zu einem sinnvollen Gesamtbild zusammenzusetzen.

»Soweit ich es verstanden hatte, war sie vor nicht allzu langer Zeit gestorben. Im Kindbett.«

»Hat Severinus ein weiteres Mal geheiratet?«

»Nein, aber es wurde mir berichtet, dass die Anfälle der jungen Claudia damals begonnen hatten, kurz nachdem ihre Mutter zu Grabe getragen wurde.«

»Also eine Reaktion auf den plötzlichen Verlust.«

»Da bin ich mir nicht so sicher.« Langsam schüttelte Isaac den Kopf. »Gelegentlich sprach ich mit einigen Mägden, die im Hause des Severinus arbeiteten. Der plötzliche Krankheitsausbruch schien nicht alleine auf die Trauer um die Mutter zurückzuführen zu sein. Denn Claudias Verhalten veränderte sich wesentlich dramatischer als das ihrer Schwester, die sicherlich ebenso unter dem Verlust der Mutter litt. Zudem erfuhr ich, dass sich auch der Herr des Hauses seit dem Tod seiner Frau stark verändert hatte.«

»Inwiefern? Trauerte Severinus so sehr um seine verstorbene Frau?«

»Ich kann es nicht sagen. Jedenfalls wurde er zynisch, fast grausam. Mehr noch als das Gesinde hatte Claudia unter seinem plötzlichen Charakterwechsel zu leiden. Von einem Tag auf den anderen behandelte er sie, die zuvor sein Lieblingskind gewesen sein musste, abweisend, geradezu feindselig. Zwar ließ er ihr nach außen hin all das zukommen, was der ältesten Tochter einer Adelsfamilie zustand. Doch er selbst sprach nie mehr ein Wort mit ihr.«

»Ist es, nach allem, was wir heute in Erfahrung gebracht haben, vielleicht möglich, dass er auf dem Sterbebett seiner Frau erfahren hat, dass diese ihm mit dem ersten Kind ein Kuckucksei ins Nest gelegt hat?«, unterbrach ihn Crispianus.

Wieder zögerte Isaac eine Weile, bevor er antwortete. »Ja, das könnte eine Erklärung sein. Häufig neigen Menschen im Angesicht des Todes dazu, eine Beichte abzulegen. Oder im Fieber zu fantasieren. Aber wie auch immer er von dem Fehltritt seiner Frau erfahren hat, er schien ihr über den Tod hinaus nicht verziehen zu haben und entzog Claudia – als der Frucht dieser ehebrecherischen Beziehung – von da an jegliche Liebe und Zuwendung.«

Eine kurze Stille entstand. In diesem Schweigen wurde mir plötzlich bewusst, dass ich diese Geschichte nicht zum ersten Mal hörte.

*... ein Mädchen, nicht älter als fünf ... Schön, klug und aufgeweckt ... ausgestattet mit allen Gaben der Natur und einem außergewöhnlich wachen Geist ... Niemand wusste, wer sie wirklich war, noch nicht einmal sie selbst. Niemand außer ihrer Mutter.*

Isaac selbst hatte mir diese Geschichte erzählt, als er mich in seinem Haus gepflegt hatte. Nur hatte ich damals geglaubt, ich selbst sei gemeint gewesen.

*Manche Dinge bleiben besser im Verborgenen. Zumindest bis man die Kraft hat, sie zu ertragen ...*

Wäre es mir ähnlich ergangen wie Claudia, wenn ich imstande gewesen wäre, die Spuren meiner Herkunft zu erfragen? Trennte mich von dieser Mörderin vielleicht doch nicht mehr als nur ein kleiner Schritt, eine Laune des Schicksals?

Nein, ich war nicht Claudia. Ich war nicht in Ansehen und Reichtum aufgewachsen. Doch konnte ich nachempfinden, wie ein kleines Mädchen aus gutem Hause darauf reagieren musste, von einem Tag auf den anderen nicht nur die Mutter zu verlieren, sondern auch die Zuneigung des Mannes, den sie bisher für ihren Vater gehalten hatte.

»Claudia rächte sich also auf ihre eigene Art«, fasste Crispianus schließlich zusammen, »und veranstaltete regelmäßig ein großes Gezeter, um zumindest für eine Weile die Aufmerksamkeit der gesamten Familie zu erlangen.«

»Ob sie es bewusst tat oder wirklich erkrankt war, wer kann das schon sagen?« Isaac wirkte traurig, wie stets in Erinnerung an einen Patienten, dem er nicht hatte helfen können. »Zumindest richteten meine Tränke und Anwendungen sehr wenig aus. Sie linderten nur kurzzeitig die Beschwerden. Der Einzige, der wirklich in der Lage war, sie zu beruhigen, war ein junger Sklave des Hauses.«

»Misenus!«, entfuhr es mir, und unwillkürlich ließ ich den Griffel sinken.

Isaac nickte. »Eben dieser. Und nach dem, was ich jetzt erfahren habe, beginne ich allmählich die Zusammenhänge zu verstehen.«

Also entstand die geschwisterliche Freundschaft zwischen Claudia und ihrem Halbbruder Misenus schon sehr früh. Zwei Ausgestoßene, die sich im Wesen ähnelten und einander Halt gaben.

»Doch eines Nachts, Claudia mochte etwa dreizehn Jahre gewesen sein, wurde ich wieder zu ihr ins Haus gerufen. Sie lag, noch aufgelöster als sonst, schreiend in ihrem Bett, und ich erfuhr, dass jener Sklave Misenus verschwunden war.«

»Geflohen?«

»Verkauft. Es wurde gemunkelt, der Herr selbst hätte sich um den Handel gekümmert, hätte alles darangesetzt, dass der Sklave aus dem Haus kam. Was damals vorgefallen ist, ich weiß es nicht. Aber ich vermute, dass Misenus seinen Herrn Tag für Tag daran erinnerte, wessen Sohn er war, da er seinem eigenen Vater, der zugleich Claudias leiblicher Vater war, immer ähnlicher wurde. Severinus muss zudem befürchtet haben, durch die Ähnlichkeit der Halbschwester könnte seine Schande doch noch ans Licht kommen.«

»Sicher ein schwerer Schlag für Claudia«, murmelte Crispianus.

Und eine Erklärung, weshalb Misenus nach seiner Freilassung den Namen Aelius trug und nicht den seines ersten Herrn.

»Danach lebte Claudia längere Zeit sehr in sich zurückgezogen, sprach mit kaum jemandem im Haus. Nur Belenus, der Sohn des Decurio Victorinus, ein junger Mann, mit dem noch ihre verstorbene Mutter eine Verlobung angebahnt hatte, war in der Lage, sie gelegentlich aufzumuntern, lud sie zu Gastmählern und Theatervorführungen ein.«

»Wie war das Verhältnis zu den jüngeren Geschwistern, den leiblichen Kindern des Hausherrn?«

»Reibereien und Eifersüchteleien, das Übliche eben. Obwohl ...« Isaac machte eine Pause und überlegte. »Claudia schien eine krankhafte Eifersucht auf ihre jüngere Schwester zu entwickeln, da diese nun die ganze Zuneigung ihres Vaters besaß. Besonders wütend wurde sie, wenn der Vater betonte, nur sie hätte die goldenen Haare seiner Familie geerbt. Einmal hatte ich sogar miterlebt, dass im Hause große Aufregung herrschte, da Claudia ihrer Schwester mit einem Küchenmesser einen Teil der blonden Locken abgeschnitten hatte.«

Ungewollt zuckte ich zusammen. Blonde Locken ...

»Doch richtig schlimm wurde es, als die Schwester sich auch noch verlobte – mit Belenus Victorinus.«

»Aber das ist doch ...«, entfuhr es mir ungläubig.

»Ja, der Mann, dem Claudia zur Ehe versprochen war und der ihr einige Jahre lang seine Aufmerksamkeit geschenkt hatte. Drei Tage schloss sich diese nach Bekanntgabe der Verlobung in ihrem Zimmer ein und verweigerte jegliche Nahrung, sodass man mich schließlich wieder rufen ließ.«

Beinahe empfand ich so etwas wie Mitleid mit Claudia.

»Nachdem es mir gelang, zu ihr durchzudringen und sie durch einen Heiltrank etwas zu beruhigen, fragte sie mich, ob ich neben Arzneien und Tinkturen nicht auch einen Liebestrank brauen könne.«

*Ein Liebestrank*. Also hatte Marcella recht behalten. Der Wunsch nach Magie als Ausdruck hilfloser Ohnmacht einer Verzweifelten ...

»Natürlich konnte ich diesem Wunsch nicht nachkommen, doch ahnte ich schon, dass damit nicht das letzte Wort in dieser Sache gesprochen war.«

»Aber weshalb hatte sich Claudias Verlobter ihrer Schwester zugewandt?«, wollte Crispianus wissen.

Isaac hob die Schultern. »Unter dem Gesinde wurde gemunkelt, der alte Severinus hätte dabei seine Finger im Spiel gehabt. In Form einer nicht unbeträchtlichen Mitgift, die diejenige, welche Claudia zugesprochen war, um ein Vielfaches überstieg.«

»Aber es kam doch nicht zu der geplanten Heirat?«, wagte ich schließlich einzuwenden. Dunkel erinnerte ich mich nämlich, dass Belenus Victorinus der Name von Claudias verstorbenem Gatten war, der ihr bei seinem Tod ein beträchtliches Vermögen hinterlassen hatte.

»Nein. Denn nur wenige Monate nach Bekanntgabe der Verlobung war die Schwester tot. Ein Unfall, wie es offiziell hieß. Wieder ließ man mich kommen, diesmal, um möglichst diskret die Tote zu untersuchen.«

Vor Anspannung vergaß ich beinahe, Isaacs Aussage mitzuschreiben.

»Es war Gift im Spiel, so viel konnte ich feststellen. Doch wer es ihr verabreicht oder ob sie es sogar selbst genommen hatte, konnte ich nicht herausfinden. Allerdings entdeckte ich«, er zögerte einen Moment, »ein Verfluchungstäfelchen bei der Toten.«

»Genau wie bei den ermordeten Frauen!«, brach es aus mir heraus. »Isaac, hattest du dann nicht gleich Claudia in Verdacht, als du von den jüngsten Morden erfahren hast?«

Der alte Mann hob die Schultern. »Daran gedacht habe ich schon. Doch konnte ich mir nicht vorstellen, aus welchem Grunde sie so etwas hätte tun sollen. Und womöglich eine Unschuldige dem falschen Verdacht auszuliefern … sie war einmal meine Patientin.«

»Doch was ihre Schwester betrifft, meinst du, Claudia hätte sie ermordet?«, kam Crispianus wieder auf Isaaks Ausführungen zurück.

»Obwohl einiges darauf hindeutete, gab es keine Beweise. Natürlich teilte ich meine Schlussfolgerungen, dass sie an

Gift gestorben war, der Familie mit. Doch erstaunlicherweise wurde die Sache nicht weiter verfolgt.«

»Heißt das, Severinus hat versucht, die Wahrheit zu verbergen? Aber warum?«

Auch ich konnte darin keinen Sinn erkennen. Wenn es wirklich stimmte, dass der Bastard seiner Frau seine einzige leibliche Tochter getötet hatte, müsste da ein Mann wie Severinus nicht alles darangesetzt haben, diese Mörderin ihrer verdienten Strafe zuzuführen?

»Darauf weiß ich keine Antwort. Der Mord an einem jungen Mädchen hätte vor dem Familiengericht des Hausvaters verhandelt werden müssen. Allerdings …« Für einen Moment zog Isaac die fast weiß gewordenen Augenbrauen zusammen, als entsinne er sich eines Details, dem er zuvor keine Beachtung geschenkt hatte. »Zwei Tage nach besagtem Todesfall – ich war gerade im Haus, um nach der ehemaligen Amme der Toten zu sehen, die durch diesen Schock schwer erkrankt war – klopfte es an der Tür, und ein vornehm gekleideter junger Mann stand davor, der verlangte, mit dem Hausherrn zu sprechen. Und zwar allein.«

»Was geschah dann?«, wollte Crispianus wissen.

»Man versuchte ihn abzuweisen. Um Gäste zu empfangen, sei nicht der geeignete Zeitpunkt, wurde ihm mitgeteilt.«

»Ließ er sich abweisen?«

»Nein. Er wechselte einige Worte mit dem Verwalter, der daraufhin unverzüglich den Hausherrn rufen ließ. Mit diesem verschwand der Fremde für eine Weile in der Bibliothek.« Isaac räusperte sich, bevor er mit heiserer Stimme fortfuhr: »Eine ganze Weile später kam der Fremde wieder heraus und verließ grußlos das Haus. Von diesem Tag an wurde kaum noch ein Wort über den Todesfall verloren.«

»Hast du eine Ahnung, über was an jenem Tag in der Bibliothek gesprochen wurde?«

»Ich war nur ein zufälliger Besucher in dem Haus, nichts weiter. Doch das Gesinde begann zu flüstern. Es hieß, der

Fremde sei Aelius Misenus gewesen, der es bei seinem neuen Herrn zu Ansehen und Freilassung gebracht habe und nun zurückgekommen sei.«

Ein beredtes Schweigen breitete sich bei diesen Worten aus.

»Das wirft eine Menge Fragen auf.« Crispianus' Überlegungen ließen seine Vorgehensweise erkennen. »Sollte Claudia sich Hilfe suchend an ihren Bruder gewandt haben, nachdem ihre Schwester tot war? Aber womit könnte Misenus dem alten Severinus gedroht haben, dass dieser auf eine weitere Untersuchung des Falles verzichtete?« Nachdenklich schwieg er einen Augenblick. »Vielleicht, dass er alles an die Öffentlichkeit bringen würde, was dieser verhindern wollte. Dass seine Frau ihn mit einem Sklaven betrogen hatte und Claudia ein Kuckucksei war? Es hätte Severinus' Ansehen zerstört.«

Isaac nickte »Das wäre denkbar.«

»Was aber ganz wichtig ist«, fuhr der Anwalt fort. »Wusste Misenus, dass seine Schwester die Mörderin war, oder hatte sie ihm glaubhaft ihre Unschuld beteuert?«

Darauf kannte keiner von uns die Antwort.

»Wie konnte dieser Misenus nur eine so hohe Stellung erreichen?«, mischte sich Salomo zum ersten Mal in die Überlegung ein.

»Intelligenz, Reichtum und …«

»… eine enge Beziehung zur Familie des Cornelius Felix.« Diesmal war ich es, die Isaacs Worte unterbrach, denn schlagartig war mir ins Gedächtnis gekommen, wie Cornelia vor einigen Tagen bei Marcella damit prahlte, ihr Vater habe Aelius Misenus zu seinem Aufstieg verholfen.

»Woher weißt du davon?«, wandte sich Crispianus an mich. Und so erzählte ich, was Cornelia berichtet hatte und dass Misenus hin und wieder Gast im Hause meines früheren Herrn gewesen war. Zuletzt erwähnte ich auch den seltsamen Schuldschein, der Misenus als Gläubiger meines früheren Herrn auswies, der jedoch bei dem Überfall an der Mosel verloren gegangen war.

»Weißt du vielleicht auch, welche Verbindung zwischen diesem freigelassenen Emporkömmling und dem Beamten aus alter Adelsfamilie besteht, dass sie schon so viele Jahre befreundet sind?«

Darüber hatte ich mir noch nie Gedanken gemacht. Gäste kamen und gingen, und wen der Herr einlud, war einzig und allein seine Sache. Es genügte, dass wir hinterher den Dreck beseitigten.

»Wahrscheinlich irgendwelche geschäftliche Interessen«, spekulierte ich vorsichtig. Mit ausreichend viel Geld war die soziale Herkunft des Geschäftspartners häufig zweitrangig.

»Kannst du dich an noch etwas erinnern, was im Haus deines damaligen Herrn besprochen wurde, wenn Misenus zu Gast war? Ging es um politische Fragen?«

Kopfschüttelnd verbiss ich mir ein bitteres Auflachen. Wie denn? Jemand wie mich setzte Cornelius Felix doch nicht zum Bedienen der Gäste ein. Die guten Räume des Hauses hatte ich nur zum Putzen zu Gesicht bekommen oder wenn ich herbeizitiert wurde, um eine Strafe zu empfangen.

Ich schüttelte den Kopf, enttäuscht, nicht weiterhelfen zu können. Doch dann fielen mir wieder die seltsamen Briefe in Cornelius' Arbeitszimmer ein, die mir vor einigen Tagen in die Hände gefallen waren. Ich erinnerte mich auch wieder an das, was ich gelesen hatte, bevor Domenicus mich erwischt und Primus zum Fraß vorgeworfen hatte. Ein Name hatte sich mir trotz des Schreckens dauerhaft ins Gedächtnis gegraben.

*Marcus Cassianius.*

»Was hast du, Invita?« Isaacs Worte drückten Besorgnis aus. »Du bist plötzlich ganz weiß im Gesicht?«

»Der Statthalter. Marcus Cassianius Postumus, der Statthalter von Niedergermanien«, stammelte ich, während mir meine Gedanken wild durch den Kopf schossen. »Cornelius Felix muss irgendwelche Verbindungen zu ihm haben … Ich habe einen Brief gesehen … in seinem Arbeitszimmer …«

Mir schwindelte, als mir langsam das ganze Ausmaß der Verwicklungen bewusst wurde.

»Ganz ruhig, Kind.« Fürsorglich hatte sich Isaacs faltige Hand auf meine gelegt, und wieder spürte ich den Frieden, der von ihm ausging. »Was kannst du uns sagen?«

»Offensichtlich pflegt Cornelius Felix Kontakte nach Colonia Agrippina, zum Statthalter. Dieser scheint jedoch seine eigenen Pläne zu verfolgen, zumindest, wenn wahr ist, was ...« Ich zog meine Stirn in Falten. »Wenn ich es richtig verstanden habe ...« Stockend berichtete ich von dem Schreiben, das von der schwindenden Macht der kaiserlichen Familie sprach und davon, dass das Imperium in seiner jetzigen Struktur nicht mehr zu halten sei ...

Erneut breitete sich Schweigen aus.

»Das klingt ganz nach einer geplanten Usurpation.« Crispianus fand als Erster die Sprache wieder. »Eine ernste Angelegenheit. Nur, was hat das jedoch mit dem Mord an ...«

»Dazu kann ich etwas sagen!« Blass geworden fiel ihm Salomo ins Wort. »An einem dieser Tage, als Cornelia Felix mich mit ihren Reizen zu verlocken versuchte und ich mich genötigt sah, sie höflich, aber entschieden zurückzuweisen, sagte sie etwas davon, dass sie in nicht allzu ferner Zeit die Tochter eines sehr einflussreichen Mannes sein würde, dessen Verbindungen bis weit über die Provinz hinausgingen.«

Ich war erschüttert.

Erschüttert über die politischen Intrigen, darüber, wie unverfroren Cornelia damit prahlte. Und über meine eigene Blindheit, dass ich nicht mit Marcella über das kompromittierende Schreiben, das ich in Händen gehalten hatte, gesprochen hatte.

Auch Crispianus schwieg eine Weile, schließlich sagte er: »Schon lange kursieren Gerüchte, Statthalter Postumus von Niedergermanien verfolge ganz andere Absichten, als lediglich seine Provinz, die Grenzen von Rhein und Limes, vor Franken und Germanen zu schützen. Sein Ehrgeiz soll weitergehen ... Allerdings, solange jemand in der Lage ist, die barbarischen Eindringlinge in Schach zu halten, fragt man nicht nach.«

»Aber der Enkel des Kaisers residiert in seiner Stadt.« Ungläubig sah Salomo erst den jungen Anwalt, dann seinen Vater an. »Ist das nicht ein Vertrauensbeweis, das Zeichen tiefer Verbundenheit?«

»Oder der Fisch im Netz.«

»Davon sollte sofort mein Herr erfahren!«, murmelte ich, als ich wieder in der Lage war zu sprechen.

»Gemach.« Mit der Hand, die mir Crispianus auf die Schultern drückte, hinderte er mich daran, aufzuspringen. »Das ist ein ganz anderer Kriegsschauplatz, und es sieht nicht so aus als würden diese Dinge mit den Morden zusammenhängen.«

»Aber Claudia Severina ist Misenus' *Schwester!* Und dieser heckt etwas gemeinsam mit Cornelius aus. Siehst du das denn nicht?«, schrie ich ihn beinahe an.

»Leise«, warnte mich Crispianus. »Noch sind es nichts als wilde Spekulationen ohne greifbare Beweise. Oder willst ausgerechnet *du* den Priester des Kaiserkultes und einen Beamten der Stadt des Hochverrats beschuldigen?«

Gepresst atmete ich aus. »Nein!«

»Also gut. Vorrangig ist, dass Isaac und Salomo«, er nickte den beiden zu, »vom Verdacht des Mordes – und der Hexerei – freigesprochen werden. Alles Weitere müssen wir abwarten.«

»Mit Gottes Hilfe!« Der Zorn in Salomos Augen stand im Widerspruch zu seinen Worten, doch damit schien alles gesagt zu sein.

»Nun gut denn.« In Gedanken versunken, erhob sich Crispianus. Sorgfältig klappte ich die Wachstafeln zusammen, verschnürte sie mit einem Lederband und tat es ihm gleich.

»Das sind viele Neuigkeiten. Gott allein weiß, wie ich diese dazu verwenden kann, euer Leben zu retten ... Aber ich befürchte, dazu bedarf es eines Wunders.«

Isaacs von Furchen umzogene Augen leuchteten für einen kurzen Moment lang auf. »Mit Gottes Hilfe.«

Crispianus schlug gegen die Tür, damit sie geöffnet würde.

Mit einem letzten Blick auf den alten Medicus folgte ich dem Anwalt nach draußen und zurück zum Gerichtssaal.

Isaac, als Jude, mochte an die Macht göttlicher Wunder glauben. Mir jedoch fiel das schwer.

# KAPITEL XXVIII

Als wir in die Basilica zurückkehrten, hatte sich dort schon wieder eine lärmende Menschenmenge angesammelt. Die Stimmung glich der vor wenigen Tagen in der Arena. Angespannt, erregt, mit einer Mischung aus Sensationsgier und Bitterkeit auf ein tödliches Urteil wartend.

Marcella hatte wieder ihren Platz eingenommen und begrüßte unsere Ankunft mit einem kurzen Nicken. Unauffällig ließ ich die Wachstafel mit meinen Notizen in Crispianus' Hände gleiten und begab mich dann zu ihr.

Der Anwalt betrat das Podest. Kein Blick, keine Geste verriet der Öffentlichkeit, dass Marcella und er sich kannten.

»Ich habe kurz mit meinem Vater gesprochen.« Marcellas Flüstern war im allgegenwärtigen Brummen, Raunen, Scharren und Schlurfen kaum zu vernehmen.

Fragend wandte ich ihr mein Gesicht zu. »Er hat mit *dir* gesprochen? Während eines Prozesses?«

»Ich würde sagen, er hatte keine wirkliche Wahl.« Ein schelmisches Lächeln ließ ihr sonst so ernstes Gesicht für einen kurzen Moment aufleuchten. »Es gibt Hoffnung. Mein Vater bestätigte, dass es Crispianus gelungen sei, die Beschuldigungen der verschleierten Frau durch geschicktes Nachfragen so zu zerpflücken, dass sie sich immer mehr in Widersprüche verwickelte. Zuletzt musste sie gestehen, dass sie gar nicht sicher sei, Isaac überhaupt gesehen zu haben. So wie es aussieht, ist sie zu diesen falschen Aussagen gezwungen worden.«

Diesen Eindruck hatte ich von Anfang an gehabt.

»Und Cornelia?«

»Auch dieser muss er einige Fragen gestellt zu haben, die sie, nun, sagen wir, in gewisse Verlegenheit gebracht hat. Jedenfalls schien mein Vater von Crispianus durchaus ein wenig beeindruckt zu sein …«

Die aufflammende Röte, die bei diesen Worten Marcellas Gesicht überzog, zeigte mir, dass *sie* von Crispianus weitaus mehr als ein klein wenig beeindruckt war.

Ein Hauch neuer Hoffnung durchzog mich. Wenn Crispianus wirklich so geschickt mit Worten umgehen konnte …

Ich ertappte mich dabei, wie ich ein stummes Gebet zu Marcellas seltsamem unsichtbarem Gott sandte. Die Ruhe, die mich danach durchströmte, ließ mich für einen kurzen Moment die Augen schließen.

Erneut trat das Gericht zusammen. Misenus, Crispianus und der Statthalter nahmen wortlos ihre Plätze ein. Zuletzt wurden die beiden Angeklagten hereingeführt, und wieder schwoll das Raunen an, schien mit einem Male den riesigen Raum bis zur hohen Kassettendecke anzufüllen.

Nach einem kurzen Gruß an die Menge ließ der Statthalter seinen Blick über die Anwesenden schweifen. Mit einer Handbewegung gebot er Ruhe. Das Gemurmel wurde leiser und verstummte schließlich.

Der Prozess konnte weitergehen

Als Erster trat Misenus nach vorne.

Noch nie zuvor hatte ich an einem Gerichtsprozess teilgenommen. Doch ich vermutete, dass nun – nachdem die Zeugen ausreichend vernommen worden waren – die Zeit einer abschließenden Rede des Anklägers und des Verteidigers gekommen war.

Vor Anspannung verstand ich nicht einmal richtig, was Misenus im Einzelnen sagte. Vielleicht wollte ich es auch nicht hören, mir seine hasserfüllten Tiraden kein weiteres Mal mehr zumuten. Bei jedem seiner Sätze schwoll das Gemurmel und Geschrei an, sodass ich wohl auch nicht viel mehr verstanden hätte, wenn ich besonderen Wert darauf gelegt hätte. So wartete ich nur ab, bis er endlich aufhörte und wieder seinen Platz einnahm.

Einen Augenblick lang geschah nichts. Schließlich erhob sich Crispianus von seinem Sitz, richtete ohne Eile die Falten seiner Toga, als stünden nicht Hunderte ungeduldiger, aufgebrachter Menschen vor ihm, trat dann nach vorne und warf einen schweigenden Blick in die Menge, die nach und nach verstummte, als seien alle durch das sichere und gelassene Auftreten des unbekannten Anwalts beeindruckt.

Von meinem Platz aus sah ich, wie Misenus ihn mit zusammengekniffenen Augen musterte, böse, beinahe hasserfüllt, als ginge von ihm eine Gefahr aus, die selbst für ihn, den Priester des Kaiserhauses, nicht zu unterschätzen war. Seine Lippen formten tonlose Worte. Gebete oder Verwünschungen?

Endlich ergriff Crispianus das Wort. Mit ruhiger, aber weithin hörbarer Stimme, die in deutlichem Gegensatz zu der angespannten Atmosphäre im überfüllten Gerichtssaal stand, begann er: »Hochedler Legatus Augusti pro Praetore, Bürger von Divodurum Mediomatricorum. Wir haben heute Morgen viel Zeit aufgewendet, die zahllosen Anschuldigungen gegen die beiden Angeklagten anzuhören.« Er machte eine kurze Pause und ließ seinen Blick erneut über die Köpfe der Menge gleiten. »Doch was hat uns das gebracht? War irgendeiner dieser wort- und tränenreichen Berichte dazu angetan, auch nur einen winzigen Funken Licht in die Angelegenheit zu bringen? Nein, nichts als unbewiesene Behauptungen und Allgemeinplätze, die vor langer Zeit irgendein Gelehrter über das Volk der Juden geschrieben haben soll. Was sagt das …«

»Wer bist du, dass du es wagst, die weisen Männer des römischen Volkes infrage zu stellen!« Misenus' Worte klangen scharf, Hohn triefend und ätzend wie Säure.

Langsam drehte sich Crispianus zu ihm. »Ein freier Bürger Roms, der versucht, der Wahrheit zum Recht zu verhelfen.«

Ohne eine Antwort abzuwarten, wandte er sich wieder der Menge zu, und das undefinierbare Gemurmel verstummte erneut.

»Nichts gab es vorzuweisen. Nichts, wage ich zu behaupten, als die leeren Worte zu Staub zerfallener Gelehrter und die Lügen gekaufter Zeugen.« Die Menge schien den Atem anzuhalten. »Und selbst diese konnten nach kurzer Zeit entlarvt werden.«

»Das ist eine dreiste Behauptung!« Misenus schien Mühe zu haben, sich zurückzuhalten.

Kaum bemerkte ich, wie sich meine Hände in den Stoff meines Gewandes krallten. Die Augen weit aufgerissen, lief mir eine Gänsehaut über den Rücken. Was auch immer Crispianus vorhatte, es schien mir ein gewagtes Spiel. Auch wenn Schmähungen und Beleidigungen der gegnerischen Partei vor römischen Gerichten durchaus Tradition hatten.

»Und da ich weiß, dass der Statthalter«, Crispianus deutete eine Verbeugung zum Richterstuhl hin an, »ein besonnener und weiser Mann ist, wird er sich von einem so offensichtlichen Komplott nicht beeindrucken lassen.«

Ich spürte, wie Marcella neben mir zusammenzuckte, und als ich zu ihr hinüberschaute bemerkte ich, dass ihr Gesicht blass geworden war.

Misenus war aufgestanden. Mühsam beherrscht trat er zu Crispianus heran, der sich jedoch nicht zu ihm umwandte, sondern den Blick noch immer auf den Statthalter gerichtet hatte.

»Und wie kommt es dann«, sagte er so laut, dass es weithin in der Basilica zu hören war, »dass es keinen Zeugen, ja nicht einmal einen einzigen, gab, der zugunsten der beiden Juden aussagen konnte. Wenn hier alles, wie du sagst, bloß ein Komplott ist?«

Lächelnd wandte sich Crispianus zu dem Priester um, musterte ihn eine Weile und entgegnete dann: »Wer in dieser Stadt hätte den Mut, der Aussage eines Sevir Augustalis zu widersprechen?«

Mir stockte der Atem. Crispianus war ein unbekannter Mann in Divodurum, noch nicht lange im Anwaltsgeschäft. Entweder wusste er ziemlich genau, was er da tat, oder er würde sich nicht mehr lange seines Lebens in dieser Moselstadt erfreuen.

»Bevor der Prozess hier begann, habe ich Erkundigungen eingezogen, und nichts von dem, was wir hier heute gehört haben, deckt sich mit dem Bild, das hier darzustellen versucht wurde. Hochverrat und Hexerei? Keine Spur war davon zu entdecken. Bisher galt Isaac stets als rechtschaffen, hilfsbereit, ein guter Arzt ...«

»Betrügerisches Judenschwein!« Von irgendwoher aus den Zuschauerreihen hallte eine gepresste Stimme durch den Gerichtssaal.

»... bereit, auch diejenigen zu behandeln«, fuhr Crispianus unbeirrt fort, »die die Dienste eines Medicus nicht bezahlen konnten.«

Mit angehaltenem Atem sah ich mich in der Menge um und blickte in einige schuldbewusst gesenkte Gesichter. Der ein oder andere der Anwesenden war also schon in den Genuss von Isaacs Wohltaten gekommen. Doch keiner von ihnen ...

»Und sein Sohn Salomo. Bis vor wenigen Monaten weilte er nicht einmal in Divodurum. Welchen Verbrechens könnte man ihn denn beschuldigen?«

»Wucherer, Halsabschneider! Wer verlangt schon solche Preise?«

Diesmal kamen die Worte von einem jungen Mann, dessen mit Goldborten verziertes Gewand aus tiefviolettfarbenem Stoff zeigte, dass er trotz der angespannten politischen Lage nicht zu den Verlierern der Gesellschaft zählte.

Wieder spürte ich kalte Wut in mir aufsteigen. Es war der gleiche hilflose Zorn, den ich schon damals in Salomos Laden empfunden hatte, als Misenus ihn desselben Vergehens beschuldigte. Wer zwang den Schnösel denn, dort zu kaufen, wenn es ihm zu teuer war? Dann sollte er doch sehen, wo er seine Klunker billiger herbekam!

Crispianus jedoch wandte sich dem jungen Mann zu und meinte, ohne auf den Wahrheitsgehalt von dessen Behauptung einzugehen: »Wollte man alle Händler von Divodurum verklagen, deren Waren du dir nicht leisten kannst, wären Kerker und Gerichtssäle überfüllt.« Er lächelte knapp. »Meines Wissens verstößt das Angebot teurer Luxusgüter nicht gegen römisches Gesetz.«

Verhaltenes Lachen hier und da. Ein Hauch von Sympathie flog dem jungen Anwalt entgegen, der vor den Augen der einfachen Leute, die täglich den Kampf ums Überleben führen mussten, einen neureichen Sprössling so einfach abgefertigt hatte.

»Die Verbrechen, die den beiden Männern hier zur Last gelegt werden«, fuhr er fort, »Hexerei, Verwünschungen, die Tötung einer fremden Sklavin und der Mord an der Tochter eines unserer städtischen Beamten sind hingegen als schwerwiegende Vergehen zu bezeichnen.«

Die Lautstärke im Gerichtssaal stieg wieder an.

»Und deshalb sage ich, dass diese Verbrechen mit der ganzen Härte des Gesetzes bestraft werden müssen. Gerade jetzt und heute, in einer Zeit der Unsicherheit, des Krieges und der Korruption. Doch es gilt, den wahren Schuldigen zu bestrafen. Und ich weiß, dass *diese* Männer es nicht sind ...«

Pfiffe wurden laut, Rufe drangen wie hektische Trommelwirbel an mein Ohr, die Temperatur zwischen den hohen Wänden schien weiter anzusteigen.

Crispianus wartete, bis sich der Tumult gelegt hatte: »Und warum bin ich so sicher, dass diese Männer nicht schuldig sind?« Er machte eine kurze Pause, während der alle Augen gebannt auf ihn gerichtet waren, um dann fortzufahren. »Weil der wirkliche Mörder so unvorsichtig war, Spuren zu hinterlassen, Spuren, die eindeutig zu ihm hinführen.«

Diese Neuigkeit schlug ein wie das Geschütz einer römischen Artillerie in einen Festungswall. Es entstand eisiges Schweigen, dann brach ein Lärm los, in dem sich Überraschung und überhitzte Gefühle Luft machten.

Langsam trat Misenus noch einen Schritt näher an den Anwalt heran, die hageren Wangen von einem tiefen Rot überzogen, die Lippen mühsam zusammengepresst. »Und welche Spuren sollen das sein?«

Die Worte waren im Lärm kaum zu verstehen, doch Crispianus drehte sich zu dem Priester um und sah ihm ruhig in die Augen. »Warte ab. Dann wirst du hören, was ich meine.«

Er wandte sich wieder den Zuschauern zu: »Welches Motiv sollten die Angeklagten gehabt haben, die beiden jungen Frauen zu töten? Ich kann keinen einzigen überzeugenden Grund dafür erkennen, nichts, woraus sie für sich einen Nutzen hätten ziehen können.«

»Und was ist mit den Menschenopfern, die diese Juden praktizieren?«, brüllte irgendjemand aus der Menge.

Crispianus ignorierte den Zwischenrufer. »Diese Frauen, beide schön wie die capitolinische Venus, mit einem Körper, der jeden Mann in ihren Bann zog.«

Ein kurzer Blick ging zu Primus, der, als er ihn bemerkte, seinem Gesicht sofort einen kummervollen Ausdruck verlieh.

»Diese Frauen sind beide durch ein kostbares Geschenk der Natur, nämlich ihre leuchtenden, goldblonden Haare, aufgefallen. Im Gegensatz zu den Damen, die eine solche Farbe auch durch Aufhellen nie erreichen können. Fällt es doch jedem gleich auf, dass ein solches Gold auf dem Haupt gekauft, nicht gewachsen ist.«

Mit einer dramatischen Geste deutete er auf Claudia Severina, die bei den letzten Worten zornesrot angelaufen war und dem jungen Anwalt einen hasserfüllten Blick zuwarf.

Der Statthalter runzelte die Stirn. Er schien sich zu fragen, ob Crispianus den Verstand verloren hatte und was das Ganze zur Aufklärung des Falles beitragen sollte. Doch unbeirrt fuhr dieser fort: »Nach Berücksichtigung all dieser Faktoren bin ich zu der Überzeugung gelangt, dass wir es nicht mit einem Mörder zu tun haben!«

Ein erstauntes Gemurmel erhob sich. Die Zuschauer schienen sich zu fragen, was das wohl zu bedeuten hatte.

Auf einen Wink des Statthalters kehrte jedoch bald wieder Stille ein.

»Nicht mit einem Mörder ... sondern einer Mörderin!«

Das Stimmengewirr schwoll wieder an, doch der Anwalt ließ sich nicht aufhalten. »Ja, mit einer Frau! Einer alten hässlichen Frau, der nie ein Mann seine Gunst schenken würde. Deswegen brannte sie vor Neid auf diese beiden Schönheiten und hat sie kaltblütig getötet.«

Die ganze Zeit über hatte er Claudia Severina nicht aus den Augen gelassen. Bei jeder einzelnen der dreisten Behauptungen war ihr Gesicht eine Stufe röter geworden. Ihre Hände hatten sich zu Fäusten geballt.

»Eine bedauernswerte Person ... Im Schatten von so viel Schönheit stehen zu müssen!«

Ein Knall zerriss die Stille, als Claudia auffuhr und dabei ihren Stuhl umstieß.

Ihr Atem ging stoßweise, ihre Augen blitzten vor Zorn.

»Das ist eine unverschämte Lüge!«

In der fassungslosen Stille, die durch Crispianus' provozierende Rede entstanden war, waren Claudias Worte deutlich vernehmbar. Die Blicke aller Anwesenden richteten sich auf sie.

»Was ist eine Lüge? Dass eine Frau die Morde begangen hat, oder ...?«, gab Crispianus zurück.

»Wie kannst du es wagen ...« Am gepressten Ton ihrer Stimme konnte ich erkennen, dass sie aufs Äußerste gereizt war.

Crispianus schüttelte den Kopf. »Es kann gar nicht anders sein. Eine alte Hexe, eingebildet und dumm.«

»Die Beleidigung nimmst du sofort zurück!« Ihre Stimme überschlug sich fast.

Noch immer folgten die Zuschauer stumm diesem Wortwechsel, und auch der Statthalter schien nicht zu wissen, was er von der Sache halten sollte.

»Welche Beleidigung meinst du? Willst du sagen, ich hätte *dich* beleidigt? Ich habe von der Mörderin gesprochen. Oder bedeutet das etwa, dass du …?« Crispianus machte eine Pause, während Claudias Gesichtsfarbe von rot nach totenblass wechselte.

Eine atemlose Stille hatte sich breitgemacht.

Misenus war zu Claudia herangetreten, packte sie am Handgelenk und legte ihr den Arm um die Schulter. »Sei still! Was redest du denn da?«, raunte er scharf, aber so leise, dass nur die Umstehenden und Honoratioren nahe der Tribüne es hören konnten.

Völlig verwirrt, der Wahnsinn schien ihr aus den Augen zu blicken, wandte sich diese zu Crispianus um. »Diese Frauen hatten es nicht besser verdient! Bildeten sich ein, nur wegen ihrer goldenen Haare seien sie etwas Besseres und alle Aufmerksamkeit und Zuneigung gebührten nur ihnen. Das eine blonde Flittchen wollte mir die Liebe meines Bruders stehlen, und die andere …«

Entsetzt legte ihr Misenus die Hand auf den Mund, um sie am Weiterreden zu hindern. »Schweig!«

Doch mit der Kraft einer Irrsinnigen schüttelte sie ihn ab, Haare hatten sich aus ihrer Frisur gelöst.

Sie *wollte* weitersprechen. Ohne zu bedenken, dass sie sich dadurch um Kopf und Kragen redete.

»… und die andere … In jeder Gesellschaft stellte sie sich in den Mittelpunkt, drängte mich in den Hintergrund. Sogar ins Haus der Cornelier hat sie sich eingeschlichen. Dabei habe ich einen höheren Rang als sie …«

Crispianus, geschickt genug, die Gunst der Stunde zu nutzen, setzte nach: »Aber als sie schon tot waren, weshalb hast du sie dann auch noch verflucht. Weshalb diese Fluchtafeln?«

»Ich musste mich doch schützen, dass sie sich nicht noch aus dem Jenseits heraus an mir rächen!«

Erschöpft sank sie auf ihren Stuhl zurück. Noch immer schien sie nicht begriffen zu haben, was sie sich angetan hatte.

Misenus hatte die Hände vors Gesicht geschlagen und schüttelte den Kopf.

Sollte er wirklich nichts von den Verbrechen seiner Halbschwester gewusst haben?

»Hiermit beantrage ich die sofortige Freilassung der beiden Angeklagten wegen erwiesener Unschuld!« Crispianus' klare Stimme trug durch die hohen Gewölbe des wie ein Bienenstock schwirrenden Gerichtssaals.

Angespannt schaute ich zum Statthalter hin. Was würde er tun?

Dieser erhob sich, blickte in Richtung der beiden Juden, die ihn stumm ansahen, in der Gewissheit, dass von seinem Urteil ihr Leben abhing. Dann verkündete er mit befehlsgewohnter Stimme: »Ich spreche die beiden Angeklagten Isaac und Salomo frei. Sie werden sofort entlassen und erhalten ihr gesamtes Eigentum zurückerstattet.«

Ein lautes Stimmengewirr brach los. Erleichterung durchströmte mich, und Marcella schaute Crispianus mit einem Blick an, der zwischen Stolz und Bewunderung schwankte – und noch etwas anderem.

Der alte Medicus und sein Sohn hingegen wirkten verwirrt, als könnten sie das soeben Gehörte nur schwer glauben. Ebenso die Cornelier, diese jedoch aus ganz anderen Gründen.

Die Schadenfreude, die ich darüber in diesem Moment empfand, brach gleichzeitig mit dem Gefühl überschäumender Erleichterung hervor. Dann erst verspürte ich tiefe und aufrichtige Dankbarkeit, während ich begriff, dass wir es geschafft hatten.

Salomo und Isaac waren gerettet.

*Gerettet.*

# KAPITEL XXIX

Claudia Severina …« Gedankenverloren sah Marcella aus dem geöffneten Fenster, das einen ungetrübten Blick in den gepflegten Garten freigab, wo bunte Falter zwischen den Rosenblüten flatterten, am Nektar kosteten und sich dann wieder beschwingt in die Luft erhoben. »Eine traurige Geschichte.«

Der Nachmittag war weit fortgeschritten, und endlich breitete sich angenehme Kühle aus, als wäre mit der drückenden Hitze auch die Spannung aus der Luft gewichen.

Stumm nickte ich auf Marcellas Worte hin und versuchte, in meinem Inneren noch einmal nachzuvollziehen, was am Ende des Prozesses unter dem Lärm der Menge wie in Trance an mir vorbeigezogen war. Der Freispruch durch den Statthalter, das Geständnis, das Claudia anschließend abgelegt hatte, der hilflose Versuch von Aelius Misenus, eine Erklärung für die Verbrechen seiner Schwester zu finden.

Auch er würde sie nicht vor dem schützen können, was sie nun zu erwarten hätte. Zwar würde er gewiss keine Rechenschaft für den Mord an seiner Sklavin fordern, aber für den Tod der Tochter des Decurios würde man ihr den Prozess machen.

Die Gerichtsverhandlung war nun schon einige Stunden vorbei, und der Statthalter hatte sich in sein Arbeitszimmer zurückgezogen – in Begleitung eines gewissen jungen Anwalts, der gerade seinen ersten aufsehenerregenden Fall gewonnen und sich dadurch in Divodurum einen Namen gemacht hatte.

Noch immer wirbelten die Gedanken bunt in meinem Kopf durcheinander. So viele Fragen waren noch ungeklärt geblieben. Vielleicht, mit der Zeit …

Ein Klopfen zerriss die Stille. Marcella sah auf und hieß mich zu öffnen. Crispianus stand vor der Tür.

Mit einem Lächeln bat die Herrin ihn herein und bot ihm einen Platz an. Wieder diese verdächtige Röte auf ihrem Gesicht, die mich unwillkürlich an Flavus denken ließ und die Leere, die seine erzwungende Abwesenheit in mir hinterlassen hatte.

»Du hast großartige Arbeit geleistet«, begann sie, nachdem ich dem Gast einen Becher Wein eingegossen hatte. »Danke.«

»Die Freude ist ganz meinerseits.« Crispianus nahm einen Schluck, ohne Marcella aus den Augen zu lassen, und es war nicht klar, ob er diese Worte auf den Ausgang des Prozesses oder das Privileg ihrer Anwesenheit bezog.

»Die beiden Angeklagten sind frei, aber was ist mit Misenus? Hast du meinem Vater von seinen schwarzmagischen Praktiken berichtet? Einem Kaiserpriester sollte so etwas wohl zum Verhängnis werden.«

»Das wird sich noch zeigen. Allerdings befindet sich Misenus in einer durchaus heiklen Situation, denn – noch immer halb im Wahn – hat seine Schwester verraten, dass er ihr Lehrmeister war, der sie in die Kunst der Verwünschungen und Zaubereien, die sie praktizierte, eingeweiht hatte.«

»Wird man ihren Worten Glauben schenken?« Marcellas Stimme war nicht zu entnehmen, ob sie sich das wirklich wünschte oder nicht Gnade vor Recht ergehen lassen wollte.

»Das ist schwer zu sagen. Es fehlen die Beweise, und bei klarem Bewusstsein wird Claudia die Aussage gegen ihren Bruder mit Sicherheit widerrufen. Außerdem genießt Misenus beim Volk ein gewisses Ansehen.«

»Von Vorteil für ihn ist auch, dass es in der Provinz schwerwiegendere Probleme gibt. Barbareneinfälle, entblößte Grenzen, Tausende von Flüchtlingen«, vollendete Marcella. »Also wieder jemand, der aufgrund von Stellung und Ansehen der irdischen Gerechtigkeit entkommen wird.« Eine Weile blieb sie stumm und schien zu überlegen. »Was ist mit der anderen Sache, der Verschwörung gegen die kaiserliche Familie, dem Raub der Schätze aus dem Tempel, die seltsamen Verbindungen zu Statthalter Postumus, die Invita entdeckt hat? Kam das auch zur Sprache?«

»Das nachzuweisen wird wohl noch schwieriger werden. Wir haben nichts Greifbares in der Hand. Vielleicht könnte Salomo dazu eine Aussage machen; Misenus und Cornelius hatten ihm ja das Angebot gemacht, die gestohlenen Schätze aus dem Tempel des Kaiserkults über seine Handelsbeziehungen weiterzuverkaufen. Doch ob es in absehbarer Zeit diesbezüglich zu einer Verhandlung kommen wird? Wir werden sehen.« Crispianus hob die Schultern. »Allerdings war die verschleierte Frau, die während des Prozesses gegen Isaac ausgesagt hatte, zu einem Geständnis bereit, das weiterhelfen könnte. Ihr Mann Idiomarus, der von Misenus – ausgerechnet von diesem – der Hexerei beschuldigt worden war, sollte ebenfalls als Werkzeug für dessen politischen Intrigen benutzt werden.«

Fragend schaute Marcella ihn an. »Inwiefern?«

»Was die Frau unter Stammeln und Weinen berichtet hat, klang ganz so, als hätte Misenus ursprünglich ihren Mann, der derartige Dienste im Geheimen anbot, aufgesucht, um dessen Kunst mit seiner zu vereinen. Um einen Fluch auf das Kaiserhaus und den Statthalter zu legen.«

Ein ungläubiges Schweigen entstand.

»Als Idiomarus sich jedoch weigerte«, fuhr Crispianus fort, »besschloss Misenus, ihn eben jenes Verbrechens zu bezichtigen, das er selbst begehen wollte, um ihn so als Zeugen aus dem Weg zu räumen.«

Die Homunculus-Puppe im Haus des Misenus kam mir in den Sinn. Dann hatte Misenus die Verwünschung gegen Kaiser und Statthalter wohl doch alleine vollzogen.

Das war es also, was diese Frau damals gemeint hatte, mit ihrer Warnung vor dem Fluch, der über dem Haus des Statthalters läge. Es waren keine leeren Worte gewesen. Sie wusste von Misenus‘ Vorhaben und wollte den Statthalter warnen.

Doch zum Glück war dieser Fluch ohne Wirkung geblieben. Niemand im Hause des Statthalters war zu Schaden gekommen, und die Mörderin hatte sich selbst verraten. Ich fragte mich, ob vielleicht Marcellas Gebete und ihr unsichtbarer Gott die Macht der Verwünschungen gebannt hat-ten.

In diesem Zusammenhang fielen mir auch wieder die Worte der blonden Sklavin ein, als sie mir den Papyrusstreifen zugesteckt hatte. Das Leben des Statthalters sei in Gefahr und es sei wichtig, dass er diesen Papyrus erhalte. Wenn es stimmte, was Flavus entziffert hatte, handelte es sich also tatsächlich um einen Schutzzauber. Als Lieblingssklavin von Misenus, wie den giftspritzenden Worten von Claudia Severina vor Gericht zu entnehmen gewesen war, hatte sie wohl von dessen Absichten gewusst und den Statthalter durch diesen Zauber davor schützen wollen.

Es erschien wie eine Ironie des Schicksals, dass ihr Tod nicht die Strafe für den Verrat an ihrem Herrn war, sondern die Folge einer krankhaften Eifersucht auf ihre goldenen Haare und auf die Zuneigung ihres Herrn.

Fast könnte Claudia einem leidtun. Wahrscheinlich hatte sie wieder ihre Kindheit vor sich gesehen, die blondgelockte Schwester, die ihr all das genommen hatte, was eigentlich ihr zustand. Dies musste ihren Wahnsinn neu entfacht haben.

»Meinst du nicht«, ergriff Marcella nach einer Weile des Schweigens wieder das Wort, »dass Misenus’ Absichten des Hochverrats das schwerwiegendste Vergehen darstellen. Was kann dagegen unternommen werden?«

»Es gibt nichts, was ihm nachzuweisen wäre. Nur eine alte Freundschaft zu Statthalter Postumus. Und die ist ihm sicher nicht als Verbrechen anzulasten.«

»Und was ist mit Cornelius Felix, Herr?« fragte ich zögernd, als ich es nicht mehr länger aushielt. »Ist ihm oder seinem Sohn etwas nachzuweisen?«

»Schwerlich, dazu müsste man sein Haus durchsuchen lassen.« Er lächelte. »Ohne Beweise haben wir nichts in der Hand. Und aus diesem Grund wird keine Anklage erhoben.«

»Also kommen Cornelius und Misenus ungeschoren davon?« Etwas in Marcellas Stimme sagte mir, dass sie dies bedauerte.

»Für Erste. Doch ist dein Vater beunruhigt und möchte der Sache mit Postumus weiter auf den Grund gehen. Wenn ich ihn richtig verstanden habe, wird er in nächster Zeit eine Gesandtschaft zu seinem Amtskollegen nach Colonia Agrippinensis schicken, um sich über die Lage zu informieren. Ansonsten sind ihm in dieser Sache die Hände gebunden.«

Meine Gedanken waren jedoch bei anderen Fragen. Postumus, der Kaiser, politische Intrigen – das alles waren Dinge, bei denen ich nichts ausrichten konnte. Werkzeuge der Mächtigen, die nur sehr wenig mit dem Leben eines Sklaven zu tun hatten.

Ungeklärt bleiben würde wohl die Frage, was es mit der Fluchschrift gegen Marcella auf sich hatte. Womit hatte sie sich den Hass von Claudia Severina zugezogen? Vielleicht weil sie glaubte, Marcella sei der Stolz ihres Vaters, wie sie einmal bei einem Gespräch mit ihm bemerkt hatte? Konnte Claudia das nicht ertragen, da sie die Liebe ihres eigenen Vaters verloren hatte? Oder war der selbstbewusste Auftritt Claudias auf der Tribüne des Amphitheaters der Versuch gewesen, die Gunst des mächtigsten Mannes der Provinz zu gewinnen, und sie glaubte, dass ihr dessen Tochter im Wege stand? Wer konnte schon wissen, was im Geist einer Wahnsinnigen vor sich ging?

Ob auch meine Herrin, wären ihre Haare golden gewesen, ebenfalls der Mörderin zum Opfer gefallen wäre?

Wie Claudias eigene Schwester, wie die blonde Sklavin und Iunia Curmilla.

Was mich selbst betraf, hatte ich mich damit abzufinden, dass wohl nie geklärt würde, wer versucht hatte, mich in der Mosel zu ertränken. Wegen einer Sklavin würde es bestimmt keine Zeugenbefragung geben.

Erneut klopfte es, und erst auf Marcellas zweimaligen Zuruf öffnete sich die Tür, und eine kleine schwarz gelockte Magd blickte herein.

»Entschuldige die Störung, Herrin. Aber du hast Besuch. Die Herrin Cornelia Felix wartet im Empfangsraum.«

Beinahe im gleichen Moment sahen Marcella und ich einander an. Cornelia Felix? *Hier?*

Nach alldem, was über die Beziehungen der Familie zum Bruder einer Mörderin ans Tageslicht getreten war, und obwohl sie befürchten mussten, dass ich meine Erkenntnisse über ihre illegalen Verwicklungen weitergegeben hatte! Sie dachten nicht einmal daran, sich ehrenvoll die Pulsadern aufzuschneiden oder sich wie jeder andere Mensch vor Angst oder Scham erst einmal zurückzuhalten. Nein, nicht die Cornelier!

Was immer auch geschah, worin sie auch immer verwickelt waren, kaum glaubte man, sie endlich erwischt zu haben, waren sie gleich wieder obenauf. Wohl wissend, dass ich keine Beweise in Händen hatte und der Aussage einer Sklavin wenig Bedeutung zugemessen wurde, probten sie wohl den Angriff als beste Verteidigung.

Wollte Cornelia Felix vielleicht die Lage sondieren, ob die Familie überhaupt noch empfangen wurde?

Doch ich schwieg und beobachtete, wie sich Crispianus verabschiedete, mit einem Blick, der sein Bedauern nicht zu verhehlen schien. Dann folgte ich Marcella auf ein Zeichen hin in den Empfangsraum, wo Cornelia Felix aus dem Fenster sah und sich umdrehte, als wir den Raum betraten.

Ihr Gesicht war blasser als sonst, und die künstliche Farbe

ihres aufgehellten Haares hob sich grell von ihrer fahlen Haut ab.

Ihr Blick verhärtete sich, als sie mich sah. Fast unmerklich zogen sich ihre Augen zusammen. Dann hatte sie sich wieder in der Gewalt und ging mit offenen Armen auf Marcella zu.

»Oh, meine Liebe, ist das nicht entsetzlich? Eine solche Verrückte! Mein armer Bruder, mein armer Vater! Und wir hatten ihr so arglos Zugang zu unserem Haus gewährt.«

*Oh, also plötzlich alles arme Opfer im Cornelischen Hause!* Meinen Ärger niederkämpfend, knirschte ich mit den Zähnen, während ich zusehen musste, wie Marcella sich von diesem Biest umarmen und einen Kuss auf beide Wangen drücken ließ, ohne ihn jedoch zu erwidern. Dann bot sie der Besucherin einen Platz an und wies die Magd an, für etwas Wein zu sorgen, unterließ es aber dabei Beigaben für besondere Gäste zu schicken.

»Aber wer hätte so etwas gedacht? Claudia Severina – tatsächlich die Halbschwester des Servirs Misenus. Dazu noch die Tochter eines Sklaven. Ein solch schändlicher Fehltritt ihrer Mutter.«

Dabei war es nicht abzustreiten, dass sich auch Primus hin und wieder eine der Sklavinnen des Hauses ins Schlafgemach hatte schicken lassen. Aber *das* war natürlich etwas vollkommen anderes.

Die Magd kam herein und stellte ein Tablett mit einem Krug und zwei Bechern vor den Gästen ab, füllte den Wein und reichte einen davon Cornelia, die gleich danach griff und zum Trinken ansetzte.

»Zweifellos wird sich Misenus nun zu Tode grämen, dass Claudia eine solche Schande über seinen Namen gebracht hat. Eine Mörderin, die auch noch schwarze Magie betreibt! Und so etwas ist die Schwester eines Kaiserpriesters!«

*Der ebenfalls seine Hände mit schwarzen Künsten beschmutzt und offensichtlich ihr Lehrmeister in diesen Dingen war*, dachte ich im Stillen, biss mir jedoch auf die Zunge, um nichts Unüberlegtes zu sagen.

»Ganz sicher hat Claudia vielen Menschen Leid gebracht. Was sie getan hat ... ist nur schwer zu begreifen.« Vorsichtig wählte Marcella ihre Worte aus, urteilte über die Taten, nicht jedoch über die Täterin.

»Nicht wahr? Und das, nachdem meine Familie schon so viel Unglück erdulden musste. Vor allem natürlich mein armer Bruder.« Mühsam presste sie eine vereinzelte Träne hervor, stellte den zwischenzeitlich geleerten Becher wieder ab und winkte mir zu, ihn erneut zu füllen.

»Die Freundschaft zu Aelius Misenus können wir unter diesen Umständen natürlich nicht aufrechterhalten. Man muss immer an den guten Namen denken, und ein solcher Umgang ...« Mit einem schicksalsergebenen Seufzer hielt sie mir den Becher hin.

Ich zitterte vor unterdrückter Wut, als ich den Krug vom Tisch aufhob und ihrem Wunsch entsprechend Wein nachschenkte.

*Tempelraub*, mehr als ein Verbrechen, ein Sakrileg. Noch dazu am Tempel des vergöttlichten Kaisers, ausgeführt von dessen Hüter, dem Servir Augustalis. Weitaus schlimmer als das, was sie Salomo unterstellt hatten, dass er von römischen Behörden konfisziertes Gold unterschlagen haben sollte.

Plötzlich durchfuhr es mich siedend heiß. Also war das der Grund gewesen, weshalb ich an den Statthalter verschenkt worden war. Sollte es schon damals Gerüchte und Vermutungen gegeben haben, welche die Treue der Cornelier gegenüber dem Kaiserhaus infrage stellten. Und auf diese Art wollte man den Statthalter gnädig stimmen und ihm Loyalität beweisen.

*Dieses falsche Pack!* Mit einer heftigen Bewegung zog ich den Krug zurück, und einige Tropfen Wein ergossen sich auf Cornelias seidenes Gewand.

Zornesröte schoss in Cornelias fahles Gesicht, und ehe ich mich versah, war sie aufgestanden und verpasste mir eine schallende Ohrfeige.

Schrecken und Schmerz verschlugen mir den Atem. Ich spürte, wie sich meine Wange flammend rot färbte. Unwillkürlich fuhr meine Hand zu der brennenden Stelle, während sich ein Zittern in meinem Körper ausbreitete, als mir bewusst wurde, was sie gerade getan hatte.

»Du widerliches, aufmüpfiges Ding! Wie kannst du es wagen?« Empörung verschlug ihr die Sprache, und sie hob die Hand, als wollte sie ein weiteres Mal ausholen.

»Wie kommst du dazu, mein Mädchen zu schlagen?« Marcellas Stimme zerschnitt die Luft, bevor Cornelia wieder zuschlagen konnte.

Erst jetzt schien diese wieder zur Besinnung zu kommen und sich darüber klar zu werden, was sie getan hatte.

»Verzeih, edle Marcella«, keuchte sie zornesrot, »doch das Mädchen hier weiß nicht, wie es sich zu benehmen hat.«

Marcellas sanftes Gesicht war blass geworden, ihre Lippen zu einem dünnen Strich zusammengepresst. »Das zu beurteilen obliegt noch immer mir, und mir gegenüber hat sie sich stets benommen, wie es sich gebührt. Sie ist vertrauenswürdig und zuverlässig.«

Cornelias Wangen wurden noch einen Ton dunkler, ihre schwarz umrandeten Wimpern flackerten, und eine Ader pochte nervös an ihrem ebenfalls gepuderten Hals.

»Dieses Ding hier?« Ihre Stimme klang schrill. »Schon im Hause meines Vaters hat sie nur Scherereien gemacht. Und weder mit Prügel noch mit irgendeiner anderen Strafe, war ihr beizukommen. Ganz einfach eine Pest!«

»Das kann ich mir nicht vorstellen«, gab Marcellas betont leise zurück. »Ganz sicher musst du dich da irren.«

Cornelias Augen war anzusehen, dass der Zorn sie vollkommen überwältigt hatte: »Wie könnte ich mich da irren! Nie im Leben würde ich ein derart impertinentes, faules und ungeschicktes Ding jemals vergessen … eine Diebin noch dazu!«

»Nun denn …« Marcella hatte ihre Ruhe wiedergefunden. Fast beiläufig beugte sie sich in ihrem Sessel nach vorne und reichte mir ihren eigenen Becher mit Wein. »Es fällt mir wirklich schwer, deinen Worten zu glauben.«

Eindringlich sah sie zu Cornelia auf, die mit zu Fäusten geballten Händen neben dem Sessel stand und wütende Blitze in meine Richtung schoss.

»Denn um nichts in der Welt würde doch dein Vater, der edle Cornelius Felix, eine …«, sie räusperte sich, »derart minderwertige Ware dem Statthalter als Geschenk überreichen. Oder sehe ich das falsch?«

Es dauerte einige Atemzüge lang, ehe Cornelia begriff. Dann nahm ihr Gesicht schlagartig die Farbe ihres weißen Puders an, nur um einen Augenblick später wieder flammend rot zu werden. »Natürlich, ganz sicher nicht«, stieß sie gepresst hervor, während ihre flackernden Pupillen von mir zu Marcella schossen. »Wenn ich es so recht bedenke, muss ich mich wohl geirrt haben.« Deutlich hörbar rang sie um Worte. »Wie soll man sich das auch merken können … all diese Gesichter … so viele Sklaven, die mein Vater sein Eigen nennt.«

Ruckartig fuhr sie herum. »Und wenn du mich jetzt entschuldigen würdest. Mein Bruder erwartet mich. Er benötigt jetzt all meinen Trost. Es ist auch schon spät.«

Ohne eine Antwort abzuwarten, riss sich Cornelia die Stola zurecht und stürzte in Richtung Tür. Als sie ganz dicht an mir vorbeirauschte, wandte sie sich kurz um und flüsterte mir fast unhörbar zu: »Schade, dass es Ranulfus nicht gelungen ist, dich zu ersäufen.«

Den Rest konnte ich nicht verstehen, denn sie öffnete selbst die Tür und war verschwunden.

Es knallte leise, als sich die Flügel hinter ihr schlossen.

Fassungslos blieb ich stehen. Also war es Ranulfus gewesen, der versucht hatte, mich in der Mosel zu ertränken. Vermutlich hatte Primus Cornelius ihn hinter mir hergeschickt, als ihm klar geworden war, dass ich ihn übertölpelt hatte. Oder sogar Cornelius Felix selbst. Jetzt verstand ich auch, weshalb dieser mich damals, als ich in die Unterredung des Statthalters hereingeplatzt war, angesehen hatte, als hätte er einen Geist vor sich. Er hatte mich für tot gehalten.

Dieses Rätsel war nun gelöst. Und nicht einmal eine Strafe hatten die sauberen Cornelier deswegen zu erwarten, wie mir mit Bitterkeit bewusst wurde.

Marcella, die von Cornelias Worten nichts mitbekommen hatte, saß noch immer hoch aufgerichtet in ihrem Korbsessel. In ihrem Gesicht lag ein Ausdruck der Zufriedenheit.

Ich beschloss, zumindest vorerst, die Sache für mich zu behalten. »Mir scheint, du hast gerade eine Freundin verloren, Herrin«, sagte ich stattdessen.

»Freundin?« Marcella sah auf. »Ganz sicher nicht.«

Fragend schaute ich sie an, doch stand es mir nicht zu, sie nach ihren Beweggründen zu fragen.

»*Seid klug wie die Schlangen und sanft wie die Tauben*, sagt der Herr.« Ein beinahe spitzbübisches Lächeln glitt über ihr Gesicht. »Ich nehme an, das war der geeignete Augenblick, dieser Weisung zu folgen.«

Die Falten ihres Gewandes glättend stand sie auf. »Mach dir keine Gedanken, Invita. Es steht geschrieben: *Wer eine Grube macht, der wird hineinfallen; und wer einen Stein wälzt, auf den wird er zurückkommen*. Früher oder später wäre es ohnehin so gekommen, und ihre Anwesenheit ließ einem das Blut gefrieren.«

Verschämt senkte ich den Kopf, ohne dass es mir jedoch gelang, ein Lächeln vollständig zu unterdrücken.

»Ich weiß, was du meinst«, sagte ich leise, und für einen Moment fragte ich mich, ob ich wohl Marcellas Christengott dafür danken sollte, dass er seine Anhängerin dazu ermuntert hatte, das Haus von einer solchen Plage wie Cornelia zu befreien.

Und nach allem, was heute schon geschehen war, wagte ich auch, Marcella mein letztes Anliegen vorzutragen. »Der Medicus Isaac und sein Sohn sind bestimmt wieder zu Hause, Herrin.«

Sie lächelte. »Du magst den alten Arzt wirklich sehr.«

»Darf ich sie sehen, Herrin? Erlaubst du mir, zum Hause des Isaac hinüberzugehen?«

»Noch heute Abend?« Ihr Blick ging zum geöffneten Fenster, durch das eine sich schon rötlich färbende Sonne fiel.

»Unbedingt. Es gibt Dinge, die ... die mir Isaac noch sagen wollte.« *Und die zu erfahren ich mein ganzes Leben gewartet habe,* fügte ich in Gedanken hinzu.

»Ich werde dich nicht daran hindern.« Marcella sah mir in die Augen. »Geh nur, ich erwarte dich nicht allzu bald zurück.«

»Danke«, meinte ich schnell, verbeugte mich und eilte aus der Tür.

Einen Moment blieb ich auf dem Flur stehen, kämpfte mit der Versuchung, trotz des Verbotes Flavus aufzusuchen, ihn zu sehen, zu berühren, nun, da die größte Gefahr vorüber schien ...

Doch so unklug war ich nicht. Ich hatte nicht so viel für Isaac und Salomo riskiert, um jetzt Flavus in Gefahr zu bringen.

Stattdessen wandte ich mich um und eilte zum Ausgang.

Ein seltsames Ziehen im Magen sagte mir, dass noch eine einzige Frage offen war, nach deren Antwort ich mein ganzes Leben gesucht hatte.

Eine Frage fundamentaler Bedeutung.

Beinahe atemlos eilte ich an den Wachposten vorbei auf die Straße. Dann begann ich zu laufen.

# KAPITEL XXX

Die Sonne hatte sich bereits hinter die Häuserzeilen gesenkt, als ich endlich das Haus von Isaac und Salomo erreichte.

Selbst in der Dämmerung waren noch die Spuren der Verwüstung zu sehen. Zerbrochene Scheiben und heruntergerissene Fensterläden sprachen ihre eigene stumme Sprache, doch hatte ich die Hoffnung, dass sich dieses Bild der Zerstörung bald wieder in einen Ort des Friedens verwandeln würde.

Mein Blick streifte die Mesusa am Türpfosten, eine Kapsel, die, wie mir Isaac als Kind einmal erklärt hatte, Teile eines heiligen Textes enthielt. Sie war unbeschädigt geblieben. Ein gutes Omen. Und so lächelte ich, während ich mit der Hand zögernd an der Tür klopfte, die provisorisch wieder instand gesetzt worden war.

Schleifende Schritte wurden laut, und knarrend wurde mir geöffnet.

Im Halbdunkel des abendlichen Flures stand Isaac. Noch immer waren ihm die Spuren von Gefangenschaft und Verhören anzusehen.

Obgleich mir sein Anblick ans Herz griff, fühlte ich mich getröstet. Eine Empfindung, die sich verstärkte, als er mir wortlos seine Hände reichte, die meinen erfasste und mich fest an sich heranzog, sodass ich den vertrauten Geruch nach Heilkräutern in seinen Gewändern wahrnehmen konnte.

Leise murmelte er mir Worte des Dankes ins Ohr, deren Aufrichtigkeit mir Tränen in die Augen trieb, und ich befreite mich fast verlegen aus seiner Umarmung.

»Ich sehe, dass es dir gut geht«, sagte ich schließlich, um die Stille zu durchbrechen.

»Mein Sohn und ich haben versucht, das Notwendigste wiederherzustellen, wie du siehst …« Mit einer Geste zeigte er auf die Räumlichkeiten hinter sich und hieß mich gleichzeitig eintreten. Ich konnte erkennen, dass die Scherben und Trümmer weitgehend beseitigt waren, Stühle und Tische wieder an ihrem angestammten Platz standen.

Der Hauch des Vertrauten. Doch, ob es jemals wieder so sein könnte wie zuvor? Nach allem, was geschehen war? Jede Verletzung hinterlässt Spuren, das wusste ich aus eigener Erfahrung. Und Leute neigen dazu, Gerüchten Glauben zu schenken. Besonders in unsicheren Zeiten.

Auch ein gerichtlicher Freispruch konnte daran nur wenig ändern.

Doch sprach ich meine Gedanken nicht offen aus. Etwas anderes brannte mir auf der Seele. Etwas, das ich sagen musste bevor … ja, bevor ich die Frage stellte, wegen der ich noch in dieser Nacht das Haus des Arztes aufgesucht hatte.

»Isaac«, begann ich vorsichtig, während er mich zu dem Tisch führte, auf dem sich ein Korb mit Brot, ein wenig Käse und ein steinerner Krug befanden. »Während du im Gefängnis warst, da habe ich … ich bin in dein Haus eingedrungen in der Hoffnung, dort etwas zu finden, das mir weiterhelfen könnte. Etwas, das deine Unschuld belegen könnte. Bitte verzeih mir.« Unsicher blickte ich in den Becher mit dunklem Wein, den er mir zugeschoben hatte. »Ich wollte nicht …«

»Es ist alles in Ordnung.« Beruhigend spürte ich seine Hand auf meiner Schulter, und Wärme durchzog mich. »Dann warst du es also gewesen, die die Schriften vom Boden aufgehoben und zurück an ihren Platz gestellt hat. Ich danke dir.«

Schwer schluckte ich, nahm dann von dem Wein, um meine Stimme wiederzufinden und Mut zu schöpfen für die Frage, derentwegen ich eigentlich die Reise nach Divodurum überhaupt angetreten hatte.

»Isaac.« Ich blickte nicht auf, noch rührte ich mich. »Was weißt du über mich? Woher komme ich?«

Ich hörte ein Rascheln hinter mir, ein Schaben über den Estrich des Fußbodens, als Isaac einen Stuhl heranzog und sich mir gegenüber an den Tisch setzte. »Ist es das, was dich treibt?«

Noch immer blickte ich ihn nicht an, während ich nickte. »Du sagtest, du hättest mich schon vorher gekannt. Bevor ich ins Haus des Cornelius Felix kam. Also, wo …?«

Ich war nicht in der Lage weiterzusprechen. So sehr hatte ich gehofft, diese Frage einmal stellen zu können. Jemandem, der bereit war, mir darauf zu antworten. Der nicht selbst etwas zu verbergen hatte, Unrecht oder schmerzhafte Erinnerungen, so wie Selena, die mir bis heute noch keine wirkliche Antwort gegeben hatte.

»Wie alt war ich damals? Zwei, drei Jahre?«

»Vier schätzungsweise. So genau kann ich es nicht sagen. Es gab nie Dokumente über deine Herkunft oder Geburt.«

»Man hat mir gesagt, ich sei ausgesetzt worden.« All die Jahre über war ich deswegen Zielscheibe von Spott gewesen, der Findling, das Fundstück. Wie ein Stück Treibholz, irgendwo gestrandet. »Von meiner … meiner Mutter. Weißt du, ob das wahr ist?«

»Das hat man von dir erzählt. Im Hause deines ersten Herrn.«

»Mein erster Herr?« Meine Stimme klang belegt. »Wer war das?«

Vorsichtig griff Isaac nach meiner Hand und umfasste sie. »Ich glaube, du weißt es bereits. Überlege einmal. Gab es nicht einen Ort, der dir sehr vertraut vorkam, obgleich du glaubtest, noch nie zuvor dort gewesen zu sein?«

Vertraut? Einen Augenblick lang dachte ich nach, dann durchzuckte es mich wie ein Blitzschlag. »Aelius Misenus?« Meine Worte klangen ungläubig, doch es war keine Frage. Es war eine Feststellung. »Misenus war mein früherer Herr.«

Während Isaac nickte, schob sich ein Bild vor mein inneres Auge. Daher also das seltsame Gefühl, das Haus zu kennen, das mosaikgeschmückte Speisezimmer, die Wandbemalungen, die Küche.

*Aelius Misenus.* Der Priester des Kaisers und des Staates, der sich den Mächten der Unterwelt verschrieben hatte.

Wieder erinnerte ich mich an die bedrohlichen Träume, das Gemurmel in einer fremden Sprache, die geflügelten Wesen. »Seltsame Bilder plagen mich, seit ich hier in der Stadt bin.«

»Bilder?«, fragte Isaac.

»Ja, Bilder, wie Visionen. Stimmen und Gemurmel. Könnte es …« Ich unterbrach mich, da ich wusste, wie seltsam es klingen mochte, »könnte es sein, dass es sich um Dämonen handelt, die mich verfolgen? Eine Frau sagte, das Haus des Statthalters sei verflucht. Und seither …«

»Worte üben bisweilen eine verheerende Macht aus. Das ist wahr. Doch auch Erinnerungen können Menschen heimsuchen, und häufig genügt ein kleiner Funke, um längst vergessene Ereignisse wieder zu neuem Leben zu erwecken. Ereignisse, die sich in Träumen und Bildern ihren Weg an die Oberfläche bahnen. Ob es wirklich Dämonen sind …« Isaac ließ den Satz unvollendet.

Stumm horchte ich in mich hinein und begann allmählich zu verstehen, woher meine Albträume rührten. Meine Angst vor dem Dunklen, die seltsamen Stimmen in meinem Kopf.

Doch würde nun, da ich etwas über die ersten Jahre meines Lebens erfahren hatte, das Licht der Erkenntnis die Dunkelheit vertreiben, die Macht der Geister meiner Vergangenheit bannen?

»Vor einigen Jahren«, Isaacs leise Worte ließen mich in das Hier und Jetzt zurückkehren, »kam ein Fremder in die Stadt und erkundigte sich nach einem Mädchen.«

Fragend blickte ich ihn an, sagte jedoch nichts.

»Ich war zu dieser Zeit nicht in der Stadt, da ich einen alten Beamten auf dessen Landgut behandelte. Doch der Fremde soll sich Auskünfte eingeholt haben und mit ungewöhnlicher Zähigkeit jeder Spur nachgegangen sein« Isaac unterbrach sich und sah mich sinnend an, als erwarte er eine Reaktion. »Nach einem Mädchen, das kurz nach der Geburt ausgesetzt, verkauft und, wie er herausgefunden hatte, nach Divodurum gebracht worden sei. Ich mag mich täuschen, Invita, aber nach dem, was mir die Leute nach meiner Rückkehr über ihn erzählt haben, passt seine Beschreibung auf dich.«

Ich wunderte mich, dass bei dieser Nachricht mein Herz nicht einfach stehen blieb. Jemand hatte nach *mir* gesucht. Hier in Divodurum. Schon vor Jahren, als ich noch ein Kind war. Jemand wollte *mich* finden.

Langsam atmete ich aus. »Hat er einen Namen genannt?«

Isaac schüttelte den Kopf. »Nicht soviel ich weiß. Er hat nur nach diesem Mädchen gefragt. Und einige Tage später hat er die Stadt wieder verlassen. Unverrichteter Dinge. Mit leeren Händen.«

*Mit leeren Händen.*

Stumm betrachtete ich meine Handflächen im flackernden Licht des Feuers. Auch sie waren leer.

»Doch das ist nicht alles« begann Isaac nach einer Weile, und ich sah, wie sich der Schein der Öllampen in seinen Augen spiegelte. »Auch wenn ich dir nicht sagen kann, wer deine wirkliche Familie ist, so weiß ich durch die Vilica des Hauses Misenus, dass dieser dich von einem umherziehenden Sklavenhändler erworben hat.« Ich nickte. Es war üblich, Sklaven und Kriegsgefangene möglichst fernab ihrer alten Heimat zu verkaufen. Auch ausgesetzte Kinder, die man der Sklaverei preisgab, brachte man meist in entfernt liegende Städte, und sei es nur, um Scherereien zu vermeiden. Für den Fall, dass Familienangehörige oder die eigene Mutter ihren Schritt bereuten und versuchten, ihren Anspruch geltend zu machen.

»Ich weiß nicht, ob es dir weiterhelfen wird, aber man hat mir gesagt, es sei ein Händler aus Colonia Agrippinensis gewesen.«

*Colonia Agrippinensis.* Stumm ließ ich die Worte über meine Zunge gleiten. Lebte irgendwo in dieser Stadt am Rhein ein Mann, der wusste, wo ich gefunden worden war, und vielleicht noch mehr …?

In meiner Brust begann es zu hämmern. Ein weiterer Schritt auf meiner Suche.

»Ich bin ein alter Mann. Hin und wieder packt mich eine gewisse Schwermut … Besonders, wenn ich Kranken nicht helfen, Schicksale nicht abwenden kann. Es ist schwer, das eigene Leben und das der anderen in Gottes Hände zu legen.«

Woher kam diese Sicherheit, wie auch Marcella sie ausstrahlte, dass ausgerechnet ihr Gott am Schicksal der Menschen Anteil nahm? Diese unerschütterliche Gewissheit, die Juden wie Isaac wohl schon seit Jahrhunderten die Kraft dazu gab, in der Fremde zu leben, fernab vom zerstörten Tempel ihres Gottes, den Gräbern ihrer Propheten und Ahnen.

*Den Gräbern der Ahnen …*

Ich blinzelte, während ich plötzlich verstand, wie das Wissen darum, von einem Gott geliebt – wie absurd: *geliebt* – zu werden, Heimat bieten konnte, Heimat und Friede.

Ich hörte Isaacs ein wenig rasselnden Atem und wartete ab, auf was er hinauswollte. »Wenn ich Sklaven versorgen muss, die grausam misshandelt wurden … und ich kann es nicht ändern, im besten Falle das Leid ein wenig lindern …« Ohne den Satz zu vollenden, ging er zu einer schweren Holztruhe, die er mit quietschenden Scharnieren öffnete und darin kramte. Schließlich zog er etwas daraus hervor, schloss den Deckel und setzte sich wieder zu mir.

Seine faltigen Hände ergriffen meine und ließen etwas hineingleiten, das sich hart, rau und fest anfühlte.

»Was ist das?« Vorsichtig öffnete ich die Finger und betrachtete es im schwachen Feuerschein. Es sah aus wie verknotete und zerschnittene Lederriemen.

Fragend blickte ich Isaac an, und mit einem beinahe entschuldigenden Lächeln blickte er auf das Gebilde in meiner Hand.

»Ich wurde einmal zu dir gerufen, vor vielen Jahren. Du warst noch ein Kind und nicht allzu lange im Hause des Cornelius Felix. Offensichtlich hattest du irgendetwas getan, was der Herrschaft missfiel. Der Sohn des Hauses ...«

»Primus.«

»... muss dadurch wohl so erzürnt gewesen sein, dass er wütend auf dich eingeprügelt und dich am Kopf verletzt hatte. Dessen ungeachtet, hatte der Herr verfügt, dich – weil du es gewagt hast, dich gegen seinen Sohn zu wehren – für einige Tage einsperren zu lassen. Alleine. Als man mich rufen ließ, warst du kaum ansprechbar und fantasiertest. Ich musste dich hierher mitnehmen, da ich vor Ort nicht viel für dich tun konnte. Zunächst schnitt ich dich von deinen Fesseln los, dann behandelte ich deine Verletzungen.« Mit der Hand wies er auf die Lederriemen, die ich noch immer zwischen meinen Fingerspitzen hielt. »Bis heute habe ich sie aufbewahrt, um mich daran zu erinnern, weshalb ich hier bin, diese Arbeit tue, gleichgültig, ob ich geschätzt werde oder nicht ... Es wird immer Menschen geben, die Hilfe benötigen. Und das ist meine Verpflichtung.«

Plötzlich, mehr eine Erinnerung als eine Vision, stiegen erneut die Bilder der vergangenen Nächte in mir auf.

Die Gebete, die fremde Sprache, das helle Licht. Allmählich ergab alles einen Sinn. Die Szenen, die ich gesehen hatte, mussten Erinnerungen an einen Fiebertraum, eine Behandlung im Hause des Isaac sein. Reminiszenzen, die sich vielleicht mit denen an das Haus des Misenus, mit seinen Verwünschungen und schwarzmagischen Praktiken vermischt hatten.

Ich schluckte schwer, das Bild vor meinen Augen verschwamm, während ich blinzelte, um die Tränen, die unwillkürlich in mir aufstiegen, zu unterdrücken.

Es war absurd. Das Einzige, was ich aus dieser Stadt mitbringen würde, waren ein paar zerschlissene Lederriemen, die mich an die dunkelsten Stunden meiner Kindheit erinnerten.

Und doch bedeuteten sie weitaus mehr für mich.

Im Augenblick konnte ich nicht darüber nachdenken. Zu viel war geschehen, zu viel hatte ich in den letzten Tagen erfahren. Mein Herz war zu voll, um im Augenblick alles fassen zu können.

»Ich muss jetzt gehen«, stammelte ich schließlich, schwankte, als ich aufstand und einen Moment unschlüssig vor Isaac stehen blieb. »Danke für alles.« Meine Stimme klangt gepresst. Unsicher reichte ich ihm eine Hand, während die andere noch immer die brüchigen Lederriemen umklammert hielt. »Was du mir gesagt hast, ist sehr ...« Mir fehlten die Worte, um das auszudrücken, was ich hätte sagen wollen. »Ich ...«

Hastig wandte ich mich ab und ging zur Tür.

Dort blieb ich noch einmal stehen und drehte mich um. »Danke. Ich werde das nie vergessen. Auch wenn ich nicht ... nicht wieder in diese Stadt zurückkehren sollte.«

Mit klopfendem Herzen floh ich in den dunklen, nur von zwei schwachen Öllampen erhellten Flur. Bilder und Erinnerungen wirbelten durch meinen Kopf, doch die Dämonen, die mich seit der Ankunft in dieser Stadt gequält hatten, waren verschwunden.

»Invita?«

Eine Stimme. Sanft und weich. Langsam drehte ich mich zu Salomo um, der hinter mir in einer Türöffnung stand und etwas in der Hand hielt, das ich im schwachen Licht nicht genau erkennen konnte.

»Ich hatte noch keine Gelegenheit mich bei dir zu bedanken für das, was du für meinen Vater und mich getan hast.«

»Es ist nichts ... Es ...« Wieder spürte ich diese seltsame Wärme in mir aufsteigen, unter dem intensiven Blick seiner Augen, die selbst im Halbdunkel des Flures tief und geheimnisvoll wirkten. Kein Wunder, dass er die begehrlichen

Blicke mancher Frau auf sich zog. Ich räusperte mich. »Ich hätte nicht zusehen können, dass dein Vater und du zu Unrecht bestraft würdet. Und ich stand in seiner Schuld.«

»Ist das wirklich alles?« Langsam kam er einen Schritt auf mich zu und blieb dann eine Armlänge von mir entfernt stehen, weit genug, um der Schicklichkeit Genüge zu tun, nahe genug, um das angenehm schwere Aroma seines Duftöls wahrzunehmen.

»Ich weiß es nicht«, antworte ich schließlich. »Außerdem gab es da noch etwas, was mir nur dein Vater sagen konnte.«

»Du hast dein Leben riskiert. Ein hoher Preis für die Wahrheit.« Ein warmes Lächeln lag auf Salomos Gesicht. Plötzlich war er wieder der Freund meiner Kindheit, und keinerlei Schranken aus Gesellschaft oder Alter belasteten diesen Augenblick der Ungezwungenheit. »Doch vielleicht habe ich auch etwas, das dir auf deiner Suche behilflich sein könnte.« Mit diesen Worten reichte er mir etwas hin.

»Was ist das?«, fragte ich und wagte es nicht, die Hand danach auszustrecken.

Salomo lächelte, fast ein wenig verlegen, schüchtern und sehr verletzlich. »Ein Anteil am Schatz des Salomo.«

Fragend runzelte ich die Stirn. »Am Schatz Salomos?«

»Die Leute, die meinen Vater und mich beschuldigten, wir hüteten Teile eines großen Schatzes in unserem Haus, hatten nicht einmal unrecht. Nur dass es sich damit anders verhält, als sie meinen. Nicht das Gold ist der wahre Schatz des Tempels, sondern die Weisheit, die in den heiligen Schriften unseres Volkes aufgezeichnet ist.«

Noch immer rührte ich mich nicht. Schließlich streckte er es mir entgegen, und beinahe mechanisch griff ich danach.

»Ein Teil jener Weisheit. Vielleicht kann ich damit etwas von meiner Schuld dir gegenüber begleichen.«

Eine Schriftrolle. Ungläubig spürte ich rauen Papyrus zwischen meinen Fingern, das verführerische Knistern, als ich vorsichtig darüberstrich.

»Sie gehört dir. Mein Dank für deine unermessliche Hilfe, aber …« Er unterbrach sich, als wäre es ihm unangenehm, seinen Gedanken weiterzuführen. »… vielleicht wird sie eines Tages ihren ganzen Reichtum entfalten.«

Tränen der Rührung stiegen mir ins Gesicht. Erst ein einziges Mal zuvor hatte ich von jemandem ein Geschenk erhalten, das silberne Mondamulett, das ich seither stets unter meinem Gewand verborgen trug.

Auf ein Nicken von ihm löste ich das Lederband, das die Schrift zusammenhielt, dann rollte ich sie auf und hielt sie ins schwache Licht einer Öllampe, um lesen zu können, was dort geschrieben stand.

Es waren klare griechische Buchstaben.

Ich benötigte einen Moment, um sie zu entziffern.

*Wie schön bist du, und wie lieblich bist du, oh Liebe voller Wonnen.*

Aber das war doch …

Wie von einem Schlag gerührt, starrte ich auf die Worte. Worte, die seit jener Nacht in Selenas Hütte immer wieder in meinen Herzen widerhallten.

»Salomo, das ist …« Fassungslos blickte ich auf, um mich zu bedanken und zu fragen, woher diese Verse kamen, was sie bedeuteten. Doch als ich meinen Blick davon lösen konnte, war mein alter Freund bereits verschwunden, und ich stand allein in der Türöffnung, mit dem Papyrus in der Hand, dessen Bänder im von draußen hereinkommenden Luftzug flatterten. Dann entdeckte ich an der oberen Hälfte des ersten Bogens eine kleine Inschrift.

*Das Lied der Lieder von König Salomo.*

Der Mond stand hell am Himmel, als ich durch die nächtlichen Gassen der Stadt schritt, zu aufgewühlt, um direkt zur Statthalterresidenz zurückzukehren. Obgleich ich nun schon über einem Tag auf den Beinen war, verspürte ich keine Müdigkeit, nur ein schwaches Zittern, eine seltsame Leichtigkeit, die vom Schlafmangel herrühren mochte oder von etwas anderem …

Auch die Stadt sollte längst schlafen, doch sie kam nicht zur Ruhe. Immer drangen von irgendwoher Geräusche an meine Ohren, das Knarren einer Tür, das Heulen eines Hundes, ein Schwall von Worten durch ein offenes Fenster, der ebenso rasch wieder abgeschnitten wurde, wie er aufbrandete. Irgendwo weinte ein Kind. Von den Wällen drang Fackelschein herüber, wo Wachen sich an einem Feuerbecken wärmten. In den Nischen und Bogengängen am Rande der Straße lagerten immer noch Flüchtlinge, in ihre Mäntel gehüllt. Hier und da bewegte sich einer oder stöhnte leise im Schlaf.

Doch ich hatte nicht mehr den Eindruck, dass ein Fluch über der Stadt liege. Vielleicht hatte er sich ja mit dem Ende des Prozesses und der Aufdeckung der wahren Schuldigen selbst aufgehoben.

Über den Dächern färbte sich der Himmel zu einem helleren Schwarzgrau, der Morgendämmerung, die dem Sonnenaufgang vorausging. Ein neuer Tag brach herein.

Für mich war es ein neues Leben.

Ich wollte nicht nach Hause.

In dieser Nacht war etwas mit mir passiert. Mir war, als sei ich durch einen Spiegel getreten und nichts könne mehr so sein wie bisher. Der schwarze Schleier, der seit meiner Kindheit über meiner Vergangenheit lag, hatte sich wieder ein Stück gelüftet. Doch das war nicht alles. Zum ersten Mal in meinem Leben erschien mir die Frage, wer ich war und woher ich kam, nicht mehr von überragender, alles andere beherrschender Bedeutung. Meine Herkunft und Stellung waren nicht das, was mich bestimmte, was mich wirklich ausmachte.

Ich hatte Dinge erfahren, die schwerer wogen und eine größere Bedeutung hatten. Hoffnung, Vertrauen und Liebe.

Beinahe ohne mir dessen bewusst zu sein, hatte ich den Weg zur Mosel eingeschlagen, zum Rande der Stadt, während meine Finger über das von den Jahren brüchig gewordene Lederband strichen, es umklammert hielten, als sei es das Bindeglied zu einer anderen Welt, der Schlüssel zu dem, was ich gewesen war: eine Ware, die beliebig verkauft oder verschenkt werden konnte, verschnürt wie ein Paket, ohne Empfindungen, ohne Seele.

Doch *ich* wusste, dass ich mehr war als das.

Während sich der Himmel über mir erst grau und dann leicht rosa färbte, eilte ich weiter zur Stadt hinaus, zum Flussufer, wo eine leichte Brise durch das noch feuchte Gras strich und die Wellen leise murmelnd ans Ufer schlugen.

Die Kühle ließ mich frösteln, während ich mich hinsetzte, meine Knie mit den Armen umschlang und den Morgen erwartete.

Der Schatz Salomos, dachte ich, nein das *Lied der Lieder*, was auch immer das bedeuten mochte. Eine Weisheit aus einer anderen Welt, einem fremden Land, das ich nicht kannte und mit dem mich nichts weiter verband als ein flüchtiger Freund aus Kindertagen.

Und doch war es in der Tat ein Schatz, viel wertvoller als Gold für jemanden wie mich, die ich niemals etwas besessen hatte, noch nicht einmal die Kleider, welche ich auf dem Leib trug. Nichts außer dem Amulett, das an einer Lederschnur an meinem Hals hing.

Doch nun, im matten Licht der Dämmerung, die sich auf der gekräuselten Oberfläche des Wassers spiegelte, würde ich das Geschenk in Augenschein nehmen, diesen Schatz auskosten, den ich bisher nur einmal kurz zu Gesicht bekommen hatte, in Selenas einsamer Hütte, im Niemandsland, verborgen irgendwo in den treverischen Hügeln, durchströmt vom Duft getrockneter Kräuter.

Der Papyrus knisterte, als ich die Schriftrolle vorsichtig öffnete und die Blätter auseinanderzog. Ein fremdartiger Geruch breitete sich aus, und ein Schauder durchrieselte mich.

*Er erquickt mich mit Blumen und labt mich mit Äpfeln; denn ich bin krank vor Liebe.*

Die Worte hallten in meinen Gedanken wider, strömten durch meine Adern, wie ein kräftiges, Leben spendendes Elixier.

*Deine Gewächse sind wie ein Lustgarten von Granatäpfeln mit edlen Früchten, Zyperblumen mit Narden.*

Mein Körper erfasste diese Worte, noch ehe mein Verstand dazu in der Lage war.

*Stehe auf, Nordwind, und komm, Südwind, und wehe durch meinen Garten, dass seine Würzen triefen!*

Liebe und Ekstase! Ich wagte nicht darüber nachzudenken, wie lange ich beides entbehrt hatte, wie wenig Anrecht ich darauf hatte, ich, ein belebtes Objekt, nicht viel mehr als ein Tier.

*Mein Freund komme in seinen Garten und esse von seinen edlen Früchten.*

Eine Wärme durchströmte mich, gefolgt von einer tiefen, unstillbaren Sehnsucht, und plötzlich konnte ich nicht verhindern, dass Tränen in mir aufstiegen.

Beinahe taumelnd stand ich auf, ging so nah an das Ufer, dass meine Fußspitzen feucht wurden, und sah auf den Fluss, der sich friedlich und geheimnisvoll murmelnd vor mir ausbreitete.

Ein leichter Wind fuhr durch meine Haare. Im gleichen Moment brach die Sonne hinter dem Horizont hervor und überflutete in flammendem Rot das feuchte Gras, die Kronen der Bäume und die spiegelnde Oberfläche der Mosel.

Mehr aus einem Impuls heraus drehte ich noch einmal die brüchigen Lederriemen, die mich an meine Vergangenheit ketteten, in den Händen, dann holte ich aus und warf sie in den Fluss, wo sie mit einem leichten Klatschen auf der goldenen Oberfläche auftrafen und dann in den sich kräuselnden Wellen verschwanden.

Einen Moment stand ich da und blickte dem Lauf des Flusses nach, dessen Weg durch Divodurum, weiter durch das Schiefergebirge bis hin nach Treveris führte.

*Treveris*, die Stadt, die ich schon lange weit mehr als Heimat empfand als das hier, wo jede Mauer, jede Gasse von Geistern der Vergangenheit flüsterte. Zeit, es hinter sich zu lassen.

*Bald.*

Doch selbst zurück in Treveris würde das Verbot gelten, Flavus zu sehen. Und der Gedanke nahm dem neuen Tag etwas von seinem Glanz. Die aufflammende Sehnsucht ließ mich beinahe schwindeln.

*... denn ich bin krank vor Liebe.*

Wie das Auftreffen der Wellen hallten die Worte des weisen Königs in meinem Geist wieder.

Dann sank ich ins Gras, schlug die Hände vors Gesicht und begann hemmungslos zu weinen.

Irgendwann riss mich ein Rascheln aus dem dämmrigen Erschöpfungszustand und ließ mich erschrocken zusammenfahren. An meinen Wangen klebten getrocknete Tränen; mit einer fahrigen Handbewegung strich ich sie aus dem Gesicht.

Vor mir, im warmen Licht des hereinbrechenden Tages, stand Flavus.

Hatte er mich gesucht?

Blinzelnd legte ich den Kopf in den Nacken, um zu ihm aufzusehen. Immer wieder war ich überrascht, wie groß er war, und ohne dass ich es verhindern konnte, stahl sich ein Lächeln auf mein Gesicht, mein Puls begann zu rasen, während sich ein Strom von Hitze in meinem Körper ausbreitete und mir verräterische Röte ins Gesicht trieb.

»Dein alter Freund ist in Sicherheit?«

Diese Stimme, warm, tief und ein wenig rau. So lange hatte ich sie vermisst. Viel mehr, als ich mir eingestehen mochte.

Und obgleich ich wusste, dass wir gerade dabei waren, ein Verbot zu übertreten, fehlte mir die Kraft oder der Wille, ihn fortzuschicken.

So nickte ich nur.

Langsam kam Flavus näher, beugte sich zu mir herab, berührte mit seinen Lippen meine Haare und strich mir sanft über Schulter und Rücken. Mein Körper erbebte.

»Ich bin froh, dass alles gut gegangen ist. Ich …« Er räusperte sich. »Mir scheint, dass ich dir unrecht getan habe.«

Regungslos saß ich da und wartete.

Flavus' Blick fiel auf die neben mir liegende Schriftrolle, die halb geöffnet, mit losen Bändern auf der Erde ruhte. Seine Augen zogen sich zusammen, eine missbilligende Falte bildete sich zwischen seinen hellen Brauen.

»Ein weiteres deiner Beutestücke?«

Ich schüttelte den Kopf. »Nein, es gehört mir. Es ist ein …«, suchte ich nach den richtigen Worten, »ein Dankeschön von … Salomo.«

Die Falte auf Flavus' Stirn vertiefte sich, ein zorniges Funkeln blitzte in seinen Augen auf. »Du lässt dir von diesem Mann Geschenke machen?«

Unwillkürlich spürte ich ein Lachen in mir aufsteigen. Anders als sonst erschreckte mich sein Zorn nicht, sondern löste eine Heiterkeit aus, die wie Luftbläschen an die Oberfläche stieg. Als hätten meine Tränen auch noch den letzten Rest von Angst und Schmerz fortgespült, durchströmte mich ein belustigtes Glucksen, während ich Flavus beschwichtigend die Hand auf die Schulter legte.

»Sei unbesorgt. Dieses Geschenk hat eine ganz andere Bedeutung. Es ist …«, ich grinste, als mir aufging, was ich da sagte, »eine Gabe für uns beide. Und nun würde ich gerne ausgiebig davon Gebrauch machen.«

Sein noch immer grimmiger Gesichtsausdruck zeigte mir, dass er keinerlei Ahnung hatte, wovon ich sprach. So stellte ich mich auf die Zehenspitzen, hielt mich an seiner harten

Schulter fest und presste meine Lippen auf seine. Erst widerstand er mir, doch dann umfasste er mich mit beiden Armen, öffnete den Mund, und einen Moment lang wusste ich nicht mehr, wo ich mich befand.

*»Komm in deinen Garten«*, murmelte ich, als ich wieder bei Sinnen war und langsam zu Atem kam, *»und esse deine köstlichen Früchte.«*

Wie zur Einladung strich ich ihm sanft über seinen Arm.

Ich konnte nicht sagen, ob Marcellas und Salomos Gott ein Freund der sinnlichen Genüsse war, doch nach dem, was in seinem Namen verkündet wurde, musste er den Dingen der Liebe wohl recht wohlgesonnen sein.

Und so fühlte ich mich gesegnet und geborgen, als Flavus' raue Hände mich umfassten und mit sanfter Kraft ins hohe Gras zogen, wo wir den Blicken verborgen waren. Sein Geruch verband sich mit dem der feuchten Erde und des hereinbrechenden Tages. Dann strichen seine Fingerspitzen über meine Haut, lösten den Gürtel meines Gewandes, während wir das befolgten, was ein König aus uralten Zeiten in schönen, bittersüßen Worten besungen – woran er sich berauscht hatte.

*Südwind, weh herbei …*

An diesem Morgen war es eher ein Sturm.

# NACHWORT

Die Mosel ist spätestens seit der Römerzeit eine Ader europäischer Zivilisation. Schon lange bevor der Dichter Ausonius in seiner »Mosella« die Schönheiten dieses Flusses besang, reihten sich an ihrem Ufer Gehöfte, Prachtvillen und befestigte Städte. So sind heute beispielsweise noch in Trier, Metz und Koblenz viele Zeugnisse von technischem Fortschritt und wirtschaftlicher Blüte der Römerzeit zu finden.

Die Stadt *Divodurum Mediomatricorum*, das heutige Metz, lag zur Römerzeit in der Provinz *Gallia Belgica*, zu der auch Trier und Reims gehörten. Archäologischen Grabungen zufolge gehen erste Besiedlungsspuren auf die Zeit um 3000 v. Chr. zurück. Im Gebiet des keltischen Stammes der Mediomatriker, liegt Metz an der Mündung der Saal (frz. Seille) in die Mosel.

Im Zuge der gallischen Eroberungsfeldzüge Caesars gelangte das Gebiet Mitte des ersten vorchristlichen Jahrhunderts unter römische Herrschaft. Der Aufbau einer typisch römischen Stadt auf altem mediomatrischem Stammesgebiet begann.

Strategisch günstig gelegen, an einer wichtigen Wasserroute sowie den Kreuzungen der Fernstraßen nach *Treveris* (Trier), *Mogontiacum* (Mainz), *Argentoratum* (Straßburg), *Durocortorum* (Reims) und *Lugdunum* (Lyon) wuchs Metz rasch zu einer der bedeutendsten und größten Städte ganz Galliens heran. In seiner Blütezeit, dem 2. Jahrhundert n. Chr., zählte Divodurum etwa 40000 Einwohner, weitaus mehr als *Lutetia*, das heutige Paris.

Funde von prachtvoll ausgestatteten Wohnhäusern mit Mosaiken, Marmorverkleidungen und Wandbemalungen, von

Tempeln, Brücken, Aquädukten und mehreren Thermen lassen heute noch die Schönheit der römischen Stadt erahnen. Die meisten der im Roman beschriebenen Gebäude, Mosaike und Schmuckstücke beruhen auf authentischen Funden und können heute zum Teil sogar in den »Musées de la Cour d'Or de Metz« besichtigt werden. Darunter auch das beeindruckende schwarzgrundige Fußbodenmosaik aus dem »Haus des Cornelius Felix« *(rue Maurice Barrès)* sowie Mosaik und Fragmente der Wandbemalung aus dem »Haus des Aelius Misenus« *(rue de la Pierre Hardie)*. Auch das Gladiatorenmosaik, auf das Invita während des Gastmahls am ersten Abend einen Blick erhascht *(Place Coislin)*, zählt zum Fundus des Museums.

Iunia Curmilla ist eine Frau, die nachweislich im römischen Metz gelebt hat, wenn auch nichts weiter von ihr überliefert ist, als ihr Grabstein mit der zierlichen Eule, welcher heute ebenfalls in den »Musées de la Cour d'Or« zu sehen ist.

Der berühmte weiße Kalkstein, der seit der Antike in der Nähe von Metz gebrochen wurde, diente mit Vorliebe zur Gestaltung prächtiger Sarkophage und Grabreliefs. Er war so begehrt, dass er bis weit in benachbarte Provinzen exportiert wurde, wie viele Funde aus der Gegend von Bonn und Köln belegen.

In einen dieser Kalksteinbrüche wäre wohl auch Flavus geschickt worden, falls er den Befehl des Hausverwalters missachtet hätte.

Aufgrund der wachsenden politischen Unruhen und immer häufigeren Barbareneinfälle wurde das Siedlungsgebiet von Metz Ende des 3. Jahrhunderts n. Chr. mit einer festen Stadtmauer versehen, welche die Bewohner vor Angriffen besonders der Franken und Alemannen schützen sollte. Zu diesem Zweck wurden wohl die Stadttore, die schon längere Zeit zuvor existierten, ursprünglich aber lediglich repräsentativen Charakter hatten, nun in den Befestigungsring integriert.

Die jüdische Geschichte ist aufs engste mit der des römischen Europas verquickt. Als im Jahre 70 n. Chr. Jerusalem erobert, der Tempel geplündert und zerstört wurde, kam es zur Versklavung und Vertreibung vieler Juden aus ihrer Heimat.

Im daraus resultierenden, bis zum Jahr 135 n. Chr. andauernden Bar-Kochba-Aufstand verloren, römischen Quellen zufolge, eine halbe Million Juden ihr Leben, über Tausend Städte und Dörfer sollen zerstört worden sein.

Eine besondere Härte bedeutete zudem für viele Juden, dass sie nach Niederschlagung dieses letzten großen Aufstands aufgrund eines Verbots des römischen Kaisers Hadrians Jerusalem nicht mehr betreten durften, da ihnen der Zugang zur heiligsten Stadt ihres Volkes unter Todesstrafe verboten war. Auf den Ruinen Jerusalems ließen die Römer eine römische Stadt namens *Colonia Aelia Capitolina* und auf dem Tempelberg einen Jupitertempel errichten.

Zwar hatte es in der gesamten antiken Welt, auch in der Stadt Rom selbst, schon früher jüdische Gemeinden gegeben, doch gilt gerade diese Zeit als der Beginn der jüdischen Diaspora, da viele Juden heimatlos wurden und sich in der ganzen Welt zerstreuten. Einige von ihnen emigrierten auch ins Perserreich, was sich für sie gerade im Jahr 260, der Zeit der Romanhandlung, noch als besonders verhängnisvoll erweisen sollte.

Im Laufe der römischen Geschichte kam es immer wieder zu antijüdischen Strömungen innerhalb des Imperiums, wenn diese auch meist nicht die Systematik und Brutalität späterer Jahrhunderte, in Mittelalter und Neuzeit, annahmen.

Obgleich antike Philosophen durchaus von der Humanität und dem moralischen Anspruch der jüdischen Religion angetan waren, verspotteten viele Römer die Kultur, Glauben und Lebensweise der Juden. Unter der damals gängigen antijüdischen Polemik lassen sich auch viele Vorurteile ausmachen, die noch in späteren Jahrhunderten zu Verfolgung und Vertreibung führen sollten. Von Betrügereien über kulturelle Unterwanderung, sittliche Verderbtheit bis hin zu rituellen Menschenopfern und Kannibalismus reichten die paranoiden Fantasien, die manche der römischen Autoren über die Juden im Allgemeinen hegten. Teilweise ähnelten sie jenen, die man gegenüber den Christen hatte, die gerade in Krisenzeiten als Sündenbock für die Bedrohung und den Verfall des Imperiums herhalten mussten. Das multikulturelle Imperium, das es gewohnt war, andere Völker zu assimilieren und sich mit ihnen zu vermischen, misstraute zutiefst einer Kultur, deren Werte sich stark von den eigenen unterschieden und deren Vertreter den römischen Staatsgöttern das Opfer verweigerten und es oft vorzogen, unter sich zu bleiben.

In der Zeit der Romanhandlung erlebte antijüdische Propaganda einen seiner kurzzeitigen Höhepunkte, da es Mitte des dritten Jahrhunderts hieß, Juden hätten sich mit den angreifenden sassanidischen Persern gegen die Römer verbündet und es darauf abgesehen, durch Verschwörung und Sabotage die Stabilität des Reiches von innen und außen zu schwächen.

In den Provinzen des römischen Reiches hatte der Statthalter die höchste militärische, polizeiliche und richterliche Gewalt inne. Unterstützt wurde dieser bei seinen vielseitigen Aufgaben von seinem Stab sowie den Benefiziariern, zu Polizeidiensten abgestellte Legionssoldaten. Vor allem bei schwerwiegenden Verbrechen, also Hochverrat oder Kapitaldelikten, oblag dem Statthalter das letzte Urteil. Geringere Straftaten wurden meist durch die Vertreter der polizeilichen und juristischen Gewalt der jeweiligen Provinzstädte verhandelt.

Anders als im modernen Europa gab es im römischen Imperium vergleichsweise wenig schriftlich fixierte Gesetze, die als verbindliche Norm für die Schwere eines Vergehens dienen konnten. Aus diesem Grunde lag die Höhe des Strafmaßes zum Großteil im persönlichen Ermessen des Richters, auch wenn kaiserliche Erlasse im Laufe der Jahrhunderte hierzu gewisse Anhaltspunkte und Normen schufen.

Während des Verfahrens trat der jeweilige Richter eher als Moderator auf, der sich die Darstellungen von Kläger und Angeklagten genau anhörte. Da es keine Staatsanwaltschaft im modernen Sinne gab, musste der Kläger selbst aktiv werden. Die gegnerischen Parteien wurden häufig durch Anwälte vertreten, welche durch ihre geschulte Rhetorik großen Einfluss auf die Entscheidung des Richters ausüben konnten, der abschließend aufgrund der von ihm gehörten Fakten und Darstellungen ein Urteil fällte.

Gerichtsprozesse wurden oft in großen öffentlichen Gebäuden, sogenannten Basiliken abgehalten. Auch Metz verfügte über ein solches Bauwerk, auf dem Forum, nahe der Kurie, unweit der Stelle, an der sich heute die berühmte Kathedrale befindet.

Zur Römerzeit Hauptort der *Civitas Mediomatricorum,* wurde Metz in der Spätantike Bischofssitz und ist heute nach seiner wechselhaften deutsch-französischen Geschichte ein wichtiges kulturelles Zentrum und die Hauptstadt Lothringens – die mit ihrem malerischen, aus gelbem Sandstein errichteten Ortskern an sonnigen Tagen wie eine Stadt aus Gold erscheint.

# GLOSSAR

*Aedil:* jährlich gewählte römische Beamte, die die Aufsicht über öffentliche Gebäude, Straßen und Märkte führten. Sie übten die Marktgerichtsbarkeit aus und hatten im weiteren Sinne etwas wie die Polizeigewalt inne.

*As:* kleine römische Münze aus Bronze oder Messing

*Aureus:* (Plural *Aurei*), eine römische Goldmünze von hohem Wert

*Barbaricum:* Sammelbezeichnung für das Gebiet des freien Germaniens, jenseits von Rhein, Limes und Donau

*Basilica:* großes öffentliches Gebäude einer römischen Stadt, häufig Ort für Gerichtsverhandlungen

*Benefiziarier:* vom Statthalter abkommandierte Legionäre, die polizeiliche Aufgaben wahrnahmen

*Caldarium:* Heißwasserbad

*Centurio:* Offizier der römischen Legion aus dem Mannschaftsdienstgrad

*Colonia Claudia Ara Agrippinensium:* das heutige Köln

*Contubernium:* (hier) eheähnliche Gemeinschaft zwischen Sklaven, denen das römische Recht grundsätzlich eine anerkannte Ehe untersagte

*Cursus Honorum:* Ämterlaufbahn, die römische Politiker durchlaufen konnten; sie entstand zur Zeit der Republik, wurde jedoch mit leichten Änderungen auch in der Kaiserzeit weitergeführt

*Decumanus:* die senkrecht durch eine römische Stadt verlaufende Hauptstraße

*Decurio:* Ratsherr, Mitglied des Stadtrates, der so genannten Curia, auch Decurionenrat genannt, der sich in den Provinzstädten aus Vertretern der einheimischen Adelsschicht zusammensetzte

*Demokrit:* griechischer Naturphilosoph, etwa 460 v. Chr. bis 371 v. Chr.

*Denar:* römische Silbermünze, eines der wichtigsten Zahlungsmittel der Antike

*Divodurum Mediomatricorum:* später auch Mettis genannt, das heutige Metz, lothringische Stadt an der Mosel

*Dominus, Domina:* Hausherr, Hausherrin

*Duumvir:* einer der beiden Bürgermeister einer römisch verwalteten Stadt oder Gemeinde

*Ergastulum:* Sklavengefängnis, oft unterirdisch gelegener Zwangsarbeitsraum, häufiger auf Landgütern üblich

*Fatum:* Schicksal

*Flavisches Amphitheater:* Das heute Colosseum genannte Amphitheater wurde durch den geraubten Goldschatz des von den Römern zerstörten Tempels zu Jerusalem finanziert.

*Forum:* zentraler Platz einer römischen Stadt, mit Prachtbauten, Rathaus, häufig auch Tempeln

*Gallia Belgica:* römische Provinz, Teile des heutigen Frankreichs, Belgiens, der Westschweiz sowie das Einzugsgebiet der Mosel bis etwa fünfzig Kilometer von der Mündung in den Rhein umfassend; wichtige Städte waren beispielsweise Trier und Metz

*Gallia Lugdunensis:* römische Provinz, welche etwa die Mitte des heutigen Frankreich umfasst, darunter die Bretagne, die Normandie, und das Gebiet von Loire und Seine bis zum Rhônetal. Hauptstadt war Lugdunum, das heutige Lyon.

*Gallienus:* eigentlich Publius Licinius Egnatius Gallienus, römischer Kaiser; von 253 bis 260 Mitregent seines Vaters Valerian, nach dessen Gefangennahme durch die Sassaniden im Jahre 260 Alleinherrscher bis zu seinem Tod im Jahre 268

*Genius:* Schutzgeist oder auch inneres Wirkungsprinzip eines Menschen, nach römischer Vorstellung lebte er nur in Männern

*Gentilname:* Familienname, zweiter Teil des Namens eines römischen Bürgers

*Hypocaustum:* römische Fußbodenheizung

*Icovellauna:* keltische Quellgöttin, der in Metz ein Tempel geweiht war; sie wurde besonders im mediomatrisch-treverischen Raum sehr verehrt, also Gebiete des heutigen Lothringens, Saarlands und Rheinland-Pfalz

*Ianitor:* Türwächter, Pförtner

*Kaiserkult:* Herrscherkult, kultische Verehrung lebender oder schon vergöttlichter römischer Kaiser, denen Tempel geweiht waren und Opfer dargebracht wurden. Gerade die Verpflichtung zur Teilnahme am Kaiserkult war ein großer Anstoß für jüdische und christliche Reichsbewohner.

*Kline:* römische Speiseliegen, daher auch das Wort Triclinium für ein ursprünglich mit drei Klinen ausgestattetes Speisezimmer

*Legatus:* eigentlich Legatus Augusti pro praetore, kaiserlicher Statthalter

*Leuge:* altkeltisches Längenmaß, etwa 2450 km

*Librarius:* Buchhändler

*Limes:* römischer Grenzwall zwischen dem Imperium und dem freien Germanien

*Liquamen:* römische Würzsoße aus fermentiertem Fisch, die bei den meisten Speisen verwendet wurde

*Lugdunum:* das heutige Lyon, französische Stadt am Zusammenfluss der Rhone und Saône, zur Römerzeit Hauptstadt der Provinz Gallia Lugdunensis, Ort des Zentralheiligtums des Kaiserkultes im römischen Gallien

*Luna:* römische Mondgöttin (griech. Selene)

*Medicus:* Arzt; ein meist von Männern ausgeübter Beruf, häufig waren angesehene Ärzte im römischen Imperium griechischer Herkunft, gerade für die römische Stadt Metz ist jedoch auch eine weibliche Ärztin inschriftlich belegt

*Mesusa:* eine kleine Kapsel, in der sich auf Pergament geschriebene Passagen aus der Thora befinden. Oft an Hauseingängen angebracht.

*Moretum:* traditionelle römische Creme aus Schafskäse, Olivenöl, Knoblauch und verschiedenen anderen Gewürzen

*Mulsum:* römischer Würzwein, der kalt oder auch warm getrunken mit Honig, Pfeffer und verschiedenen anderen Gewürzen angereichert ist und in der Antike als gesundheitsfördernd galt.

*Nekropole:* Gräberfeld, Friedhof, der sich, wie im römischen Reich üblich, außerhalb der Stadtmauern, meist entlang der großen Fernstraßen befand

*Ornatrix:* Frisiersklavin

*Pater Familias:* Familienoberhaupt, ältestes männliches Mitglied einer römischen Familie. Besitzt das Recht über Leben und Tod über alle im Haushalt lebenden Personen, Ehefrau, Kinder und Sklaven. Selbst erwachsene Söhne unterstanden bis zu dessen Tod der Macht ihres Vaters.

*Peristyl:* gartenähnlicher Innenhof eines römischen Stadthauses, häufig von Säulengängen umschlossen

*Plinius:* (hier gemeint) Gaius Plinius Secundus Maior, auch Plinius der Ältere genannt, ein römischer Gelehrter des 1 Jh. n. Chr.; sein heute bekanntestes Werk ist die *Naturalis Historia*, eine wissenschaftliche Abhandlung über die Naturgeschichte

*Porticus:* Säulengang

*Postumus:* eigentlich Marcus Cassianius Latinius Postumus, Befehlshaber der Rheinlegionen, im Jahre 260 n. Chr. zunächst wahrscheinlich Statthalter von Niedergerma nien

*Posca:* nichtalkoholisches Getränk, eine Art Essigwasser, wie er von der ärmeren Bevölkerung, Soldaten oder auch Sklaven getrunken wurde

*Praefect:* aus dem Ritterstand stammender Kommandant einer Hilfstruppeneinheit

*Praefurnium:* Heizung oder auch Heizraum, besonders bei Thermen oder größeren Villen

*Procurator:* oberster Finanzverwalter einer Provinz

*Quaestor:* politisches Amt innerhalb der römischen Laufbahn,

*Rabbi Akiba:* eigentlich Akiba ben Josef, jüdischer Gelehrter des 1./2. Jahrhunderts n. Chr., der gegen Ende des Bar-Kochba-Aufstandes der Juden gegen die Römer, wohl im Jahre 135 n. Chr., starb

*Res animata:* (= belebter Gegenstand) Nach altrömischem Recht galt ein Sklave juristisch nicht als Person, sondern als Sache. In der Antike sprach man von Sklaven auch als sprechende Werkzeuge.

*Runen:* älteste germanische Schriftzeichen, seit etwa dem 2. Jh. n. Chr. belegt; Ursprungsregion ist wahrscheinlich Skandinavien; häufig hatten Runen magische Bedeutungen, und wurden auch als Schutz- oder Schadenszauber angebracht

*Saal*: (frz. Seille) Fluss in Lothringen, der bei Metz in die Mosel mündet

*Salomo, König:* biblischer König des 10. Jh. v. Chr. Nach Saul und seinem Vater David war er der dritte Herrscher des vereinigten Königreiches Israel. Er galt als Erbauer des ersten Tempels von Jerusalem und aufgeklärter Weiser.

*Saloninus:* eigentlich Publius Licinius Cornelius Saloninus Valerianus, Enkel Kaiser Valerians, Sohn des Gallienus, wohl 242 n. Chr. geboren. Im Jahre 258 von seinem Vater zum Mitkaiser ernannt und zum Schutz der Rheingrenze nach Köln geschickt.

*Salve:* sei gegrüßt

*Sassaniden*: das zweite persische Großreich, es umfasste etwas mehr als die Gebiete des heutigen Iran und Irak; unter König Schapur ein erbitterter Feind des römischen

Reiches. Letzterer nahm sogar den römischen Kaiser Valerian gefangen, was für die Römer eine große Schmach bedeutete.

*Saturnalien*: römisches Fest zu Ehren des Gottes Saturn, das am 17. Dezember begann und sich über mehrere Tage hin erstreckte. Es zeichnete sich durch Essen, Trinken, hohen Weingenuss und gelockerte Sitten aus, soziale Rollenverhältnisse wurden umgekehrt, man beschenkte sich gegenseitig.

*Seneca:* römischer Philosoph zur Zeit Kaiser Neros

*Sevir Augustalis:* dem Kaiserkult vorstehender Priester, häufig in Augustalenkollegien organisiert; ein Amt, das oft von wohlhabenden Freigelassenen bekleidet wird und ihnen gesellschaftliches Ansehen und Einfluss ermöglicht

*Stele:* hoher, freistehender Pfeiler, wie er oft als Grabmal, Weihe- oder Grenzstein errichtet wurde

*Stoa:* philosophische Ausrichtung, die durch emotionale Selbstbeherrschung zu Gelassenheit und Glückseligkeit führen möchte

*Tempel von Jerusalem:* Zentralheiligtum des jüdischen Volkes. Der Bau des ersten Tempels wird König Salomo zugeschrieben, der letzte Tempel wurde etwa im Jahr 70 von den Römern geplündert und zerstört. Heute ist die sogenannte Klagemauer der einzige sichtbare Überrest.

*Thora:* die fünf Bücher Moses, Hauptteil der hebräischen Bibel, heilige Schrift der Juden

*Thermen:* römische Badeanlagen, die mit unterschiedlichen Bädern, aber auch Sport- und Kultureinrichtungen ausgestattet waren

*Treveris:* eigentlich Colonia Augusta Treverorum, das heutige Trier

*Triclinium:* Speisezimmer

*Valerian:* eigentlich Publius Licinius Valerianus, römischer Kaiser von 253 bis 260; leitete eine Welle der Christenverfolgungen ein und geriet im Jahre 260 in Gefangenschaft der Sassaniden

*Verna:* hausgeborener Sklave
*Vesta:* römische Göttin des Hauses und Herdfeuers
*Vilicus:* Hausverwalter
*Vilica:* Vorsteherin der Hausdiener

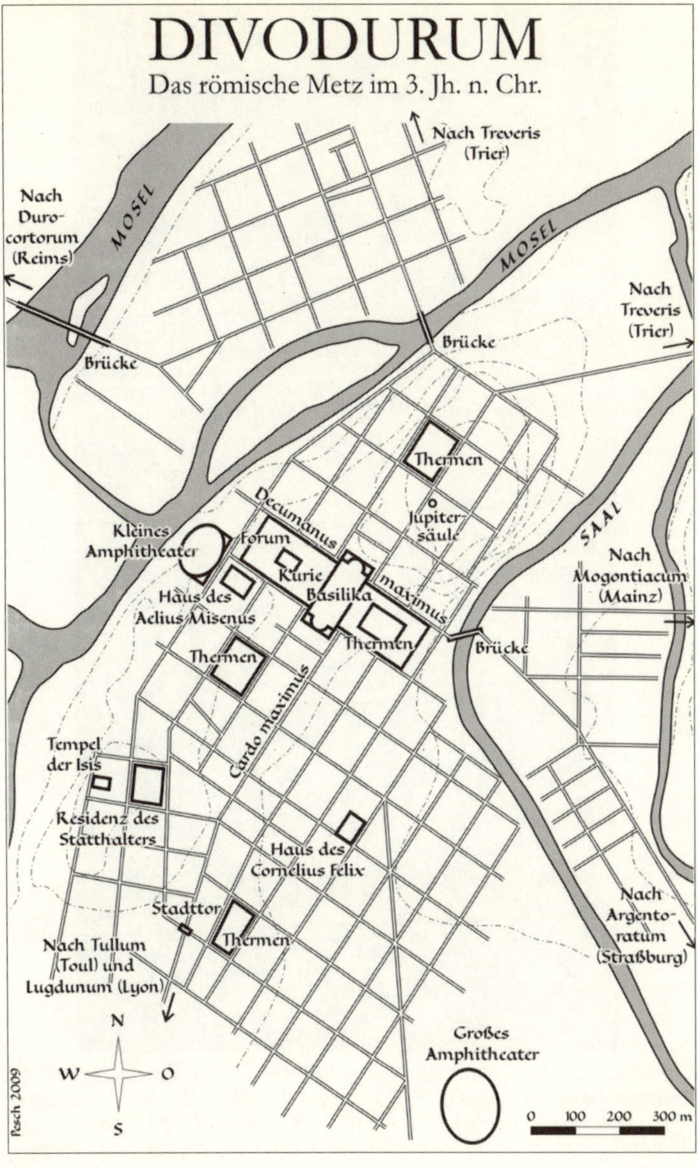
DIVODURUM
Das römische Metz im 3. Jh. n. Chr.
Nach Treveris (Trier)
Nach Durocortorum (Reims)
MOSEL
MOSEL
Nach Treveris (Trier)
Brücke
Brücke
Thermen
Decumanus maximus
Jupitersäule
Kleines Amphitheater
Forum
Kurie
Basilika
SAAL
Nach Mogontiacum (Mainz)
Haus des Aelius Misenus
Thermen
Brücke
Thermen
Cardo maximus
Tempel der Isis
Residenz des Statthalters
Haus des Cornelius Felix
Nach Argentoratum (Straßburg)
Stadttor
Thermen
Nach Tullum (Toul) und Lugdunum (Lyon)
N
W
O
S
Großes Amphitheater
0 100 200 300 m
Pesch 2009

*Grabstele der Iunia Curmilla. 3. Jh. n. Chr. 163 x 50,5 x 41,5 cm. Kalkstein. Inschrift: D[IS] · M[ANIBVS] | IVN[IAE] | CVRMILLAE (›Den Totengöttern der Iunia Curmilla‹). Foto: M. W. Peter. Abdruck mit freundlicher Genehmigung, Musées de Metz Métropole La Cour d'Or – tous droits réservés.*

# DANKSAGUNG

Historische Romane ziehen ihre Lebendigkeit und Detailtreue aus intensiven Recherchen über Alltag, Kultur und Verwaltung der jeweiligen Zeit. Ein authentisches Bild der Moselregion im dritten Jahrhundert n. Chr. mit deren politischen und gesellschaftlichen Spannungen, das den aktuellen Stand der Forschung wiederspiegelt, konnte ich jedoch nur mit Hilfe von Experten und Wissenschaftlern zeichnen, die mir mit ihren Fachkenntnissen zur Seite standen.

Hierbei gilt mein ganz besonderer Dank:

**Gabriele Wasser und Eli Harnik** (Leiter des Vereins für Geschichte und Kultur der Juden der Rheinlande e. V. und des kleinen jüdischen Lehrhauses in Bonn), die über Monate hinweg beratend tätig waren und mich immer wieder einluden, in die faszinierende Welt des europäischen Judentums einzutauchen, und die anschließend den gesamten Roman noch einmal auf sachliche Korrektheit geprüft haben,
**Maren Krüger** (Jüdisches Museum Berlin), die mir in kürzester Zeit eine Fernrecherche ermöglicht hat,

**Pierre-Edouard Wagner** (Ville de Metz), für die monatelange Beratung, die es mir erlaubte, das antike Divodurum bis ins Detail wieder auferstehen zu lassen,
**Françoise Clémang** (Musées de Metz), die mich unermüdlich mit Material versorgt hat und kaum eine Frage unbeantwortet ließ, sowie

**Daniel Lucas** (Directeur des Musées de Metz Métropole)
**Aurélie Pascal** (documentaliste, Musées de Metz)
**Rénilde Lecat** (chargée des publics, Musées de Metz)
**Kévin Kazek** (assistant de conservation, Musées de Metz)

Vor allem aber danke ich:

**Professor Dr. Thomas Fischer** (Universität zu Köln), der mich auch diesmal während der Entwicklungszeit der Romanhandlung archäologisch und historisch beraten und vor Drucklegung das ganze Manuskript auf Korrektheit hin überprüft hat,
**Dr. Thomas Kurth**, der mir neue Blickwinkel auf die römische Literatur und Geisteswelt eröffnet hat.

Darüber hinaus erhielt ich unschätzbare Unterstützung von:

**Professor Dr. Dr. Manfred Clauss** (Emeritus, Johann-Wolfgang-Goethe-Universität Frankfurt am Main),
**Professor Dr. Anja Klöckner** (Justus-Liebig-Universität Gießen),
**PD Dr. Michael Rathmann** (Rheinische Friedrich-Wilhelms-Universität Bonn),
**Dr. Sabine Faust** (Rheinisches Landesmuseum Trier),
**Dr. Bettina Birkenhagen** (Archäologiepark Römische Villa Borg),
**Dr. Gabriele Seitz** (Albert-Ludwigs-Universität Freiburg),
**Dr. Sabine Panzram** (Universität Hamburg),
**Dr. Klaus-Peter Henz** (Römischer Vicus Wareswald),
**Michelle Froese M.A.** (Universität des Saarlandes),
**Florian Müller** (Europäischer Kulturpark Bliesbruck-Reinheim).

Doch möchte ich keineswegs die Menschen in meinem Familien- und Freundeskreis vergessen, die mir auch bei diesem Projekt hilfreich zur Seite standen: Dabei ist allen voran meine Mutter zu nennen, ohne die das Buch nie seine endgültige Form gefunden hätte, mein Mann, der nun schon so lange meine Lesereisen begleitet, und meine Patentante, die mich auf ihre Art unterstützt hat. Mein ganz spezieller Dank gilt Svenja Bach, die sich diesmal besonders Salomo und Flavus angenommen hat, sowie Katharina Greiffenberg, Monika Ries und Verena Gottert.

Doch *last but not least* sind meine Lateinschüler des Gymnasiums am Oelberg in Königswinter zu nennen, die mich während der gesamten Entstehungszeit des Romans begleiteten und immer dann, wenn sie keine Lust auf Gramatik-Übungen mehr hatten, mich mit abenteuerlichen Ideen zum Fortgang der Krimihandlung bedachten. Ihr seid großartig!

Sankt Augustin, im November 2009
*Maria W. Peter*

# ANMERKUNG

Wer sich weiter über die Römer und Kelten an der Mosel, die Stadt Metz oder die jüdische Kultur Europas informieren möchte, dem seien folgende Seiten und Ausflugsziele sehr zu empfehlen

**Die Stadt Metz:**

Musées de Metz Métropole, La Cour de'Or
2 rue du Haut Poirier
57000 Metz (France)
*http://musees.metzmetropole.fr*

Office de Tourisme de Metz
2 Place d'Armes
57007 Metz (France)
*http://tourisme.mairie-metz.fr*

**Jüdische Kultur und Geschichte in Europa:**

Jüdisches Museum Berlin
Lindenstraße 9-14
10969 Berlin
*http://www.jmberlin.de*

Kleines Jüdisches Lehrhaus
Königswinterer Str. 647
53277 Bonn-Oberkassel
*http://www.rheinland-israel.de*

**Die Römer an der Mosel:**

Archäologiepark Römische Villa Borg
Im Meeswald 1
66706 Perl-Borg
*http://www.villa-borg.de*

Römische Villa Nennig (Gladiatorenmosaik)
Römerstraße
66706 Perl-Nennig
*http://www.nennig.de/gemeinde/sehenswertes/nennig*
*http://www.kulturbesitz.de/main.php?nav=42&lang=1*

Römischer Tempel Tawern
Metzenberg
54456 Tawern
Tel. 06501-17969
*rudolf@rosenkraenzer.de*

*Geheimnisse und Intrigen im römischen Trier*

Maria W. Peter
FORTUNAS RACHE
Historischer Roman
BLT
320 Seiten
ISBN 978-3-404-92269-7

Trier im 3. Jahrhundert n. Chr. Invita, ein Findelkind, ist Sklavin im Hause des Statthalters. Als der Sklave Modestus von einem Botengang nicht zurückkehrt, fällt der Verdacht auf sie, etwas mit dem Verschwinden zu tun zu haben. Denn Invita ist gewitzt und aufsässig und dafür bekannt, dass sie ihre Nase in Dinge steckt, die sie nichts angehen. Bei dem Versuch, ihre Unschuld zu beweisen, stellt sie fest, dass es nicht um einen gewöhnlichen Fluchtversuch handelt. Die Lösung des Rätsels ist weit in der Vergangenheit zu suchen. Einer Vergangenheit, die für sie selbst im Dunkeln liegt …